远远的漂泊里

赵树义·著

晋军新方阵 —— 第二辑

这批青年作家没有放弃文学，而是执着地、不为时潮所动摇地踏上写作之路……他们矢志不移地坚持笔耕，写出了一篇又一篇作品。经过十多年的努力，这批作家逐步寻找到了属于自己的特色。现在，他们的创作正趋向成熟，势头看好。

山西出版传媒集团　北岳文艺出版社

赵树义，曾用笔名叶绿素。山西长子县人，1965年出生，现居太原。中国作家协会会员，山西省作协六届全委会委员。现供职《人民代表报》社。出版长篇散文《虫洞》，散文集《低于乡村的记忆》，诗歌、散文、小说合集《且听风走》等。著有长诗"孤独三部曲"——《尘浮屠》《转情筒》《裂帛书》及系列组诗《温暖的灰》等。

全方位展示山西青年作家创作成果

——《晋军新方阵·第二辑》序

杨占平

山西的作家队伍，从"山药蛋派"到"晋军崛起"，再到新世纪以来的"晋军新方阵"，是一支阵容强大、实力雄厚、结构合理、成果丰硕的劲旅，在全国文坛令人瞩目。这支队伍中的青年作家，已经初具规模，成长为举足轻重的力量，成长为备受瞩目的文学新锐。

这批青年作家大抵在三十岁到四十岁上下，创作时间有长有短，创作实绩也参差不等。但是，这支年轻的作家新军潜力不小，他们中的几位佼佼者已经在全国文坛具有了比较大的影响，在一些国际和全国性重要文学评奖如世界科幻文学界最重要的奖项之一"雨果奖"、国内文学界最顶尖的"鲁迅文学奖"、全国优秀儿童文学奖等，以及有着广泛影响的专业评奖和报刊评奖中榜上有名，是各类权威性文学选刊上的常客。

我以为，这一代山西青年作家的成长，比起他们的前辈来，在文学生态方面还是有些艰难的。文学创作进入新世纪之后，随着市场经济大潮的全面冲击，整个文学态势逐渐失去往日的辉煌，开始趋向边缘化，像 20 世纪 80 年代凭一部作品就可以一夜走红、就可以获取到意想不到的名声和地位的局面，已然成为历史，笼罩在文学界和作家头上的光环悄然消失，一些有成绩的作家纷纷弃文转行，而大批文学青年的作家之梦也被现实打碎了。就是在这样一种不合时宜的时代背景和文学气候之下，这批青年作家没有放弃文学，而是执着地、不为时潮所动摇地踏上写作之路，使得山西的作家队伍避免了"断代"现象。这批青年作家大部分生活在基层，供职于中小城市，生活条件并不宽裕，只能在工作之余从事创作，有很多困难。可贵的是，他们矢志不移地坚持笔耕，写出了一篇又一篇作品。经过十多年的努力，这批作家逐步寻找到了属于自己的特色。现在，他们的创作正趋向成熟，势头看好。

为了集中展示当今山西中青年作家的创作实力，省作家协会 2013 年决定推出《晋军新方阵》丛书，并且于 2014 年选择十位小说作家的代表性作品，出版了第一辑。甫一问世，受到文学界和读者的好评，进一步坚定了我们继续做这件事情的信心。于是，今年推出了第二辑。这第二辑与第一辑相比，还是有一些变化的，主要是在文体上有了扩大，从单一的小说变为小说、散文、诗歌多门类，这样就显示出文学创作的全方位和多元化。

《晋军新方阵·第二辑》虽然文体上扩大了，既有小说，也有散文、诗歌，但是，从创作思想和表现方法上考察，这一辑入选的青年作家，跟第一辑作家还是相似的，仍然是继承了山西前几代作家的优良传统。比如他们对急剧变革的现实生活的热切关注，对普通民众生存命运的体验与表现；比如他们在艺术表现方法上基本使用的是现实主义手法，同时也注意吸收其他创作方法中有益的成分。我们注意到，这一代青年作家刚刚涉足文坛的时候，正是国外各种文学理论乃至整个社会科学思潮和国内各种文学主张盛行之时，客观上对他们的创作会产生或多或少的影响。当然，这种影响既有正面作用，也有负面效应，总的看，却是有利于他们在继承前辈作家传统基础上，形成比较开放的、具有时代精神特征的创作风格。

我把这些青年作家的创作特征，大致归纳为三个方面。首先是他们的作品呈现出了社会现实的丰富性、复杂性与鲜活性。像第二辑中李来兵、陈年、曹向荣、刘宁、张暄等人的小说，绝大多数是描写当代社会生活的，他们笔下的人物身份不同，但都是很有个性的，真实地折射出当今人们的思维方式、生存状态。由于这些作家一直生活在底层，跟大多数普通人一样，亲身经历了乡村、矿山以及中小城市的一系列改革动荡，可以说，改革的每一步历程都与他们的生存命运息息相关。这种切肤之感、这些命运攸关的体验，倾注在他们的作品中，就逼真地再现了现实生活的丰富与生动，具有了一种原汁原味的特色。

其次是他们有比较敏锐的艺术感受能力。读这些青年作家的作品，特别是散文和诗歌，比如第二辑中赵树义、白琳、汉家的散文，裴彩芳、温建生的诗歌，我能感觉到很少有那种苦涩的理性思考和个人狭隘心态的宣泄，更鲜有那种居高临下的讲话姿态；他们总是以一颗平常心去感受和体验世界，感受和体验人生，感受和体验写作，这样，他们就能够比较准确地把握住事物的基本特征，敏捷地洞察出人物的心灵奥秘，人物和场景在他们的作品中既表现得真切、自然，又具有他们鲜明的个性判断力。

第三是他们在艺术探索上不拘一格。这一代山西青年作家在艺术表现上，除了上述总体上的相同点外，细分起来还是有几种类型的，有的倾向于现实主义方式，有的侧重于现代手法，有的则介乎于二者之间，呈现出一种多元化的态势。这种态势正是文学创作规律使然。艺术探索之路永无止境，尤其是青年作家还处在成型过程中，更需要在艺术上尝试多种手法，最终形成自己的风格。

在充分肯定当今这一代山西青年作家已经取得的可喜的创作成绩，并成为整个山西作家队伍中一支活跃的群体前提下，我也感觉到，他们的局限和弱点还是显而易见的。同前几代作家相比，在生活体验的广度和深度上，他们跟赵树理、马烽等老一辈作家相比，还有一定的差距，尤其是老作家们以对农民命运的深切关注，以通俗易懂、流畅明快、幽默风趣的语言特色，以直面现实、努力揭示生活矛盾的精神追求，形成了自己的独特风格，并且被誉为"山药蛋"文学流派，这是青年作家还需要不断磨砺才能企及的；在理论素质和艺术修养上，他们还不像成一、李锐、张平、周宗奇、韩石山、张石山、钟道新、哲夫、蒋韵、赵瑜、王祥夫等"晋军崛起"作家厚实，特别是这些作家靠各自有个性的作品和文学主张，能够让全国文学界不可忽视的地位，就值得青年作家好好努力了。

如果我们把目光放得远一些，同江苏、上海、北京、广东等地与山西青年作家同龄同代的作家相比，他们的局限与弱点同样是十分明显的，主要表现在他们的知识准备相对较弱。那些省、市的青年作家绝大多数是正宗名牌大学毕业生，有些还有硕士、博士学位；而山西青年作家中接受过名牌正规高等院校教育的还不多，这就使他们在知识准备上显得有些先天不足。当然，能否写出好作品，并不完全取决于有没有名牌正规大学的文凭，文学史上靠自学成为大作家的例子也不少；但是，我们都知道，现在的社会是知识主宰一切的时代，社会的发展主要是靠知识的推动，无论从事何种事业，都必须要具备扎实而广博的知识，才能有所成就，当作家也脱离不了这个规律。此外，由于那些省、市地处改革开放先进区域，经济和文化都比较发达，青年作家们接受新事物和学习先进的思想文化，自然比内地同行要快一个节拍；而山西青年作家地处改革开放比较落后的区域，对于许多新事物和新思想的接触，不免要晚一定的时间，于是，在观察急剧变革的现实社会方面，在使用艺术表现手法方面，都难以跟先进省、市的同行同步。不过，我认为，山西青年作家们已经意识到了他们的这些局限与弱点，正在虚心学习别人的长处，努力克服自己的不足，他们是有可能创造出新的辉煌的。

二〇一五年十月

目录

远远的漂泊里

1

突然一只野兔从道路上跑过。
我们中的一个人用手指点着它。

已经很久了。今天他们已不在人世，
那只野兔，那个做手势的人。

你有故乡吗？

好像米沃什《偶遇》中的那只野兔，我的脑海里常突然跳出诸如
此类的问题。想到故乡的那一刻，我正一边在公园疾步行走，一边像
往常一样陷在天马行空的思维黑洞里出神，对周边密密匝匝的植物和
人熟视无睹。公园没有兔子，只有鸽子。继续前行不远，我来到大街
上，街头人来车往，我不合时宜的问题比横冲直撞的汽车喇叭声还刺

耳。我的思维秩序有时比城市上空的声音还混乱，尽管如此，我也必须承认城市的交通文明在显著进化，除了警车、救护车、消防车——它们是狼一样呼号的动物啊！城市鸣笛的人越来越少，就像乡村很少有人关心一只突然跑出的兔子。不过，如果这只兔子突然横穿过城市大街，在马路上用手指点它的绝不会是一个人；或许，还会引发一场小规模骚乱。但对于按部就班的城市而言，偶尔上演这样一段小插曲也算不得坏事。

米沃什，就像我觉得你是个流浪汉一样，我觉得我便是一只误撞进城市的兔子，你看见的"那只野兔，那个做手势的人"真的不在人世了吗？

我最后一次看见野兔从道路上穿过应该是上世纪80年代吧？那时候，发鸠山隧道还未打通，长途汽车蜗牛一样背着行李架从山沟里钻出来，爬上从山这边翻到山那边的山顶豁口，就在接近豁口的半坡上，一只野兔跃出灌丛，穿过弯曲过手肘、倾斜过45度的道路，消失在山坡的另一面，倏忽不见。我看见车上有人用手指点过它，也看见更多的人把手搭在座椅的靠背上，上身随着车体梦游似的摇晃。当然，我看到的也可能是一只野鸡，它从车前不远处低低掠过，敏捷程度不亚于兔子。其实，纠缠这样的细节并无意义，那一天，我只是要结束我的假期，翻过这座山回到城市里去。

兔子有自己的窝，野鸡有自己的窝，鸟儿更喜欢显摆自己的窝，人怎么可以没有自己的故乡呢？

可事实上，有的人的确没有故乡，或者说，一生都找不到寄托"徘徊焉，鸣号焉，踯躅焉"的荀子式乡愁。在城市，某个街牌、某座院落、某栋楼房便是城市人的身份标签，城市习惯拆迁，习惯盖越来越高的房子，城市人一会儿住在城南，一会儿住在城北，一会儿住在河东，一会儿住在河西，一会儿还住在郊外，城市人填写在户口本上的籍贯仅是一串可以卫星定位的数字。城市的每组数字都精确而具体，它很容易被信息网络追踪，却很难与这座城市建立起血肉联系，城市的家越来越像一个铁皮邮箱。是的，城市的细胞更具植物性，庞杂，漠然，序列井然，穿行其间不仅乡音难觅，甚至乡邻难求，熟悉或不熟悉的脸孔花朵或落叶一般，在电梯里、街道上相逢不相识，神色匆忙，谁还有时间和心情去经营朴素的情谊？城市的家精致如封闭的鸟笼，而故乡并非鸟笼。故乡是敞亮的，有房子，有院子，有乱石垒起来的猪窝、鸡窝和院墙，还有泥土、瓦片、流水、清风、蒿草、梨树、桃树、苹果树和麦垛上的明月，以及飞翔的鸟、奔跑的兽和蝈蝈或蝉的歌唱。故乡让人徘徊复徘徊、踯躅复踯躅，让人呼号，让人泪流满面，让人牵肠挂肚。故乡有一座一座的老坟，还有安放灵魂的壁龛，故乡的每寸空间和每缕气息都可发出声音，故乡令人魂牵梦萦……

故乡难以割舍，此生你可曾拥有过？

故乡是个让人心疼的字眼，她的疼我有时甚至不愿触碰。故乡就像你又爱又恨的女子，你与她待在一起会疲惫，可她如果消失在你的视线之外，她便像一道伤疤烙在你心底，天气变化的时候，你便会感觉到她的颤栗。我承认我是个随遇而安的人，早已习惯离开故乡的日子；我承认我是个散淡甚至漠然的人，可岁月在我额头刻下的痕迹越深，我对故乡的沟壑便越眷恋；我承认我离开故乡太久太久，故乡在我离开的时光里也生活了太久太久，我再次走近故乡时，会有很多应该消失的东西已经消失，还有很多不该消失的东西也在慢慢消失。可这又如何呢？无论发生过什么，这都不是故乡的错，也不是我的错，更不是时光的错，这只是一种乡愁。我们都会近乡情怯，就像一对旧情人久别重逢后的聚首，她或他依然年轻你会痛，她或他慢慢衰老你还会痛。痛并非因为改变，也并非因为不曾改变，痛只是一种牵挂，与衰老或不衰老无关，与过得好或过得不好无关。重回故乡，不管眼前的一切熟悉还是陌生，都不妨碍我把故乡当作一生的梦乡。

　　我在此刻怀念故乡，或许还因为我累了，我觉得自己生来就是鸟儿的命，鸟儿飞得倦了，便会想起自己的窝。是的，我的确像只鸟儿，很小便习惯了迁徙，在我开始频繁迁徙之前，故乡与我最亲近的是燕子。我很小就与祖父祖母一起生活，在祖父祖母的老宅房梁上有个燕子窝，小时候，我喜欢坐在门槛上与低飞的燕子说话。燕子的羽毛黑得纯粹，黑得闪亮，或许这个缘故，我刚懂事便喜欢上黑色的外衣，虽然祖母织染的粗布怎么也黑不过燕子的翅膀。四五只小燕子围成一圈挤在窝边歌唱，兄弟姐妹肩并肩，它们是多么相亲相爱的一家人啊。春天来了，秋天走了，春来秋去，我知道这儿一直是它们的家。冬天的时候，燕子留下的空巢在扛运粮食时不小心碰坏，我十分着急，担心燕子再也不会回来，祖父却笑着说，只要房梁上那两根钉子在，燕子就会回来的。想起家家房梁上都钉着两根长长的铁钉，我终于明白这是让燕子筑窝的。第二年春天，燕子果然如期归来，屋门敞开的时候，它们从屋门飞进飞出，屋门关闭的时候，它们从门窗上敞开的窗格子飞进飞出，几天之后，燕子窝便被新泥修补如初。望着似曾相识的燕子，我觉得它们与我是一家人。燕子住在房梁上，麻雀住在屋檐下，更多的鸟儿住在树上或崖壁上，我觉得它们都是我的亲戚或邻居。它们一直飞翔或栖息在我的周边。在童年，只要一抬眼，不只房梁上，即使窗台上、院墙上、树上、屋脊上，到处都可以看见鸟儿。有时走路不小心，便会有鸟儿落在肩头，便会有鸟屎落在头顶或手背上。即使荒寂的冬天，打谷场上的鸟儿也是成群结队的，如果恰好遇到一场大雪，皑皑的雪地里便会留下篆体的鸟迹，那是乡村天然的文字。

　　可前年春节带儿子回乡，我竟然没有看见一只鸟儿，没有听到一声鸟鸣。那是冬天，大地空阔而寂寥，村庄荒凉而落寞，穿过旧时街道，却不见旧时风景。我知道春夏才是鸟儿最多的季节，早晨才是鸟鸣最热闹的时刻，每年春回大地之际，去南方过冬的鸟儿便会乘风归来，燕子和麻雀、黄鹂、斑鸠、喜鹊、乌鸦、猫头鹰，还有啄木鸟便轮流在村庄湿漉漉的天空或河边冲刺和起落，复苏或葱茏的季节自然是属于鸟们的。在那样的季节，行走在乡村，只要抬头，便会看见鸟儿从空中飞过。即使没有灯光的夜晚，蝙蝠也会低低掠过院子，与打着灯笼的萤火虫一起扰动乡村的宁静。或许蝙蝠非鸟非兽的缘故吧，我喜欢蝙蝠飞翔的姿势，却不忍看它丑陋的样子，也或许这个缘故吧，蝙蝠只有夜色降临的时候，才展示它不同寻常的飞翔姿势。蝙蝠把折叠在一起的翅膀扇子一样张开，清爽的夜风便被带到院子里来，村前的麻池便响起此起彼伏的蛙声。乡村的节奏像庄稼拔节一样，自然，隐约，互不相干，却又错落有序。在有月光的晚上，乡村朗照的月色便是从树影间淌下来的流水，乡村的清凉便是流动的。如果说在春天鸟们还有些羞涩，那么一到夏季鸟们便是开朗的，傍晚的风从田间吹来，乡村的夜晚便显得格外热闹和凉爽。我一直把乡村的热闹归功于鸟鸣，把乡村的凉爽归功于鸟翅，我觉得因为鸟儿乡村才变得生动。而此刻是冬天，河流被冰封，麻池被冰封，鸟儿的鸣叫似乎也被冰雪覆盖，可在我的记忆中，冬天从不会一只鸟儿都看不见的呀！

突然遭遇这样的场景，我有些吃惊。我真的很久很久没有回故乡了，站在村口，我不禁看着那截树桩发起呆来。

那是一棵老槐树留下的树桩，一直站在村口的土崖旁边。记忆中，老槐树的旁边有道缓坡，缓坡沿着土崖围出一道弧线，一直弯到村庄后面的庄稼地。老槐树的树根一半扎进土崖里，一半延伸在缓坡上，像一盘裸露在地面的巨大碾盘。老槐树垂下的枝条呈拱形，树冠最低处几乎碰到地面，乡人从老槐树下的空地经过，仿佛穿过葡萄藤架起的隧道，清凉，幽深。每遇雨天，来不及收工的乡人便躲进"隧道"里避雨，"隧道"风雨不透，雨帘外的声音便显得格外神秘。从我记事起，老槐树就站在村口，高大魁梧，枝繁叶茂。我不知道老槐树有什么来历，只记得老槐树之大，大得有些不可思议，老槐树之密，密得有些不可思议，老槐树之老，老得有些不可思议——至少没有人量过它到底有多高多粗，没有人数过它到底有多少枝杈，也没有人记得它的年龄。有时我甚至觉得它比村庄还古老，而事实上，它就是鸟儿的村庄，树上的鸟窝只不过是鸟儿的家。村庄背靠一座大山，远看落在山的脚背上，近看站在一座土堆上，村庄身后则被一堵半圆状土崖环抱。土崖依山势凹进去，村庄依地势躺在土崖的怀抱里，那些错落的房子一年四季便都坐在朝阳里。过往行人很少留意村后的土崖，却远远便能看到村口拔地而起的老槐树，它仿佛一朵巨大的蘑菇云，严严实实地遮蔽着半座村庄。村庄夹在南北两座大山的皱褶里，正南方向有一条大河，东西两边各有一条小河，站在南北任何一座大山上眺望，都能清楚看到村口的老槐树，而村庄里的屋脊和树木却是隐约的。当然，这只是我记忆中的村庄，那时候每逢山洪暴发，村庄便被三面河水围困，村庄脚下的河滩地也被浩荡成河道，玉米、谷子和高粱齐腰站到洪水里，像水深火热的日子。可如今，乡亲的日子好过了，南山脚下的河水却浅了，村庄东西两边的小河也瘦了，村民新盖的瓦房羊卧地一样排列在河滩里，半座破败的村庄便被丢在土堆上面，就像村口那株被遗忘的老槐树。

老槐树无疑是村庄的见证，可老槐树上究竟有多少只鸟窝没有人能说得清楚，究竟有多少种鸟儿栖息在老槐树上也没有人能说得清楚。总之，记忆中的老槐树大至树杈，小到树枝，都可以托举起一只鸟窝，树身上数不清的树洞里还藏着数不清的鸟窝。我经常看见乡人坐在老槐树裸露的树根上歇息，却不曾看见乡人爬上老槐树掏鸟窝；我经常看见乡人在树阴下捡拾爆裂的槐籽，却从未看见乡人爬到树上砍去一条树枝，摘去一枚树叶；老槐树留给村庄的不仅是一地阴凉，还有一地静穆，村庄因之更懂得敬畏。每当黎明，树上的鸟儿突然飞起，清脆的鸣叫像一阵阳光中的雨，箭一样洗亮村庄；每当黄昏，倦飞的鸟儿回归树里，寂静仿佛一种神秘的气息，笼住村庄的夜晚。可在我离开村庄的那年夏天，老槐树突然倒了，那时我正在县城读书。乡亲告诉我说，是一道闪电把老槐树击倒的，但我没有看见。乡亲告诉我说，那道闪电凌空劈过时，天上布满滚滚的乌云，我无法想象五六人合抱的老槐树倒地的轰鸣声该是何等恐怖，无法想象拦腰斩断老槐树的那道闪电该是何等犀利！

老槐树倒了，鸟们的村庄便没了，而我的村庄还在。

2

我必须承认，在我的记忆中老槐树就是一种象征，这种象征并非完全的情感寄托，而是一种客观存在。我在老槐树的树阴里长大，我不记得它倒下之前曾发生过什么变化，但我萌动在乡村的情感大多与它隐秘相关。敬畏，恐惧，眷恋，荫庇，亲近，我爱它就像爱我的祖父，它是我童年生活无法分割的一部分。当然，老槐树与村庄也存在某种关联，与那些鸟儿也存在某种关联，可当老槐树倒下的时候，它便从村庄的晨昏中倒下了，便从鸟儿的翅膀中倒下了，但它不会从我的心中倒下，就像在外读书那些年，我在村口看到的祖父的身影。村庄，老槐树，鸟儿，还有我，我们之间到底该是怎样的关系？想厘清这个问题是困难的，但我只要想到站在村口、站在老槐树下的祖父，这一切便不再重要。祖父不识字，不看日历，但每个假期他都能算准我回家的日子。其实，祖父是不算日子的，他只是凭直觉断定我该在这一天回家。站在村口，看到老槐树残留下的树桩，我便会想到祖父，祖父虽然离开我已经三十多年，但我知道他还站在村口。是的，只要我回家，祖父就一定会站在村口，不管是夏天，还是冬天，不管是农忙，还是农闲，不管是过去，还是现在。

老槐树出现在我的文字中是一种必然，我看着它在我的回忆中时而站起，时而倒下，不断重复的过程清晰又模糊，简单又复杂，我谨慎地使用着每个词汇，就像小心地抚摸着每根关节。凌晨三点时分，我伸个懒腰，关掉电脑，努力把心绪平复下来，像平常一样倒头睡去。文字可以揭开伤疤，也可以疗伤，文字可以让人失眠，也可以催眠。半睡半醒中，我看见一条蟒蛇爬进宿舍，身段柔软如一个女子，我甚至能感觉到它肌肤的弹性，但我未敢伸手触碰它一下。好像是在大学宿舍，这个时间节点意味深长，我安静地看着它，能感觉到它的和善，甚至亲近。我一点都不害怕，但我与它保持着一定的距离，也未上前触碰它一下。又一条蟒蛇爬进宿舍，它长得几乎与前面那条蟒蛇一模一样，我却感觉到一丝寒气。我得罪过你吗？我并未慌乱，但动作更加小心翼翼，我试图把两条蟒蛇分开，试图把后来的那条蟒蛇引到另一间宿舍里，可神思稍一恍惚，我便分不清哪条是先来者，哪条是后到者。同学在打牌，我站在一旁观看，不动声色，耐心等待天亮。一个同学起身要走，我说送给你一条蟒蛇吧，它可以镇宅。同学很高兴，可他不知道该怎么把我送给他的礼物带走。我说找个空纸箱吧，可宿舍没有空纸箱。天亮了，我从梦中醒来，仍依稀看见蟒蛇盘在纸箱里安静的样子，可宿舍没有空纸箱。

我有些诧异，还有些莫名兴奋，我知道我应该把这个梦写出来，可我不知道为什么会在这个晚上做这个梦。自从祖母用特别的语气告诉我，我是属蛇的，我便与蛇建立起某种隐秘的联系，我知道我与蛇的情感纠结类似于我与老槐树的情感纠结，可这种纠结一直藏在心底，我从未对任何人讲过。记得有一年夏天，老槐树的树洞里爬出一条蛇，很多人目睹了这一幕，但都未敢在老槐树下多加停留，也未敢大声喧哗。那条蛇盘在树杈上好几天，乡人中有说要拿着板斧上树砍死它，立即遭到众人指责，有说在树下举办一个送神仪式，请它离开，大家也未置可否。那些日子，村里的气氛略显神秘和紧张，我一直听乡人在议论这件事，但没敢去村口看看那条蛇到底长什么样子。总之，那条蛇盘在树上很多天，乡人分析过它各种各样的来历和各种各样的可能性结果，但都没有答案。直到有一天，那条蛇突然从树上掉下来，它在村口那道土坡上翻了一个身，便径直去了大河的方向。乡人们长长出了一口气，从此以后，很少有人提起这件事。

还记得一个夏天，那年雨水特别多，村口那道土坡路被暴雨冲垮了，坡上留下的沟壑仿佛老槐树根部的皱纹。七月初一庙会即将临近，大队派了几个会赶车的人去接戏班子，又派了几个年轻人去村口修路，修路的人在土坡底下挖出一窝蛇蛋，样子像极了鸟蛋或鹌鹑蛋。我以为是鸟蛋，他们看着我笑，然后把蛇蛋摔碎在路上，每颗蛇蛋里都盘着几条肉色的小蛇，细细的，样子像蛇信子。我立即跳起来，躲在一旁，浑身顿时起满鸡皮疙瘩。我那时候才知道蛇也是下蛋的，每颗蛇蛋里孵化的小蛇不是一条，而是很多条。想起这件事，我在网上查过有关词条，理论上一颗蛇蛋只能孵化一条蛇，只有少数蛇蛋可以孵化多条蛇，我那天看见的就是少数，虽然故乡的蛇并不特别。蛇蛋里卷缩的蛇虽针一样大小，我还是能感到透彻心扉的恐惧，我抬头看了一眼老槐树，便低头回家去了。祖母看我闷闷不乐的样子，还以为我受人欺负了，我摇摇头，什么也没说。我没有把蛇蛋的事告诉祖母，因为祖母曾经告诫过我：以后看见蛇要绕道走，不要打。或许是以前我跟祖母讲过在山上打蛇的事吧，祖母说话时的表情是认真的，从那之后，我再看见蛇心情便怪怪的。后来，母亲又告诉我，我出生那天的午后，她梦见一条蛇穿过院子，径直进了堂屋，我不知道母亲的梦意味着什么，但从那之后，我对蛇的感觉总是很复杂。

前年春节，我是沿着那道土坡路走进村庄的，也是沿着那道土坡路走出村庄的，或许冬天的缘故，那天我没有想到蛇。村庄从土堆上移到河滩之后，村庄前修了一条二级公路，村口那道土坡路便被荒芜了，路边的土崖也几乎被削平。在村口那座很小很旧的房屋后面，我看见老槐树长满倒刺的树桩，树桩尖锐地举在旧时的村口，宛如一道撕裂的伤疤。看着树桩我有些发呆，我又想起鸟儿。鸟儿都飞到哪儿去了？鸟儿怎么会消失得无影无踪？我自言自语，儿子却在一旁玩笑说，飞鸟嘛，它不到处飞，还叫飞鸟吗？儿子在城市出生，城市长大，故乡于他只是一个符号，他陪我返乡探亲更多是一种好奇和义务。儿子这番话却让我返回童年的困惑里，那时我常常坐在门外的台阶上想，鸟儿为什么会飞？人为什么不会飞？这样的问题类似于狼为什么叫狼，狗为什么叫狗，猪为什么叫猪，在孩子的世界里是找不到答案的，在大人的世界里是不屑寻找答案的。或许，世上有些事本来就没有答案，即使有答案也是没有意义的。但这并不妨碍一个孩子思考无意义的问题，也不妨碍人类赋予无意义的问题更大的意义，而在此刻，我唯一关心的便是那些鸟儿去了哪里。背井离乡三十多年，在城市，我觉得鸟儿是稀缺之物，就像城市稀缺的新鲜空气，但这改变不了城市人对鸟儿的看法，于城市或鸟儿而言，没有比天空更大的自由，也没有比云层更大的风浪。这样的看法其实很想当然，鸟儿拥有飞翔的自由不假，不过，鸟儿是不愿意飞越云层的。飞跃云层是人类自以为是的梦想，人类喜欢模仿鸟儿的翅膀，喜欢不断制作比鸟儿更雄伟的飞行器，喜欢让飞行器脱离地心引力飞行，可鸟儿是不会这样想的。事实上，鸟儿是不可能脱离地心引力的，鸟儿穿破云层的那一刻，它最想做的便是敛起翅膀，乘流云漂泊。鸟儿也会累，会累便恋家，无论飞多高多远，鸟儿念念不忘的都是树杈上或屋檐下的窝——那只鸟儿下蛋的窝，那只鸟儿哺乳的窝，那只鸟儿睡觉的窝，那只鸟儿衔泥土和树枝一点点糊出来的、粗糙原始的窝，不管它在风雨飘摇中，还是寄人篱下。鸟儿投在大地上的影子是一条流动的弧线，鸟儿划过天空的弧线了无痕迹，但它会被地面上的弧线牵引。其实，鸟儿投在地面的弧线也很容易消失，或者说，这条隐形的弧线划过之后便立即消失，鸟儿不恐高，也不仰视，它不会留意自己划过天空的痕迹，倘若某个瞬间很炫目，也只是人类的想象。人类喜欢赞美那些弧线，但于鸟儿并无意义，鸟儿飞翔便是飞翔，鸟儿累了便会回到自己的窝里。鸟儿从不想挣脱大地，鸟儿去飞翔就像我们去散步，鸟儿明白离太阳越近，越容易被灼伤。即使不被太阳灼伤，某一天，也会被不明飞行物击中——受伤的鸟儿躲在某个角落默默死去，谁还记得它自由的姿势和婉转的鸣叫？或许，只有天空才是鸟儿的极限，只有被灼伤或被击中才是鸟儿的运命，人类早已把这个瞬间记载在征服自然的历史当中，且升华为膜拜的图腾。飞翔或栖息，这是鸟儿天生的生活方式，而人类面对鸟儿的运动或静止，却想了很多很多。人类不会飞翔，但人类制造了比鸟儿更大的翅膀，当人类制造的翅膀越来越凌厉、越来越犀利、越来越光彩夺目的时候，鸟儿却悄然敛起翅膀，就像秋天随风飘零的落叶。

我突然关心起落叶，或与鸟儿有关，或与年龄有关。最近这些年，那些随风飘零的落叶一直牵动着我的神经，我觉得落叶坠落的方式也是飞翔的方式之一。年轻的时候，觉得时光很慢，一直想让时光快起来，人到中年，便觉得时光过得太快，很想让时光慢下来。尤其秋天，我会站在窗前默默注视楼下的树叶在日光里一天一天泛黄，在秋风里一片一片坠落。我站在阳台上凝视，我的姿势仿佛一种城市病，仿佛一种城市抑郁症，而在童年，我是与落叶一起奔跑在秋风里的。可在城市，我只能站在阳台上怀想故乡，怀想故乡的春来秋去，但我无论如何都没有想到，鸟儿的身影或声音会在某个时刻突然从故乡消失。

走在冬天清冷的阳光里，我甚至怀疑这是一种幻觉，是故乡对我离开太久的惩罚，面对那些熟悉的场景，我的视觉和听觉瞬间失灵。可这显然不是幻觉，那些老房子还在，那些院落还在，院落里的那些树也在，在那些场景里，即使寂寥的冬季，鸟儿也不会绝迹，即使燕子南迁，无处不在的麻雀也会飞上屋脊、院墙或光秃秃的枝头聒噪。半座闲置的村庄很安静，我从寂静中穿过，真的没有看见一只鸟儿，也没有听到一声鸟鸣。目睹这奇怪的一幕，我开始怀疑起我的记忆，就像我怀疑自己不经意间曾目睹过树叶泛黄的过程，就像我怀疑不经意间曾目睹过落叶坠地的过程。其实，在被污染的城市，我更多时候目睹到的，都是落叶被清扫，被装填在垃圾桶里焚烧。这个过程贯穿整个秋末冬初，它那样漫长，落叶坠落，伤感遍地。我看见公园里晨练的人依然在晨练，但他们春天不曾葬花，秋天更不会葬落叶。狂风起时，叶落的过程比花落更漫长，我从树下粗枝大叶地经过，不曾关心过一棵树到底有多少朵花儿，有多少片叶子，不曾留意过多少枚叶片才能呵护一瓣花朵。我只知道花儿开放在年轻的季节，叶子坠落在暮年的季节；花儿太少，太短暂，叶子太多，太漫长；在城市，或许有人葬花但不会葬落叶，在乡村，乡人从不葬花但会掩埋落叶。

那天走在公园，我突然听到鸟儿的鸣叫。那一瞬间，我几乎流下泪来，我驻足树下抬头朝树上瞅，奇怪的是，我竟然没有看到鸟儿的影子，但我分明听到了鸟儿的鸣叫。凭经验我感觉它应该是麻雀，如果是麻雀，树上的鸟儿就不止一只，可我连个鸟影也没有看到。这样的遭遇不止一次，每次我都有些兴奋，又有些失落。我相信这不是光线的原因，也不是树影的原因，更不是我的错觉，但这样的场景的确令人恍惚。米沃什，我们谈谈鹊或麻雀的本性好吗？记得你说过，你永远无法抵近鹊的心，无法抵近鹊嘴上的毛鼻孔，以及鹊刚刚落下又重新开始的飞行。以我的理解，你其实是想说，你不是鹊，你将永不会了解鹊的本性。我也不是麻雀，我甚至没有想过去了解一只麻雀，我只是听到一阵麻雀的鸣叫，我只是想看一眼麻雀的影子，你说我能了解麻雀的本性吗？你说的或许有道理，假如鹊的本性并不存在，麻雀的本性并不存在，你的本性并不存在，我的本性也不存在，那么几世纪之后，人类还会不会开创性地提出关于普遍原则的争论？

3

相较鹊或麻雀而言，有一种鸟儿的本性似乎更易被人探究，因为她只被人记载在文字里，且无人真正见过她的样子。当然，我们的探究已是这只鸟儿诞生之后几十个世纪的事了，打开《山海经》卷三"北海经"，我们便不难发现，即使虚构出来的鸟儿，若想准确把握她的本性也不是简单的，更何况，古人的文字一贯言简意赅、天马行空，其最不缺的便是任人自由想象的空间：

又北二百里，曰发鸠之山，其上多柘木，有鸟焉，其状如乌，文首，白喙，赤足，名曰精卫，其鸣自詨。是炎帝之少女，名曰女娃。女娃游于东海，溺而不返，故为精卫，常衔西山之木石，以堙于东海。漳水出焉，东流注于河。

此即上古传说精卫填海，从这段古老文字中我们可轻易获取这只鸟儿的信息："状如乌，文首，白喙，赤足"。是的，这只鸟儿便是精卫，她是炎帝的小女儿，名女娃。女娃嬉戏于东海，不慎溺水而亡，死后转生为一只鸟儿，名精卫。这只花脑袋、白嘴、红脚的鸟儿外形酷似乌鸦，她鸣叫的时候不断大声呼唤自己的名字，似乎有些自恋。精卫的自恋或与她的死亡方式有关，或者说，精卫的鸣叫更像在为自己招魂。精卫意外死亡，心中有恨，且恨得不管天高地远，精卫衔西山的木石去填东海，填出一座发鸠山来，发鸠山上长着很多柘木。这些元素或许可以帮我们勾勒出一个完整的精卫形象，但也仅是一种可能性而已。事实上，古人杜撰的精卫早被神话为精神图腾，其寓意不只坚韧那么简单。

在精卫填海的故事里，有一样东西绝不可忽略，这便是柘木。柘木为落叶灌木或乔木，属桑科，初春发芽，5月前后开花，晚秋落叶。花蕾呈青色颗粒状，花细小，呈黄色，麦收前后结果，名柘实。柘实贴枝条而生，初呈青色，周状疙瘩，至秋成熟。初时如半个桑葚，成熟时则呈暗红色，可长至小蒜瓣大小，口感略带酸甜。柘木树皮为淡灰色，成不规则薄片状剥落，枝上具坚硬棘刺，叶呈卵形或倒卵形，可喂蚕。柘木喜生在阳光充足的荒山、坡地、丘陵及溪旁，有"南檀北柘"之誉，生长速度极为缓慢，木材质坚而致密，纹理细腻清晰，手感温润，独具天然。我在十二岁之前曾在发鸠山上生活过两年多，但我从未听人说过柘木，更未见过柘木，山上桑树倒是有一些，却不成规模。在我的印象中，发鸠山上除了松树，便是扯地连天的沙棘。发鸠山的每道较大山沟都主生一种植物，沟便以植物名，譬如荆条沟、连翘沟、降龙木沟、黄刺玫沟等等，这种分布现象很少见，或者说，发鸠山的土壤也像精卫一样爱憎分明。我那时面对的那道山沟便以生长沙棘为主，或许沙棘更为普遍的缘故，并无人称之为沙棘沟，至于传说中的柘木，并无一道山沟生长。沙棘与柘木相似，当地人称之为醋柳，也属落叶灌木或乔木。发鸠山与我的故乡相距仅十几里地，发鸠山上很多地方的沙棘长成了乔木，这些枝干挺拔的沙棘连在一起，无疑便是一座树林。故乡的沙棘则多为灌木，矮而丛生，一蓬一蓬地匍匐山坡上，相互勾扯，密不透风，老枝灰黑、粗糙，乡人常砍来做柴烧。沙棘虽因土壤、光照和水分不同，可为乔木或灌木，但植物本性并无二致。沙棘生不择壤，具粗壮棘刺，花先叶开放，小如米粒，呈淡黄色，果实则近球形或扁球形，单个或数个粘连，宛如一串挂在枝头的水珠，色泽橙黄或橘红，性温，味酸涩。沙棘根系发达，耐旱，抗风沙，盐碱地亦可生存，生命力极强，其与柘木的性状接近，与精卫的性情也接近，发鸠山上虽无柘木，倒是有与柘木相近的植物，这倒是一件有趣的事。今人种树常喜嫁接，我父亲便是嫁接果树的高手，而古人似乎更喜欢演变，这座山上的沙棘或许就是柘木演化而来的，亦未可知。精卫的故事至今已千万年，发鸠山上的柘木自然也千万年，这种可能性是存在的，更何况，精卫在神话中意志坚韧，发生一些非常规的事也不为怪，即使在自然科学上，它是荒诞的。

事实上，自从盘古开天辟地以来，在上古没有一件事不是荒诞的，在发鸠山的周边便上演过后羿射日、女娲补天、嫦娥奔月的故事，这样的故事在历史中或许不可思议，在如今，却并非不可能的事。神话也是现实，时间可以让一切成为可能，但在发鸠山生活的那些日子，我的确不曾见过柘木，更未见过一种叫精卫的鸟儿，甚至也不曾见过与精卫长得相像的鸟儿。当然，乌鸦是有的，但我觉得《山海经》可以说精卫长得像乌鸦，我绝对不会这样说。乌鸦的叫声类似啼哭，但它并不让我感动，而精卫的哭声却令人动容。相传女娃死后，曾化身为鸟日日随父亲炎帝去狩猎，她回荡在空中的啼鸣异常悲戚，乍听酷似"精卫"的谐音。一只鸟儿的叫声是"精卫"，我想象不出这样的声音是什么样子，炎帝大概也被这声音困惑了，他甚至认为这声音是不吉祥的。炎帝不胜其烦，便欲举弓把这只怪鸟射下来，随从方士却禀告曰："此鸟乃陛下之女所化！"炎帝闻听心中一惊，不禁泪水盈眶，遂赐此鸟名精卫。由厌而怜，感情随关系变化而变化，纵然帝王也脱不了俗。精卫在炎帝头顶盘旋数个时辰，久久不肯离去，炎帝便作歌曰：

精卫鸣兮，天地动容！
山木翠兮，人为鱼虫！
娇女不能言兮，父至悲痛！
海何以不平兮，波涛汹涌！
愿子孙后代兮，勿入海中！
愿吾民族兮，永以大陆为荣！

炎帝赐名精卫的事并不可考，也无须考，但这首歌的风格显然更像楚辞，断断不会是炎帝所作。不过，神话都是古人演绎的，只要合乎情感逻辑，时代便不重要，我们也无须吹毛求疵。但在洪荒时代，海与陆的寓意显然与今日不同，上古时的大海更多意味着灾祸，陆地才是平安之所，或因这个缘故，华夏文明才在太行山现出曙光。精卫听到父亲的悲歌，发誓要把东海填平，她的仇恨似乎比东海的波涛还汹涌。精卫从西山衔石子和树枝投进东海，她往复来去，不但填出一座发鸠山，还"漳水出焉，东流注于河"。精卫本是要填平东海的，却又填出一条漳河来，可见水是防不胜防的，古人是否在暗示我们，仇恨纵然大如天，也是奈何不了水的？或许，纠结于神话逻辑本身就是一个错误，就像在上古，山与水显然是矛盾的两面，精卫的仇恨便是纠结在山水之间的。在人与自然的原始关系中，仇恨其实无处不在，人类对自然的征服多始于仇恨，仇恨是人类的原罪，也是自然的原罪，而在田园诗人眼中，这一原罪却被小桥流水所遮蔽，陶渊明便赞精卫曰："精卫衔微木，将以填沧海"。仇恨在田园消失，转而生成改天换地的毅力，这样的遮蔽是美好的，或者说，有了遮蔽，才有世外桃源。神话便是遮蔽的产物，神便由罪衍生而来，人类因担心大自然降罪，便去塑造神，人类因为恐惧，便去膜拜神，神的本质便是罪的变异。本是一个仇恨的故事，却演变成一个愚公移山的故事，仇恨似乎是人类最原始的动力，也是最持久的动力，人类被仇恨推着前行，又在前行中消弭仇恨。从这个角度看，每个上古神话都是人类对自然的一次复仇，这是人性最初的本原，人类文明便是将本原遮蔽，并为本原披上道德的外衣。如此，精卫便是一只神鸟，她以精神的方式存活在上古神话之中，上古神话便被刻写在竹简或碑石之上，供后人吟诵。此间的蹊跷仿佛那柘木，发鸠山存在下来，柘木却消失，其实不是消失，而是根本就不曾存在。古人在神话中留下如此破绽，可谓意味深长，我们却陶醉在神话精神的意淫中，对破绽视而不见。

1976年春天，燕子衔泥筑巢的时候，我挣脱祖父的怀抱，就像挣脱老槐树的荫庇，跟随父亲开始了生平第一次迁徙。我并非候鸟，用迁徙描述那段日子有些言过其实，但背井离乡无疑是这一事件的本质。那一天，我坐在父亲的自行车后座上，逆着故乡境内那条最大的河流，从王村公社最西边颠簸到王村公社最东边。那一天，我像一只鸟儿，把小小的身子藏在父亲的翅翼下，生怕从车座上掉下来。公社最东边那座山庄叫东方山，是田家沟大队的一个自然村，它高低错落在发鸠山主峰北面的半山坡上，就像悬挂在崖壁半腰处的几只蜂巢。说来你或许不信，发鸠山因精卫而名，东方山人却不知精卫填海的故事。其实也不奇怪，所谓东方山人并非土生土长的本地人，他们都是从河南逃荒来的，他们只知落脚的地方叫老方山，却不知发鸠山由三座主峰构成，老方山便是主峰之一。那一年，父亲还是民办教师，按说是没有资格到外村教书的，父亲之所以能够"调动"，一是东方山太过偏僻，没人愿去；二是联校指导员与父亲相交甚笃，此举看似让父亲去东方山遭罪，实际上是为父亲的前程辅路。去东方山的路上，父亲先去拜访了指导员，午饭也是在指导员家里吃的。指导员与父亲相谈甚欢，告别时天色已向晚，父亲把自行车寄放在田家沟一个亲戚家里，带我星夜上山。月光照在弯曲的河沟里，我跟在父亲身后，走在河边或高或低的小路上，心底虽忐忑，竟未感到恐惧。或许月光和流水陪伴身边的缘故吧，我仿佛父亲的背影，仿佛流水的回声，亦步亦趋在父亲的背影和流水的回声之间，那天晚上竟未感到恐惧。现在回想，就是从那天开始，我对走夜路变得麻木，而在此前，我常与同伴去邻村看电影，一旦落在人群后面，我便感到背后有东西尾随，脚步便不由加快。看电影无疑是乡村的节日，路上的人群仿佛稀稀落落的羊群，前后拉开差不多半里地，手电筒的光束不时射向夜空，那样的夜晚是喧嚣的，我却莫名地感到紧张和恐惧。而在那个晚上，我跟在父亲身后走在陌生的山沟里，月光流水一样洒下来，我安静得像一只羔羊，像脚边潺潺的流水，竟只有寂寞，没有恐惧。田家沟到东方山约五里路程，其间三分之二蜿蜒在河沟。那条河沟与故乡东西两边的河沟很相像，但如此安静地行走在夜晚的河道里，我还是第一次。所谓坚强或脆弱、娇气或耐力，其实皆由环境决定。那天晚上，当我走出祖父祖母的庇护，我便隐隐预感到，从今往后，我必须学会且习惯一个人面对异乡的日子。是的，从那一天开始，我必须学会且习惯做一只孤单的鸟儿，这是我漂泊的本性。但在那一天，我像米沃什一样，不知道鸟儿活在与人不同的时间里，不知道树活在与鸟儿不同的时间里，更不会把那晚的月光当作鸟儿婉转的鸣叫。

4

米沃什说，人不应该喜爱月亮，我不清楚他这样说的理由。米沃什还说，斧子不应该在他手上失去重量，他的院子应该有烂苹果的味道，我不清楚这二者之间的关联。米沃什继续说，一个人说话时不应该使用他感到亲切的字眼，否则撬开种子，发现里面是什么。里面会是什么？这个问题有些隐晦，米沃什漂泊他乡，不愿直接说出心中的隐痛，但他看见窗外有一棵年轻的苹果树，之后，他还看见苹果树上的累累果实，如此这般，时光便过去很多年。我熟悉斧子，祖父有一块弧线完美的磨刀石。我也看见过年轻的苹果树，一棵是父亲上山那年春天嫁接在老家院子的，一棵是父亲上山之后嫁接在校园岸边的。在校园那棵苹果树结出果实之前，我已经离开山庄，之后我经常从山庄背后的大山豁口翻越，却再未去过山庄。在老家院子那棵苹果树结出果实之前，我也离开了故乡，不过，我常在暑假或寒假回老家小住，可我没有闻到烂苹果的味道。父亲倒是回过山庄几次，但我不知道他是否看见苹果树结出了果实，甚至，那棵苹果树还在吗？

于发鸠山上那座森林而言，那棵苹果树根本算不得什么。穿行在林间，我只能盯着脚下不是路的路，我几乎看不见天空，更不会关心一棵树的生长是否也会疼痛。但每个人的生长史无疑是疼痛的，所谓阅历，便是让疼痛在时光里渐渐麻木，甚至像米沃什一样，不再使用亲切的字眼。

父亲是故乡唯一早晨刷牙的人，他的习惯注定了他只能在这片土地上漂泊。父亲站在老家院子里的梨树下刷牙，牙膏的泡沫挂在他的嘴边，也溅到梨树的身上。那棵梨树是祖父栽的，后来父亲又在院子里嫁接苹果树，那个时候父亲兴趣广泛，除了嫁接树木，他还试验土肥，推广沼气，箱养蜜蜂，裁剪衣服，只要不是种地，父亲似乎什么都能做。而祖父只喜欢种地，父亲在祖父眼中便显得不务正业。那时候，我很奇怪父亲怎么懂得那么多，却不知道父亲曾经上过太原化工学校。有一天，我在阁楼上翻腾父亲的木头箱子，想从木箱里找小人书或小说，却翻出一张肄业证。我把"肄"字读作"肆"，问父亲"肆业证"是干什么用的，父亲却突然暴怒，他一把夺过肄业证扔到墙角，眼眶里竟含着泪。父亲一言不发，摔门而去，把我扔在屋子里发呆。

这时候，母亲才告诉我，在我出生之前，父亲曾是方圆十里唯一的中专生，遗憾的是，父亲在省城读书不到两年，便被三年困难时期"肄业"回乡。父亲看到肄业证，就像被蛇咬的人看到井绳，曾经的荣耀凝结成一道不愿触碰的伤疤，直到送我去省城上大学之前，父亲很少跟我谈起他在省城读书的事。祖父是反对读书的，祖父觉得种地就是天底下最好的营生，只要愿意出力流汗，土里埋有黄金。祖母却是力主读书的，为了父亲读书，祖母卖过家里两棵大槐树。祖母对父亲说，只要你好好念书，你念到哪儿，我卖房卖地供到哪儿，你哪天不想念了，就回来种地。父亲不愿种地，便只有一门心思读书，父亲曾有机会摇身变为吃供应粮的人，但在最后一刻，他还是被命运无情地抛回农村的广阔天地。一切命定，父亲后来对我说。可祖母却不这么看，祖母对我说，如果不是她当年供我父亲读书，我父亲就没有机会去县城教书；如果我父亲不在县城教书，我就考不上省城的大学。祖母的逻辑清晰而缜密。事实上，自从恢复高考制度以来，我是全公社第一个考上大学的，而我之所以能考上大学，归功于我后来跟随父亲进城读书。父亲回乡的第一年担任会计，年底结算差一分钱对不上账，有人便在背后指戳父亲贪污，父亲一怒之下交出账本，跟着祖父去地里干活。父亲遭人嫉恨其实不是因为一分钱，而是父亲曾有出人头地的机会，父亲辞职也不是因为别人的指戳，而是他容不得莫名的仇恨。仇恨有时就像看不见的草根，说生长就生长。可让父亲种地只能闹出笑话，这是祖父不愿看到的。祖父是说一不二的人，在村里很有威望。不久，父亲便被大队安排当了民办教师。父亲当民办教师其实顺理成章，毕竟他是全公社学历最高的，公社联校破例把父亲调到东方山小学，学历也是重要因素，就像高考制度恢复之后，父亲又被一纸调令调进县城。当然，指导员对父亲的赏识也很重要，东方山虽只有十一户人家，却是全省农业学大寨的典型，指导员安排父亲上山，其实是让父亲去镀金。果然，父亲上山的第二年冬天便出席了全省劳模大会，省城载誉归来不久，便正式转正为公办教师。回想这一切，每一步背后都隐约藏着一只手，父亲带我上山前与指导员的密谈，或许就是无数次密谋之一。

那个夜晚，我与父亲行走在发鸠山的月色里，我能感觉到父亲的心情是愉悦的。父亲心情好，我便放松，父亲不再指责我这也不对，那也不对，我便在那个晚上喜欢上月亮。我不清楚米沃什为什么说人不应该喜爱月亮，后来一想到乡村的月亮，我便备感亲切。我觉得月亮就是黑夜里与我说话的人，纯粹，干净，素朴，泉水一样流进心窝。我曾在城市这样回忆乡村的夜色：

　　我知道，城市根本看不到纯粹的夜色
　　那纯粹的夜色像一枚草叶，早已遗失在
　　小学课本的第一页，高中课本的最后一页
　　那枚黑色的草叶像一堵重的墙
　　像一堆轻的棉花，像一个女子或深或浅的器官
　　偶尔，那枚草叶也很黄很薄
　　黄而薄的蝉翼蜻蜓一样滑翔在水面
　　滑翔在黑与黄、深与浅、重与轻之间
　　乡村的影子放大在一盏油灯后面

这是我喜欢黑夜的N种理由之一，当然，我现在看到的夜色已远不如乡村时单纯和透明。在那个晚上，我被月光照耀着，心情如蝉翼一样，但事实上，我也同时行走在精卫的仇恨里，虽然那时我不知道精卫，也不知道浊漳河。那个晚上，我逆流而上的那条河仿佛月光一样，让我感到亲近，但它并非浊漳河。浊漳河有三个源头：一个位于

沁县，为西源；一个位于榆社，为北源；另一个则位于发鸠山，为南源。三条河流于襄垣相聚，又途径黎城、潞城、平顺，最终与清漳河在河北境内的合漳村交汇，之后，又清浊相携，一路向东直奔馆陶，与卫河合为漳卫河，最后汇入海河。浊漳河南源始于发鸠山东麓的鹿谷，我去的地方位于发鸠山西北，我那晚看见的那条河与浊漳河反向而行，二者毫无关系。河流的命运也是命定的，河流的源头、流经方向和最后落脚点，最终决定一条河流的显赫或卑微。同样源起发鸠山，历史上有名的故事都发生在山的东边，而我却行走在山的西边，我脚下的那条河穿越公社全境一路西行，它在我的记忆中是浩荡的，却自始至终没有名字。事实上，它只是沁河的一条支流，它在安泽县境内汇入沁河，于更浩大的沁河而言，它有无名字并不重要。我在大山里长大，走出大山多年之后，才弄明白与家乡有关的地理概念，才知道那条无名河属于沁河，而沁河南经沁水、阳城、泽州之后，最终在河南境内一个叫西营的地方注入黄河。一条籍籍无名的河最终也会汇入黄河的大合唱，此即涓流的终极意义吧。多年之后，我开始梳理这些浅显的常识，这时候，我突然想起故乡的逃荒者竟是逆着沁河方向爬上太行山的，心底不禁默然。

人往高处走，水往低处流，古今亦然。我从小就像熟悉流水声一样熟悉河南方言，我一直不明白两岸的乡人为何天天看着那条河从眼前流过，却从不关心它最终去了什么地方。其实，这并不奇怪，就像发鸠山东面的河水去了海河，西面的河水去了黄河，一山之隔，天南地北，这样的事岂是乡人该操心的？是的，自然的存在就是法则，那条故乡河春天浇灌土地，夏天或秋天暴涨洪水，冬天封河结冰，除此之外，它与乡人有什么关系呢？眼见为实，乡村经验只相信眼见的事物，乡村视野只是一面受限的镜子，乡村不存非分之想，日子便安逸。是的，视觉、触觉和听觉都不会说谎，不过，你所见的一切事物，都仿佛从一扇门中看到的花园，你无法走进去，但你确信它就在那里。也仿佛从你眼前流过的河流，你无法随它去远方，但你确信它曾从眼前经过。是的，米沃什，我们的确不该相信自己的眼睛，眼睛有时看到的只是表象。但你不能因此便觉得我的乡亲是没有希望的人，或者说，当我们转过身去，世界便会在我们背后中止存在，就像被小偷的手盗窃而去。米沃什，我不反对你与世界的关系，但我不觉得我的乡亲是没有希望的人，他们只是喜欢忘却。对，是忘却，而不是被一只手偷窃。其实，有些东西别人是根本偷不走的，譬如灾难，当事人一直在努力忘却，而旁观者却一直在追溯，就像追溯一条河流的源头。在那个夜晚，当我走到河道的尽头，走到两沟交汇的地方时，我其实已经接近那条河的源头，我对此却浑然不知。我停下脚步，抬头望望湛蓝的夜空，我想继续沿着山南那条河沟盘旋而上，就该到达父亲说过的那座山了。父亲早在半年前就上了山，他曾告诉我，发鸠山上到处是森林，森林里有野鸡、野兔、狼、豹子和野猪，还有松涛。父亲还站在我家的院子里，指着东南方向说，看见了吗？那座最高的山峰就是发鸠山。我追随父亲的手指向东南方向看，却什么也看不到。后来，我坐在村庄的后山上对童年的伙伴说，看见了吗？那就是发鸠山，可我不知道他们是不是真的看见了发鸠山。但在那个晚上，我的目的地是东方山，不是发鸠山，走到山脚的那一刻，想到发鸠山离我竟如此之近，我不禁有些紧张，手不自觉地拉住父亲的衣服后襟。父亲觉察到我的变化，他指着面前那座山说，沿着山梁爬上去，就是东方山。我顺着父亲手指的方向望去，却看不到村庄，只见一座石头山隆起眼前，山梁上隐约有一条仅容一人行走的小路，仿佛被风吹弯的绳子，从山顶上细细地悬挂下来。月光依然朗照，山梁清楚如昼，水一样清纯的月色反衬出山脊的荒凉，那荒凉便是山坡的寂寞，是春风吹又生的。我对荒凉见怪不怪，只是小时候最怕爬坡，不由皱起眉头。父亲说，你在前面走，我后面跟着。我点点头，急忙窜到父亲身前，像一只山羊。可我没有山羊的脚程，后来听说发鸠山顶有一座庙，庙里的砖瓦都是山羊驮上去的，我不禁由衷羡慕起山羊的攀爬功夫来。那天晚上，我就是一只攀援在一条或隐或现的绳子上的山羊，与背负砖瓦的山羊所不同的，我一路走来都是徒手。我无法与山羊相比，更不敢与衔木填海的精卫相比，毕竟，那座山是神山，从前属于精卫，现在属于精卫，今后依然属于精卫，即使那只精卫是被虚构出来的。虚构比真实更易流传，更悠久，而于一座神山而言，我仅是它脚下的匆忙过客，与山坡上岁岁枯荣的草木并无两样。在那座山面前，我充其量是一尾随风掠过的羽毛，不会留下任何痕迹，东方山人在此生活了一辈子又一辈子，却不知此山是神山，我倒是为他们感到遗憾。虽是逃难而来，可自落脚那日起，他们的子孙便在此地扎根，可他们却不知道精卫填海的故事，也从不关心精卫填海的故事，更不用说那只相貌怪异的鸟儿。是的，他们不关心听到的，只关心看到的，在他们的生活经验里，皮糙肉厚的野猪才是真实存在。乡人不知道精卫也就罢了，奇怪的是，父亲也不曾提起过精卫填海的故事。两年多后，我随父亲"迁徙"到县城，看到县文化馆的墙壁上刻着精卫填海的传说，看到县文联办的一本杂志叫《精卫鸟》，我才知道自己竟然在一个很著名的地方度过了寂寞的小学时代。

生活在半山腰的山地居民本来就是移民，他们不知道精卫情有可原，就像他们这辈子，如果哪个人不曾迎面遭遇过野猪，倒有些意外。我的故乡也多半为河南难民，村庄周边的山上到处可见旧时老庄，难民选择落脚地很有些占山为王的意思：地方较偏僻，土质较好，地理位置较朝阳。东方山便是这样一个山庄，山庄周边的坡地是那十一户人家落脚之后开垦出来的。东方山四周树木稀疏，对面的发鸠山主峰却遍山松树，远远望去，似乎要一直绿到天上去。不过，那天晚上，我把注意力都投给了脚边的月光，并未留心对面的森林。次日早晨一觉醒来，我站在窗前寻鸟声望去，顿觉密不透风的绿色迎面扑来，我不禁在心底惊疑自己离天竟这样近！我的故乡也遍地是山，山上也有松树，却总给人离天很远的感觉，那些孤单的树仿佛被人遗忘在山坡上似的。发鸠山周边的山坳里还有几座山庄，那儿的山地居民也是河南移民，他们选择在那儿扎根，只因那儿人迹罕至，只要他们乐意，他们便是一道山坡或一座山沟的主人。那些山庄多者十余户，少者一二户，山庄与山庄之间通婚，如果谁家的女子嫁到山下，邻居便会流露出羡慕的神情。那些山庄或叫这个沟，或叫那个沟，只有我生活过的山庄叫东方山，这个名字显然是打着时代烙印的。东方山名字很美，却并无历史传承，倒有浓郁的政治意味。村民清一色的河南口音，这个名字应该是后来起的。整座山庄呈台阶状，一座院子安置一户人家，一户人家守着一道悬崖，没有月光的晚上，不熟悉地形的人出门，一不留神就会掉落到悬崖下去。东方山小学也建在一道悬崖上，相对民居而言，学校院子更宽，地理位置更高，每到春冬，那儿几乎就是风口，夜风吹打着教室窗户，几乎整夜不歇。父亲在那道悬崖上教书三年，我在那道悬崖上与父亲相依为命两年多。我虽在村里长大，到了东方山才见识到什么是"石头桌子石头凳，石头黑板墙上钉"的样板小学。那些不寻常的石头桌凳是前任留下的遗产，父亲正是继承了前任的原始和简陋，才有幸坐在省城的湖滨会堂参加全省劳模大会，见证了乡人一生都不曾见证过的宏大场面。那年冬天，父亲抱着一摞笔记本、奖章、像章返回学校的时候，脸上的笑容就像对面长满松树的山坡，似乎随时都会响起欢乐的松涛。而我只是父亲的影子，米沃什说"没有影子，就没有活下去的力量"，我想这也是父亲的信念，也是精卫的信念。当然，精卫的影子是仇恨。

5

"最初，人和树木：非常巨大。然后，人和树木：不那么大。"
我惊异于米沃什膨胀或收缩时空的不着痕迹,在他的辽阔和微小面前,
我早已"缩到了一片五月叶子的尺寸",就像发鸠山在我的记忆里,
只不过是一段黑白电影胶片。在发鸠山,印象深刻的段落大多与黑夜
有关,而黑夜便是教室空空荡荡,教室空空荡荡便也是黑夜。

那两年,或早晨,或中午,或黄昏,每当教室空无一人,父亲便
站在窗前凝望对面的山林,或横笛吹奏,或清唱《红梅赞》:

红岩上红梅开
千里冰霜脚下踩
三九严寒何所惧
一片丹心向阳开,向阳开……

发鸠山上青石俯拾皆是,但没有红岩;黄刺玫遍地丛生,也没有
红梅;三九严寒倒是可以刺入骨头的,但这一切并不妨碍父亲对红梅
的情感是真挚的。那时候,就像我不懂父亲的无名火因何而发一样,
我也不懂父亲的忧伤,有时我甚至觉得父亲的严厉俨然冬季的山风,
说刮便刮过来,令人猝不及防。父亲手把手教会我刷牙,又不厌其烦
地指责我刷牙的动作。我脾胃虚寒,常常不由自己地吐唾沫,父亲却
不断反问我,知道"活"字怎么写吗?舌头旁有三点水!言外之意,
舌无水便不得活。有客人来访,我必定要规避的,我坐在教室门口与
发鸠山对望,父亲又恼怒我年少老成。开始我以为我在祖父祖母身边
长大,父亲从不敢当着祖父祖母的面管教我,心存怨怼。后来才明白,
父亲那些年诸事不顺,内心压抑,我跟在他身边,自然便是他的出气

筒。在山上的那些日子，我失去祖父祖母的庇荫，每天必须面对父亲的挑剔和审视，心底仿佛揣着一只兔子，或许为了躲避责难吧，我自觉地把自己当作父亲的影子，见到任何人都三缄其口。其实，心高气傲的父亲屡屡碰壁之后，身上的棱角已渐渐磨平，心性也渐趋平和，尤其上山之后，父亲在精卫埋葬仇恨的地方隐隐看见人生曙光，他没有怨恨，只有感激，他知道他就是一条涓流，只有追随山势自然行走，才可能走向远方。当然，父亲从不跟我讲他的心事，但我知道父亲对发鸠山深含感情，这一点，我从他进城后的片言只语中能够感受到。父亲曾希望我重回一次发鸠山，我只是笑一笑，没有答应，也没有拒绝。我只是发鸠山的一个过客，远远看着父亲站在窗前，或吹一阵笛子，或高歌一曲，或唱一段样板戏，我心生羡慕，偶尔也会在嗓子眼里哼几句，却从未放开嗓门，不过，旋律和歌词我倒是耳熟能详。父亲算得上半个男高音，笛子也吹得婉转有致。父亲不在的时候，我时常抚弄父亲的笛子，但从未吹出半个音符。那时候，我身子单薄，底气不足，吹不响笛子，总被父亲责怪之后，我甚至患上过轻度强迫症，对父亲喜爱的东西都敬而远之。我爱吐唾沫的毛病便一半是生理原因，一半是心理原因，现在仔细回想，我是离开父亲到省城上学之后，才突然改掉这个毛病的。读高中的时候，我的语文成绩年级数一数二，数理化成绩也名列前茅，父亲问也没问，便帮我选择了理科。读大学的时候，父亲一心盼望我考研，我却弃理从文，冥冥之中，我的选择似乎也是一种潜意识深处的背叛。跟随父亲那些年，我对父亲既敬畏，又崇拜，但若说到我心目中的偶像，无疑是祖父和祖母，我与父亲若即若离，但我的心中不会有恨，这样的问题我甚至连想都没有想过。在我的早期文字里，童年和少年的很多记忆似乎突然隐身，即使偶尔回忆往事，也很少触及内心的痛苦，文字中出现的人物，也多是祖父和祖母。我在一座仇恨喂养的山上长大，但我不喜欢仇恨，不管是对亲人，对朋友，还是对赐给我磨难的人。我曾经是个眼里揉不得沙子的人，我会仇视某种现象，但我不会具体仇恨某个人、某件事，无论他或她曾经伤害我有多深。当然，我也不会逃避仇恨，我只是不愿以仇恨应对仇恨，我不知道这算不算一种精卫情结，但我知道精卫的仇恨填出发鸠山的同时，也填出了浊漳河，而溺死精卫的东海却依然故我。我不喜欢仇恨，但我喜欢孤独，或许在山上那段日子里，我已经习惯了孤独。孤独并非离群索居，但我的孤独确实是在离群索居中发酵的，我很小便追随父亲在异乡漂泊，在山上的那段日子里，我其实非常渴望有人走到学校院子来，哪怕从院子经过也好，可我时常听到咳嗽声或脚步声从悬崖下经过，却根本看不到人的影子。看不到人影，我便坐在教室门口看对面的山，我看山的心情其实很平静，但在父亲的眼中，我似乎是呆若木鸡的样子。我看山也仅仅是看山，并非想与大山对话，我只是一个孩子，怎么会与一座大山对话呢？但在早期文字中，我确实把自己看山的经历描述成与大山的对话，我的虚伪只不过是对恐惧的掩饰。有月光的晚上，我是坦然享受的；没有月光的晚上，我便对对面山林发出的声音充满猜疑。我试图寻找那些可怕声音的起源，我以为只要找到那些声音来自何处，我便可以挖出恐惧的根，我便能回到月光朗照的晚上，让山上的一切变得清晰可见。可山林那么大，又那么远，我的想法多么可笑。很显然，我这样的叙述也有虚饰的成分，在冬夜，即使月光朗照，山林也会彻夜呼啸，那呼啸里也是藏着恐惧的啊！但在我的记忆里，似乎月光可以抹掉一切可怕的事物，就像在没有月光的晚上，我越挂记对面那座山林，山林此起彼伏的涛声便越发让我难以入眠。父亲在山上还好，父亲如果去公社开会，我便只能独自面对，那样的夜晚便是无尽的折磨。当然，父亲下山之前会把我托付给老乡，让我去老乡家吃饭，让老乡的孩子陪我睡觉。我知道我不是孤单的，但我是孤独的，那孤独就像窨井里的苔藓，湿滑，紧密，可触，我被窨井里发潮的气息袭扰，却无法在井壁上面安静地停留片刻。尤其放学后的那段时光，我必须独自面对空荡荡的教室，必须独自面对那座山林，直到老乡家的孩子猫一样从陡斜的小路蹿上来，喊我去他家吃饭。老乡的晚饭都很晚，我一人独对夜色降临的过程便格外漫长。我站在教室的窗台前，死死盯着窗外，凝视着黑夜像墨汁一样无声地漫下来，之后，仿佛一块密不透风的黑布，猛然把对面的山林严严实实地罩起来，我的心便突然下沉，黑夜便似乎没有尽头。风越来越猛烈，我听着夜风把连绵的松涛一声声掀起来，整个山庄便淹没在一阵紧似一阵的恐惧里去。米沃什，难道你在异国的《恐惧》也会在我的异乡完整呈现吗？

你在哪，爸爸？夜晚没有尽头。从现在起黑暗将永远延续。旅行者无家可归，将死于饥饿，我们的面包是苦的，石头般坚硬。可怕野兽的灼热呼吸越来越近了，喷发出恶臭。你去了哪儿，爸爸？为什么你不怜悯你迷失在这阴暗森林的孩子？

其实，真正让人担惊受怕的不是夜，而是黑，不是风，而是黑夜的风，尤其在冬天。寒风噼里啪啦叩打着窗户，我蜷缩在煤火台上，火苗把我的影子摇曳在背后的墙上，我的身影放电影一样在墙上放大，恐惧也随之放大。我不敢回头，也不敢看门口。我把脑袋埋在双膝之间，凝视着烧红的煤块在炉腔里剥落，塌陷，灰烬飞起来，我觉得只有它是温暖的，但我不能伸手抓紧这温暖。我的双手其实就平伸在这温暖中，但我不能攥紧它，手心手背在火光中翻来覆去，墙上便投出各种影子，有时像狼头，有时像剪刀，有时则是一头说不出名字的兽。我不敢扭头，但我能想象出它们的样子，事实上，我总在不经意间偷窥到它们的样子，只是我不愿意承认它们的存在，就像我不愿意承认恐惧的存在。我反复做着无意识的动作,耳朵一直呈竖立状,我努力捕捉门外每个动静,即使一枚树叶飘落,我也能感觉到它的存在。我寸步不离煤火台,我一直期待脚步声出现,又害怕脚步声出现。在那一刻,火光是我唯一信任的事物,有了火光,夜色尽管漆黑,山风尽管狂野,窗外的响动尽管让人坐卧不安,但我知道,只要火光在,这些可知或不可知的事物便伤害不到我。那个时候,我唯一担心的东西便是我常常听人提起,却从未遇见过的野猪,我熟悉狼的脾性,熟悉蛇的脾性,也熟悉猪的脾性,但对山林里时常出没的野猪心存恐惧,更何况,乡人还在有意无意间告诉我,村口的晚上时常会有野猪出没。我不知道自己为什么最怕野猪,却知道乡人最恨野猪,一头野猪一个晚上可以糟蹋一亩庄稼,乡人辛辛苦苦的汗水便白流了。据乡人讲,野猪的牙齿极其尖利,肚皮极其厚实,野猪一口可以咬断一棵树,野猪的肚皮耷拉在地上,经久磨砺,"地枪"也奈何不了它。我想,或许野猪咬断树的场景太过直观,我甚至能听到那一声"咔擦",我怎能不恐惧呢?在故乡的时候,我最担心"地枪",因为我不知道那些"地枪"都埋在什么地方;在发鸠山,我担心野猪胜过担心"地枪",我觉得野猪随时都会突然出现。说到"地枪",其实就是乡人埋在地头或山林里的土制炸弹,它由火药与碎铁钉混合而成,碰到或踩到引线便爆炸,乡人常用它护秋或捕杀猎物。"地枪"威力很大,不管人,还是动物,只要踩到"地枪"便非死即伤,可当"地枪"炸向野猪时,却好似在它的肚皮上挠了一下痒。野猪不怕"地枪",野猪受惊后更具破坏性,一头野猪钻进一片玉米地,这片玉米地便颗粒无收。乡人明知"地枪"会激怒野猪,又不得不埋"地枪",这也是一种无奈吧。那时候,我每个晚上都在担心野猪,却从未见过真正的野猪,野猪便在我的情感中沉淀为一个恐惧符号。很多年之后,我时常会把野猪和家猪联系在一起,我一直想不明白,同样为猪,家养与野生的习性何以存在如此大的差别？

农闲时节，乡人中会有人上山打猎，那时候，我最盼望家乡人来找父亲。我那时候不吃肉，对野鸡、野兔并无兴趣，我只是愿意在异乡看到本乡人，看到他们心里便格外亲切，那亲切衬托的，其实是我的孤独。乡情带来的欢乐是短暂的，就像在发鸠山顶放的那场电影。公社放映员是父亲的学生，他之所以答应把放映机抬到东方山，是给父亲面子，后来他又决定把放映机背到发鸠山顶，则是心血来潮。其实，也算不得心血来潮，放映员嗜酒如命，他是被山顶上的酒和野味诱惑的。那是我第一次爬上发鸠山，踩着脚下厚厚的松针，虽然脚底发软，走路打滑，可我竟然没有感到累。偶尔坐在林间空地望一望枝桠间的天空，我甚至有些兴奋。上山的路严格讲根本不算路，只是一个方向，想起山羊当年就是从这面山坡把砖瓦驮上山的，我便回头打量背电影机的人，我觉得他们就是山羊。走进山顶大院时，天色已近傍晚，风从松林上吹过来，顿感浑身轻松。我在院子里走来走去，充满好奇，蒿草中依稀可以辨出旧时的台基，寻见古时巨型砖瓦的残片，但我并没有把这座院子与寺庙联系在一起。事实上，这儿从前就是一座寺庙，叫灵应侯庙，为彭祖祠堂，现在变成林场工人住地。站在院门外向东眺望，能看到远处的县城，看到远处一大片明亮的灯火，我心底满是憧憬。但我并未想到，一年之后，我将跟随父亲走进那个地方。山脚下的村庄淹没在暮色里，那儿便是浊漳河的南源，据说源头处曾有一座泉神庙，后改名为灵湫庙，为炎帝纪念女娃所建，但在那时那儿也是林场工人住地。我站在山顶远望过那个地方，但我一直没有机会拜访浊漳河源头，我不知道它与故乡山上的泉眼有什么区别。在山顶东南侧有一处古遗址，为南崖宫，当地人称之为九窑十八洞。第二天下山的时候，我倒是去过。南崖宫为上、中、下三层石洞式宫殿，建于悬崖峭壁上，洞殿之间以石阶上下左右相连。南崖宫肯定是有故事的，可我对古迹浑然无知，在我的眼中，南崖宫只不过几座无人居住的石头窑洞，以及洞前一人深的蒿草，这样的窑洞故乡并不少见，只是没有它的规模，当然，也没有它的荒凉。我对遗迹没有兴趣，对九窑十八洞旁的白云洞倒是充满好奇。白云洞官名叫起云洞，为寺僧禅室，位于学校正对面的山坡上，不论晴天，还是阴天，都有白云从洞口吐出来，乡人借景生名，便称之为白云洞。站在教室门口看着白云从松林间腾起，我感觉十分神秘，可当我走近白云洞的时候，心里却有些失落。那是一座很寻常的山洞，与故乡路边遗弃的窑洞并无二致，在故乡，我看到路边遗弃的窑洞便想到死亡，我弄不明白，这座寻常的窑洞为什么就能吐出白云，难道是因为它离天更近一些吗？爬上山顶之前，我顺路看到了白云洞的庐山真面目，我一直纠结它吐出白云的事，只记得晚饭有野鸡、野兔和老白干，是不是有狼肉就记不大清了。我对酒肉一向没有概念，我只是坐在一旁，一边想着白云洞，一边盼着早点放电影。饭后，山上的风越来越大，幕布根本无法挂上院墙。大家合计半天，只得回到屋子里，在屋墙上挂了一张发潮的床单，几个人围坐炕上看了一场"小电影"。

与父亲在东方山生活的那两年多其实就是一场"小电影"，它于我而言，仿佛路边突然跑过的一只野兔，于父亲而言，却是人生的重大转折。发鸠山虽对父亲的一生很重要，但父亲最值得炫耀的事还是在省城读过书，去省城领过奖，不过，父亲补发毕业证那一年，他的工资待遇早已超过他迟到的学历，至于省劳模的荣耀，只能定格在1976 年的那个冬天，只能存在档案里，因为"文革"时期的劳模是不被政策承认的。父亲一生最荣耀的只有这两件事，可这两件事都未给父亲带来任何荣耀，这或许便是父亲感慨的命运吧。父亲曾想烧掉那两样东西，最终，还是把那两样东西压在了箱底，那两样东西一直保存到现在，在父亲看来，它们既没有爱，也没有恨，只有记忆。"唉，我的记忆不想离开我——住在里面的生命，每个都有自己的痛苦，每个都有自己的死亡，都有自己的颤抖。"哦，亲爱的米沃什，请允许我代表我的老父亲，向你致敬……

6

米沃什，昨天晚上我梦见你了。郊外。尖顶的教堂。汲水或挤奶的女子，还有长长的披肩。那是你的波兰，是你的维尔诺，是你的羊群，可我没有去过你的故乡，我的乡人也从不从羊身上挤奶。其实，我梦见的不是你，是你的诗歌，是你诗歌的节奏、意境和翻译带来的异样的味道，我在梦里反复吟诵，醒来却大脑空空。在梦里，我们似乎说过话，我们说过吗？那群羊多可爱，就像一片青草或一群孩子。对了，我吟诵那些诗行的时候，那些诗行便排成森林的样子，那该是一座怎样的森林呢？

发鸠山林场管辖着县境内最大的一座森林，东方山环抱其间，森林却与他们没有任何关系。父亲有朋友在林场上班，他经常来看父亲，来时手里或提一两只野鸡，或提一两只野兔，走时父亲则送他一罐头瓶蜂蜜。那是荆条花蜂蜜，色泽橙黄、透明，与现在的沙棘汁相近，却比沙棘汁黏稠许多。父亲上山后迷上养蜂，学校院子里少时摆放三四个蜂箱，多时则沿墙脚排出一长溜，竟有八九个。那些蜂箱是松木板做的，还散发着松香的味道。我偶尔也翻翻父亲养蜂的书，父亲筛蜜时也常上前搭一把手，对蜂箱则是敬而远之的。不过，我认识工蜂、雄蜂，也认识蜂王和王台。蜂王唯我独尊，是容不得第二个蜂王存在的，父亲一旦发现第二个王台，便忙着为它们分家。工蜂最是勤劳，雄蜂最是悲哀，雄蜂与蜂王一生只有一次交配机会，交配之后便"殉情"而亡。初见蜜蜂，我便想到黄蜂，我吓得不敢出门，父亲却告诉我，只要你不招惹它，它便不会蛰你，它只要蛰了人，便命不长久。如此说来，工蜂的刺仅是采集蜂蜜的吸管，如果变成攻击工具，它便要受到惩罚，自然界的逻辑有时很残酷。看见蜜蜂在父亲身上飞来飞去，父亲却一副浑然不觉的样子，我便相信了父亲的话。我经常看见蜂箱四周落满工蜂尸体，有时甚至需要用簸箕扫，便想那些工蜂是犯了戒条的。一旁看着父亲侍弄那些忙忙碌碌的小生命，感觉它们生命如此短暂，好好活一回也真不容易。蜂族其实是个分工明确的家族，类似母系社会，由一个蜂王、少数雄蜂和众多工蜂组成；蜂族也是个失衡的家族，雄蜂雌蜂比例严重失调，或许如此，雄蜂除了交配什么也不做，可一次交配便须付出生命，死亡也太过寻常。自从父亲开始养蜂，我每天都可以喝到蜂蜜水，这段记忆是甜蜜的。然而，蜂蜜的味道有多甜，死亡便离我有多近，看到那些小小的尸体，心底难免戚戚然，我对蜜蜂的印象便由恐惧转而变为怜悯了。

物种之间的错综关系显然要复杂过鸟鸣、流水的歌唱或阳光的谱系。不过，在乡村，如果你懂得狼与羊和一座庙的唇齿相依，便有可能发现事物之间的另一层隐秘关联。从表面上看，生物链间的确存在一物降一物的简单逻辑，不过，若是有人参与其中，事物与事物之间的关系便不再直观和武断。譬如狼吧，它独来独往，生来以肉为食，此处无肉，便到别处，似乎有些特立独行，也似乎有些孤独。而羊呢，天生安分守己，天生成群结队，又天生任人宰割。羊在圈里是安静的，在山坡上是不安分的，平日里羊角似乎只是摆设，可一旦发起疯来，也是拼命的。狼吃羊，羊吃草，似乎命定，狼似乎是智性动物，羊似乎是情感动物，狼吃羊也似乎天经地义。我尊重每个生命的选择，尊重每个生命选择的生存方式，但动物与动物的弱肉强食先天存在，我同情羊，但也喜欢与狼共舞，有时候，我还羡慕牧羊人。可在乡人的逻辑里，山神庙是护佑羊的，而狼又是山神庙的守护神，牧羊人对庙自是敬若神明。在故乡一带，最有名的庙宇都建在发鸠山周边，它被树木层层拱卫或掩映，我很少看到羊群到那儿去，虽然灵应侯庙里的砖瓦是山羊驮上去的。而我的老家叫寺头，显然与寺庙有关，在村西的半山坡上曾有一座甘泉寺，在我懂事的时候它便沦为一片瓦砾。十二岁那年夏天去山上采知母，我曾在瓦砾堆中看到一条缓慢移动的蛇尾巴，它状如锄把，我大气不敢出便蹑手蹑脚返回村庄。我知道，所有的庙都是灵异的，即使老家山上大大小小牧羊人建的山神庙，也是有讲究的。牧羊人每天在经过的路口随手放一块石头，那些石头便慢慢堆成庙的形状，只要有庙的外形，便会有人烧香，只要有人烧香，不管简陋或奢华，都会成为庙。故乡村后的山上有一座石砌的山神庙，它孤零零地站在接近山顶的路口，庙的前面是一条小路，后面是一道陡坡。上山采药或打柴的时候，我经常从那座小庙经过，虽然庙中并没有供奉任何神像，可它毕竟是一座庙，我的心底还是存着畏惧的。那个路口是上山的必经之地，牧羊人把庙址选在这儿自有道理——牧羊人最忌讳羊群从庙的背后走过，那是对神的大不敬。牧羊人把庙址选在陡坡下面，便可避免羊群跑到庙的背后乱叫乱窜，惊动神灵。不过，羊们虽然看上去温驯，可毕竟是圈养动物中的攀爬高手，它们偶尔还是会窜上庙后的陡坡，发出咩咩的叫声。每每遇到这种尴尬场面，牧羊人便会数落"触犯天条"的羊半天，然后把这个不守规矩的家伙原路赶回，让它在庙前乖乖地再走一次。同时，牧羊人还会在山神庙上添加一块石头，也算是一种告罪吧，山神庙便因牧羊人的不断告罪而越来越高大。牧羊人对山神庙的敬畏其实源自对狼的恐惧，狼是山神庙的守护神，山神庙便是狼的化身，或许在牧羊人的伦理里，敬畏山神便是敬畏狼，敬畏狼便是保护羊，此间的利害牧羊人是秘而不宣的。我曾亲眼看见过一件疯狂的事，那件事发生在1976年冬天。在那个薄雾笼罩的早晨，整个村庄炸锅一般，乡人一大早便聚在一起交头接耳，议论纷纷：三小队的羊全部被狼咬死了！那群羊关在村外的一座窑洞里，那天晚上的羊窑是上了栅栏的，可整整一群羊还是被狼活活咬死了。守夜的牧羊人也说不清事情到底是怎么发生的，在他醒来的时候，所有的羊都被狼活活咬死了。按常理，狼会叼上几只羊逃回山上，但在那个夜晚，整群羊都直挺挺地暴尸在窑洞里，狼竟然一只都没有叼走！这违背常理的一幕让人恐慌，更令人惊惧，而在那天下午，一群狼竟又旁若无人地列队出现在村外，那场面俨然是示威。狼咬死羊和狼列队示威这两件事发生在同一天，却被乡人整整议论了一个冬天。乡人为这种异象作了很多种猜测和解释，都不得要领，但有一点大家心照不宣，就是牧羊人肯定得罪了山神。现在想来，乡村记忆中的大多事情都与恐惧有关，而那年冬天尤显得蹊跷，我的印象便格外深刻。假如说日常恐惧仅是一种气息，譬如蛇、黑夜、风、野猪、殡葬仪式，还有路边废弃的窑洞——那些窑洞多是空置的墓穴，洞内偶尔还会发现枯骨或腐烂的棺木，我看到它们便会想到死亡。那么，我在那个冬天目睹的则是一场恐惧情景剧，这具象的恐惧不仅会在梦中重现，还湿冷的气息一样浸透在骨髓里，让人不寒而栗。

在乡人的观念里，狼是有神性的，也是有智慧的。在乡村的煤油灯下，我经常听老人讲"狼背猪"的故事，我不知道这个故事的真实性究竟占到多少，但这个荒诞故事的确很有意味，甚至有些私奔的味道：黎明时分，狼拱开猪栏，把睡梦中的猪从猪圈赶出来，用嘴死死咬住猪的脖子，用尾巴不断抽打猪的屁股，猪便在狼的抽咬下，与狼肩并肩地狂奔出村庄，一溜烟上山而去。若单从奔跑的场景看，狼与猪肩并肩该是多么亲密无间；若考虑到狼与猪的关系，这场面无疑是骇人的，与其说它们在私奔，倒不如说狼在抢亲，狼有办法让笨头笨脑的猪与它"心甘情愿"地并驾齐驱，狼的确足智多谋。

我曾经想过狼为什么不背羊呢？后来我明白，羊体型瘦弱，在狼的眼中无足轻重，狼对付羊根本不需要动脑筋。不过，我并不觉得这是狼对羊的轻视，狼只是更智慧而已，或者说狼吃羊已是习惯，就像羊喜欢群居一样。在乡村，无论狼，还是猪、羊、牛、马、鸡、兔子，它们的称谓基本固定不变，而任何称呼一旦与人联系起来，便花样繁多，就像每个人都有一个名字。乡人很不习惯牧羊人的概念，他们称牧羊人为放羊的或羊倌，前者明显含有鄙视意味，后者则相对中性。我觉得羊倌、羊和沙棘最像一个族群，他们像生活中的艰辛一样随处可见，却又浮萍一样随遇而安。在乡人眼中，羊倌是懒汉，是光棍，一人吃饱全家不饿，他们除了手握的鞭子、放羊铲和披在身上的羊皮袄，几乎一无所有，即使那群羊和从羊身上剪下来的羊毛，也与他们无关。他们只是白日放牧羊的人，只是夜半驱赶狼的人，但不是羊的主人。他们无权主宰羊的生死，也不会掠杀狼的性命。除了圈放和驱赶，他们什么也不做，他们的职责只是守护生命，让羊肥胖地活着，让狼远远地离开。羊倌不捕杀狼或许是担心狼的报复，羊倌相对农人貌似自由散漫，其生活轨迹其实也是程式化的。栅栏打开或关闭的那一刻，羊倌便举着鞭子或扶着铲子站在羊圈门口。羊倌大多不识字，不识数，甚至不会写自己的名字，羊倌只记得领头羊叫花花，叫小黑，叫小白，其他羊则没有名字。没有名字并不妨碍羊倌记住每只羊的模样，就像羊倌通常无法从 1 连续数到 100，但并不妨碍他们每天一个不少地清点羊群。黄昏时候，鸟儿敛翅在树杈上，这时候，你会看到羊倌清点羊群归栏：一五，一十，十五，二十，二十五，三十……早晨，鸟儿聒噪在树梢上的时候，羊倌开始清点羊群出栏：一五，一十，十五，二十，二十五，三十……那些或冲出或回归羊圈的公羊、绵羊和羔羊，那些或走失或受伤的公羊、绵羊和羔羊，那些或褪毛或瘸腿的公羊、绵羊和羔羊，羊倌都分得清清楚楚，就像分得清他的大拇指、中指、食指、无名指和小拇指。

羊倌熟悉他的羊群就像熟悉他的山坡、河汉和草黄草绿的季节，就像熟悉他鞭梢上清脆的哨音。但羊倌大多是不识字，也不识数的，羊倌只喜欢甩一甩鞭子，面对孤寂的群山干吼几句祖辈传下来的山歌。听到羊倌荒腔走板的山歌，我便会想起山坡上那些一五一十疯长的青草，河汉里那些一五一十不息的流水，麦地里那些一五一十倒伏的麦子。一声鞭哨划过半空，抽在阳光或黄昏的背上，这时候，你便能看到羊倌出工或收工的身影。我时常跟在羊群后面看着它们出村，又时常跟在羊群后面看着它们归栏，羊的生活习性可以近身观察，狼却是不能够的。我对羊的认识一成不变，对狼的认识却大体分三个阶段。最早的时候，与狼有关的故事多发生在老庄，老庄孤零零地立在荒山野岭之上，那个兵荒马乱的年代人少兽多，山上的世界似乎是动物的，逃荒的人经常会讲起某年某月某家的第几个孩子是在院子里被狼叼走的。那个时期我不曾经历，但常常听老人说起，每次从老庄的废址旁走过，我都会想起狼叼着孩子逃之夭夭的情形，心底便隐隐生出几分恐惧。我出生的时候，散落在山上的人家陆续搬到村里，村庄人丁兴旺起来，老庄便成为老辈人的记忆。这个时期的狼变得胆怯，狼吃羊或狼吃猪的事虽偶有发生，也多半发生在深更半夜。在我的记忆中，狼大白天叼走猪羊的事几乎没有发生过，狼叼走孩子的事早已绝迹，倒是孩子们上山采药或砍柴时，经常会在山上围剿独来独往的狼。当然，孩子们的围剿是虚张声势的，是无功而返的，在山坡上，孩子们的步伐永远没有狼的矫健，但在这个时期，记忆中的狼是惧怕人的，而不是人惧怕狼。我离开村庄出外读书以后，狼便越来越少，狼很少骚扰乡人的生活，狼似乎学会了与乡人和平相处，我也很少回到故乡。

狼少了，羊却越来越多。年年岁岁，或枯或荣，羊倌的日子依然如故，就像时令一样有条不紊。羊倌也有自己的节日，麦子被收割以后，就该卧地了，卧地的时候便有人把饭食送到地头，羊倌那时便以麦地为家。羊倌把他的羊群赶进收割后的麦地，三天三夜，他的羊群吃在麦地旁的山坡，卧在麦地里。羊倌三天三夜守护着他的羊群，星空下，羊倌时常能听到或远或近的狼啸，能感受到羊群的惊恐和骚动。羊倌寸步不离，彻夜守候着他的羊群和羊粪湿漉漉的气息，夜复一夜，羊倌和他的羊群与狼斗智斗勇，直到日上三竿。这时候，送饭的人便挑着饭菜和米汤，晃悠到高高的山冈上来。面对饭食就像面对山神庙，羊倌总是单腿跪地，几百年，几十年，几年，一代又一代的羊倌都这样单腿跪在饭食面前。那是祖上传下的规矩，无论辈分高低、年龄大小，羊倌都是双手捧碗，单腿跪在饭食面前。虽然一代又一代的羊倌都不识字，不识数，不会写自己的名字，但他们有自己的规矩，就像他们一手握铲，一手举鞭，却只驱赶、不杀戮一样。羊倌对生灵心怀敬畏，或许这个缘故，我觉得羊倌悲悯的心肠就像卷曲的羊毛，不管风雨，不管霜雪，任何季节都是温暖的。

7

我等待的那趟车已经开走，我莫名登上的那趟车却不是我等待的车。陌生的脸孔晃来晃去，花瓣盛开或凋谢，我的叙述多么陈词滥调。我坐在车窗口听着哐当哐当的声音远去，窗外的风景却是静止的。米沃什，这个梦里没有你的位置，我被滞留在郊外的车站，而行李早被托运走了。米沃什，我两手空空，我被滞留在郊外一座简陋的车站，等待的时光已经坐着绿皮火车走了。

我已经很久没有坐过火车了。我很奇怪自己竟会做这样一个梦，梦中的火车是我第一次乘坐的那趟车吗？东田良火车站依然破落，从县城到省城整整走了一夜。深夜里，当我独自坐在阳台上的时候，我还会想起第一次远行，从那天开始，我把我的户口从故乡迁往城市，开始在另一个地方漂泊。我也会想起在外读书的儿子，在两年前的一个秋天，我像父亲送我一样把他送到另一座城市。哦，孩子，你看郊外那匹晚归的老马，它低头望着流水。草青了，草黄了，老马已经咀嚼不动野草的味道。草青了，草黄了，无论春天或秋天，我们都是漂泊的人。孩子，你还记得吗？我的祖母曾背井离乡，你的祖父曾背井离乡，我也是背井离乡的人，我们世代把远方当故乡。我把一颗星刻在你的额头，把一副十字架攥在我的掌心，孩子，我祈求上苍允许我以我的心跳抚摸你远去的足印，以我的泪水温暖你留下的笑容。孩子，你看郊外那匹枣红的老马，它深情地望着流水。草青了，草黄了，老马却咀嚼不动野草的味道。草青了，草黄了，我也会垂垂老去……孩子，夜风伤身，晨露伤胃，越是空旷的地方越容易迷失方向。孩子，北方在北，我便是北斗星旁边的那颗星，便是那颗星拴着的那匹老马，我守候着你远去的背影，还有眺望你的窗口……

但更多时候，我只是坐在阳台上看着夜色秋雨一样漏下，我躲进阳台悬空的灰暗里，就像坐在灰暗的绿皮车厢里，我喜欢凝视窗外的秋雨淅淅沥沥落下，但听不到一丝雨声。玻璃被雨水模糊，我离地面遥远，但在这一刻，时光是慢的，是潮湿的，我享受这种感觉，就像享受孤独。只有在秋雨打湿的孤独里，我的心底才会涌起无尽的悲悯，而茧丝一样的悲悯又仿佛夹裹在秋雨间的寒意，正一点一滴向着骨髓渗透而去。我知道，悲悯一旦伤寒一般浸入骨髓，便会比骨髓还骨髓，无论如何都剔不出来，就像恐惧影子一样在心底扎根，发芽，抽出枝条。坐在这样的时光里难免让人感伤，而在三十多年前，我坐在秋雨里的思绪则是散漫的、茫然的、不知所终的。乡村的秋天弥散着潮湿的烟火味道，遇到连阴雨孩子们便躲到灶台后面或阁楼上。瘦小的身子缩在火光里或嵌在楼窗上，目光沿着低矮的屋檐注视着雨水从茅草或瓦楞边缘、从灰蒙蒙的天空飘落下来，懵懂的心思便苔藓一样在心底滋生。年少的孤寂是无法说出的，是飘荡的、弥散的、挥之不去的，有时甚至伴随一生。秋雨从天空斜飞而下，院子变成一口窨井，孩子们变成一群四处躲藏的青蛙。看着雨水从屋檐落下，伸手便可触到飘落的沁凉，那沁凉仿佛蛇身上散发的光泽，但那种感觉显然不是恐惧，也不是悲悯。孩子们的心地像雨洼，是浅显的，是柔软、易碎和清白的，它无力承受恐惧流水般在岩石间缓慢渗透，无力感知悲悯流水般在泥土下暗自涌动。是的，无论恐惧，还是悲悯，都像流水的涌动，不过，二者流动的方向和速度显然不同，或者说，恐惧属于童年或少年，悲悯则属于中年或老年。我知道，岩石或泥土间的流动是乡村的，是湍急或缓慢的，是浑浊或清澈的，是自然且干净的，而城市却喜欢另外一种节奏。譬如此刻，灯光、雨声和无边的迷蒙遮蔽了夜色，沮丧、苦闷、抑郁、希望、失望、绝望、背叛或出卖、交易或交媾、侮辱或被侮辱，甚至歇斯底里的疯狂或垂死的挣扎也水花一般次第谢幕，疲惫的人坠落在失眠深处，一边聆听雨声飘摇而来，一边黯然叹息和落泪。这时候，我常常想起乡村雨后的宁静，想起挂在草叶上、玉米叶子上和树梢上的透明和晶莹，想起横架在天空上的一抹彩虹。该经受风雨便去经受风雨，该放下便去放下。此刻，独坐在夜色和秋雨里，心无挂碍，淡泊的心境便是酝酿悲悯最好的容器。是的，我习惯了一个人安静地坐在轻而不间断的夜雨里，我觉得雨便是悲悯的酵母，它春蚕吐丝一样织造悲悯，悲悯便雨丝一样流溢出来，它是绵长的，是与时空交汇的，是与阅历叠加的。悲悯还仿佛藏在坛子里的老酒，它在通透处发酵，在沧桑中弥散，它令人醉着也醒着，醒着也醉着。

或许年龄增长的缘故，我越来越喜欢摩挲悲悯这个词，我觉得悲悯就是一个人的音乐，一个人的宗教。白日里，当城市人的目光被钢筋水泥分割得支离破碎的时候，光怪陆离的城市不觉间变成一堆碎片，那些碎片上闪烁着耀斑，仿佛一张曝光过度的彩色照片。照片上的人流熙熙攘攘，它是纵欲的，它是涂满妆粉的，好似一条被化学品污染的河流，在阳光下泛着油画一样斑驳的光泽。这条河流如此凝滞和沉重，我不过河流上的一叶浮萍，有时竟连漂泊的力气都没有了。我是一条搁浅在沙滩的舢板，只喜欢城市被遮蔽的黑夜，只喜欢躲在城市的深夜里听一场雨，只有在被夜色和雨声抱紧的时光里，那些被白日分割的碎片才会被冲刷干净且连缀起来，而雨水便仿佛连缀那些碎片的丝或线。那些丝或线里藏着痛，那些痛慢慢凝结下来，长成生活的关节，它被命运无形的手时而触摸时而放下，久而久之悲悯便在掌心生根。我喜欢把悲悯紧紧攥在掌心，就像攥着卵石或死亡。我只有攥住悲悯的肉身，才能安静地坐在夜色里聆听悲悯落木一样的低吟，就像小时候坐在月色下聆听乡村空阔的天籁。乡村与城市总归是存在天然差异的，在那片遥远、素朴和荒凉的土地上，无论白天还是黑夜，乡村都是空阔的，或许这个缘故，我记忆里的乡村时光便是被昼夜等分了的。那时候，我的心米粒一样很小很小，小到只懂得恐惧，只懂得疼痛，却不知道悲悯，而此刻，恐惧已水气一样散去，悲悯正岩水一样奔涌入怀。我越来越喜欢这份沁凉，喜欢用这沁凉抚去伤痛，让磨损的骨骼渐渐圆润起来，明亮起来。我相信，我的童年是恐惧的，是被乡村未知的事物困扰的，我的悲悯也是从乡村流淌出来的，惟乡村才是我的情感源头，它一直像庄稼，像树木，像草，像花，像河流，像风、野菜和民歌一样，一年四季安静地生长着、流动着，干净，恬淡，坚韧，忧伤。

在城市漂泊很多年，我常常会不由自主地想起童年，尤其独坐在城市夜色里的那一刻，尤其在夜色里慢慢打磨文字的那一刻。我觉得自己是个时光垂钓者，我审慎而耐心打捞的，都是沉淀在时光里的卑微或琐屑的事物。是的，乡村是卑微或琐屑的，就像一把镰刀、一条扁担、一块磨刀石、一根井绳或一双布鞋，就像一只鸟儿、一只蜜蜂、一只野兔、一只羊、一只狼或一头野猪，我试图触摸它们，攥紧它们，试图把生锈的事物一件一件擦亮，试图让遮蔽的事物一一重新呈现出来。我沉浸其中，以为自己会取得成功，这时候，我却突然发现，我离它们竟那样远。是的，我或许还记得一些影像，但我无法记得全部；我或许还记得一些疼痛，但不一定是最疼痛的部分；我或许还能回忆起一些恐惧，但我无法挖出恐惧四处延伸的根须；甚至，我都忘记了乡村也是悲悯的，乡村也有悲悯的羊群或牧羊人，我面对这些熟悉的事物，一直吝啬我的赞美……是的，这风景适合远眺，却缺少赞美，灌木丛，黑暗的峡谷，悬在森林之上的森林，飘摇的鸟窝，一声鞭哨清脆响过……这景色曾惊起多少声音？我只能说，这景色也许很美，但仅仅如此吗？哦，米沃什——

　　河流变小了。城市变小了。美丽的花园
　　现出以往不曾见到的：伤残的叶子和灰尘。

8

　　2011 年春天，故乡突然植物一样，花椒树、梨树、桃树、杏树、枣树、山楂树、核桃树，还有杜梨、沙棘和蒲公英，一棵一棵，一丛一丛，一片一片，花、刺和果实羊群一样落在我远眺的窗口，我贪婪地呼吸着故乡的味道，写下组诗《那些熟悉的植物朴素得令人落泪》。当然，我并没有流泪，我只是有流泪的感觉，淡淡的，恬静的，平和的，好似在与一个远方的人说话，虽偶尔有忧伤，但没有疼痛。最先走进窗口的是一棵花椒树，往事便仿佛"一粒一粒的花椒"呈现出来，但在那一刻，它们"不是挂在枝头的血珠"——

坐在石砌的院墙上，我比你高出半个身子
我只是半坐在石墙上端详你的站姿
我不会伸手。我知道你怕涝，耐旱，斜生着刺
我只想嗅一嗅你的味道。一粒一粒的花椒
油亮如针尖刺在手指上的血珠，我没有伸手

你长在邻家院子很多年了，在乡亲的眼里
落叶灌木也是树。我允许你把手伸到院墙这边来
那些灰褐色的手臂长着锯齿样的叶子
长着尖尖的刺，多像枣木
我允许你枣树一样长刺的手臂伸过院墙来
那堵漏风的乱石墙阻挡不住你的香气

你可以把手伸过来，把刺伸过来，把香气和香气
紧紧裹挟的麻辣伸过来。那一条一条的手臂
鼓起细小的疙瘩，那怪怪的味道一如阴天
院墙两边的房子一高一低，我看得清你的艰辛
我是你的邻居，与你过着同样内心麻辣的日子
我不会拿院墙这边的山楂树与你做任何比较

　　这棵花椒树长在老姑家的院子里，我坐在墙头这边看着它一天天
长大，看着花椒由青变红变麻辣，我觉得米沃什的话是有道理的："在
充满宁静光辉的奇异陈列中，我观看却并不渴望，因为我已得到了满
足。"不过，要想客观且完整地陈列那些往事显然是困难的，或者，
当我重新走近它们时，某个局部记忆虽依然完整，更多的场景却早已

支离破碎。从这个角度看，乡愁更多是诗歌的，而非散文的。

事实上，于我而言，只有停留在童年的乡村是温暖的，虽然那温暖下面藏着恐惧。而在回到童年的场景之前，我所有的叙述都是想象中的一厢情愿，在遥远——不管时间，还是空间——的想象中，童年的恐惧甚至也可以不复存在。距离是一种遮蔽，是一种美，我那组诗便是遮蔽的产物。前年春节，我带儿子回乡探亲，当我重返童年的场景，我非但找不到诗中的闲适，反被眼前陌生的场景刺痛。在回忆中，时间在，场景便不在；场景在，时间便不在；时间或空间总有一个难以捕捉，我貌似可以穿越记忆回到过去，其实过去是回不去的。

一条等级公路穿过发鸠山隧道，河流一样径直从村前浩荡穿过，大路之北、老街之南的新房高低错落，或五间，或七间，或九间，或瓦房，或楼房，蜂窝似的密密麻麻，似乎不经意之间，三座连成一片的自然村便与公路一起占去近半的河滩地，那片最好的土地自此不再生长庄稼。道路两边大树刺天，崖畔上的老村却仿佛一蓬遗弃的沙棘林，凌乱，丑陋，矮小，记忆中的事物似乎也在突然变小，小到如一粒粒的花椒，我甚至不敢相信自己看到的一切是真实的。或许那时我只是个孩子，在孩子的世界里，周边的一切似乎都被无限放大。又或许，从前的很多东西本来就很小，荏苒的时光却让此后的一切都挺拔起来。譬如那条老街，记忆中它很宽很长很热闹，尤其夏天吃早饭、午饭和晚饭的时候，尤其七月初一赶庙会的时候，尤其过大年的时候，而在那天上午，它却如一块冷冷的青石横在那里，逼仄，嶙峋，单薄。我站在街道上，仿佛站在一块长长的条石上，抬眼向北边望去，目睹的都是从前，都是简陋、狭小和低矮。低首向南边俯视，看到的都是现在，都是堂皇、宽敞和高大。老村和新村仿佛两棵树站在老街两厢，一棵枯瘦，一棵伟岸；又如一张黑白与彩色拼接的照片，一半暗淡，一半明亮；徘徊在枯瘦与伟岸之间，踟蹰在暗淡与明亮之间，仿佛一道阴影从心中切过，我竟生出一腔惊心的悲凉。在三十多年前，那条老街从村庄东西延伸出去，越过村边的小河，紧贴地边、土崖或山脚高低隐伏，仿佛一条蛇行的曲线。那时的道路大多修在乱石滩或寸草不生的地方，那条灰色的蛇线或高或低，坑洼不平，它的蜿蜒仅为不占用一分农田。那时的乡人视土地如命，道路便狭窄，曲折，且多坡，哪像如今的道路，大摇大摆地从庄稼地中间破膛而过，宽阔，笔直，平坦，一副目中无物的样子。如今的道路把村庄之间的距离拉近了，却离纯朴远了，现在与过去相比，俨然一个阔绰的人站在一个穷人面前，从前的一切便显得矮小而卑微。

是的，老街像一把生锈的刀横插在村庄腰部，把村庄一劈为二，在这张拼接的图片里，与我有关的仅是泛黄的部分，它仿佛一片斑驳的刀影，一地阴郁的清凉。我从泛黄的部分穿过，来到我家老宅，站在灰黑的门楼前，我不但没有找到儿时的温暖，反被斑驳、脱落、陈旧的泥墙灼伤。村庄已不是旧时的村庄，街道已不是旧时的街道，老宅虽依旧原地站立，却不是荒凉二字能说得尽的。记忆中，街道北边是村庄最高的地方，也是最热闹的地方，那时乡人盖房就像鸟儿筑窝一样，都选在高处，可如今，他们竟砍倒村南崖畔下的树木，争相建起新居，这样的事若是放到上世纪六七十年代，简直不可想象，甚至疯狂。就像老庄的人搬到村里，现在的人又搬到河滩，河流不再是从前的河流，人便纷纷往低处走，人的生存法则说变就变。记得小时候的夏天，闪电刚刚从老槐树上劈头盖脸闪过，暴雨便尾随而至，村庄被三面水声围困，紧接着，山洪从发鸠山方向一路裹挟着小树、玉米、鱼虾和农具，轰轰隆隆而来，河水像受惊的骡子一样冲出河道，村前的河滩地顿时变成一片泽国。洪峰来得快，去得也快，对面山庄的孩子第二天便赤脚蹚水来上学，雨后的玉米、谷子也赤脚的孩子一样，一片一片陷落泥水中，乡人蹲在村口望着一片狼藉的庄稼地怨叹，谁还敢跑到河滩修房盖屋啊！可这些年，河水越来越浅，河道越来越瘦，学大寨时修的堤坝显得奢侈，即使暴雨季节，河流也温驯如一群绵羊，万马奔腾的景象不复存在。就像记忆中的狼逐渐失去野性一样，河水也变得越来越温情，或许身在其中，经见了河流人一样衰老的过程吧，我觉得乡人比我还健忘，他们甚至忘记了洪水撒野的样子。在我的记忆中，黄昏里的每一串老院都是个叽叽喳喳的鸟窝，孩子是欢乐的，炊烟是欢乐的，甚至贫穷也是欢乐的，苦中作乐的乡村总能找到属于自己的活法。可如今，那些院落或闲置，或破败，若不是留下来的几户人家或孤苦无依，或日子窘迫，我甚至找不到一个怀旧的人。其实细细想来，对依然生活在这个村庄的人来说，村庄的每个日子都是连贯的，自然也无所谓新或旧，只有我们这些离开故乡的人，才会把故乡切成两半，一半是过去，一半是现在，我们到现在里寻找过去，可现在与我们有什么关系呢？

站在老宅跟前，我知道它应是全村荒凉最久的房子，自从祖父祖母相继辞世之后，十数年间几乎无人居住，也无人打理。记得祖父曾说过，不管多好的房子，只要不住人，便会很快破败，就像秋后的农具，闲置下来便会生锈。我家的老宅已无生气，其他几座房子也一副灰塌火歇的模样，老邻居大多过世的过世，搬走的搬走，老宅院角的厨房、鸡窝仅剩几块砖头，院里院外的梨树、苹果树也已枯死。人去、房空、树枯，雕花的门楼仿佛岁月的见证，抬眼凝望，门楼上竟结起蛛网，灰尘谷穗一样倒挂下来，满目都是感伤。我想到过老宅的衰落，但没想到大门上竟会横挡一扇雨渍斑斑的门板，院子竟会变成羊圈！十数只黑羊长得十分可爱，乍一看去很像一群宠物犬。儿子在城市长大，只见过家养的犬，未见过野地的羊，我问他那是什么，儿子果然答曰：狗！我不禁苦笑。羊长得酷似宠物犬出乎我的意料，院子里埋头吃草的花牛似乎也与从前大不相同。陪我去老宅的是我老姑家的孩子，他大我一岁，却长我一辈，他早已当了爷爷，脸上的皱纹自然也是爷爷辈的。我问他那牛好像和以前不太一样，他说都是改良品种，不是养来干活的，是养来吃肉的。

说到吃肉，我的鼻子底下竟莫名飘过一缕奇异的肉香。我知道那是沉淀下来的记忆，是祖父祖母弥散在老宅的讯息，时空越久远，我对祖父祖母的怀念便越强烈，有时，祖父还会赶着辚辚的马车，拉着祖母一袭白色布衣来到我的梦中，大地上正落着白茫茫的雪，雪地上的车辙清晰可见。祖父早年是村干部，后来又担任生产队长多年，春播秋收，犁耧耕种，农业副业，样样拿得起，放得下。祖父不懂斗私批修，他只认一个死理，不管什么运动，不管批谁斗谁，到最后地还是要种的，否则，谁哄地皮，地皮就哄谁的肚皮，祖父只痛恨一种人，那便是懒汉。那是饥荒的年代，每年春天都会有人来我家借粮，祖母精打细算，我家的日子还算殷实，记得一个大我三岁的孩子，曾站在他家院门口，指着我家的阁楼恶狠狠地说，再来一次运动，他就去我家楼上抢粮，好像我家是地主。他是当着我的面说这番话的，我便对富裕有了罪恶感，几天都没敢好好睡觉。那时候，差不多家家户户粮食都不够吃，虽然我们生产小队每年的人均口粮从未少过360斤，但那时分粮除了算人口，还算工分，那些人家孩子多、工分少，总是寅吃卯粮。祖父当队长那些年，我们小队粮食产量年年公社第一，老宅墙上贴满公社和大队奖给祖父的奖状。有一年，祖父还去县城参加过三干会，回来时给我买了一支钢笔。那是我平生第一支钢笔，也是同龄人中的第一支钢笔，我因之又多了一个充满敌意的外号："赵家少爷"。我在贫困的年代长大，却并无贫困体验，小时候跟着别人采摘的树叶、挖回的野菜都被祖母喂了猪，这一切都要感谢祖父祖母的勤劳、节俭和善于规划。祖母对我很娇惯，吃饭穿衣都由着我的性子，但也很严厉，她从不开口向别人借东西，包括农具，也绝不允许我到别人家蹭饭。我想这或许与祖母曾经逃过荒有关，她无法容忍别人的白眼，不过，邻居来我家借粮的时候，她总是笑眯眯的。祖母经常对我说，一个人活着宁肯让人恨，绝不能让人可怜，我的童年便是在别人的嫉妒中度过的，虽然我没有伤害过任何人，祖父祖母更没有伤害过任何人。祖母性格刚强，祖父性情刚烈，我的一生受到祖父祖母极大的影响。祖父的铁面无私远近闻名，社员不管大病小病都不愿找祖父请假，他们最怕祖父指责他们好吃懒做。不过，有一样事祖父却是睁一眼闭一眼的，那便是捕獾。每到秋天，喜欢捕獾的人便相约来我家串门，祖父对他们的来意心知肚明，不等他们开口说话，便一边数落他们耍奸偷懒，一边微笑着说：有人问起，就说獾糟蹋田禾，我派你们护秋去了。来人摸透了祖父的脾气，嘴上虽不说什么，心里却暗暗高兴，祖父的叮嘱不仅意味着他们可以光明正大不出工，每天还能挣到十个工分。捕獾其实是件苦差事，不过獾肉实在太诱人，自然也算一件美差。在我的印象中，獾长得特别像猪，眼小，鼻尖，腿短，腰肥，前爪锋利有力，善于掘土打洞，习惯昼伏夜出。獾是穴居动物，是囤粮高手，对辨识农作物生熟天生具有一种特异功能，哪块玉米地被獾相中，地里的玉米便成熟一穗被獾盗走一穗，未熟的玉米獾则碰都不碰。当然，今天不碰不等于明天不碰，若干天后獾还会赶来收割，火候拿捏得恰到好处，不由人不惊讶。獾虽外形似猪，却比猪勤快，也比猪聪明，獾似乎是介于猪与野猪之间的特有品种，但其显然与猪不是同类。獾辨别生熟的本领出乎其类，记性也拔乎其萃，或许这个缘故，獾特别喜欢走老路，农人想找到獾的踪迹并不难。獾洞多是地头废弃的山洞，洞内多曲折，越到深处空间越窄小，人根本无法深入洞内，獾听到动静也不肯出来。人与獾互为胶着，相持不下，捕獾人守在洞口苦苦等待，比牧羊人卧地还枯燥，还辛苦。守株待兔并非长久之计，耐心耗尽之后，捕獾人便会采用水淹或火攻。水淹需借水势，山地通常离水源较远，火攻便是唯一选择。捕獾人蹲在洞口不断燃烧蒿草，不断用衣服把烟雾搧到洞里去，洞口顿时变成一座烟尘滚滚的炉灶，遇到顺风还好，如若逆风，烟雾便从洞里倒灌出来，捕獾人常常被呛得眼泪汪汪、灰头土脸。人在洞外，獾在洞内，烟熏火燎夜以继日，獾怎能忍受得住？獾伺机逃跑，却落入人预设的圈套，獾纵然比猪聪明，终还是躲不过猪一样被宰杀的运命。

　　乡人捕獾不只是一种癖好，还与生计有关。獾是盗食玉米、小麦、红薯和土豆的顶尖高手，一只獾窝相当于半座粮仓，足够数口之家全年口粮。獾肉膘肥，油多，是乡人心目中最美味的食物，远比猪肉、羊肉、狗肉、牛肉鲜美，獾油还是治疗烫伤、烧伤的良药。记得有一年秋天，祖父他们捕了一只獾回来，胖乎乎的獾倒挂在房梁上，地上架起一口大锅，锅里开水滚沸，棕灰色的獾毛还未褪尽，香味便四溢开来，令整座村庄馋涎欲滴。那个夜晚仿佛一个节日，家里人来人往，油灯都被挤得恍惚起来。我在地上跑来跑去，很享受眼前的热闹，但我其实是个局外人，我那时不吃肉，自然错过了大快朵颐的机会，现在想来还有几分遗憾。我没有尝过獾肉，但獾倒挂房梁下的肥胖样子，我却记得十分真切，就像记得那些殷实而温暖的日子。如今老宅人非物亦非，我蓦然闯进记忆中的场景，依稀觉得祖父祖母还站在我的面前，爱怜地看着我，眼角不觉湿润。我想走进院子，想从窗口或门缝看看我儿时生活的土炕、煤火台、桌椅，甚至墙上的奖状，可看到满院的羊，我担心那些东西已不复存在，犹豫半天还是作罢。我想用手机为老宅留下最后影像，可刚拍几张就没电了。我摇摇头，望着那幢四梁八柱的房子，望着那幢磐石般站立的房子，望着那幢风雨剥蚀的房子，当年的记忆便苍茫的秋水一样，显现出一派无边的凄凉。我不禁叹息一声，知道此地已非记忆之地，我更无法让站在此地的儿子随我回到逝去的时光里去。

是的，这个地方是属于我的，与儿子无关。可我又能"从无可奈何的事物中能收集到什么？什么也没有，至多是美。"米沃什的收集就像我诗中的那株花椒树，显然是保持了距离的。可当我走近老宅时，我能够收集到的讯息却远非美或不美那么简单，或者说，这里若有美，也仅是美学意义上的，它让人疼痛。

9

乡愁是一种远眺，自然与距离有关，古今乡愁的最大不同便是时空感受，"少小离家老大回"的感慨被发达的交通拉近，心理距离却并无根本改变。我是十二岁那年外出读书的，无论在县城，还是在省城，读书期间每逢假日我都要返回老家长住。参加工作之后，回乡的机会减少，不过，间或还是会回到那座熟悉的村庄，匆匆看上一眼。每次回乡，我最想看到儿时一起玩耍的面孔，坐在熏黑的炕沿上，与他们扯一会儿五谷杂粮，抽一支不带嘴的纸烟，喝一碗辨不出水色和茶碗颜色的大叶茶，心里便很温暖。当然，这是我的想法，在他们眼中，我更像一朵从村庄上空飘过的云，即使带来一场雨，也是雨过地皮湿而已。事实上，他们在招待我的时候，心底是藏着尴尬的，也是存着试探的，我双手接过他们递的香烟和茶水，我努力像从前一样把每个动作做到坦然，可当两双手碰到一起时，黑白和粗细截然不同，那份刺痛是心照不宣的。我表面上装作随意，内心却十分谨慎，生怕某个动作、某句话伤害到对方的自尊。他们对我也格外小心，彼此的小心悄然拉大彼此的距离。我知道，回忆无力填平我们之间的鸿沟，即使我能用谨慎换来一份"没忘本"的接纳，即使我的满面笑容真诚到谦卑，在那些熟悉的脸孔面前，我还是陌生的。记忆中曾经一样青春年少的脸孔一年又一年加速衰老，年老的面孔却无太大变化。毫无疑问，乡村生活是催人老的，而人老到一定程度又仿佛被沧桑定格，这种感觉让我惊疑。我惊讶于年老面孔的一成不变，更惊讶于年轻面孔风吹雨打中的速朽。当年，我曾和那些年轻面孔在一起朝夕摸爬滚打，如今见面却仿佛两代人的邂逅，如若不是在故乡，我们甚至不敢当面相认。生活风霜烙印在曾经光鲜的脸上，虽刚到中年，那些脸孔却个个皴裂的模样，似乎只有他们才经历过时光打磨。在我的经验里，阳光是眷顾乡村的，每次在乡村小住几日，返城后人们便会对我说：你黑了。或许光线充足的缘故，或许阳光便是岁月酵母，在阳光热辣辣的催化下，儿时的玩伴直接从青年跨入老年。阳光仿佛一副速老剂，看到他们的孙子满地奔跑，看到他们弯曲的腰背和额头上刀刻的皱纹，我与他们似乎也存在"代沟"。孩子的面孔却是陌生的，在他们或好奇或躲闪的目光中，我似乎是个异乡人。我试图跟孩子们打招呼，孩子们却躲在远远的地方打量着我，麻雀一样嘀嘀咕咕。我虽"乡音无改"，"鬓毛"略"衰"，却并无儿童"笑问客从何处来"，我不知道数十年后，当我曾经熟悉的面孔相继去了另一个世界，这座村庄还会认识我吗？米沃什，我们有些经验是相通的，我每次回乡都说得那么少，日子短促。"短暂的白昼。短暂的夜晚。短暂的岁月。我说得那么少。我不能继续说下去。我的心滋生着疲倦，由于喜悦，失望，热情，希望。……现在我不知道，在一切中什么是真实。"是啊，究竟什么是真实？我又是谁？我从哪里来？在故乡遇到异乡的困惑，就像很多年前，我在井边看到自己水中的倒影。哦，这次回乡如果说有什么遗憾的话，就是没有去看看那口水井。

水井位于老村的最南端，水井南边有一片杨树林，杨树林南边是悬崖，悬崖下从前是庄稼地，现在是新村。我的个头刚刚高过水缸，便到井边去挑水，挑担于乡村孩子来说并非难事，双手扶扁担，走路左右摇晃，姿势虽稚嫩如一只小鸡，把多半桶水挑回家还是不成问题的。难的是把水从井底绞上来，这需要技巧：一手扶辘轳，一手扶辘轳把，把一只空水桶骨碌碌快速沉进井底，扎猛子一般，只听水桶咚的一声响，井绳绷直，水便满了。这个动作要一气呵成，如果水桶慢悠悠晃进井底，水桶便会漂浮在水面上，半天吃不到水。这时候，有经验的人便一手握着辘轳，一手抓住井绳，用力将绳子荡起来，再突然坠下去，只听咕嘟一声，桶身倾斜，水桶沉进水里，水满了，井绳也直了。绞水的最后一关便是把水桶从井口拉到井沿边，这个动作有些危险，稍不留神人便可能闪到水井里去。在乡村，挑水是孩子长大的标志之一，孩子初学挑水多在夏天，冬天时大人是禁止孩子去井边的。那时的冬天很冷，一入冬井边便结满淤冰，大人在井边行走都很困难，何况孩子呢。冬天怕干冻，夏天怕干旱，如果一个月不下雨雪，井水便浑了，浅了，挑水只好去村外的小河。小河是从后山上流下来的泉水，不似井水干净，也不似井水甘甜，去小河挑水要抢在牛羊上山之前。近几年的冬天时常干旱，我不知道那口井是不是又干涸了。村里很多年前安装了自来水，我也不知道还有没有人到井边挑水，或许，那口水井已被乡人废弃了吧？我依稀记得井水中晃动的身影，那影子中不仅有我的童年，还有半座村庄。是的，村庄倒映在水中，我便从清澈的倒影中认识了我的村庄。世上有些事似乎只有倒立起来才可以看得清楚，让人感觉怪怪的。小时候我常常双手撑地，双脚倚墙，倒立的那一刻，我看见身边熟悉的事物都发生着奇异变化，便觉得稀奇。但也仅是稀奇而已，一个孩子不会去纠缠复杂的事物。上大学时也曾做过倒立，或许头晕目眩的缘故，或许对自己的姿势不自信的缘故，我对课堂上的倒立有些拒绝，久而久之竟然有些恐高。我开始厌恶倒立，我像所有正常人一样，学会了所有正常人该掌握的正常姿势，我也像所有正常人一样，渐渐忘记倒立中的影像。背井离乡，一路走来，我努力保持正常人的思维方式和做事姿势，却发现秩序总是在颠倒之后重建的，世上的万景万物或许本来就是倒置的，也未可知。哦，"不要注视过去的水潭。那腐蚀了的表面将映照出异于你所期待的脸。"

午饭在姐姐家小酌几杯，饭后心情晴好，我便领着儿子去看村前的河。隆冬时节，河两岸万物萧条，抬眼望去，河床的石头一如从前般破碎、凌乱，脚下的流水似乎已多年不曾结冰。这条河没有名字，我们从前叫它大河，现在却是名副其实的小河。流水徐缓，清浅，望着河面薄如霜叶的浮冰，我脑海里突然闪过年关这个词。

在城市，我很少听到身边有人谈论年关，而在我的童年，年关仿佛案板上的菜刀，常常被大人攥在手里、揣在怀里、挂在嘴边，一不留神便让人伤心。"年"本是民间最向往的盛大节日，却与"关"有了联系，或因当时年景荒凉的缘故吧。每年一进入腊月，家家户户都开始置办年货，农人辛苦一年，不管老少穷富，正月终归是休养生息的时光，为了大年里只动嘴、不动手，只娱乐、不劳作，腊月便显得格外忙碌。是的，靠天吃饭的乡邻一到冬季，便獾一样冬眠，即使"与天斗，与地斗"的上世纪 70 年代，农人的冬季也远比农忙时节清闲。不过，农人的清闲却与享受无关，多数人家甚至要在这个季节勒紧腰带，改一日三餐为一日两餐。农人的节俭归根结底是清贫的缘故，由于清贫，年关便成横在大人心底的一道坎。添换衣裤鞋袜要花钱，割肉、买糖、买烟、买油盐酱醋要花钱，买鞭炮、写对联、贴炕围同样要花钱，酒在那个年代算奢侈品，普通人家过年是不备酒的。现在看来，这些过年的必需品都简陋至极，但那时却让大人颇费踌躇。衣裤鞋袜还好说，做母亲的入冬之后便开始织粗布、纳鞋底，年关前更是一夜一夜地坐在煤油灯下穿针引线，紧着为子女赶做粗布新衣、手工鞋袜，可肉、糖、烟和油盐酱醋，还有鞭炮和红纸都是需要真金白银的。记得那个时候平时根本吃不到猪肉，即使有钱也无处可买，只有熬到腊月底，村里或者生产队才会杀几头猪。一年仅一次吃肉的机会，不割几斤肉回去无论如何也交待不过去，即使邻居不笑话，看见子女眼巴巴的目光，做父母的心里也定然刀绞一般。那时的收入全靠工分，劳力多人口少的，年底还可分到百十来块，劳力少人口多的，甭说分红，领到足额口粮都捉襟见肘。于是，每到年跟前，面黄肌瘦的脸孔上便凭空愁出一层绿色来，仿佛初春黢黑的树枝上抽出的惨淡绿芽。记得那时家境好的，三五口人割十几斤肉回去，每顿的饭菜里便飘起猪油的香味，孩子们也从头到脚、从里到外一色崭新的行头；家境差的，十几口人咬牙割几斤肉，锅里能漂起油星已是幸事，孩子们若能设法添换一两件衣服，便算体面了。孩子盼过年，大人怕过年，可盼也罢，怕也罢，年终归会像磨道里的驴转着圈来到跟前。大年初一，孩子们在大街上放鞭炮，父母们站在大街边扯闲话，长辈们，尤其母亲们品头论足的神情大多和新衣有关。虽然乡里乡亲，知根知底，父母之间并不存在鄙薄和攀比，但在那一刻，她们藏在心底的骄傲或惭愧还是一目了然的。

红红火火的大年竟也成了一"关"，那日子过得想想都寒碜。

我望着河上的薄冰，很想跟儿子讲讲我那时是怎样过年的，可话到嘴边却突然流水一般转了弯。我知道90后最烦长辈"忆苦思甜"，便对儿子轻描淡写地说，我小的时候，这条河的冰整个冬天都不化，每天放学以后，我们都会跑到河里滑冰，我的棉鞋是滑冰磨破的，棉裤也是滑冰磨破的。儿子滑过旱冰，但他想象不出我们或站或蹲，或坐在石头上滑冰的样子，也弄不明白我们为什么会磨破棉鞋和棉裤。儿子虽然弄不懂我小时候的游戏，却依然仰脸望着我，静静地听我说话，眼睛里不经意间流露出一丝羡慕。我明白，面对眼前一脚踩一个窟窿的薄冰，他很向往我冰天雪地的童年。毕竟，饥饿离他们很遥远，自然馈赠的乐趣才是他们最匮乏的，在他们看似风调雨顺的成长过程中，不仅缺少干净的阳光、雨水和风，还缺少泥土中稀有的钙、铁和锌。说他们在温室中长大有些粉饰，其实，他们是在笼子里长大的，或因如此，这代人对自由和独立更渴望，也更叛逆。

身后响起稀稀落落的鞭炮声，依稀勾起我记忆中的年味。那种既清贫又热闹的年早已如风远去，我觉得现在的年就像越来越简单的文字，轻描淡写中透出另一种味道。我觉得轻描淡写中透出味道的文字应是真正的文字，我却不知道鞭炮稀稀落落的年是不是我们喜欢的年。文字需要时光沉淀，需要在淡泊中营造出一种说不出的味道，好像余音袅袅的音乐，而年呢？

在故乡，每年除夕夜，子孙都要摆设牌位恭迎另一个世界的亲人回家过年，正月初五或者正月十五的时候，再恭送他们回到他们的世界。过年是团圆的日子，那个世界的亲人和这个世界的亲人也要团圆的。家境不同，对祖宗的态度也不同。人口多、地方小、家境贫寒的，多在除夕夜接回、初五夜送走；家境好、有孝心的，则会让亲人一直住到元宵节。在我的记忆中，我家的送行仪式一般都在正月十五举行，过年那半个月里，祖母每顿饭前都会雷打不动地把第一碗饭摆在宗亲三代的牌位跟前。牌位是父亲写的，工整的毛笔小楷，父亲曾手把手教我写过毛笔字，可惜我没有得到父亲的真传。那时每年除夕夜，我都要在漆黑的夜色里陪同祖父来到村外的路口，燃香，磕头，放炮，顶着寒风一路喊着亲人的称谓，迎接亲人回家。正月十五，月亮挂在半空的时候，我又会陪同祖父恭送亲人到接他们回家的地方。因为坟地离村庄较远，仪式一般选择朝向祖坟方向的十字路口。我曾问过祖父这样做的理由，祖父淡淡地说，担心亲人迷路。顿一下，祖父又补充说，亲人要是迷了路，就会在十字路口游荡，张望。是的，祖父说的是"游荡"和"张望"，在乡村朴素的亲情里，逝去的魂魄是孤苦无依的，是需要被活着的人孩子一样呵护的。祖父那番话让我时常产生一种幻觉，仿佛逝去的亲人就在我的头顶徘徊，我的每个动作他们都看在眼里，我不得也不敢不恭敬。很小的时候，我是跟着祖父去的，再后来，是父亲领着我去的，那年春节难得提前回家过年，我是带着儿子去的。父亲在县城工作半辈子，家早已安在县城，但无论离开故乡多远，这个传统一直没有改变，我过年回家的第一件事，便是跪在祖宗的牌位前磕头、上香，且在心底说："爷爷，奶奶，我回来了。"离我家最近的十字路口在政府大院外的广场上，那里灯火通明，当我点燃香火跪在冰冷的马路边的时候，我想儿子会羞赧的，也会觉得可笑的，因为他出生之后从未磕过头，我的祖父祖母于他而言，仅是两幅慈祥、和蔼、又棱角分明的黑白照片。但令我意外的是，这个在城市长大的孩子却毫不犹豫地弯下他的双膝，很显然，他或许离自然很远，但离亲情却一直很近。我有些感动，我紧紧拉着儿子的手，轻声念叨着"爷爷，奶奶，回家过年了……"那一刻，我的声音竟有些哑。其实，我们都知道，那个世界的亲人再也回不来了，可我的故乡依然保留着这个风俗，我想这不仅仅是一种简单的仪式吧。一年忙忙碌碌，只有过年的时候、清闲的时候、热闹的时候，才会想起孤单在另一个世界的他们，那是一种仪式，更是一种心结吧。

10

如果把乡村当作一只鸟儿、一棵树、一片风景，或者一条奔腾不息的河流，我们不难发现，乡村的很多事物其实都是程式化的，就像四季更替或植物、动物的生长秩序。或许，乡村文化就是一种仪式，一种人与自然打交道时积淀下来的内生程序，这种仪式或积淀多与恐惧有关，乡村文化其实也是一种化解恐惧的文化。米沃什，你在你的词典里讨论你的时代，我在我的乡村该讨论什么呢？乡村几十年、几百年一直这个样子，我其实什么也不想讨论，"那么多词，那么多纸，谁能忍受？我曾告诉你事实上我正在疏远自己。我已停止为我畸形的生活担忧。比起那些寻常的人类悲剧，它不好也不坏。"是的，乡村一直按照自己的程式在走，它不好也不坏。我看到的乡村只不过我的情绪投注下的乡村，于我的童年而言，它仅仅是一种恐惧载体；于我的中年而言，它的习惯性包容又恰好接纳了我的悲悯；在我的心目中，乡村可以很小，也可以很大，只要我愿意。

　　某种时候，乡村仿佛我在城市经常路过的那座公园，我每天都从它中间穿过，其实，它与我并无任何关系。但在初夏，我会坐在公园的一棵苦槐树下，嗅一种挥之不去的味道，虽然我并不敢百分百地断定它就是童年的味道，因为世上没有一件事是可以完全代替的。在童年，我其实十分厌恶苦槐的味道，我觉得苦槐的味道不仅苦，而且臭。而此刻，当我穿过公园的时候，我会贪婪地呼吸苦槐的味道，我觉得在这座园子里，苦槐的味道远比花香更令人迷醉。其实，苦槐的味道几十年根本没有变过，变的是我。就像记忆中的乡村一样，它的很大一部分虽然正在死亡，但我觉得它的死亡方式是美的：它或把美的生命堕落给人看，或把美的生命结束给人看，或把美的生命破坏给人看，在这个过程中，乡村文化一直存在着。不过，由于文化生长的时间长度远远大过植物或动物生长的时间长度，这样的死亡有时便显得格外残忍和悲怆，就像我留在乡村支离破碎的记忆。

　　假期结束，我又返回城市，返回城市的节日里。城市的年甚至比乡村还喧嚣，只有等到夜半时分，窗外才会安静下来。尤其元宵节那日，城市的热闹自下午便躁动起来，一刻也未曾消停，各家放着各家的鞭炮、烟花，好像攀比似的，窗外的鞭炮声一阵紧似一阵，烟花一阵亮似一阵，年便在元宵夜渐渐熄灭的喧嚣中走了。我已经多年不放鞭炮，独自坐在书房，聆听窗外的热闹，我便想，此刻，我的故乡也是热闹的吗？我此生的四分之三时间是在城市度过的，可在这个夜晚，我却依然想着遥远的乡村，想着乡村的寂静。我怀念乡村的寂静，尤其乡村春天的寂静。乡村的寂静就像月光一样，就像泉水一样，就像皮肤上静静流动的光泽一样，自然，恬淡，波澜不惊，或许这个原因，我喜欢上城市的一座公园。我觉得静谧是乡村春天的专属，它给人小夜曲般轻灵透明的感觉。记得春天的夜晚，月光静静照着，暖风轻轻吹着，那个时候，我躺在刚刚翻松的泥土上，就像躺在温暖的被窝里，泥土仿佛我的家，寂静流水一般慢慢围拢过来，枕在泥土的寂静里就像枕在天边的天籁里。是的，那一刻的寂静就是天籁，就是肉体和灵魂的家园，就是原生的最纯粹的生命状态，宛如一个婴儿安睡在母亲的子宫里。

可这样的寂静早已离我远去，我曾在公园的冬天里寻找，但一无所获。

自从来到城市，我有些害怕寂静。如果说乡村的寂静是开放的，是与天地浑圆一体的，那么城市的寂静便是封闭的，便是关在壳子里的。壳子里的寂静是孤独的、难耐的，甚至是死亡的，在信息苍蝇的卵一样极速繁殖的时代，城市越喧嚣，我的孤独便越刻骨。电视关闭，手机关闭，每当这个时候，我喜欢做的只有两件事：读书或写作。人是懒惰的，但不得不为生计挣扎，读书和写作其实最接近农人的犁耧耕种，是最辛苦最出力不讨好的。可在这个浮躁的年代，我除了像父辈一样在白纸上耕耘，还能做什么呢？我想，读书和写作或许就是我从父辈那里传承来的生活态度，就是我逃离城市寂静的最好方式——突破寂静死亡的壳逃到另一个世界里去。在乡村，我可以躺在寂静里，什么也不做，什么也不想，而在城市，我一旦陷入寂静的泥淖无所事事，便会感到惶恐。这种感觉是奇异的、稍纵即逝的，但稍纵即逝的感觉往往是真实的、无法复制的。同样的寂静，在我的感知世界中竟然呈现出如此截然相反的状态，我时常感到困惑。可静下心细细思量，其实也不必大惊小怪：乡村的本质是寂静的，乡村人与人的关系是寂静的，乡村的寂静自然是静谧的、恬淡的。而城市的本质是喧哗的，城市人与人的关系也是喧哗的，城市一旦脱离喧哗、陷入寂静，惶恐便会蝙蝠一样低飞而来。

已是深夜，城市的寂静就匍匐在我的脚下。此时此刻，我只能也只想在心底轻轻问一声远方：故乡，你还好吗？

我嫉妒米沃什：

如此幸福的一天。
雾一早就散了，我在花园里干活。
蜂鸟停在忍冬花上。
这世上没有一样东西我想占有。
我知道没有一个人值得我羡慕。
这世上没有一样东西值得我羡慕。
任何我曾遭受的不幸，我都已忘记。
想到我曾是同样的人并不使我难为情。
在我身上没有痛苦。
直起腰来，我望见蓝色的大海和帆影。

米沃什这首《礼物》写于1971年，那一年他六十岁，距他在巴黎离职出走已经二十年，他在美国也已生活了十年。漂泊在伯克利的米沃什终于抵达内心的净土，诗中呈现的自然是平静、安详、单纯、从容、自足，甚至快乐。我喜欢这种平实、冲虚、清淡之风，我也想"直起腰来"，把视野从眼前推向远方，我也想告诉我的故乡："没有影子，就没有活下去的力量"，而我便是故乡的影子，或者说，故乡便是我的影子。故乡，我其实并不想赞美什么，"你我之间没有别的。没有从大地深处汲出汁液的植物，没有动物，没有人，也没有在云间走动的风。"故乡，我和你不过互为漂泊的影子，仅此而已。

2014 年 5 月—6 月　　于太原

（本文系《漂泊三部曲》之一）

山不管有多高，都是半径

1

不管你是谁，不管你喜欢或不喜欢，我都必须告诉你，我此刻的文字是零碎的、繁琐的，是不着边际的，仿佛碎裂的地表——有或大或小、或尖锐或光滑的石头，有或深或浅、或肥沃或瘠薄的泥土，有或生长或死去，或碧绿或枯黄的植物，以及不管东南西北都埋头走向低处的流水。当然，还有许多看见或看不见、认识或不认识的生命和事物，世界总归驳杂而零乱，恕我不能一一列举。文字的零碎和繁琐并非我刻意为之，生活本来就是这个样子，如果你打算让周边的一切井然有序，你便是称职的粉饰工。我不做泥瓦匠，不到处涂抹，从前不，现在不，以后我将一天天老去，更爱本真和简洁。我觉得底色与生俱来，仿佛碎裂的地表，不管大与小、好与坏，我只能坦然接受。但我也不是照相机，虽然我熟谙黄金分割，我不愿肢解看到的风景，也做不到全景式复制。任何镜框都是一种局限，任何视角都可能带有偏见，俯视或仰望都可能让事物失真，聚焦或放大都可能存在风险。是的，夸张是一种角度，还是一种膨胀或压迫，我尽量保持平视，我只把目光投向看得清楚的地方，如果你不小心闯进我的镜头，我也不会把你强制删除。既来之，则安之，你不必手足无措，不过，请你站在中轴线偏左或偏右的地方。这一刻，你的身体是笔直还是弯曲，是随意还是刻意，是双手自然下垂还是回首摆出造型，于我都不重要，我尊重你的风格，不会强迫你做出改变，但我希望你偏离中轴线，或者，请允许我移动手中的镜头，以免你与焦点重叠。我只是对黄金分割有些偏爱，你不必猜忌或焦虑，我不想让你风景一样死板，更不想让你做风景的陪衬。如果你闯入我的镜头，这便是我唯一的建议，我无法也不会改变你的身体比例，但我允许你选择与风景的距离。我的镜头便是我的风景，我只支配我的视线，某个时刻，我或许会死死盯着风景的某个局部，直到它开始产生心理反应。这仅是一次无意识聚焦，别无他意，我暗示的仅是心理反应，不是生理反应，你没有必要绷紧肌肉，或分泌汗水以及汗水一样的液体。我懂得心理与生理的差异，也懂得分寸，你不必怀疑我是否正在偷窥，更没有必要猜测我的动机。我只是喜欢局部，同时也喜欢让局部感受到我的喜欢，你权当它是一次目光交接，我与局部相互凝望且保持平视，仅此而已。

我也患得患失，起码从前是这样的。我把我致命的缺陷暴露在你面前并不感到难为情，就像有些人从不认为自己会做错事，他更不会难为情。你知道吗？我在一个很小的村庄长大，生来对庞大的事物怀有莫名的心病，有时厌倦，有时恐惧。这两样心病在童年便已种下，我一直那么小，世界一直那么大，我知道我跑不到天上去，也跑不出天边去。广阔天地大有作为的话是说给城里人听的，在小小的乡村，我一直被广阔天地囚禁，我知道我是一只笼子里横冲直撞的小鸟，世界越大，我越感觉疲惫，我越挣扎，越容易受伤。关在笼子里与走一段路、爬一道坡、追赶一只动物在本质上并无二致，反复有时是更大的笼子，它的痕迹是一个隐形的圆，我们更喜欢显性的事物，常常忽略无形的存在。

世界越大，我便越累，我对庞大的事物心怀恐惧。不过，只要能够歇下来，我也喜欢到处去走走，也喜欢去看看很大的世界。歇下来的时候，我不会在乎世界的大小，虽然居住在小小的世界里我更安心。

三十多年前，我喜欢坐在山顶上望云，可我不知道云到底是什么形状。这些絮状的东西在我眼中或许只是一堆遥远的棉花，一堆刚刚弹好的棉花，一堆陈旧或湿水的棉花，不过，我的故乡从来不种植棉花，只放养绵羊。绵羊爬在山坡上就像云飘在天上，可看见云的时候我从来想不起绵羊。看见祖母坐在纺车前纺花的样子，我感觉她盘腿坐在一片云里，祖母勤劳而慈祥，她正忙着为全家人准备过冬的棉衣。或许这个缘故，我觉得天空一直待在冬天里，即使太阳把它烤糊了，它还待在冬天里。没有更多的理由，我就是这么感觉的，这个时候，我一定坐在春天、夏天或秋天里，这时候的人间一定还不算太冷。是的，冬天的时候我从不坐在山顶上看云，也不会坐在屋顶上看云，更多的时候，我只是站在村口瞭一眼，冬天很冷，我没有心情一直仰着脸对着天空发呆。这时的天空旷野一样一脸煞白，我看看山坡上的积雪，便能想象出它的样子。冬天把一切变得简单，在简化的时光里，想象力不需要多么丰富，也不需要多么辛苦。植物卸下包袱，土地进入轮休期，与时令有关的事物都暂停下来，或者直接进入冬眠。季节也需要放松，冬天除了寒冷之外其实并没有什么不好，至少日出而作、日入而息的乡亲可以休息下来。对，树盖着厚厚的白雪站在院子或野地里，人披着厚厚的棉衣窝在火炉边或炕头上，把身上的雪花或棉絮当作白云，日子便过得暖和一些，轻快一些。新年来了，春天来了，棉衣便可以从身上扒下了，这个时候，我又可以坐在山顶上看云了。

离云那么远，没有人能够完全说清楚云的形状。我更愿意相信它是一群蘑菇，一群长在天上的蘑菇，一群举着伞漂泊的蘑菇，一群蒲公英一样飞来飞起的蘑菇，一群圆圆的、胖胖的、婴儿一样可爱的蘑菇。我说不清为什么希望春天的云胖起来，在青黄不接的季节，村里老老少少最切身的体会便是饥饿。饥饿是扁平的，是慢慢塌陷下去的，饥饿最像一张烙饼，可这时候我吃不到烙饼。不要说白面烙饼，即使软米面煎饼也很少吃到。这时候的碗里能够盛三四个玉菱面疙瘩就很知足，这些疙瘩圆圆的、黄黄的，偶尔也胖胖的，比饥饿的形状稍稍饱满一些，而树上的芽儿已在饥饿中抽出身段，河滩上的风也在饥饿中温暖起来。

饿极了，春天便来了。并非绝处逢生，仅是一个循环，一个没有终点的循环，自然因为四季循环而善良，人类因为四季循环而不绝望。这时候，忘掉饥饿的孩子们把一张张绿脸和尖嘴猴腮的顽劣挂在树上，好像柳芽，好像槐花，好像榆钱有了叶子和花蕾便不再担心饥饿，好了伤疤忘了疼是孩子们的天性。这天性便如吹过大地的春风，杏花开了，梨花开了，苹果花开了，这些洁白的花儿堆在绿油油的树上，一簇一簇举向天空，饥饿的村庄便突然雨过天晴。村庄在白色的花儿中活过来，可奇怪的是，我从没有把这一团一团的花儿与云联系在一起。这些花儿是属于村庄的，是属于田野的，是属于山坡的，它们与天上的云有什么关系呢？如果我愿意，我便可以坐在这些花儿中间，便可以嗅到它们身上的气息，可我能坐到天上去吗？天上的云是什么味道？

春天是有味道的，至少与冬天相比，春天是有味道的。有了味道便不怕挨饿，有了味道便焕发出生机，有了味道便可以空气一样四处流动。我觉得童年便是一种味道，一种奶香的、青草的味道，一种树汁的、叶子的味道。我的童年挂在树杈上，像一枚迎风摆动的叶片。

这样想的时候，我觉得我在童年很像一只鸟儿，或一只蝉，一个在树上歌唱的生命。我仅是想想而已，从未探究过我究竟该像一只燕子，一只喜鹊，一只黄鹂，还是该像一只夏天或秋天的蝉，更没有追问过自己是不是更像一只麻雀。我只是觉得叽叽喳喳的童年像一只鸟儿或一只蝉，但并未考虑过我与鸟儿或蝉存在怎样的关系，否则，我也不会那么热爱弹弓。

2

假如你我都生活在城市，假如你正坐在我的对面，假如我对你说我最喜欢放羊的鞭子，你不一定明白我在说什么。这很正常，毕竟人的阅历不可能完全相同，即使拥有相近的阅历，有些东西也无法分享；更何况，语言传达的信息总有一部分被遗漏。阅历不是一段时光，不是几个故事，而是某时某地所有在场事物间的全部关系，你我怎么可能在某时某地拥有完全一样的事物及关系呢？譬如说鞭子与弹弓吧，虽然它们都由柔软和坚硬两个部分组成，但在我的心目中，它们却是两样完全不同的东西。当然，我指的不单是形状和用途，还包括形状和用途之外的、其他各种或强烈或微妙的感受。我的故乡很小，只养着一群羊，放羊的是一老一少两个光棍，两个人共同使用一条放羊鞭、一把放羊铲，不过通常情况下，放羊鞭都搭在老羊倌的肩上，放羊铲都搂在小羊倌的怀里。明白其中微妙的差异了吧？或许，在你的生活经验中，牧羊人是低贱的，低贱到无须分等级，光棍是凄惶的，凄惶到接近悲惨。事实上，在我生活的村庄，有家有口的人也是从不去放羊的，羊群、牧羊犬和牧羊人云一样游走四方，牧羊犬和牧羊人常常与羊群一起过夜,这样的日子显然是漂泊的日子,正常家庭岂肯接受？但有了羊群，便有人把现成的饭菜送到羊倌和羊群所在的地头，羊倌有羊倌的生存方式，这样的待遇或许让不明就里的人羡慕。但在乡村，却只有光棍才心甘情愿地去领受，也只有光棍才能享受。所谓萝卜白菜，各有所爱，被爱便意味着某种权利，即使这种权利是微不足道的。

我像喜欢弹弓一样喜欢放羊鞭子，但我不是羊倌，我无权拥有一条像样的鞭子，很多孩子也没有这个权利。羊倌赶着羊群进村的时候，我们都渴望借过鞭子玩一会儿，柔软的鞭子与僵硬的铲子相比，一个虎虎生风，一个枯燥乏味，给人的感觉截然不同。在夕阳下，鞭子静止时是一条直线，运动时是无数的圆，甩出去时还会发出鞭炮一样清脆的响声。男孩子都喜欢舞动鞭子，这个样子很威风，但这是在黄昏，是在羊群归栏之后，这样的时光太过短暂，鞭梢刚刚唿哨几声，夜色便蝙蝠一样落下来。在孩子的眼中，夜色中是藏着恐惧的，就像蝙蝠进化不够彻底的形象，孩子们喜欢白天，喜欢在白花花的阳光里风一样奔跑，喜欢田野上、河滩里和街道边的杨树、柳树、槐树和榆树，喜欢山坡上、村口和院子里的桃树、李树、杏树、梨树、苹果树、核桃树、山楂树和椿树。尤其在春天，这些树不仅与鸟窝、高跷、弹弓和春季急需补充的食物有关，还与花瓣、花香、夏季和秋天累累的果实有关。不过，在乡村，这些举目可见的树木都如低矮的院墙一样极其普通，抬眼望时，它们仿佛山坡上扯地连天的酸枣、黄刺玫和醋柳，仿佛村后土崖上散步的牛羊，仿佛街树上成群飞起成群落下的麻雀。在春天，这些树都是热闹的，树的热闹时常让人想起叶芽、槐花、榆钱、香椿，以及花落之后的青涩果实。虽然青涩是春天涂出的主色调，我却总愿把它与愉悦联系在一起，与一种味道联系在一起，久而久之，这种味道便萦绕成记忆，树根一样盘根错节在脑海里，像一顶戴在头顶上的柳条帽。童年的记忆像蜗牛爬行在石板上的痕迹，弯曲的弧线湿漉漉地涂写在一块青石板上，这块青石板可以挂在教室的墙上演算加减，还可以像城里孩子的画板那样摆在课桌上。玛雅石是最好的石笔，它轻轻刻下又迅疾擦去的痕迹纯洁而简单，仿佛一张躺在石头上的弓弦。可弓是奢侈的，就像放羊鞭子，奢侈的东西与普通的树无关，与树上普通的鸟无关，与孩子们揣在口袋里的弹弓也无关。弓和放羊鞭子与弹弓相比，我喜欢弹弓更多一些，虽然弹弓显得很简陋。把弹弓举在眼前眯着眼睛端详的姿势，很像一个人举着一只高脚的酒杯，弹弓的形状便是高脚杯的切面，轻轻地逆时针摇动，便会有果酸的味道漫溢出来。果酸的味道自然而青涩，这种自然和青涩或许正是我迷恋的童年味道，当我聚精会神地张开弹弓的时候，它便会奶香一样、青草一样飘荡起来。我迷恋弹弓的原因其实很单纯，弹弓在童年只是一个纯粹的游戏道具，因为它是游戏，我便可以拉开弹弓无所顾忌地射杀生命，而笨头笨脚的鸟们便是游戏的另一个组成部分。玩具仅是游戏中的道具，死亡仅是游戏中的程序，生命便因游戏而遭到忽视。我是这样看待游戏的，伙伴们是这样看待游戏的，甚至大人们也是这样看待游戏的，我很讶异童年意识中居然巧妙地藏着如此奇怪的思维盲点。但在童年，我根本不会去发现并关心这样的盲点，虽然童年的快乐源泉大多隐身在各种各样的思维盲点里。请放心，我不会赤裸裸地说出童年是恶的，不管我是否赞成这样的观点，我都不会说出来。不过，童年的思维方式确实是很有意味的。摇摇晃晃的童年就是一副滑雪板，就是一副高跷，童年不管坐在滑雪板上，还是踩在高跷上，都不过是想让快乐跑得更快一些，站得更高一些。

　　无须质疑孩子的纯朴，童年是单线条的，她无法也不会去摆弄更多更复杂的事物，而我之所以喜欢弹弓，还因为它制作起来比较简单。把斧头别在腰里，猴子一样爬到树上，原始人类一样砍下树杈，这是做弹弓的基本功课。做好这门功课仅需胆大，无须技巧，或者说，干这样的活懂得熟能生巧的道理便可。树杈的选择倒有几分讲究，分叉的枝条不宜太粗，也不宜太细，但一定要匀称，粗细如大拇指，匀称也如竖起的大拇指。弹弓的形状其实就是手掌的形状，你完全可以把它理解为手掌的延伸部分，延伸线通常是两条平车轮胎废弃的里带。树杈则须脱掉树皮，这样才能显现出坚硬和光滑，安放石子的皮子还要足够柔软，记忆中，我们选用的多是牛皮或羊皮。树杈、轮胎里带和牛皮或羊皮被铁丝牢牢固定在一起，便是一架掌上"炮台"，童年的顽劣便可以大有作为，树杈的生命便宣告结束。弹弓的形状貌似三角，其实，它是两个变形的半圆，是对称的、力道均匀的，只有这样才能保证石子飞行的路线是直线的。拉开，发射，鸟儿应声落地，如果这个过程一气呵成，童年便是充满欢笑的。

　　讲述这样的故事你会感到悲哀吗？其实，你不必杞人忧天。我知道，树杈长粗以后或许可以变成另一棵树，可树能否长大成材还是未知的。也或许会变成一支高跷，不过高跷是另一种游戏中的道具，它的形状是不对称的，是失衡的，只有一对高跷合力在一起，踩在高跷上的人才能保持平衡，一支单独的高跷是没有存在意义的。鸟儿长大会生出更多的鸟儿吗？回答是肯定的，可鸟儿如果不死亡，树上的鸟窝会不会太拥挤？树枝会不会被鸟窝压断？运动需要平衡，生命需要均衡，这又是一件有意味的事情，而弹弓既是平衡的，也是均衡的。当你拉开弹弓的时候，你会发现那些废弃的轮胎里带早已失去弹性，在你拉开弹弓的瞬间，你还能看见皮带皲裂的皱纹。你不必难过，弹弓本是一堆废弃物的组合——修剪掉一些枝杈对树木是有好处的，牛皮或羊皮仅是边角废料，而皮带作为轮胎里带的功能早已丧失。不过，这些废弃之物的组合还是很有张力的，它足以把一个游戏中的石子凌厉地发射出去。拉开弹弓的时候，你只需把目光聚成一支箭，让它从均衡的半圆之间平稳地穿过，让夹在牛皮或羊皮中间的石子光线一样笔直地呼啸而出，并在空中划出明亮的直线或弧线。这些直线或弧线是从半圆之中飞出去的，在空中，它更像一串连续的点，水珠一样闪闪发光，箭头一样犀利有力。你可以欣赏这条直线或弧线，你可以倾听石子划破空气的声音，你更要明白，无论你是否击中树上的鸟儿，当枝头上圆圆的黑点或白点受惊之后，天空里至少会留下两条弧线，其中一条是属于石子的，另一条则是属于鸟儿的。如果树上有很多只鸟儿，还有摇摇欲坠的鸟窝，在石子飞出之后，天空里的弧线便是纷乱的。可不管怎样，你都不能把所有的鸟儿都当成瞄准的目标，更不能把鸟窝当成瞄准的目标。你想知道原因？道理其实很简单：你只有一次射击机会，因此，你只能把众多鸟儿中的一只鸟儿作为目标，或者把树上落单的鸟儿作为目标，如果鸟们此刻都老老实实地钻在窝里，你只能把它们惊起，再等他们落下。你不可能把飞行中的鸟儿击落，即使落在树枝上的鸟儿，你也不能保证击落，不过没关系，你的乐趣仅是让树上的鸟窝和从鸟窝里飞出来的鸟儿不再安宁而已。是的，是否击中目标并不重要，因为你不会把鸟儿当作食物，虽然在春天，你还没有彻底忘记饥饿的滋味。

我坐在院里或村口的时候，眼前飞过最多的鸟儿便是麻雀，而麻雀似乎并不喜欢住在树上。是的，麻雀喜欢住在屋檐下，可那是在晚上，在白天的时候，麻雀大多跳跃在屋脊上、院墙上，落在院子里、街道边，偶尔也会栖落在树枝上。麻雀似乎一直害怕黑夜，白日里却大摇大摆，无所顾忌。麻雀是离人最近的一种鸟儿，它从不惧怕人类，所以不管它奔波在哪个地方，弹弓都会瞄准它。这是一种宿命，心甘情愿，无所畏惧，当然，我不是说麻雀不懂得闪避，它也会本能地惊飞，可它很快便会忘记危险来自什么方向。或许麻雀太多的缘故，捕杀麻雀的时候，孩子们的心里竟然没有一丝怜悯，这似乎是一种天性。好在更多的时候，捕杀既是一个过程，也是一个结果，捕杀完了便完了，没有人把麻雀当成充饥的食物。轻易杀之，随便弃之，好像踩死一只蚂蚁，麻雀是乡村最不值得珍视的东西，宛如遍地灰白的草芥。

孩子们用弹弓打麻雀说到底仅是一种乐趣，就像把石子投在水池里，没有人会觉得这是一种捕杀。如果真要捕杀的话，乡村有的是办法，有些办法还简便实用。在秋天的谷场里撒一些谷子或豆子，在谷子或豆子上支一只很大的筐，在支筐的麻杆上牵一条细细的麻绳，麻雀们便呆头呆脑地钻到筐的下面，你只需轻轻拉动绳子，一只、两只或几只麻雀便是筐中之物。还有更简单、但成本略高的方式：用一支装满枪砂的猎枪瞄准早晨集会在树上的鸟儿，就在它们开演唱会的时候，只听"砰"的一声，羽毛便在空中飞扬，惊叫便掠过村庄。这些方法或温柔如一个陷阱，或猛烈如一片雷电，但无论哪种方法，人类只要愿意，麻雀便在劫难逃。毕竟，狐狸的智商都低于猎人的智商，何况麻雀呢？

在乡村，我们从不把麻雀叫作麻雀，而是直接叫作鸟儿。这是一个很奇怪的称呼，似乎鸟儿便是麻雀，麻雀便是鸟儿，而燕子、鹞子、乌鸦、喜鹊、啄木鸟们是鸟儿中的另类。不过，细细想来，人们的简便是有道理的，就像家人对家人从不直呼其名。麻雀离人那么近，又那么多，近到睁开眼睛便看见它们飞来飞去，多到竖起耳朵便听见它们叽叽喳喳。或许太近太多的缘故，我从未想过吃麻雀，我虽见过伙伴们烧麻雀，却并未尝过麻雀肉的滋味。并非我仁慈，是我小时候不吃肉，闻到荤腥便呕吐。不吃肉也并非我信佛，那时候我不知道什么是佛，我的村子里只有老爷庙、奶奶庙，没有佛殿。母亲说，我刚学会走路便开始追着刚孵出的小鸡满地跑，我扭扭歪歪的脚丫踩死过很多只小鸡，我小时候便吃过很多只小鸡，直到后来看到肉星便呕吐。我想，我那时一定是把小鸡当作鸟儿了，我不知道小鸡长大以后会下鸡蛋，鸡蛋可以孵出小鸡，小鸡继续长大、继续下蛋，满院子、满村子便都是打鸣的公鸡或咕咕叫的母鸡。我更不知道，这些鸡蛋不仅肉一样香，还肉一样贵。我全然不懂得小鸡的用途，我只是看见它黄绒绒的样子很可爱，便追着它满地跑，我摇摇晃晃，小鸡比我还摇摇晃晃，于是，它们便倒在我摇摇晃晃的脚下。这个故事有些残忍，我上大学以后才第一次听到，我没有考证过这个故事的真实性，不过，既然母亲这样说，我想应该是真的。读大学的时候，我变成一个吃荤不吃肉的假素食主义者，我改善生活的唯一方式便是吃鸡蛋。整整吃了三年鸡蛋之后，肠胃被彻底刮了个干干净净，空空荡荡的我实在忍受不了肉的诱惑，便又开始吃肉。多年不知肉滋味，我不知道这算不算对我杀生的惩罚，母亲是把这个故事当作趣事讲的，或许，每个母亲都看不见自己孩子身上的残忍，而在那一瞬间，我却突然觉得人不懂事时其实最是残忍，尤其让人无法理喻的是，这种不懂事还是一种本能，这种本能还常常被人忽略和原谅。我明白孩子的本能是一种欲望，但我不想说孩子的本能是一种天生的恶，虽然在某一刻，孩子的本能是残忍的。人的一生会遭遇到各种各样的恶，人体本身一定藏着恶的因子，但我不愿意把这样的判断用在孩子身上，虽然这个判断可能是正确的。人的一生那么漫长，人一生的修炼便是把本能中不断滋生的恶挤牙膏一样慢慢从体内排出来，这个过程该何等艰难！我想，这样的艰难应该留给成人去承受，童年难得单纯，就让她过得简单一些、快乐一些吧。

　　我终于明白老人为什么都是慈祥的，他们像无风的黄昏里暖暖的阳光，像朝阳地里倚靠在墙角的影子，像天上淡淡的、散漫的云。可在童年的时候，我们都是孩子，孩子最喜欢做的事便是把活生生的树杈砍下来做成弹弓，再用弹弓射杀麻雀，或者，在黑暗之中，猫一样蹑脚出没，手中握着的手电筒和长及屋檐的木杆好像一个阴谋。这一刻，麻雀尤其显得悲哀，它龟缩屋檐下浑如一团泥巴，翅膀仿佛在白天丢失。一束强光骤然照射上去，一动不动的麻雀似乎被光明照耀了，安静地等待木杆凌厉的一击。麻雀不是被坚硬的木杆击中的，而是被灿烂的光线击中的，生命最后的挣扎仅是几根飘零的羽毛和一声无奈的哀鸣。当然，最悲哀的事件发生在深秋连绵的雨季，孩子们把活捉的麻雀用泥巴裹起来，投入火中徐徐烧烤，泥巴干了，麻雀熟了，肉香四溢开来。与其说这是美餐鸟肉，勿如说是美餐"勇敢"，这个时候。怯懦的女孩子便躲上阁楼，听脚下断断续续的水声。木水桶咚、咚、咚地承接着檐水，声音仿佛从峡谷飘荡上来，充满空洞的叹息。目光被屋檐压迫着平直地投射出去，没有天空，没有山，甚至没有树，雾湿的粪土气息、腐败的谷草气息和厚重的空气在眼前的世界弥漫，庄稼开始在田间腐烂……这些童年旧事仿佛风筝一样，一直在童年的窗口上挂着，一直在童年的树杈上挂着，印象中我每年至少要做两副弹弓，这些弹弓除了打麻雀，我还用它做过什么呢？我想弹弓应该有很多用途的，可现在怎么也想不起来了，不过，鸟窝是长在树上的，高跷是长在树上的，弹弓也是长在树上的，更不用说那些春季里填充青黄不接的食物——细嫩的树叶、刚吐出的花蕾和青涩的果子。

而天上的云一直长在比树更高的地方，我一直辨不出它的真正形状。

3

如果让你选择一个词来形容太行山，它最该是什么样子？巍峨，雄奇，险峻，叠嶂，连绵，纵横，还是其他？此刻，你也可能想到气势磅礴，你的习惯性思维并没有错，我不会指责你条件反射。事实上，太行山不仅有峻嶒的峰巅，绵延的山峦，还有根须一样四处发散的余脉，我的村庄便坐落在太行山余脉的余脉上。如果把太行山比作一头牛，村庄四周的余脉便是牛尾巴上细弱的牛毛，但纵然如此，在这片碎裂的地表上，你依然可以看到高耸的峰峦、壁立的山仞，依然可以看到绵延的丘陵、交错的沟壑，依然可以看到瘠薄的黄土、疏松的红土，以及一把攥出水来的黑土。总之，这些寻常的景色勾勒了故乡寻常的风貌，保留着太行山土山石地貌的大多特质，却又与典型的太行山主脉存有差别，或者说，它是一座微缩版的太行山。不过与人相比，再小的山也足够大，在童年的时候，我不知道这些山叫什么名字，更不知道这儿也算太行山，这些山的命名与地图上的标志无关，与方位有关。叫南山也罢，叫后山也罢，叫东沟也罢，叫西梁也罢，它们都围坐在村庄的四周，似屏障又不是屏障，围起来的气候倒是温和宜人的。我的村庄四季分明，除了冬天，孩子们一有空闲便结伴跑到山上去，挖草药，采蘑菇，砍柴禾，开荒地，种党参、山药蛋和大豆，季节不同，远近不同，土质不同，朝向不同，活计和种植品种也不同，可不管做什么都是在向大山讨生活。劳累的时候，我时常选一片朝阳的地方，坐在这道山坡望那道山坡，这时候，一座石头山便站在我的对面。云从头顶掠过，苍鹰在头顶盘旋，巨大的阴凉投射在石头山的脊梁上，我觉得它仿佛一部厚重的石头书，呈现着铁锈一样的颜色。

　　两山之间峡谷幽深，隐现在幽深中的山路仿佛飘忽的鞭子，细长而曲折。我时常低头从峡谷中间穿过，爬行在峡谷或高或低的山路上，我只能全神贯注脚下隐伏的路径，很少抬头看一线天上的云朵。我行走在曲折的管径中，攀援在蜿蜒的弧线上，我需要小心路边陡立的石壁和石壁上横生的酸枣树，还必须操心草丛中突然窜出的蛇。山间的路或绕行山坡，或潜入沟底，山坡上的路段多为泥土的，沟底下的路段多为石头的，石头的路段或镜子般平整，或台阶般层叠，仿佛乡村妇女纳的千层鞋底，我看着一双双布鞋被石头磨破，看见时光在石头上变得光滑，但我不会说这石头夹层间留存的是文字和时间，虽然层层的沙石的确像合起来的书页。有时候，我也很困惑，我想象不出埋在山体里的厚重的书是怎么码起来的，它斑驳的书脊很像父亲藏在箱底的线装书，线装书中夹着父亲读书生涯断裂的伤痛，而这石山里藏着的则是层次分明的神秘。这份神秘似乎为走进大山的人提供了一种走进记忆、触摸记忆的可能，可在这个时候，我不会把它们与历史、时间之类抽象的概念联系起来，这些概念在乡村是不服水土的。更何况，这些山很普通，不曾被官方命名，它们仅是一座又一座无名的山，与沉思的哲学或艺术从无瓜葛。即便如此，依然不会妨碍它寻常中的奇崛，转遍村庄周边的大山，我时常会遇到各种颜色、各种形状的石头，它们或红或黄或青，或秀或奇或雄，或整齐或破碎或棱角分明，行走在怪石林立的石沟里，我与它们一直如此亲近，却无法想象它们是怎样整合在一起的，又是以怎样的方式铺陈自己的历史的。我想这些石头的年龄应该用光年衡量，可乡村只知道光，只知道年，从未听说过光年，在乡村的经验中，时空最遥远的距离便是银河的距离，便是牛郎织女的距离。乡村的浪漫流浪在天上，飘荡在山坡上，乡村会讲故事，会唱山歌，却很少翻阅书籍，更不懂音律，而我觉得这些石头山好似上天丢在大地上的线装书，好似上天丢进时光里的五线谱，层叠的书页间镶嵌着深深浅浅的边际线，这些线条仿佛自然显现出来的原始文字和音符。你或许会把它理解为天籁的一部分，而我却觉得这些错落的石头便是山的年轮，山体刀劈而下，岩石临水而居，被水流圆滑了的山脚仿佛一尊石佛的莲台，石头间的流水潺湲着幽远的禅音。当然，这都是我现在的想法，有些强奸自然的意味，而在小时候，我只知道有石头的地方便会有水，有水的地方便会有草，我会掬水解渴、洗脸，我会坐在石头上呆呆地看着泉水从山体上慢慢渗出来，又缓缓地渗回去，我会任由滴答的泉水执着地穿过淘空的石头，但我不会把对面石壁上的水痕和苔藓想象成凝固的浮雕。

　　坐在山坡上看着对面的石山发呆的时候，我清楚地知道这些石头都是寻常之物，与院墙上或猪圈墙上的乱石并无多大差别。是的，它们只是足够大、足够多而已，如果没有石匠的精心雕琢，它们只是一堆毫无意义的石头。仿佛荆棘，仿佛水草，它们或杂陈于山中，或裸示于河床，当你坐在这些石头上的时候，你会感到山里的日子是有棱有角的，当你从这些石头上经过的时候，你知道自己只能依山势而走，这是另一种攀援的曲线，是逆行在规则上的自由，鸟们在峡谷上方鸣叫，草籽散落在贫穷的缝隙。走进峡谷的人都知道，两山之间的声音是幽暗的、嘶哑的、细弱的，寂寞的回音远比一个人的脚步声还清晰、还贴近、还孤单。这个时候，我最想做的事，便是把一块圆圆的石头滚落山坡，石头在山坡上发疯一样奔跑，石头从这边的山坡撞向对面的山坡，再从对面的山坡反撞回这边来，峡谷里的回声在两道山坡之间滚动，犹如脱缰的野马，奔腾的蹄音轰鸣在流水之上，久久不绝。

可此刻是午后，是最安静、最疲惫的时刻。慵懒地坐在草地上，我偶尔会想，这些石头在从前曾是什么样子呢？我没有答案，我的眼前浮现的只是另一种场景。就像木匠进山砍伐树木一样，某一天，一个石匠来了，一群石匠来了，石匠们右手握着锤子，左手握着凿子，背上背着长长的铁钎，腰里挎着鼓鼓囊囊的炸药包。叮叮当当敲打一天之后，收工的时候到了，站在半山腰的那个人高喊一阵"放——炮——喽——"，下地干活的乡人便赶紧鸟兽一样散去。迎着夕阳，只听"轰隆隆"一声巨响，硝烟弥漫，碎石落地。第二天，铁钎、锤子、凿子又该轮番上阵。石匠们敲敲打打，石匠们让石头发出或清脆或沉闷的声音，好像石头在埋头歌唱。其实，这些声音不是石头自发地发出来的，而是被金属敲打出来的，这些生硬的回声与其说是石头的，倒不如说是金属的。铁钎、锤子和凿子把石头打造成或圆或方或尖或动物的形状，石匠歪着脑袋仔细打量石头，认真的样子仿佛在对石头说，你本不成器，是我把你打磨成一个可用的物件，你才被派上用场的。不管石匠说什么，石头都不会辩解，但石头心底清楚，是凿子为自己凿出鼻子、眼睛和嘴唇的，是凿子把自己变成一头狮子的，是凿子磨去自己的棱角的，是凿子雕出自己如今的模样的，甚至是凿子在自己的脸上刻上了碑文，而石头自始至终都不说话。

你不要哂笑，我知道石头成材的故事并不高明，但它确实存在于我基于生活经验的想象中，它与太行山上出产的愚公移山神话没有任何血缘关系。我经常看到石匠们把石头运出大山，拉回到院子里、大河边或墓地里，石匠们经常把邻居们召集一起，听邻居们挑三拣四，听邻居们发出啧啧赞叹，在挑剔或赞叹声中开出或称心或不称心的价格。之后，这些石头便被铺到地上，砌到墙上，摆放大门口，垒到河坝上，甚至立在墓穴内外，让石头守着活着或死去的日子，听活着或死去的人们日日夜夜流水一样说话。石头守口如瓶，无论在院落里，房墙上，河坝上，还是更安静的墓地里，石头都一如既往地沉默，一如还埋在大山里。石头的沉默是永远的，也是简单的，好像流水多变的、透明的形态。其实，在峡谷里穿行的时候，最让我惊讶的不是这些静默的石头，而是从万丈、千丈或百丈悬崖上倒挂下来的瀑布，在这一刻，沉默的石头完完全全变成流水歌唱的背景。不管背景上的石头是坚硬的、布满棱角的，还是疏松的、参差层叠的，不管溪流两岸生长的是树木、荆丛，还是绿草和青苔，不管沟壑上的风景是秀丽的，还是荒凉的，这一切都不会影响流水一路向下的决心，崖边一帘一帘的珠子晶莹地飞溅而下，决绝而悠然的姿态丝毫不带任何忸怩和犹豫。飞身而下的水流或落在石头上，叮咚而去；或钻到悬崖底，悠忽不见；或聚成一池水潭，反照水瀑义无反顾的跌落……这一切都是那样自然而然，任何时候，粉身碎骨为青石上的潺潺流水也罢，悄然钻进山洞隐身为暗流也罢，聚水为潭日夜倾听瀑布的轰鸣也罢，流水顺势而为的规则从未发生过任何改变。某一天，如果你突然看到一股清泉从石间喷涌而出，你不必怀疑自己的眼睛，山中的河流本来就是被大山挤压出来的；如果你突然看到一条河流的尽头，你也不必忧虑，这条河流只不过被大山暂时收了回去；静的石头与动的流水就这样一生一世相互映衬，石头与流水间的小草便是这一切的见证。

你愿意到我的山中走一走吗？哦，盘山而来的人，溯流而上的人，我知道你喜欢在地势徐缓的崖畔或洼地驻足，知道你喜欢坐在石头上把双脚伸进水中洗濯。我也经常做这些事，每个走进大山的人都会做这样的事。坐在一块石头上，看着悬崖下的水流时而积而成潭，深潭幽深至墨绿，墨绿至无底。时而流而成滩，浅滩平淡至透明，透明至无色，这该是多么惬意的享受啊！清凉的水气浮动在周边，抬眼望望刀切的崖壁，飞身而下的水流飘拂成一条条弧线，仿佛一绺绺长髯；低首凝视深邃的谷底，缓缓的流水聚集成一池池潭水，宛如一面面镜子；而在山脚的弯曲处，回旋的水流呈现出连串的 S 形状，或悬挂，或静泊，或激荡，山的走势便是水的走势，水的走势便是石头的姿势。像水草一样，与水亲近是人类的本性，临水而坐，戏水潭边，凝神深不见底的潭水和水边摇曳的倒影，你究竟会痴迷，还是会惊诧？自然诡谲，即便山间的一条小河，也是变化多端的。譬如潭前那道悬崖，崖壁上的水流看似湍急，水量却是细水长流的；又如潭下那片浅滩，滩上的溪流从零乱的沙石间潺潺而下，河底却因石子而愈显清澈透明；而那座深潭一手挽悬崖，一手挽浅滩，仿佛高与低、急与缓间的纽带。当你坐在远处观望时，你会惊奇地发现，峰巅、悬崖、深潭和浅滩在不经意间构成一座依山而坐的人像，如果说峰巅是人像长发披肩的头颅，悬崖是人像美髯飘拂的胸膛，浅滩是人像时隐时现向远方的长腿，那么，深潭便是人像的五脏六腑，山水自然之万千点墨便皆藏于其间。

不同的山有不同的沟壑，不同的沟壑有不同的悬崖，不同的悬崖有不同的瀑布。石崖或错落在河道，或壁立在山脚，瀑布或激荡如裂石，或涓涓如细雨，植物茂盛的峡谷便因之拥有迥异的风情。仔细凝望，你还会发现崖壁上攀附着一层密密的苔藓，似乎水流越大，苔藓的生命力越旺盛。柔软的水流曾经洞穿和磨蚀过无数的石头，但面对攀附在石头上的苔藓，水流似乎变得极其温柔，又极度无奈。世间的确有很多的谜就这样不可思议地存在且延续着，石头，水，还有苔藓，我无法断定它们谁更结实，谁更柔软，谁更富有生命力，但当它们各自以自己的方式存活于自然的时候，冲突或许便是和谐的另一种开始。

坐在山坡上，你还会惊奇地发现，所谓的石山其实下半身是石头，上半身是泥土，而当你沿着一条隐约的小径绕到石壁之上的时候，却见一道平台之上植物茂密，各色各样的野花在石崖上开得热烈而奔放。这儿是一片青草地，青草无遮无拦，顽强而蓬勃，而此刻，我就坐在这样的青草地上。不禁想起那首耳熟能详的歌："没有花香，没有树高，我是一棵无人知道的小草，从不寂寞从不烦恼，你看我的伙伴遍及天涯海角……"每每听到这样的歌声，我最先想到的竟然是这样一片青草地，竟然是青草地下拖泥带土的、勾连拉扯的、深埋于泥土或乱石之下的草根——是啊，因为什么也没有，你便被赞扬；因为什么也没有，你便遍地族类；因为什么也没有，你便只剩一条命；因为什么也没有，你的一条命便极其顽强；因为什么也没有，你的生命便被赋予高尚的品格……生活的逻辑有时便如此简洁明了，穷且顽强着，穷且绿着，穷且永远被赞美着。其实，这也是一种宿命，当你什么也没有的时候，你所有的选择便是要不好好地活下去，要不一把火一烧了之，除此之外，你还能找到第三条道路吗？

我坐在青草地上就像坐在一片云上，这片云是绿色的，生长在石头与水之间，生长在石头与泥土之间。

4

即使你没有乡村生活经验，你也应该想象得到，初春或深秋时节的贫穷才是最刺眼的，就像山坡上几近赤裸的沟壑。在季节交替时刻，站在山坡上俯视，河沟两岸三分之一是植物，三分之一是石头，三分之一是泥土，这些静止且裸露的寻常之物便构成了乡村的基调。当然，这些野生的植物普通得不能再普通，这些陈列的石头或许并不奇异或灵秀，这些泛白的泥土既不瘠薄，更不肥沃，但这并不妨碍它们成为乡村原始的底色。在这样的季节，植物开始复苏或凋败，石头一览无余，泥土的沟壑仿佛岁月一道又一道的伤痕，显现出乡村生活的苍凉和艰涩。

就像乡人很容易生长皱纹一样，很久以来，我对沟壑的形成一直怀有几分好奇，我甚至觉得沟壑就是土地的皱纹。想象一下吧，在冬天——我一直觉得冬天是四季的衰老季，植物凋敝，土地的皱纹便格外深刻——的阳光下，土山下彻底裸露的七沟八梁似乎呈现着规则的图案，细细端详你便不难发现，这些形状相近的沟壑大多是雨水长期冲刷的结果，而雨水仿佛流淌在土地上的时光，日积月累，偶尔还会有塌陷发生。雨水冲刷出的沟壑形成一道道漫坡，这些漫坡自上而下直抵河岸，沟壑的顶部较窄，底边较宽，两边的两堵墙壁呈八字排开，好像两扇打开的巨大的门。塌陷而成的沟壑则三周土崖壁立，宛如一个巨大的凹槽，沟壑间的地势相对平缓，好似平锅的锅底。或冲刷而成，或塌陷而成，这些沟壑交错相连，似乎并无规律，但它们都一律窑洞墙壁一样光滑，土崖上残留的似乎仅是时光的痕迹。沟壑与沟壑之间壁立的土梁石头一样坚挺，土梁的崖边斜生着一丛一丛的荆棘，土梁的顶端摇曳着一蓬一蓬的矮草，草间间或杂陈着几朵或黄或红或白或蓝的野花。这些土梁是坚硬的，至少在视觉上给人造成一种坚挺的印象，它们有的仿佛一条条鼓凸的肋骨，有的又似一颗颗谢顶的头颅，土梁上的植被稀疏得令人惊心——我终于明白，泥土坚硬到一定程度，也仿佛石头一样，是寸草不生的！沟壑的下端与河岸相接，沟壑的上端多是开阔的平地，这些平地被石头层层叠叠围护起来，盘旋着爬向不高的山顶，乡人把这些山地叫作梯田。梯田离村庄很远，施肥浇水比较困难，虽然在夏天看起来整齐碧绿，其实也是靠天吃饭的，梯田里通常只种植玉米、谷子、高粱、大豆或山药蛋等相对耐旱的作物，产量并不高。多数土梁壁立而起，把土梁上的梯田与河岸边的坡地分为旱地与水地，偶有一道土梁从土崖上蜿蜒到河边，刀背一样的梁上便会隐现一条泛白的羊肠小道，送肥的人便沿着这条羊肠小道把土肥一筐一筐送上山坡。乡人挑着担子爬行在羊肠小道上，就像一个影子飘在一条曲线上，感觉随时会被风吹落沟底。在这样的羊肠小道上挑担行走，时需要根据山梁的走势轮换肩膀，动作稍有不慎，装满土肥的箩筐便可能碰到周边的崖壁或挂到周边的荆棘，后果不堪设想。小时候，我时常在这样的羊肠小道上行走，但从来都是空手，眼睛紧盯着路面，根本不敢朝两边看。下雨天的时候，羊肠小道变得十分泥滑，在梯田里干活的乡人只得沿着山脉绕到很远很远的地方回家。

只有在阳光灿烂的日子里，羊肠小道上才会出现行人。站在羊肠小道上眺望河沟两岸遥相对应的沟壑，这边的人看见那边的人像爬行的虫子，那边的人看见这边的人像一行蚂蚁。走的累了，乡人便站在羊肠道上喊话，风洗过的声音在沟间回荡，比脚底的河水还清澈，还响亮。这个时候，孩子们便扯着嗓子隔着河沟展开唱歌比赛，无忧无虑的快乐仿佛土梁上微小的花朵。

在笔记体文献《梦溪笔谈》中，宋人沈括把雁荡山的沟壑比作"龛岩"，"原其理，当是为谷中大水冲激，沙土尽去，唯巨石岿然挺立耳"。这篇文章收录在我的中学课本里，语文老师是城里人，他绘声绘色地讲解雁荡山的时候，我怀疑他对雁荡山是一知半解的，他甚至不知道我故乡的沟壑也状如神龛，只是这神龛也是土筑的。工作之后，我曾两次游历雁荡山，月光中的雁荡山朦胧如掌上的仙境，但在白日，雁荡山的沟壑与故乡的沟壑相比，二者的差异的确仅是石与土的差异，一如沈括所说："今成皋、陕西大涧中，立土动及百尺，迥然耸立，亦雁荡具体而微者，但此土彼石耳。"南方地势多奇秀，北方地势多粗犷，而即使同为北方，太行山上的荒凉与黄土高原上的荒凉也是迥异的。上世纪80年代末的一个冬天，我曾以吕梁山上的一个小县石楼采访，站在黄土高坡上眺望黄河对岸，便是沈括所说的陕西大涧，黄土地上"迥然耸立"的沟壑与雁荡山有别，与太行山也不尽相同。

　　石楼是国家级贫困县，只有八万多人口。采访结束后，主人邀我去看黄河，我欣然答应，我想在荒凉的冬季，黄河一定别有一番风情，可意外的是，这次黄河之行给我留下深刻印象的却不是黄河，而是黄土高坡。石楼县地势东高西低，群山连绵，地表深厚的黄土因受流水侵蚀、冲刷，沟壑纵横，地形破碎，从县城向黄河行驶，感觉就像从山崖上向沟底挪动一样。通向黄河的路很窄，很陡，窄的仿佛飘荡在风中的飘带，陡的好似立在悬崖上的枯藤。路上的尘土很厚，几乎淹没人的脚面。隆冬时节，尘土路上几无行人，在这样的路上行驶，除了当地的老司机，怕是没有几个人敢握方向盘的。吉普车在半尺深的黄土中颠簸，凝视窗外，很容易让人想起月球，想起失重。我在忐忑中走向黄河，沿途打量缠在山腰上曲折的土路、低矮的窑洞和纵横的沟壑，感觉这些坡地仿佛一面面被风平整过的镜子，远远望去，高原之脊便是一面又一面镜子拼接起来的巨大球体，它如此光滑，似乎植物也无法在上面立脚。镜子的下面便是雨水冲刷出来的沟壑，它们深刻如一道道伤口，你无法想象这是水的杰作。沟壑与沟壑间高高壁立的土梁像青筋暴胀着，像刀刃坚挺着，这种挺拔似乎只能是金属的制造物。有时候，你也能够看到黄土塬上或沟壑边一蓬蓬老年斑似的黑草丛，它点缀在黄土坡与沟壑之间，远远望去像一张地貌图，一部断代史，一幅老者的面孔，一个神秘的篆字。冬季的黄土高原是裸体的，是一丝不挂的，高原呈现出来的气息摄人心魄，荒凉在这一刻竟变得格外炫目！

我被这幅单纯到没有一丝生气的画面震撼，当我抬头仰望天空时，蓦然发现架在两座山梁间的太阳白花花一片，如一洼止水。我突然感到这阳光像水一样冰凉。

我很好奇黄土高原的形成过程，我想这应是一个奇迹，但遗憾的是，在日常生活中，我们却无法观察到这个奇迹的诞生过程。不过可以确认的是，在这个漫长的过程中，水是最坚韧的利器，它能够使稀松的泥土坚挺，又能够把坚硬的石块淘空。当时间和水在河床的石块上冲刷出规则的图案，当时间和水在岸边的巨石下淘洗出淙淙的空间，当时间和水在无边无际的黄土地上勾勒出一道又一道沟壑，风雨便在黄土贫瘠的躯体上刻写下一行行无字的碑文。面对这个荒漠而阔大的季节，我终于懂得，在时光和水柔软却坚硬的质地下面，任何碑都是立不起来的，为冬天的草芥立碑更是徒劳的。行走在裸者的高原，我仿佛看到一颗颗光芒四射的头颅，仿佛看到一个个初生的婴儿，肌肤光滑如卵石，神态娴雅如止水，黄色之光天地浑然，在一面镜子上静静闪烁。这是我在一个冬季目睹到的黄土高原，一个纯粹得让我落泪的黄土高原，高原上纵横的沟壑虽是流水和风沙所致，也不乏人为因素。黄土地面破碎，平地少，斜坡多，水土保持困难；黄土呈多孔隙和垂直方向裂隙的疏松结构，大多物质易溶于水；北方降水集中在七八月份，且多暴雨，容易造成黄土高原千沟万壑。毁林、毁草、开荒破坏了地表植被，开矿、修路又致使水土流失、地表疏松，黄土高原极致的荒凉一半是自然原因，一半则拜人类所赐，人与自然联袂演绎了这大美，且在这大美里埋下悲剧的种子。

与黄河岸边的黄土地相比，我的故乡虽非纯粹的黄土高原，却也沟壑纵横；虽非典型的太行山阶梯状地貌，却也峡谷众多。在太行山上，峡谷地貌是极具特色的，它的下部通常为深幽的河谷或嶂谷，中部相对宽阔，两侧地形多为缓坡、断崖和长崖，峡谷的顶部则常见平缓的台地、平台或长脊、长墙。我的故乡也有深幽的河谷，也有高耸的山地，也有山地与河谷之间的陡坡，还有石头的崖壁，但至今却没有发现矿石。我的故乡有不少从太行山那边逃来的移民，山上的荒地多是他们开垦出来的，"农业学大寨"期间乡人热衷于造田运动，很多坡地便是这时修整而成的。坡地在增加，河流却在减少，站在坡地上看着河道顺山势而走，自上而下，到处可见层叠相连的石头。这些石头像河水一样光滑，石头和水面上的时光丁冬作响，真实、清晰却又稍纵即逝。小时候，我常常在河里捉鱼，捞虾，抓螃蟹，岸边的石头下面时常会有泉水涌出，清凉，剔透，起初我以为泉水的喷涌是自然的，是一种值得炫耀的奔放和洒脱，可当我坐在石头上聆听石头下面泉水的声音时，我却无法否认存在于四面八方的压力。泉水像牛奶一样点点滴滴，我无法触摸到挤压的手，也不曾看见嗷嗷待饮的嘴，犹如我无法从头顶上的阳光里分离出自己的影子。

流动的水里总有石头，河的岸边到处是泥土，泥沙俱下才是真实的时光。泥土以它的无边无际铺陈自己，石头以它的坚硬裸露自己，水以它的平和流动自己，这一切，只有时间能够阅读，只有阅历能够诠释。

5

虽然司空见惯，我若说出这个疑惑，你一定会感到纳闷。后稷教人稼穑之前，古人都是靠打猎、捕鱼、采摘野果为生的，可很少听他们埋怨饥饿，为什么今人学会了种植五谷，却常常面临食不果腹的困境？人的演变到底是在进化，还是在退化？

毋庸置疑，饥饿是童年无法逃避的话题，或因如此，春天才竞相野生各色植物——苦菜、荠菜、小蒜、猪毛菜、刺儿菜、苋菜、马齿苋、灰灰菜、扫帚苗、车前子、蒲公英、茵陈，等等。这些野菜有的虽可入药，却无法治疗饥饿，就像孩子只能从清汤寡水的瓷碗中捞出青色的叶子，却捞不出月亮。如果不是饥肠辘辘，碧绿的菜叶、见底的清水和素朴的瓷碗应是一幅唯美的图画，或者说，是一幅与冬天的黄土高原相映成趣的绿色环保图画，可高蹈于温饱之上的审美与生存有什么关系呢？或因亲手触摸过画面背后的裂隙，我的文字竟是破碎的，一如碎裂的地表；或因切身感受过地表下面蛰伏的伤痛，我才不愿意把匍匐的野菜当作美好的记忆，且以此遮蔽皲裂的泥土。是的，在乡村，我早已习惯了野菜强加于我的疑惑或尴尬，这疑惑或尴尬也如野菜一样，在我记忆的伤口上生生不息。是的，在饥馑的年代，野菜虽可救命，但同时还是苦难的象征，而在富足的日子里，野菜却可登堂入室，脱胎换骨为时尚标签，同时更是生活品位的炫耀。我对如此落差并不感到惊诧，卑贱并非命定，认知总是错位，一如欲望排列成一道道沟壑，谁能打捞起童年流失走的水土？所谓"三月茵陈四月蒿，过了四月当柴烧"，在这些野菜中，茵陈的有用和白蒿的无用把卑微者的命运演绎到了极致，可又有谁解得其间的款曲或蹊跷？小时候，别说区别茵陈与白蒿，即使艾草与蒿草，也常常被我混淆的。

夏季蚊蝇滋生，乡人便焚烧艾草清静耳畔嘤嘤的聒噪，印象中，这一习俗似乎野草一样延续了几千年。晚饭时或睡觉前，把门窗紧闭，在脸盆或地上点燃一把艾草，大人和孩子便端了海碗去街道上歇凉。烟雾从门缝、窗缝和楼上的窗口钻出来，在屋檐和树下缓缓盘桓，院子里的空气便雾湿的月光一样，变得迷蒙且沉重起来。夜风掠过，暑气退去，打着哈欠的乡人陆续回屋休息，这时候，屋内屋外的烟雾已散尽，艾草的气味附着在房梁和墙壁上，一如黢黑的颜色。有时我甚至觉得乡村熏黑的墙壁就是一种味道，这味道仿佛乡村的时光，清凉，宜人，可触——它很光滑，蚊虫无法叮咬；它是一剂清凉油，可以清洁空气、聪耳明目、预防感冒；它更是一种望梅止渴式的记忆，似乎看见这样的墙壁饥饿便会远去。宗懔在《荆楚岁时记》记曰："鸡未鸣时，采艾似人形者，揽而取之，收以灸病，甚验。是日采艾为人形，悬于户上，可禳毒气。"宗懔记录的是南北朝时期荆楚一带的端午习俗，这习俗在北方也传承了很多年，记忆中，我常常在端午节把艾束悬于门梁上，或驱蚊虫，或避邪祟。在这一天，我还会编一顶艾叶的圈帽戴在头顶，招摇过市，我觉得这个样子很威武，我并不关心祈福或禳祸，虽然我也常常在空气中嗅到恐惧，或者说，在我的心里，所有的仪式都与恐惧有关，都与生死有关。我从长辈的片言只语中知道，村里曾有产妇用艾水擦洗和熏蒸身子，乡人觉得这很神奇，我却从这样的举动中窥测出辟邪的意味：乡人认为产妇的血是污秽的，虽然一个新生命刚刚从这血中诞生。舅舅是赤脚医生，我经常看见他用艾草做针灸。舅舅一边用针刺穴道，一边用点燃的艾草或薰或烫穴道，他专心致志的神情让我恐惧，也让我痴迷。舅舅说，灸的效用与艾火刺激穴道有关，也与艾草的气味有关，类似拔火罐，我深以为信。舅舅还说，古人一直把艾草当作医草，认为艾草可以包治百病，我半信半疑。

艾草是多年生草本植物，高约半米，茎细圆而直立，地边沟沿到处可见，极为寻常。艾草叶子呈椭圆状，叶片细小琐碎，边缘规则如锯齿；正面深绿，表面依稀一层白色寒毛；背面灰绿，仿佛覆盖了盐碱的灰色绒衣。艾草的花为筒状，颜色多为红、淡黄等，果实瘦圆。初春的艾草长得很像蒿草，二者似乎难以辨别，不过进入夏季，艾草偏灰，蒿草偏黄，艾草叶大，蒿草叶小，艾草枝干柔软，蒿草枝干坚硬，艾草的气味清香好闻，蒿草的味道则略微发臭，还是很容易区分的。故乡最常见的蒿草是臭蒿，但并非什么季节的臭蒿都是臭的。蒿草农历三月的嫩茎和叶片可入药，医称茵陈，其性味苦辛、微寒，可清湿热、退黄疸，茵陈不但没有臭味，还有一种特别的清香，可泡酒，可蒸煮了吃。到四月时，蒿草便长得茎粗枝壮，这时的蒿草即白蒿，没有任何药用价值。到五六月，蒿草的植株差不多长到一米高，体形倒是高大了，却只能砍去烧火或沤肥。在我的记忆中，故乡曾流行过一次瘟疫，乡人便把艾草烧成灰撒到灶台、炕头、墙角，或投放到井水中，却不知道茵陈的防疫功效是远远胜过艾草的。

墙头地边多见艾草或蒿草，撂荒的地方更是艾草或蒿草的世界，而这片荒地在被开垦之前，却是长满醋柳的，或者说，哪儿醋柳多，乡人便在哪儿开荒。看似奇怪的现象，其实也不奇怪，醋柳成片的地方，土质最是肥沃，在此地开荒砍柴，可谓一举两得，何况醋柳材质坚硬，耐烧，是上好的柴薪。醋柳的学名叫沙棘，在上世纪六七十年代，乡人并不知道沙棘是什么东西，更不关心沙棘的营养价值。沙棘名字虽雅，却并无想象力，醋柳名字虽俗，却有醋的味道，柳的外形，还蕴含着比柳树更坚韧的、无心插柳柳成荫的生命力。乡人还把沙棘叫作酸溜溜，不过，我最喜欢的名字还是醋柳。

在故乡，随便走上一道山坡，都可以看见扯地连天的醋柳。这些油绿色植物多生长在向阳的地方，约一人高，拇指粗细，醋柳丛中常有藤蔓攀爬，连片的醋柳便被这些藤蔓遮挡得密不透风。醋柳的枝条纵横纠缠，根须盘根错节，似乎先天具有保墒功能，醋柳连片的地方土壤总是黑油油的，似乎攥一把便能攥出油来，土壤上的腐殖物较厚，水分自然格外充足。醋柳果小刺多，极难采摘，乡人不大喜欢吃醋柳，一则因为醋柳酸涩，再则醋柳是助消化的，那时候乡人连肚子都填不饱，没人去操心消食的问题，至于维生素含量的多寡，更不是乡人操心的事了。

土山上有醋柳，干石山上也可以看到醋柳，干石山上的醋柳根系坚韧，它们不仅可以穿透岩石，还可以在石缝间扎根安家。醋柳的萌蘖能力很强，一株醋柳可以在三五年内形成一个圆形的团状群落，群落中央最高最大者便是最早生长的原生植株，看上去很像一个父亲，群落边缘的植株则较矮小，好像一群拽着父亲衣袖的孩子。干旱地方的醋柳总是一蓬一蓬地抱成团，仿佛一个相依为命的家庭，仿佛当年从河南逃荒来的难民。我曾在山上看到很多逃荒人留下的老庄，房子虽然坍塌了，四四方方的墙基还在。逃荒人安营扎寨后的第一件事便是开荒种地，首选的地方便是醋柳丛生的山坡。开荒最好的季节是春天，沿着沟底顺坡而上，把醋柳一拢一拢地连根挖起，就像刨红薯一样，醋柳倒下，湿漉漉的土地显露出来，当下便可点豆种瓜，醋柳则被晒在院子里，以备烧火做饭。解放以后，老庄的人陆续搬到山下，不过每到春天，他们还会故地重游，在遗弃的荒地种一些毛豆、山药蛋或党参。毛豆无须打理，自生自灭，颗粒不够饱满。山药蛋虽个头小、产量低，光照却很充分，口感要比河滩地的干绵许多。党参则大多种在偏僻的地方，秋天挖回去晾干、分级，冬天农闲的时候，他们便把捆束好的党参藏在行李当中，以探亲的名义返回河南，一次"投机倒把"赚的钱不仅够来回盘缠，还够今冬明春打油买盐。

那英在歌曲《沙棘花》中说沙棘花是"火红火红的"，我却对"火红"没有什么印象。醋柳的花儿早于叶子开放，颜色并不鲜艳，味道也寻常，这些花儿贴在黑黢黢的枝干上，大小如米粒，如不仔细观看是很难发现的。醋柳的花儿虽不显眼，果实却很鲜艳，夏天的阳光直射下来，醋柳的果实或桔红，或桔黄，一串一串挂在枝头，竟显出几分剔透。醋柳的果实经久不落，每到深秋或初冬，落叶飘尽的醋柳林便是山上最美丽的风景，可惜在这个时候，除了打猎的人和伐木的人，乡人已很少上山。

山上矮矮的醋柳长得千篇一律，河滩的醋柳却有些特别。记得上世纪 70 年代，整个河湾都是河水的走廊，河水或南或北，尽情在河滩地撒野，河湾里便留下大大小小的沙堆。在沙堆中间长着一片醋柳，远远望去像一片小树林。不知是土壤的缘故，还是水分的缘故，这片醋柳比山上的醋柳高大，比山上的醋柳刺少，还有树的模样，不过，树干和树枝都是弯曲的。这片醋柳的果实也比普通的醋柳大，颜色呈红色，果实饱满，味道甘甜。每年夏天，我们在河边玩耍以后，总会躲到这片小树林里歇凉，秋天的时候，便钻到林子里折一支结满果实的醋柳枝带回家。遗憾的是，看到这片林子的那一年，我才七八岁，这片时常被河水围困的醋柳林只剩下几十株。后来农业学大寨，修河改道，拦坝造田，这片醋柳林便永远从河道里消失了。

独坐在夏天的黄昏里，我经常想起这片醋柳林，我一直以为它是醋柳的变种，印象自然也极深。后来查阅资料，我才弄明白，醋柳长在干旱瘠薄的地方为灌木，长在土厚水足的地方则可能为乔木。一样的植物，在不同的地方竟长出如此大的差别，我不禁讶异。

6

你或许熟悉葡萄架，熟悉葡萄架下一嘟噜一嘟噜的葡萄，你或许还喜欢坐在葡萄架下与朋友对饮或对弈，但你不一定留意过垂挂在豆秧上的一串一串的豆荚。当然，我说的是秋天，是霜降之后，只有霜打过的豆荚，才呈现出欲裂未裂的姿势，这姿势仿佛一个中年男子，豆子破壳而出，金黄，饱满，花纹斑斓，魅力十足。

金黄是阳光的沉淀，饱满是风雨的沉淀，味道是时光的沉淀。不管插秧于玉米地，还是架藤于院墙上，时令一到，它的腰身便会弯得更低。秋天渐深，豆秧泛黄，豆子熟透的气息弥漫开来，镰刀随风而至，一瓣欲裂未裂的豆荚静静等待收割。阳光是平静的，秋风是平静的，收割也是平静的，被收割的豆荚晾晒在屋檐下，我究竟该把它储备为过冬的食物，还是收藏为来年的种子？我的纠结一厢情愿，于安静生长的豆子而言，成熟便是成熟，收割便是收割，至于明天将派上什么用场与豆子无关，选择自然无所谓好坏，无所谓对错。是的，植物生长周期短暂而分明，生死轮回也许存在，也许不存在，这一切都与植物无关。秋风来临，豆荚便做出欲裂未裂的姿势，似乎在对农人说，我是成熟的、干净的，我未被虫子咬过。其实，即便被虫子咬过也无所谓，腐烂或许还是一次彻底解脱，无须再牵挂轮回。开花、散叶、结果和收割皆随时令，想得太多或太少都无意义，就像玉米飘拂的红胡须，在夏季，它风情动人，可一到秋天，它便枯干如丝，它最后的招摇只不过为自己徒增一份悲凉，为掰穗人徒增一份烦扰。任何时候，附属便是附属，多余便是多余，不管丑陋或美丽，不管高攀或匍匐，只要是附属或多余的，便可能是累赘的。豆秧缠绕玉米悬挂半空，它晃悠了整个夏天，该经历的炎凉都已经历，该目睹的盛衰也已目睹，它早已疲惫，只想找一个理由歇下来。玉米倒下，豆秧便倒下，这是一种宿命，无须选择。豆荚放弃攀附的枝蔓，把自己多皱的皮壳打开，欲裂未裂是接受阳光沐浴的姿势，"啪"地爆裂是接受阳光曝晒的姿势，贪婪地吸收雨水的光景早已蹉跎为往事。

等待如此漫长，等待又如此奇妙，如此煎熬，如此残酷。阳光、风、雨轮流打磨你的意志，即使没有经历过时光浸泡，泥土也早已教会你该抱持怎样的心态。对，就这样欲裂未裂，就这样等待骤然落地，当爆裂之声清脆响起，生命的季节便合上翅膀。

很显然，我夸张的描述只适合玉米地或院墙上架秧的豆荚，只适合秧苗上垂挂的豆荚，只适合既可炒菜，又可煮饭的豆荚，虽然夸张的修辞风格并非我的习性，可当我想到秧苗上结实、饱满、花纹斑斓、煮熟后又格外绵软的豆子的时候，我便不由自主地夸张起来。瓜果成熟的季节，家乡最常见的一种饭食叫菜饭，城市人也叫和子饭。不过，我还是喜欢菜饭这个名字，它简单而直接——顾名思义，菜饭便是南瓜、山药蛋、西红柿、红薯、嫩玉米、豆子和小米混煮在一起的大杂烩，家境好的下几根面条，家境不好的不下面条，炝锅则用野生的小蒜。很显然，这样的饭食是属于贫穷年代的，如果没有小蒜便没有滋味，如果没有豆子便没有嚼头，乡人把这类豆子称作秋豆角或刀豆，它与南方可入药的刀豆并非一回事。在北方，种植面积更大的是黄豆或黑豆，乡人统称为毛豆，毛豆与秋豆角相比，只是皮壳多毛、植株更矮、豆粒更小而已。矮而壮实的毛豆大多种植在偏远的坡地，它不依附任何枝干，不惧怕风吹雨淋，也不施肥、不浇水，生死由天，肥瘦靠天。我曾开垦过一片荒地，可惜那年天旱，地里的蒿草长得比我种的毛豆还高大、还茂密，秋收时我都没有去地里看一眼，第二年便撂荒了。毛豆为小杂粮，种植普遍，并不受农人重视，不过，孩子们却是喜欢的，尤其在秋天，毛豆曾是孩子们廉价但美味的零食。上山采药之前，孩子们便在村外的地里顺手牵羊抓几把毛豆放到箩筐里，干活累了或日头直射到脊梁上的时候，孩子们便到河沟寻一块平整的石板，捡几把干柴，在水边烧起毛豆。把干枯的树枝架起来，用茅草引燃，再把毛豆连秧带叶投进火中，豆秧烧干了，豆荚爆裂了，毛豆便滚落在灰烬中，熟了。孩子们脱掉衣服，搧去灰烬，这时候，颗粒饱满的黄豆或黑豆滚落一地，好像砂锅炒出来似的，又脆又香。孩子们蹲在四周，小鸡一样挑吃豆子，边吃边取笑对方嘴边长起的黑胡须，笑声便像豆子一样饱满，干脆。孩子们嬉笑打闹一番，便蹲在河边洗一把脸，喝几口河水，继续上山干活。孩子们的野炊生活算不得秘密，大人们知道孩子们偷毛豆或玉米的事，但他们并不觉得这有什么不光彩。如果说毛豆是零食，玉米就算正餐，烧玉米的方法几乎是烧毛豆的翻版。把整穗的玉米连皮带壳扔进火中，绿皮黄了，焦了，玉米便熟了，土法烤出来的玉米比火炉中烧的鲜美，比锅中煮的原汁原味，还更干净。

　　我曾多次给城市的朋友讲过乡野美食，看到他们垂涎欲滴的样子，我竟感觉到幸福，可这种幸福只存在回忆里，那时候，我们的野炊更多是生活所迫。但我理解城市人的好奇，甚至向往，毕竟乡村野生野长的生存方式是不可复制的，因了这不可复制，童年的野外经验便构成我幸福回忆的全部。譬如山药蛋，这种深埋地下的食物说起来很可悲，它虽像所有植物一样经历过春夏，却从未看见过春夏，它一直在地下长大，最怕见光。有人说底层生活也是生活，那是他从未沉到真实的底层，而真正沉到底层的生活，是给点阳光也不会灿烂的。山药蛋便活在真正的底层，它被秧苗遮挡，被泥土覆盖，你可以把这些理解为庇护，因为山药蛋一旦抛头露面，便皮也绿了，味道也麻了。乡亲们爱说萝卜白菜，各有所爱，这其实是一种无奈，事实上，任何东西不管它有用或无用，卑微或娇贵，它都会找到自己的生存之道。世上事说简单也简单，说复杂也复杂，譬如这阳光，虽然人人都觉得它很重要，可并非所有植物都需要阳光，都喜欢阳光，即便需要和喜欢，也还存在接受程度和方式问题。山药蛋也离不开阳光，但你只能把阳光洒在泥土表层，让阳光透过秧苗和泥土慢慢渗透下去，秧苗仿佛山药蛋的吸管，山药蛋只能间接领受阳光的恩惠，却不能被阳光直接照耀，这也是山药蛋与生俱来的运命吧。什么习性便是什么习性，无须同情，也无须悲悯，季节总之都那么长，山药蛋没有见过春夏，不等于没有经历过春夏。山药蛋的命运好比温水煮青蛙：水烧得快了，青蛙便跳走了；火烧得猛了，山药蛋便糊了。在山坡上烧山药蛋，怎样才能既烧熟又不烧糊呢？掌握火候重要，掌握方法更重要，可如果你不曾亲历，你无论如何都想象不出其间的诀窍，因为你的童年不属于山坡。

我说过，山上开出的荒地最适合种植党参、山药蛋和毛豆。党参是药材，是用来换油盐酱醋的；毛豆是杂粮，是用来补充和调剂主粮的；山药蛋则是过冬的菜蔬，可以锅里炒，可以水中煮，可以笼屉上蒸，但最有风味的吃法却发明在山坡上。找一道矮的土崖，挖一个火坑，在火坑上架一块薄薄的石板。之后，把山药蛋一颗挨一颗平铺在石板上，用厚厚的湿土覆盖起来。一切准备就绪，便可以架柴点火，最好的柴禾自然是山坡上捡来的醋柳。当山风吹着呼呼的火苗把石板烧得滚烫，当石板上高高堆起的湿土被一层层烤干，当一缕淡淡的糊味从泥土中散发出来，这时候，埋在石板与泥土间的山药蛋便被烤熟了。靠近石板的部位略微焦黄，靠近泥土的部位略显皱褶，用石板和泥土烤出的山药蛋又干又绵，且带着半分焦糊、半分木炭的气息，比水煮或锅蒸的山药蛋味道纯正，口感绵长。

在你看来，这样的故事或是有趣的，于我只是一种童年记忆。我知道它算不得人生智慧，充其量仅是生活经验。所谓环境造就人，不管你什么出身，只要把你放在这样的环境里，让你身临其境，你便会找到自己活下去的方法，不管在你眼中，这方法是苦中作乐，还是乐此不疲。

秋天的山坡到处都是故事，这或许是我喜欢秋天的原因，也是乡村喜欢秋天的原因。秋天的山就是一座宝藏，它是富足的，自然与饥饿无关，秋天的山还是奢侈的，只要你用心，你便会发现许多有意味的现象。譬如一枚野果，弃之山坡平凡如一茎草、一抔土，不名分文，跻身城市便可能成为餐桌上的佳肴。摇身一变，身价倍增，这样的戏剧效果并非野果关心的事，野果也不会感到庆幸抑或不幸。生长，坠落，腐烂，年复一年，只要活着便在轮回，这是野果的运命，野果短命的悲剧与市场无关，野果刻骨铭心的是季节，而季节仿佛冥冥之中那只看不见的手，既神秘，又神奇。在北方，在所有果实中，青杏最早出生，最早长成，最早上市，也最早熟透，最早腐烂，最早逝去青春。记得小时候，一到春天我便在院子里移栽各种树苗，每天给这些树苗浇水，可它们很快就死了，我不曾看见一株树苗长大到高过墙头，也没有一棵属于我的树过早地结果，没有一棵属于我的树过早地遭受攻击，更没有一棵属于我的树待到秋风初临时，变得一无所有。深秋时节，望着山坡上干净的、萧瑟的、孤零零的枝干，我的心底不禁升起一丝悲凉，这个时候，我不知道该为我的失败经历遗憾，还是庆幸。我种的树早早死了，我种的树躲避了季节轮替的摧残，你说我到底该遗憾，还是庆幸？七月的核桃还未成熟，孩子们便急不可耐地把青色的果子摘下来，埋在地头。核桃树生长缓慢，核桃也生长缓慢，青皮的核桃被硕大的叶子遮蔽，只有等到中秋时节，核桃才能成熟，才能采摘，只有等到中秋时节，核桃的青皮才会自然脱落，核桃仁才白净而饱满。可地头的核桃树是野生的、没有主人的，如果等到成熟季节，核桃树上除了落寞的叶子，几乎看不到果实，于是，孩子们便只好先下手为强。七月十五前后，孩子们便早早把核桃摘下来，埋在地里，等待核桃的青皮在泥土里慢慢腐烂。核桃皮被沤掉了，多皱、发黑的核桃仁却先天不足，似乎不足月的婴儿。孩子们的做法有些暴殄天物，可他们是一群孩子，他们没有耐心等待，也没有机会让他们等待啊！

木叶落尽的季节，你会在山坡上意外看到一种奇特的野果，乡人叫它杜梨。杜梨学名棠梨，果实很小，如孩子的拇指肚。杜梨的果实很密，一串一串挂满枝头，布满褐斑的青皮经阳光久久照射才呈现出淡淡的黄来。即使深秋时节，杜梨吃起来仍很酸涩，几乎能倒掉大牙，或因如此，你还能在深秋看到它一嘟噜一嘟噜挂在枝头。这时候，无所事事的人们才想起来把杜梨摘回家中，贮藏砂锅，埋放炕洞，任其自然腐烂。春节前夕，浑身发黑的杜梨终于释放出熟透的味道，果香独特，好像醉梨，气味浓郁，仿佛成熟的少妇，在果实稀少的隆冬显得珍贵。梨与杜梨在同一季节生长，同一季节坠落，境遇却不相同。梨与杜梨相比，似乎是族类中独秀的一枝，纵然乡人视"杂种"为最大的侮辱，但每年春天，却依然有人热衷于把杜梨从山坡移栽到院落，热衷于在杜梨的枝干上不厌其烦地嫁接。梨树便是杜梨嫁接出来的"杂种"，梨却比杜梨地位高贵，味道也更甜美。乡村经验仿佛一个存在缺陷的游戏，荒诞也罢，懵懂也罢，乡人便是这样看待事物的，或许它没有任何道理，但它却客观存在着，就像狼与羊的关系。狼天生是羊们世代的对头，乡人却说独来独往的狼是山神庙的守护神。羊们"咩咩"叫着走上山坡，走下山坡，它软弱的叫声不只是一种象形，更是一种暗示，羊似乎早已宿命地认定，自己只是别类口中的食物。乡野矛盾而朴实的逻辑只有乡野懂得，无须与事实真相关联，鸟儿的一生便是另一种例证。在乡村，在山坡上，鸟儿是一种自由的生灵，无论怎样的季节，它都选择天空作为生存和表现的场所。因此，要想击中甚至捕获鸟儿，不仅需要借助弹弓、猎枪等工具，还需要掌握技巧、时机，懂得设计圈套。相对于捕获飞鸟，果子的获得似乎唾手可得，但如此轻而易举的事件却并非发生在所有的季节，它需要时间，需要等待，就像赢得爱情。鸟因天空而风头出尽，鸟却因了天空而被击中；果子因季节而成熟，果子却因了季节而凋败。这是一种命运，一种无法摆脱更无法抉择的命运，犹如上帝握在掌心的骰子，谁能告诉我，究竟骰子的哪一面才是运气所在？

7

　　每个年代都是一棵树，每一代人的阅历都仿佛同一棵树上结出的叶子，看似形状相同，其实千差万别。在我的童年，春天是扁平的，夏天是圆润的，秋天是饱满的，冬天是裸露的。留在童年的四季仿佛一组圆环，草根一样隐伏在记忆深处，轻易不肯发芽。可某一天它们一旦破土而出，便会疯长，便会葳蕤，便会河堤决口一样一发不可收拾——河水过后，河道里留下的痕迹便是破碎的。纵然如此，能够拥有这样一片草地还是幸运的，即使这些沉淀下来的记忆与事实有些出入。是的，不管这片远去的草地是枯黄的，还是碧绿的，是零乱的，还是有序的，它们终将变成一把蛰伏的草籽，散落在我的内心深处，一直温暖如初。

秋风日渐猛烈，旷野缓慢空荡，孩子们的心便从山上收回村庄，开始操心起风筝的事来。秋收刚过，地头堆放着一垛一垛玉米或高粱秸秆，小山似的。别看高粱平时不被乡人待见，高粱秸秆这时反倒比玉米秸秆更能派上用场。或许高粱顶端细长而均匀的部分可以做箭的缘故吧，乡人便把它叫箭杆，收工回家的路上，在地头顺手挑选一些箭杆带回家，盘坐在台阶或炕沿上，大人们忙着做筲子，孩子们忙着扎风筝。简单的，便在一搾半长的箭杆中间挖一个凹槽，通过凹槽把两根箭杆十字交叉，咬合一起，便搭建了风筝的基本骨架。之后，再在箭杆的四端顺时针方向粘贴——很奇怪，若逆时针方向粘贴，风筝便不会迎风旋转——四瓣大小一样的纸片，纸片或方或长或红或黄，它们便是风筝的色彩。有了骨架，有了色彩，还需为风筝安装一个旋转轴，一根牙签般粗细且带杈的树枝便是不二选择。把细细的树枝沿凹槽咬合处松松穿过，插在另一根粗而长的箭杆上，一只风筝便算告成，孩子们手持风筝迎风一立，红的或黄的纸片便突碌碌旋转出时缓时急的风响来。更有心灵手巧的，他们把高粱秸秆的皮一条条劈开，把风筝精心编织成鸟笼的模样。鸟笼形的风筝上粘贴的纸片小如杏树叶，精致，玲珑，饱含耐心，自然也最适合女孩子玩耍。也有用一尺见方的纸片直接折叠成风筝的，这种风筝既像一朵硕大的白荷花，又似一盏小小的灯笼，样子虽然秀气，只是经受不住大风的考验。秋末冬初，女孩子手中握着的，男孩子嘴里叼着或书包上、脖子上插着的，都是各色各样的风筝，风筝在这个季节似乎并非一件玩具，而是一件辞秋的饰物，孩子们便是以农作物附件制作的各色玩具告别秋天的。

就像所有的食物都来自泥土一样，孩子们所有的乐趣也都来自泥土，或许这个原因，只有在乡村长大的孩子才真正懂得泥土。乡村孩子的一切与时令有关，与季节交替有关，与钱币无关，钱币在乡村孩子的眼中仿佛秋天的落叶，是无关紧要的。"自己动手，丰衣足食"，这句教导对乡村孩子来说是恰当的，于城市孩子而言，则是费解的。在城市，尤其在城市的今天，孩子们想获得任何东西都要付出金钱，似乎没有钱便寸步难行。第一次在汾河边看到城市孩子放风筝，我有些吃惊，我没有想到乡村的风筝与城市的风筝居然存在天壤之别，或者说，它们的名字虽然都叫风筝，却根本风马牛不相及。乡村的风筝仅是孩子们的掌中之物，它们从不拖着长长的线在蓝天下飞翔，但这并不妨碍孩子们由衷地喜爱。孩子们迎风奔跑时，风筝便呼啦啦颤动起一片风声；孩子们临风而立时，风筝便徐缓地转出时断时续的弧线；孩子们累了困了，便把风筝绑在树杈上，插在楼窗口，任由它随风自由地旋出圆圆的风景，这风景都是孩子们亲手制作出来的。

在乡村，女孩子偏爱风筝，男孩子则热衷于推桶箍，道理很简单，桶箍滚出的圆比风筝的要大许多，更重要的是，推桶箍能充分展示男孩子的平衡力、爆发力，还有野马驹一样的奔跑速度。桶箍大多是铁打的，也有用竹片编织的，竹制的桶箍太轻，也不够光滑，掌握平衡相对困难，推起来反而更吃力。推桶箍仍然离不开高粱秸秆，通常以半湿半干为好，把高粱秸秆弯成底边仅一搾宽的等腰三角形，便是最简易的推动工具。左手扶桶箍，右手握简易工具，左手轻轻把桶箍平稳送出，右手攥紧简易工具快速推动，欢快的三角形和圆环的构图里便响彻男孩子们粗野的吼喊。这个游戏看似简单，可要在一群常常在山上奔跑的孩子中间脱颖而出，不仅要有速度，更要懂得技巧：推动的力道不宜太大，也不宜太小；推动的位置不宜过高，也不宜过低；力道恰到好处，遇到上坡不会因阻力而倒下，遇到下坡也能自如掌控；用力不均匀，桶箍便一路摇摇摆摆，像个醉汉似的，纵然行走在平地也会踉跄跌倒。记得每年秋后，孩子们都会在街道上展开推桶箍比赛，遭遇挫折是家常便饭，孩子们气急了便不管不顾地坐在地上摔摔打打，有的甚至鼻涕眼泪的，观战的大人们便站在一旁指指点点或哂笑。这是农闲里最轻松的时刻，就像朝阳地里的阳光，大人们的脸上洋溢的都是暖暖的知足。一年来的辛苦都已放下，不管歉收还是丰产，都已天注定，至少在眼下，他们还暂时不用担心锅里没有米下。或许对技巧有些天赋的原因吧，我经常在这样的竞争中轻松获胜，我以为我是懂得平衡的，我是擅用力道的，其实，这仅仅是一个游戏而已，即便有竞争，也是游戏式竞争，也是裸露在街道上的坦坦荡荡的竞争，与生活没有关系。进入城市之后，我面对了另一个更大更圆的世界，在这个大而圆的世界里我总是跌跌撞撞，每当这个时候，我便怀念起童年纯粹的游戏，怀念起童年一个又一个圆风景——它奔跑的时候，总是选择一路向前；它插在树上或楼窗口的时候，总是昂首向天；即使遭到大人的哂笑，那笑声也是善意的，不存在任何鄙薄或轻视。

　　说到平衡能力，我便会想起踩高跷，想起我的祖父。在秋末冬初寂寥的时光里，如果说我的童年也有挫折的话，那便是踩高跷。高跷由一个主干和一个斜欹而出的旁枝构成，我小时的几副高跷都是祖父做的。祖父爬树的动作潇洒而敏捷：双手合抱大树，双脚蹬紧树身，躬成一团的身体仿佛吸附在树上一般，只见腰后别着的斧子一耸一耸，人已攀上树顶。祖父站在高高的树干上，像一个瞭望者，他左手扶树干，右手握斧子，双目快速巡视一圈，便瞅准两根心仪的目标，只听"咔嚓、咔嚓"两声响，树干应声落地。祖父衣不沾树溜到地上，去掉树梢，保留斜杈，再到地头寻找几个干玉米茬子，填到树杈上，一副高跷便算做成。祖父慈祥地看着我的那一刻，我多想一脚踩一支高跷，仿佛突然长高似的，迈着两条又细又长的腿得意地走回村子里去啊！或许生性惧怕高处的缘故吧，我尝试几次都失败了，我无法踩在高高的高跷上，无法让祖父欣慰和放心，无法让小伙伴们羡慕和嫉妒，我有些沮丧。扛着高跷回到家里，祖父一直手把手耐心教我各种动作要领，就像父亲后来手把手教我骑自行车。我紧紧倚靠墙壁，双臂撑起身体，小心地踩上高跷，身子刚刚站直，腿还未来得及迈出去，整个身体便感觉要向前倾倒，恐惧顿时从脚底升起，手忙脚乱中不得不靠回墙去。反复多次，我终于可以小心翼翼地走路了，眼睛却一直盯着地面，两臂摇晃，腰身弯曲，不敢把高跷抬离地面。我还在婴儿一样蹒跚学步，我的同龄人却已个个收放自如，如履平地：他们或在台阶上走上走下，胜似闲庭信步；或在大街上单脚跳来跳去，犹如好斗的公鸡；更有胆大心细的，他们不断在高跷上炫耀各种危险动作，仿佛在表演杂技。但在祖父眼中，这一切不过是小菜一碟。祖父不仅是方圆十里数一数二的车把式，年轻时经常赶着马车去洪洞大槐树，驾驭马车的技术超群，还是沿河两岸耍狮子耍得最好的人，曾把一头狮子一路舞到潞安府，在高高低低的台子上闪转腾挪，技惊四座。据说赵氏的祖先造父就是赶马车的，是周穆王的首席御手，封地就在洪洞赵城，祖父的血管里一定还流淌着祖先的血液，遗憾那时我还没有出生，不曾一睹祖父站在车辕上扬鞭驰骋的风采。不过，在我离开村庄之前，村里过年又时兴闹红火了，我曾亲眼看见年近六旬的祖父耍狮子的场景，那头活灵活现、威风八面的狮子至今还常常出现在我的梦中。祖父大碗喝酒，大口吃肉，性情暴烈，爱憎分明，他的一生仿佛乡村的四季，春有春的生机，夏有夏的炽热，秋有秋的丰硕，冬有冬的坦诚……

8

　　学会踩高跷的第二年春天，我离开了故乡。在小城的元宵节，我终于见识到城里人的红火，披红挂绿的男女在木工制作的高跷上扭秧歌，动作虽然夸张和潇洒，却没有我长在树上的高跷亲切。中学毕业之后，我又来到省城读书，祖父在我上大学的第二年冬天走了，上世纪六七十年代的冬天从此定格在记忆中，显得格外寒冷。是的，记忆中的冬天一直是寒冷的，不管男人还是女人，不管老人还是孩子，不管贫穷还是富有，都仿佛鼓鼓囊囊的麻袋，都仿佛装在套子里的人，棉衣、棉裤、棉鞋、棉袜和军绿色的棉帽厚厚地裹住饥饿的躯体，人人狗熊一样笨拙。可我的故乡没有狗熊，只有白胖白胖的雪人站在院子里，一冬不化，乡村世界也在一夜间变成一个雪人，周身裸露，或透明，流水或静水都在惨淡的日光里不紧不慢地结冰。乡村的节奏是慢的，乡村的冬天尤其喜欢慢下来，仿佛朝阳地里打着哈欠的乡邻，除了吃饭、睡觉，便是拉家常、扯闲话，暂时不为农事操心，个个清闲得像发虚的影子。时常活动在这幅场景里的，只有上井挑水的人，他从缓慢的时光里穿过，显得比时光更缓慢，或者说，他便是村庄这座老时钟里的一枚指针，瘦弱的肩膀上晃悠着一副水桶，好像古老的象形文字。这幅场景还是寒冷的，冰凌漫延在井沿四周，倒挂在院墙上、屋檐下或者树梢上，即使埋在屋门后的水缸，也时常在零下的黑暗中结出薄薄的冰来。早晨起来，窗玻璃上都是密密麻麻的冰凌花，屋檐下的冰凌穗剑一样倒挂下来，仿佛透明的白萝卜，把煞白的日光折射得十分惨淡，把草的或瓦的房子装点得十分冷彻。把这样一幅场景移放到画家的眼睛里，该是冬天最美的风景吧？可在这个结冰的季节，乡下孩子仿佛树枝上缩手缩脚的麻雀，抬眼望去，满目都是白色和寂寥。村庄对面的山坡被雪覆盖了，山脚下的大河被冰覆盖了，山沟里的溪流被冰和雪覆盖了，早晨出门的时候，木叶落尽的树上还残留着冰的痕迹，仿佛一个裸体的人站在寒风中接受季节的窥视。

冰雪覆盖了乡村世界，野兽们被一步步逼回洞穴，男人们守在火炉边喝大叶茶，女人们坐在炕头纳鞋底，乡人百无聊赖，无所事事，每天便这样周而复始地打发时光。孩子们却不会闲下来，告别了风筝、桶箍和高跷之后，他们一有空便聚集一起玩起另一类游戏。与深秋相比，隆冬的游戏是简单的，是与石头、树木和流水有关的，毕竟，在这个或彻底覆盖或彻底裸露的季节，只有石头、树木和流水是取之不尽的道具。这个时候，孩子们便麻雀一样，或聚集到宽敞的四合院里，或聚集到生产队空空荡荡的打谷场上，尽情地展现精确的打击技巧和原始的野性。

相比较而言，四合院的游戏总归文明一些，男孩子、女孩子都可以参与，或许有些小儿科吧，年龄大一些的孩子是不屑的。院子里经常玩的一种游戏叫"砸老爷"，名称有些奇怪，多少年之后，想起这个名字我还在心底嘀咕："老爷"一词是乡人对威权事物的通称，诸如天、地、神和官家等，内涵宽泛，乡人一向对它们心怀敬畏或畏惧，何以会流传这样一个名称呢？虽然疑惑，但毕竟是一种游戏，在游戏中，不管多么严肃的事物都是可以拿来调侃的。我不曾考证过这个名字的来历，在懵懂的童年，我不会把这类集体潜意识行为猜测为乡人内心的抗拒，于孩子而言，这个名称仅是一个游戏符号，与善恶无关，与天地鬼神无关。"砸老爷"是记忆中为数不多的集体活动之一，男孩子、女孩子分成两组展开对抗，比踢毽子热闹，难度却要低一些。在院子两端划出两条平行线，两线间的距离视游戏难易程度而定。一端竖立一排山上挑拣回来的青石板，通常一尺见方或更小一些，算是被砸的靶子，孩子们则站在另一端用巴掌大的石块击打。砸倒靶子，立起来；再砸倒靶子，再立起来；反复循环，节节递进，一组人把所有规定动作同步完成之后，院子里便响起赢家的欢呼。游戏大概十一二节，准确数字我记不清了，只记得第一节叫"大眼"，做游戏的人站在界线上，睁着双眼把靶子砸倒；第二节叫"小眼"，做游戏的人睁一只眼、捂一只眼，把靶子砸倒；之后还有"前窝"和"后窝"等，或把石块平放在脚面上击打靶子，或把石块夹紧在腿弯处袭击目标，或把石块掷在靶前靶后的地方，单腿跳近，脚踢石块击倒靶子再扶起……项目繁琐，意外频频，十分有趣，在石头与石头的撞击中，检验的是力道的掌控能力和击打的精准度。这是傍晚最热闹的场景，男孩子、女孩子叽叽喳喳吵成一团，不砸到大人喊回家吃饭是不肯罢休的。

打谷场上的游戏则纯粹是大男孩子的事，记得它的名字叫"赶蛋"，规则类似棒球运动，但乡村没有棒球，也没有足球和篮球。说来你或许不信，在童年，我只见过两种皮球，一种拳头大小，被孩子们拍来拍去，一种略小于排球，被孩子们扔来扔去。这两种球既不会用于投篮，也不会用来射门，事实上，学校没有球场，只有一个大院子，只能做广播体操。孩子们见过的球多是石头或生铁做的，"赶蛋"便是其中之一。"赶蛋"野性十足，激烈程度远超过打棒球，但参与者的头部、腿部和手部没有任何防护措施，头破血流是难免的。"赶蛋"所需道具是木棒和滚圆的石头或铁蛋，每个"赶蛋"者手持一根木棒，作为进攻或防守的武器，石蛋或铁蛋拳头大小，仿佛城里的皮球，是被驱赶的对象。"赶蛋"也分两组进行，双方以猜拳的方式确定攻方和守方。分组之后，双方共同在打谷场中央挖一个较大较深的坑，之后，进攻方散在大坑周围三四丈远的地方，再各自就地掘一个小坑，一场攻防大战便拉开序幕。进攻方据守小坑发起攻击，防守方围护大坑四周奋力阻挡，进攻方使尽浑身解数伺机把石蛋或铁蛋赶进大坑，防守方则千方百计加以拦截。石蛋或铁蛋落入小坑，防守方则须停止追击；石蛋或铁蛋满场滚动，则任何一人都可用木棒击打；双方互有攻守的时候，便是最精彩、最激烈的时候，有时两棒相交，石蛋或铁蛋激溅而起，意外便有可能发生，被木棒误伤胳膊、大腿的事屡见不鲜，在脑袋上开一个口子也是常有的。"赶蛋"是所有乡村游戏中对抗性最强、危险性最大的项目，大人尤其母亲们是坚决反对的，可男孩子们还是会悄悄聚到打谷场上，好像哪年冬天没有"赶蛋"，哪年冬天便白过一样。

不管家长如何反对，乡村生活最受赞赏的还是勇气，就像乡村生活无论怎样变化，都无法脱离大山——放风筝的时候，我们坐在楼窗上远望着大山；推桶箍的时候，我们在模仿山上奔跑的石头；踩高跷的时候，我们渴望自己长成山上的一棵树；"砸老爷"的时候，我们手中的道具皆来自大山；"赶蛋"的时候，我们在证明自己像一座大山……在冬季，大山虽然被冰雪遮盖了，但这并不妨碍我们跑到山沟里去滑冰。村庄对面的河沟夹在两山之间，梯田一般，一个台阶接着一个台阶次第而下，石崖上悬挂的冰层仿佛一条厚重的白练，从山顶一直弯曲到沟底，远远望去，陡峭，光滑，阳光下反射着白花花的光芒。滑冰比赛自半河沟开始，孩子们在冰层上撒上一层薄薄的黄土，便个个争先恐后地坐上一块石头，高声呼喊着滑翔而下，在这一刻，石头仿佛一朵云，孩子们便是云上的各路神仙。我也不甘示弱，我也坐在一块石头上，顺势缓缓向下滑动。我试图掌握滑行的路线和节奏，但惯性瞬间让我出离轨道，人与石头分离，屁股下面的石头便箭一样直射而去。我被甩在冰面上，身体处于完全失控状态，感觉天像漩涡，地像转盘，眼前的金花雪花一样纷扬，若不是沟边荆丛挡住去路，我恐怕会像脱缰的石头一样，冲向沟底。天旋地转之间，我听到了同伴的惊呼，也听到了同伴的笑声，不管是同情，还是幸灾乐祸，于我都是一种羞辱。其实，我只是患有轻度恐高症而已，但在童年，我一直以为是胆怯，一直以为自己是一只受伤的鸟，我惧怕高处的事物，无法像别的孩子一样，冲到更高的天空自由飞翔。我更是一只坠落的苹果，只能静静地趴在树枝上等待季节慢慢成熟，却不敢站在枝头上炫耀。

这个事件虽是灰色的，但它无法埋葬我的童年，充其量，它仅是童年纷纭的线条中折断的一条线，很快便被风吹了去。在乡村，我喜欢山上野生的故事，更在意山上野生的植物，有时我甚至觉得，自己便是一枚长不大的野果，不知道会被永远弃之山坡，还是会被人捡拾回去储藏，或者被送进城市，在大街小巷漂泊。我还觉得，我童年恶作剧般踩死小鸡的行为，或许便是对长大的恐惧，我童年不断移栽树木、又不断看着树木死亡的无用实验，或许便是潜意识深处对再生的渴望或抵触。矛盾是生活的基本色调，记得每年春天，我都会把刚破土的杏树和它爆裂的核以及本生的泥土一起挖出来，整体移栽到院子里去。我在树的四周围起一道土塄，每日细心观察，每日按时浇水。我每天都在盼望它长大，然而，当它的嫩茎快要长成枝干模样的时候，它却或莫名其妙地枯萎，或横遭猪、狗甚至鸡们的践踏。树总在突然死亡，一年又一年，我的童年仿佛陷进一个四季轮回的怪圈里，忙碌半天，最后又回到一无所有的春天里，回到岩石裸露的山上。事实上，我的童年只不过是村庄周边起伏的山，无论它有多大，也仅是一个半圆，无论它有多高，也仅是一个半径。

2014 年 6 月—7 月　于太原

（本文系《漂泊三部曲》之二）

在古城的边上画一个圆

1

直尺。三角板。圆规。我这生使用过的绘图工具甚至不及古人丰富，古人手中至少还有一盒墨线。古人丈量天地，我画直线、斜线、弧线或圆，我不是画家，不是设计师，于生存而言，有这三样工具便足够我勾勒我所需要的图案。事实上，我工作中用到的主要是直尺，我在一张版样纸上编辑文字和图片，我的手中除了直尺，还有笔、裁纸刀和胶水。不过，这都是老黄历了，自从有了鼠标和键盘，印刷车间沉重的铅字架便轰然倒塌。

每代人有每代人的记忆，历史一路跟跄而来，其实就是一个由重而轻的减负过程。从冷兵器到火器，从箭镞到子弹，从刀刃到激光，从城墙、护城河到郊外的空空荡荡，即使记录历史的纸张，也是一路薄过来的，竹简是昨日的文物，而明天，纸或许也会进入泛黄的古董行列，或者仅用于记载落满灰尘的事物。我不敢想象书籍在明天的命运，从古而今，似乎只有运算不可或缺。如果说八卦是一口深不见底的井，二进制则是一座无穷尽的数据库，我不关心云计算，我只想思考清楚一道平面几何题：假如以单位为圆心，以日常活动范围为半径，在我生活的城市画一个圆，这个圆的面积究竟有多大？假如把圆中我不曾去过的地方都抹掉，我的实际活动面积还有多大？假如把圆中我不经常去的地方也抹掉，我经常活动的面积还剩多少？

结果如书籍的命运一样，同样不敢想象。

即使一道简单的几何题，实际计算过程也不会简单，于我如此，于你也如此。你或许也像我一样散落在城市的某一点上，站在时空中回首或俯视，过往的日子里，我们更像一群埋头奔波的蚂蚁。细细寻思，假如你生活在城市中心，你的活动半径便会很短，活动密度却会很频繁，或者说，在你生活的圆里只有很少的地方是空白；假如你生活在城市边上，你的活动半径便不得不延长，而活动密度却在急剧减少，有时甚至可以简化为一条曲线，一条指向城市中心的曲线——当然，你也可以简化为一条直线，但在生活中，百分百的直线是不存在的；假如你生活在城郊接合部，你的活动半径便不会太长，也不会太短，你朝向城市中心的半圆显得稠密，朝向郊外的半圆显得稀疏，仿佛一棵枝叶并不繁茂的树，你或我投在地面的影子只倾斜在一个方向。

这样的现象是有意思的，却并非最残酷的。如果我们把自己的实际活动面积计算清楚了，我们便不难发现，城市如此之大，我们真正占有的空间却非常之小。不必为计算结果吃惊，人生毕竟不是一道数学题；也不必为计算结果纠结，事实上，一个人就是一棵移动的树，无论行走速度快或慢，我们都不会实际占用太大的地方；只是很久以来，我们一直以为我们所看见的便可能是我们的，至少是与我们有关的，可世界会这样想吗？我们的一厢情愿只是一种本能，一种与生俱来的错觉，我们只是需要自我安慰，这并不证明我们是贪婪的。更多时候，我们忽略了司空见惯的场景也可能是陌生的，我们只是匆忙赶路，忘记停下脚来，思考和观察事物背后隐藏的真相。我们以为熟视无睹的，便是我们熟悉的，又或者，真相并非难以察觉，只是我们不愿把心思放到真相之上，真相有时过于丑陋，我们只是不想让自己活得太过失望，更不想让自己在残忍的计算面前显得落魄。

站在今天的立场回望，我生活的城市应该算两座古城，一座叫晋阳，一座叫太原，在不同的历史时期，它们都曾叫过并州。虽然仅是一个地理符号，含义却是不同的，说晋阳便是说晋阳，说太原便是说太原，但若说到并州，它既可以是晋阳，也可以是太原。如此说来，我可以把晋阳理解为并州的右手，把太原理解为并州的左手，右手在汾水之西，左手在汾水之东，右手左手隔河相望，却不曾相握。其实，晋阳应是并州的前生，太原应是并州的今生，而在来世，并州或许还会把晋阳和太原同时拥入怀中……

2

从汾河西岸到汾河东岸，宛如一只孤单的大雁，我骑着一辆凤凰牌自行车，哼着"汾河流水哗啦啦"的民歌，叮叮铃铃地穿过迎泽大桥。我尽量让我的叙述保持客观，但这样的叙述显然是不客观的，从河西到河东虽是我生命中的一次转折，但在那一刻，我根本不可能想到大雁，而在这一刻，我又确实想到了大雁——汾河公园那座雁丘虽是传说，元好问的《雁丘词》并非传说，我想起汾河便联想到雁丘，想起雁丘便觉得我那时就是一只孤单的大雁。

或许，雁丘的确真实存在过；又或许，雁丘根本就不曾存在过；事实上，宋元以来汾河曾多次改道，即使真有一座雁丘，也早被河水冲走，即使不被河水冲走，也绝无可能漂移到今天的汾河边上。今人勒石以记的地方其实与元好问无关，元好问赶考那年是否掩埋过一对殉情的大雁更不可考，不过，汾河早年的确是沿着西山顺流而下的，元好问"问世间，情为何物，直教人生死相许"的千古绝唱的确是写在汾河古道上的。可在上世纪80年代，我对汾河的历史一无所知，我不知道诗人元好问，只知道歌唱家郭兰英。那些年，我不关心河流，不关心大雁，也不关心元好问的悲悯和凄清。不过，那一天，我的确像只单飞的大雁，我孤零零地告别晋阳故土，沿着晋祠公路北上，我只有穿过那座钢筋混凝土悬臂大桥，只有跨过汾河进入市区，才算得上一个地道的太原人。告别晋阳湖，来到汾河东岸，过桥以后的那些日子里，我保持着水边散步的习惯，踩在松软的泥沙中间，我清楚记得桥下有28个桥墩、27个桥孔，桥下的每个桥孔里都奔涌着昏黄的泥水，哗啦啦的流水声让汾河两岸显得格外空阔。那时候，在迎泽大桥上游不远处还横着一座石灰桥，那座仅容一辆汽车通过的桥修于1942年，为侵华日军所建，而在此前，阎锡山开通太原至军渡的公路时，曾在汾河上架过一座木结构大桥，只不过，抗日战争一爆发它便被炮火夷为废墟。在汾河桥上发生的另一场战事则要追溯到北宋，赵匡胤统领北伐大军浩浩荡荡一下河东，与北汉刘继元手下大将杨继业激战汾河桥，火烧延夏门，那座汾河桥伤痕累累，赵匡胤曾命将士采西山林木重建。而关于那座汾河桥的历史则要追溯到更久远的大唐，并州长史李绩踞汾连堞，筑晋渠，建中城，形成横跨汾河两岸、西中东三座城池相连、城门二十四道的北方都城，缔造了晋阳最后的辉煌。只不过那都是晋阳故事了，赵光义让晋阳城灰飞烟灭之后，汾河上竟数百年来再未建过桥梁。

告别古晋阳遗址，来到宋太原城，很多年以后，我把那次工作调动看成一次时光穿越。我的新单位就在桥东约一公里的地方，1988年秋天，当我走进那道武警守卫的大门时，我复杂的心情其实可以一分为三：三分之一无奈，三分之一欣慰，三分之一解脱。凡事都进行定量分析是实验室养出的毛病，大学毕业之后，我最大的梦想便是到一家杂志社当编辑，远离化学元素周期表和分子式，过上与文字相伴的生活。可化学系的毕业分配指标里没有一家单位与文字沾边，不得已，我只好到晋阳湖畔的太原化工技校报到，在晋阳古城的边上度过三年隐逸的生活。在晋阳湖边的那些日子里，我一边在晋阳的故土上读书，一边联系杂志社，但毫无结果。1988年初，我退而联系一家小报当编辑，资料递上去苦等半年，对方仍无明确答复。就在这时，一位朋友说省人大要创办一家报纸，如果我愿意，他可以帮忙引荐。我那时只想逃离烟尘飞扬的化工区回到城里，便抱着试试看的态度递送了个人资料，说是个人资料，其实就是我在报刊发表的几首小诗而已。一周之后，报社通知我先行借调。试用三个月后，我正式办理了调动手续。一眨眼四分之一世纪过去了，我不但在这儿蹉跎了最好的时光，还可能在这儿垂垂老去。

在上世纪80年代末，汾河两岸还十分荒凉，河岸边到处可见荒滩和杂木丛生的小树林，小树林周边500米之内几乎看不到任何像模像样的建筑。那时的汾河水还很大，汾河两岸的小树林是出墙男女偷情的地方，曾有媒体报道说，犯罪团伙经常潜伏在小树林里拍照、捉奸、恐吓、要挟，手法类似当今的狗仔队，却显然没有狗仔队的理直气壮和无限风光。那个年代，社会风气还比较保守，男女之事便是天大的事，有谁在这方面出轨了，谁这辈子的前途就基本断送了。据传我们隔壁那座大院里就有一位处长上了黑名单，当事人不敢声张，只好哑巴吃黄连，花钱买平安。省人大的办公楼是新建的，坐北朝南，虽只有四层高，却北京人民大会堂一般庄重肃穆。那时候，办公楼周边并无多少建筑，感觉与城外并无多大差别，大门西边立着1路公交车的站牌，是离迎泽大桥最近的一个车站。好不容易告别古晋阳进了太原城，结果还在"城郊"地带，我的心底不免有些失落，更何况，报社并非我钟情的地方，心底还是有几分戚戚然的。当时，我并不知道省人大是何种性质的机构，只是看见大门口有武警站岗，外人进出都须登记，感觉有几分神秘，虚荣心又稍稍得到一丝满足，第一次走进那栋大楼的时候，脚步也是轻的。所谓不怒自威，一栋大楼也是如此，或许这就是与生俱来的威仪吧。

在技校任教那三年，我是住单身宿舍的，人大机关没有单身宿舍，最初几年我一直住在办公室里。我是个夜猫子，喜欢熬夜，喜欢睡懒觉，住办公室最痛苦的事就是工作日要天天早起，晚上外出也不敢回来太晚，否则，门房大爷的那张脸便会沉下来，怪你不懂规矩。在机关文化里，规矩是第一重要的，这些规矩不会写在墙上，不会印在文件里，但会刻在每个人的心里，就像一把隐形的尺子，你时刻都能感受到它的存在，却无须说出来。规矩是众人潜移默化的守则，多数时候比能力更重要，置身在这样的环境里，你必须夹起尾巴，入乡随俗，谦卑低调。在这栋大楼里进进出出难免有些压抑，可不管怎么说，从事的毕竟是自己喜欢的文字工作，心底总归还是有几分满足的。不过，刚接触报纸的那些年，我自命清高，对新闻常自觉不自觉地流露出几分抵触，觉得写消息、通讯之类的东西简直就是在糟蹋文字。空话、套话、八股和教条，以及言不由衷的拔高或逢迎，写一篇二三百字的消息，我至少要撕掉六七张稿纸，呆若木鸡地坐在办公桌前，时不时地把烟头掐灭，赶鸭子上架的感觉令我不胜煎熬。可即便如此，我也不能把煎熬写在脸上，挂在嘴上，更不能以此为由拒绝采访。好在我是一个副刊编辑，写新闻的机会并不多，而新闻部的人对副刊是不屑的，在他们眼里，只有新闻才算报纸的正业。现在回想起来，那时候的单位其实是很宽容的，不仅允许不把领导放眼里的人活下去，还会给独来独往的人留出一些空间。我独来独往惯了，还不会察言观色，我桀骜不驯的态度若是放到现在，恐怕早被领导以莫须有的理由开除无数次了。当时与我一起住办公室的还有一位美术编辑，他姓孙，小孙不仅书法不讲究章法，做事更是特立独行，办公桌上的纸墨笔砚和书报几乎堆成小山，人都快埋到纸堆里去了，还不愿整理。在机关，这可谓一大奇观，用老干部的话说，小孙同志根本不适合在机关大楼里工作。偶尔有谁好心帮小孙收拾一下办公桌，他不但不领情，还大发雷霆，因为他找不到他要找的东西。小孙习惯了乱中的秩序，做事也马虎，有一次制作报纸标题，竟把"人大常委会"制成"大人常开会"，差点闹出笑话。文字差错有时可能会酿成"政治事故"，尤其敏感的人名、政治术语等，"文革"时期因为此类事故倒霉的人不在少数。小孙后来辞职去了特区，在上市公司盐田港任职，我到深圳出差，还专程去他的办公室"参观"，办公桌上依然一如既往地堆积如山，上市公司的条条框框也约束不了他。我们二人算机关文化中的另类，在机关里，绞尽脑汁想当官的人不少，推诿扯皮、溜须拍马的人也不少，我的同仁游走在官场边缘，自然也脱不了俗，譬如张三是某某领导的亲戚，李四某某领导打过招呼，王五被某某领导看上即将提拔之类的话题，也常风一样吹过我的耳朵。我对此并无兴趣，偶尔听到也是一笑了之。那些年，我单纯着，个性着，愤青着，又自由着，逍遥着，快乐着，脑子里装着的都是文学，单位的恩怨纠葛不怎么上心，倒也自在。报社不实行严格的坐班制，工作也不算太忙，我三下五除二编好稿子，便跑到南华门东四条找朋友们喝酒、谈诗、纵论天下大事，似乎省作协大院里的世界才是世界，文学之路才是人间正道。

机关年轻人少，单身生活单调而乏味。每天下班后，偌大一座建筑里人去楼空，除了清洁的、值班的和站岗的，难得见到人影，听到人声。办公楼里十分安静，很适合读书，可不知什么原因，我却无法静下心来，坐在办公桌前看书感觉就像坐在悬崖边上，心底总是空落落的，至于写作，那些年我几乎没有写出一篇像样的文字。或许习惯了学校单身宿舍的逼仄，突然被抛到宽敞的办公室里，心神反倒游移不定。这个时候，我便关掉灯，站在高大的玻璃窗前，俯瞰眼前那条最长最宽最明亮的迎泽大街。街道对面是省电视台，我与他们虽是同行，但电视与报纸天生存在隔阂，大家常在会场碰面，平时却很少往来，想到电视里那些风光的人物每天都从对面那道大门走进走出，连最后的神秘感也消失了。楼东是当时最气派的天龙大厦，我调入报社的那年冬天刚开业，或许偏僻的缘故吧，开业初期并不热闹，之后虽繁华了几年，可股票一上市又衰落了。楼西有一条小街，叫桃园路，那时的桃园路几乎就是城外马路，显得格外冷清。夜深人静的时候，我常常站在窗前的黑暗里发呆，眼前的街道宽阔而空荡，车辆很少，行人也很少，偶尔有骑自行车的人从路灯下匆忙穿过，想象他们骑过迎泽大桥时的孤单，我恍惚觉得这座城市在这一刻就是一座空城。比城市更空荡的还有我的办公室，灯光从楼檐下投射进来，洒在窗前的落寞里，我抬眼望着东南方向的故乡，感觉自己就是一个流落他乡的孩子，无家可归……住办公室的日子枯燥、单调，现在想起，无疑是被生活遗忘的角落，或者，是被时光埋在古城墙里慢慢生锈的箭镞。

3

在北宋之前，悬瓮山脚下、汾水之西、晋水之东有座城市叫晋阳。说起晋阳便不得不回到春秋战国的烽火年代，在晋国最鼎盛的那些日子里，晋阳充其量只是散落在晋祠周边的几座村庄，与唐叔虞声名显赫的家庙相比显然还不及一枚桐叶。但赵氏家族那时却是很强势的，强大便无所畏惧，自然没工夫去琢磨狡兔三窟的三脚猫招数。"冬日之日"赵衰一生温良恭俭让，本已为子孙谦让出不浅的福祉，奈何"夏日之日"赵盾有些炙热和严酷，徒为子孙遗下一笔负资产，晋景公对赵家心存忌惮，无论有无人在耳边吹耳旁风，他这块心病都迟早要发作。只是谁也没想到晋景公下手竟那样狠，赵家里里外外、上上下下300余口几乎无一幸免。"下宫之难"让赵家元气大伤，幸亏赵武是个遗腹子，母亲还流着皇家血脉，那个年代又多义士，否则的话，恐怕既无赵氏孤儿的故事，更无赵家中兴之日。赵武穷途末路，看上去更像日暮之阳，其实也是春天之阳，他隐姓埋名在仇犹国的藏山，赵家血色的太阳便是从藏山升起的。藏山是赵家的死灰复燃之地，也是赵家的伤心之地，仿佛藏在赵家心灵史上的巨大阴影，赵氏后人每每想起下宫血案便寝食难安。或许是赵衰护佑吧，祖上有阴德，当下便有程婴、公孙杵臼的义薄云天，赵氏香火虽得以延续，但赵氏势弱的局面却很难改观。若干年后，赵简子在远离韩、魏、智、范、中行等五卿之地修筑晋阳城，我想他筑城的初衷一定源于对灭族的巨大恐惧，晋阳城不是赵家的后花园，而是狡兔的最后一窟，或者说的正面一些，是复兴赵氏的根据地。出主意的人叫董安于，是"古之良史"董狐之后，史官董狐梗着脖子秉笔直书"赵盾弑其君"，让赵简子的祖上很不爽，但这并不妨碍董安于是赵简子的股肱之臣。董安于处事深谋远虑，深得赵简子信任，既然筑城的主意是他出的，活也得他去干，所谓疑人不用用人不疑嘛。董安于便是死在赵简子的信任上的，信任有时更像最高级的"忽悠"，结局自然便是哄死人不偿命，不过，在难得清明的君臣时代，能够修来士为知己者死的缘分无疑也是幸福的。董安于所筑晋阳城"城高四丈、周回四里"，如果站在悬瓮山上往下观看，这座城堡倒更像一口大瓮，我想董安于的创意或许来自悬瓮山这个名字，或者说因了晋阳，悬瓮山便更像悬瓮山了。董安于从悬瓮山获得灵感，还在悬瓮山上找到取之不尽的建筑材料，"公宫之室，皆以练铜为柱质"，"公宫之垣，皆以狄蒿苫楚廧之"，城墙则由板夹夯土而成，泥土中掺有鸡蛋、食盐等物，这座别出心裁的城池虽不大，却是兼具高度、厚度、硬度和坚韧度的。董安于的心机并不局限在城墙上，还藏而不露在城墙内：铜可制箭镞，狄（即荻）、蒿（即草）、苦（即楛）、楚（即荆）可制箭杆，其貌不扬的晋阳城与其说是一座城堡，还不如说是一座隐形的兵器库呢。有城便需有人，赵简子便去邯郸找赵午索要寄住在那儿的500户奴隶，赵午言而无信，本家兄弟阋墙，最后竟引发一场内乱，范氏、中行氏为赵午出头未果大败出逃，董安于也为赵家慨然赴难。如果说程婴为赵家续的是香火，董安于为赵家续的则是命，董安于自刎之后，尹铎奉命治理晋阳，临行前尹铎问赵简子："以为茧丝乎？抑为保鄣乎？"用现在的话说，老板是要钱粮呢，还是要命根呢。赵简子当然要命根，尹铎便"损其户数"，减少赋税，安抚民心，晋阳自此不仅城垣坚固，人心也坚固。赵家在晋阳高筑墙，广积粮，终于无后顾之忧，赵简子临死前嘱咐儿子赵襄子说："晋国有难，而无以尹铎为少，无以晋阳为远，必以为归。"赵简子的意思再明白不过，儿啊，晋国一旦出大事，你一定要跑回晋阳老家来啊。果不其然，公元前454年，晋国再次发生内乱，势力最大的智瑶胁迫韩魏发兵攻赵，韩魏不敢不从。赵襄子见势不妙，便乖乖地听爹的话退回晋阳，坚守不出，这一仗史书有说打了一年多，有说打了三年，总之是空前惨烈。几个回合下来，晋阳弓箭无以为继，赵襄子便想起宫殿，他拆掉宫墙，挖出荻蒿楛楚和铜柱造弓箭，董安于之远虑在危难时刻终于显现出威力。智瑶久攻不下，便引汾水倒灌晋阳城，城中军民"悬釜而炊，易子而食"，铁了心与赵家共存亡，尹铎收买人心之举也算得到回报。战争旷日持久，僵持不下，赵襄子派人出城游说韩魏联手，内外夹攻，跋扈的智瑶做梦也没想到，最后全军覆没的竟是自己。说到不可一世的智瑶，当年就是他灭了仇犹国的，赵氏孤儿曾在仇犹国的大山里避过难，赵襄子也算替祖上还了一份人情吧。智瑶亡，韩魏赵便瓜分了智氏的土地，"三家分晋"之后，战国的序幕便徐徐拉开。智瑶在晋阳城下玩过一次水，他的头颅被砍之后据说做了沥器，也就是现在的夜壶，智瑶此后夜夜可以听到流水之声，也算是死得其所吧。

　　晋阳城巍巍峨峨走到北宋前夜，已是一座名副其实的龙城，建城以来不仅盛产了无数大小皇帝，疆域更比春秋时扩大了10倍。北汉以晋阳立国，赵匡胤兵临城下，屡攻不破，便想起智瑶之计，他如法炮制了一次水淹晋阳，晋阳城墙高而坚固，也未遂。赵光义三下河东，再接再厉，先是火焚，后是水灌，一座建城1476年从未被攻破的城池终于灰飞烟灭，看来水火相济才是最恶毒的攻城利器。所谓事不过三，晋阳倚晋水、汾水而建，终因晋水、汾水而亡，城边有水固然风景宜人，可遇到流年不利，便不见得是好事。据说那把大火整整烧了三年，晋阳西山大佛"燃油万盆，光照宫内"的光辉与之相比显得暗淡之极。站在汾水之畔，遥望悬瓮山下的那片大火，我不知道赵光义当时是怎样的心情，但他命潘美在汾河上游重建太原城时，内心肯定还是纠结的，否则，他也不会把城内所有的官街都修成丁字状。赵光义一心想钉死晋阳龙脉，却毁掉了北宋的北方屏障，金人的铁蹄径直越汾河，跨黄河，直捣汴梁城下，徽钦二帝被掳为奴，赵氏子孙偏安临安，大宋江山就这样呼啦啦地倾倒一半。我不知道这算不算报应，但晋阳兴于赵氏，毁于赵氏，冥冥之中却仿佛一个轮回，或许这就是晋阳命定的劫数吧！此后数百年，或许汾河也不忍天天看到埋在地下的古城吧，便渐渐远离西山，移向太原城的方向，到上世纪中叶便成太原的城中河。赵氏基业被赵氏后人埋在汾河西岸，千年之后，我顶着赵家的姓氏来到河西一个叫罗城村的地方。罗城以城为名，位于晋阳古城的东北角下，《五代史》曾记曰："周师攻北汉，栅木为城，谓之罗城。"可在那个时候，我对晋阳历史一无所知，我所认识的河西地区只是山西乃至全国的化工重镇，化肥厂、化工厂、磷肥厂、焦化厂、热电厂、锅炉厂依次排列在古晋阳城边上，竞相吞云吐雾，化工技校一年四季笼罩在化工废气的阴霾下，在晋阳湖畔的那三年，我埋头在晋阳古城的边上读书，很少见到日出和日落。

不论古晋阳时期，还是宋太原城新建之后，汾河其实一直是蜿蜒在城外的。宋太原城建在一个叫唐明镇的地方，大体方位为南到今迎泽大街北侧，北到今后小河一带，西到今新建路东侧，东到今柳巷一带，这座寒酸的土城没有包砖，周长仅11里，城门仅4座，与大唐周长42里、城门24道的晋阳古城根本无法相提并论。省人大选址在迎泽大街北、新建路西，应是宋太原城西南角下，如果倒退数百年的话，这儿或许是守城士兵遛马的地方。明太原城恢复了一点元气，但还是无法与消失的晋阳城相比，那个时候迎泽大街所在地还是城外官道，路上往来的行人或是晋商的祖上，或是胡服骑射的后人，据说《苏三起解》中的玉堂春便是由这条官道经迎泽门入城，来到太原府按察司署三堂会审的。迎泽门在大清时改叫大南门，沿用至今，距省人大仅一站距离，玉堂春当年戴枷行走的路线，便是我现在每天下班步行的初始路线。上世纪50年代，太原城谋划旧貌换新颜，可旧城区到处都是丁字街，气脉不畅，打通起来实在不易，那时的政府还不懂得强拆，便决定在城外修建迎泽大街。这条宽70米的大街从火车站越迎泽大桥直达河西，与汾河构成了太原之后的东西南北两条轴线，可初建成时街上行人寥落，行驶的车辆并不比旧时汾河里的船多。我刚到这座城市的那一年，迎泽大街已是不折不扣的城市中枢，备受争议且不得已而为之的工程，在那时已变成太原人骄傲的"小长安街"。放在历史的时空里，好事坏事是很难说得清的，所谓衰败和繁华不过弹指间的事。就说单位吧，我调到报社一年多周边便热闹起来，几座办公大楼和酒店错落其间，眨眼间便成繁华之地。尤其省委大楼在迎泽大街之北、迎泽大桥之东、桃园路之西拔地而起后，曾经的城外便一跃而为城市中心的中心。二十多年来，我一直在这条街上东游西逛，不知不觉，竟已年近半百，三十不曾立，四十不曾不惑，碌碌之间，便到了去汾河桥上看日落的年龄。

　　1996年11月1日，星期五，这一天有些秋风萧瑟的意味。上班途中，看到路人沿迎泽大街匆匆西行而去，我并未在意。坐在办公室突然听到轰隆一声巨响，透过楼间的空隙，依稀看到两条白烟腾空而起，这时我才知道，这一天是"一桥两路"开工的日子，那些行人便是去为旧迎泽大桥送行的，也是为新开的滨河东西路接生的。据说那天汾河两岸人头攒动，煞是热闹，场面堪与国庆夜汾河边上观烟花相比。我想汾河边上临风而立的应多是老太原人，只有他们才会把一座桥的生死记挂心上，当旧迎泽大桥和石灰桥相继趴到水中的时候，他们心中或许还生出一丝惆怅吧。我是这座城市的闯入者，我对新旧更替反应迟钝，不会赶在大桥炸毁之前留影，"一桥两路"工程历时11个月，于我最大的印象仅是出行不便。次年国庆节，新建的迎泽大桥正式通车，这座悬臂式九跨大桥全长970米，宽50米，与旧桥相比，宽了许多，长了许多，也现代了许多，在继承旧桥"华北第一桥"的名号外，还头顶了国内过河城市桥梁中最宽之桥的光环。其实，这样的荣耀仅与当政者有关，我所看到的事实却是，桥下的流水比之历史记忆中的那条河不知少了几万倍，比之我曾经看到的那条河也不知少了几十倍，一个时期，这条河几乎陷入断流状态，这座桥似乎不是建在河流上的，而是建在沙滩上的。一座没有河流的桥还该不该叫作桥，我不知道；河死了，而桥却获得新生，这样的故事该不该叫作凤凰涅槃，我也不知道；不过，人类最伟大的创造力便是敢教日月换新天——自然规律让一条河几近干涸，人类则可以拦河截坝，聚细流为湖泊。人类对待自然的态度，有时就像一个冷漠的男人对待一个他所不爱的女人的态度，女人爱得死去活来是女人的事，男人根本不会顾忌女人的感受。司马迁在《史记·五帝本纪》中说："禹行自冀州始。冀州：既载壶口，治梁及岐。既修太原，至于岳阳。"据考，文中所说壶口指今临汾市辖内的平山、姑射山一带，岐指位于今介休、孝义的狐岐山，梁乃古高梁之地，泛指今临汾尧都区及其周边，岳阳则指今洪洞、襄汾一带。从这段文字可以看出，当年大禹治水是从汾河下游开始，由南而北，逐段疏通而上的，祖宗那时候发愁的是怎样开凿出河道来，把滔天的洪水浩浩荡荡地疏导出去，而今人则在变着法子把水截留下来，在一潭死水上制造风景，世事诡异，真可谓彼一时、此一时也。疏与堵究竟哪个正确，还真不能一概而论，用现在的观点看，大禹的老爹鲧盗取息壤治水被天帝杀掉是不是很冤枉呢？还有一说。太原下游、晋祠之东有一台骀泽，相传为黄帝裔孙、张氏祖先台骀治汾遗迹。古时的台骀泽为一座远古湖泊，位置与今晋阳湖相距不远，但晋阳湖是一座人工湖，与台骀泽并无干系。据《左传·昭公元年》记载："台骀能业其官，宣汾、洮，障大泽，以处大原。帝用嘉之，封诸汾川。"大泽也称晋泽，大原即太原，经台骀治理后人们始处于此，故又称台骀泽。如此看来，没有台骀治汾，便无太原，台骀不仅是张氏的祖先，还是太原人的祖先吧。

台骀也罢，大禹也罢，都是黄帝的皇子皇孙，都是治水的高手，只不过，台骀治理的是汾河中上游，大禹治理的是汾河下游，地段虽不同，治汾的方略却是相同的，否则，他们也该像鲧一样被砍头了。而今大禹神归别处，台骀还守在晋阳故地，他看到后人以鲧的方式治理汾河，不知该做何感想。不过，今人也不是只会堵，不会疏的，只是疏的功夫都用到道路上去了，滨河东西两路飘带一般落在汾河两岸，记忆中的荒滩和小树林便华丽转身为城市最大的开放式公园。历史就这样翻来翻去，汾河杂木丛生的两岸摇身变成绿色的风景带，这一切的变化其实都源于一个根本的原因：汾河几乎枯干了！倘若汾河还像汉武时期一样可以"泛楼船兮济汾河，横中流兮扬素波"，我想是不会有横跨东西两城的迎泽大桥的；倘若汾河还像水淹晋阳时期一样沿着西山奔涌而下，我想是不会有滨河大道；倘若汾河还像我刚来这座城市时一样"汾河流水哗啦啦"，遇到雨季洪水便横冲直撞，也不会有汾河公园。眼下的汾河平静得像一群绵羊，可它不是被驯服的，而是被渴死的。水淹太原城的历史死了，淹没晋阳古城的汾河死了，山西民歌中歌唱的汾河也死了，记忆中的河患远去，生命力也随之远去。如今的三晋母亲河更像一个躺在夕阳里的老妪，两岸的灯光、夜色和树木便是涂抹在她脸上的脂粉，铅华落尽，衰老的皱纹愈加丑陋。不可否认，滨河大道的夜景是迷离的，汾河岸上的商务区是奢华的，但生活在这座城市里的人都明白，汾河千疮百孔的河道俨然一个绝经女子的子宫，她不但失去了繁殖能力，甚至连缠绵的兴致都没有了，除了把自己打扮得花枝招展，她又能如何呢？

4

我经常在汾河边行走，但我不敢告诉你，我所看到的关于汾河的一切都是真实的，但我愿意承诺，我所写的每个字都是真诚的。其实，这种真诚也仅是属于我的真诚，或许在你的眼中，我是戴了有色眼镜的。不过，这没有关系，我一直认为所有的文字于写作者都是个人史，你读过且认可了他或她的文字，便变成你的个人史，历史便是各种个人史的纷纭呈现。文学的复杂性也存在于此，价值也存在于此，我在汾河边行走，我的观察和思考也存在于此，你目睹我在汾河边行走，你的喜欢或不喜欢还存在于此，水一直流动在河道里，而大多时候，我们都行走在岸上。

在汾河公园未建成之前，我喜欢到汾河边看孩子们奔跑在春天的沙滩上放风筝。小的时候，我也在故乡的旷野里放过风筝，我的风筝是用高粱秆扎成的，是只能握在手中或插在楼窗口的，与城市扯着长长的线在空中飞翔的风筝根本不是一回事，就像我与他们拥有迥异的童年一样。行走在汾河边，孩子们是快乐的，我是落寞的，远远站在人群之外，我与眼前的场景也是隔膜的。某一天，当我带着我的儿子在这里放风筝的时候，他或许会把这儿当作故乡，但于我而言，只有生养过我的地方才是我的故乡，这种身份确认不仅因为那片土地，还因为土地上的亲情和血脉。是的，在我的词典里没有第二故乡的概念，故乡是流淌在心底或梦中的乡愁，是潜伏在土地深处的河流，没有谁可以替代。我只身来到这座城市，只是想寻求一种身份改变，或者说，我的迁徙仅是为我的子孙寻找一个新的故乡，但它绝不会是我的第二故乡。我在这个陌生地方的一切只与生存有关，无论我拥有多少朋友，认识多少人，都无法取代与生俱来的乡土情缘，我在只与生存有关的地方行走，感觉自己正走在一片无人的沙漠。事实上，我从未去过真正的沙漠，不过有时候，我觉得汾河边这片沙滩就是一座沙漠。我只在影视和图片中见过沙漠，在我的印象中，沙漠应该是灼热的，阳光无遮无拦地直射下来，光滑，平展，荒凉得没有边际。这种光滑和平展是纯粹的，寂静的，不生长植物的，无际无涯的。我不知道冬天的时候沙漠上会不会落雪，落了雪的沙漠会不会变得很冷，但在我的印象里，沙漠就是灼热的，干燥而无边的灼热好似一块烤干的巨大石板，任何东西放到上面都会被烤熟。我知道我对沙漠的理解是偏执的，我的偏执还存在于我对冷漠一词的费解：冷漠，冷冷的沙漠？我不禁想起冬天，想起上世纪六七十年代，那时的冬天特别冷，第一场大雪落下来便再也化不掉，野地里、屋顶上、甚至院子的角落里到处可见落尘的雪。那些雪初落下来时是干净的、细软的、棉絮状的，落到地面便慢慢变得粗糙、坚硬，伸手触摸好像沙土似的。我想那个时候的雪，那些落了尘的雪，或许就是另一种沙漠吧，可那些雪落在我的村庄，它虽然让我感到寒冷，却并未让我感到冷漠，更不会让我感到丛林一样的、墙一样的隔离和拒绝。

我第一次走进这座城市的时候，想象中的古城墙已几乎消失殆尽，但我知道，这些表象并不意味着墙已从这座城市消失。城市里一堵又一堵密不透风的墙包围在单位的周边，貌似各自独立，其实盘根错节，在当时那个时代，只有单位才是城市的组织细胞，才是城市的活力源泉和话语权掌控者。那时候，我只是一个穷学生，我羡慕围墙里的单位，羡慕单位后院的平房、楼房和家庭，但那些错落的、分割的空间都与我无关。那些围墙是冷漠的，至少在我的眼中是冷漠的，仿佛城市落尘的雪；其实，那些围墙也算不得冷漠，即使有些冷漠，也并非地域或季节的原因，而是我自身的原因。我不知道大学毕业之后，这座城市会不会收留我、接纳我，让我成为其中的一部分，即使是微不足道的一部分。打量着周边无处不在、无时不在的墙，我觉得它们仿佛城市里一张张陌生的脸，我不知道当雨水打湿墙的时候，墙上是否还能长出苔藓。有时候，我还真的期盼墙上能够长出一些苔藓，一片一片的，从水泥和钢筋中顽强地挤出来，散发出一丝泥土或林木的气息，就像我富氧的乡村，即使入心入肺的雨露细弱如丝，我也心满意足。

大学毕业之后，我终于留到这座城市，终于成为一个月月吃供应粮、月月领工资的城市人，穿行在城市的大街小巷，偶尔想起小时候学会的农活再也派不上用场，我竟然有些恍惚。夏天的晚上，我常常爬到办公楼的顶上看华灯初上的迎泽大街，看到川流不息的人流车流，看到远处一片接一片的灯火，我的眼前便浮现出一座座草垛、一座座屋脊，想起数年前我还坐在故乡的草垛上、屋脊上看村前的大河浩荡流过，觉得有些不可思议——窄窄的街道、矮矮的院墙和萤火虫的夜晚已被我封存在记忆里，宽宽的街道、高高的楼房和灯火通明的喧嚣将陪伴我度过他乡的时光。城市也有四季，却总归不如故乡的分明，街上的风景似乎数年如一日，又似乎天天都在变，迎泽大街两边高低错落的院墙终于被拆掉，代之而起的是黑色的铁栏杆，视觉上似乎通透了一些，也仅仅是视觉而已。但无论如何，我都必须像一个城市人一样观察和生活，都必须像一个城市人一样去感知和感受。道路隔几年就在我的眼皮底下拓宽一次，可由于路边的建筑离街道太近的缘故，这座城市的市区在 2013 年之前竟没有一座立交桥。这在省会城市中是不多见的，道路无论如何拓宽，都赶不上车流和人流的高速繁殖。这座城市患有先天性肠梗阻，却有人吹嘘其为城市的特色之一，这样的特色无疑是一个黑色幽默。迎泽大街日渐臃肿，道路两边可见的旧建筑所剩不多，工人文化宫罕见地被保留下来，在我的印象里，工人文化宫就是城市的象征之一。我不知道是文物保护的原因，还是被遗忘的原因，总之，工人文化宫是迎泽大街两边少有的旧建筑之一，虽然严格地讲，它算不上文物。工人文化宫也叫南宫，位于大南门西南侧，建筑风格沿袭了解放初期的色彩和情调，线条是深红的，窗户类似延安窑洞上的弧形样式。我不清楚这座建筑是哪一年建成的，但我可以确认的是，这儿曾是早年群众集会的场所，在上世纪六七十年代，它应该是很风光的。可现在它看上去更像一个旧物市场，事实上，这儿除了一座偶尔召开大会才会打开的礼堂，其余建筑空间几乎都被商铺占去。刚调到报社的那些年，我晚上散步时会不自觉地走到南宫，南宫前的小型广场上时常有消夏晚会之类的演出，除了场地更大、场次更频繁，其与喧嚣的乡村戏台或露天电影院并无多大差别。我真正对这儿熟悉起来，已是上世纪末，山西的第一家股票交易所落户在南宫西侧，这儿自然成了股民的集结地。大概是 1996 年夏天吧，我受命下乡扶贫，每天无所事事，便想跳出流水的日子去寻找另一类不一样的故事，于是，在那个炎热的夏季，我鬼使神差地成了股民大军中的一员。聚集在南宫西侧的那片空地上，每天听老股民回忆股市里辛酸多于刺激的往事，我觉得很是新奇。在中国文化中，水是代表财富的，伴随生产、制造、开采和商业活动的日益频繁，汾河里的水越来越浅了，南宫这座财富的水池子却越来越满了，无论周边摩肩接踵的商铺，还是人头攒动的股票交易所，都活泼泼的河流似的暗潮涌动。在南宫的那些日子里，最让我感慨的是第一批老股民浮筹一样的运命。长期坚守在交易所里的，绝大多数成了虚拟经济的殉葬品。在涨涨跌跌的潮水冲刷下，幸运的或患上交易恐惧症，或被净身出户，不幸者或债台高筑跳楼自杀，或倒在交易台前吐血而亡，反倒是炒股中间单位或家庭出了意外变故的，在远离股市若干年后，某一日突然想起自己也是股东，才发现账户上的资金骤然暴涨数倍！结局如此反讽，仿佛仅在证明一条真理：祸福相依。这样的真理其实也是水性的：心不动，水便聚集；心动，水便流去。K线图或刀劈一样直线上去，或瀑布一般飞流而下，在这趟隐形的过山车运动中，到处水花飞溅，而每一滴水花又无疑都是赤裸裸的、贪婪的人性。有老股民如此感慨：与其每天在股市里盯大盘，还不如生出一些是非，在号子里关三五年呢。生命无常，能够悟出如此苦涩道理的人该有怎样苦涩的经历呢？经济的，时间的，心理的，折磨无处不在，打开股票K线图，我觉得它仿佛历史走向的现实翻版。譬如一条大河的一生，如果我们以时间为横坐标，以水流量为纵坐标，画出它数千年的变化来，这样的图形与K线图有什么差别？又譬如一座城市，如果我们以年代为横坐标，以城市人口的出生和死亡为纵坐标，画出它数千年来的人口增减轨迹来，这又该是怎样一张生死图形？我误入股市纯粹是一种好奇，美其名曰"体验生活"，不过，在这儿浸泡时间长了，我倒是愈发相信，股市就像酒场一样，是检验人性的最好场所，而人生或社会也像股市一样，也是常有牛熊之分的。

南宫是太原市的第一个股票交易所，还是太原市最早的古董市场。股票交易所和古董市场毗邻，颇有些讽刺意味。股票追求立竿见影，分分秒秒便想见出分晓，状如决堤放水；古董则是放长线钓大鱼的营生，所谓十年不开张，开张吃十年，状如拦坝蓄水；一放一蓄，宛如古人治水，心态不同，思路不同，功利不同，结局也不同。我有时去朋友的古董店坐坐，但对古董收藏和买卖并无兴趣，在别人眼中玩古董或许是一种雅兴，于我而言玩股票则是一种闲情。在股市那口海量的大锅里，财富的转移是看不见的，我喜欢在股市感受那只看不见的手，喜欢感受那只手操控下的汹涌人性，我觉得成熟的股民不管输赢都心安理得，而正是这种心安理得，他们才一天天变成浮筹，人有时就是温水里的青蛙，是在不知不觉中慢慢沉沦的。

其实，股市也罢，古董也罢，河流与城市也罢，其潜藏在事物背后的规则都是一样的，有些东西还是你一生躲不掉的。就好比在路上你总会遇到一些人、一些事，而被你遇到的那些人往往是与你相向而行的人，那些事也往往是与你无关的事，但你又无法断定那些人或事确实与你无关。在我们的生活经验里，时间似乎箭头一样永远指向同一方向，譬如早晨、中午和晚上，我们似乎只能随从她的步调，却无法改变她的轨迹。但事实上，在上班的路上我可以选择从西走到东，你可以选择从东走到西，在下班的路上我可以选择从东走到西，你可以选择从西走到东，在途中我们可以相遇，也可以不相遇。选择是我们的权利，结果则是事件的权利，即使我们的时间指向一致，空间的指向却有多种可能。并肩而行固然美好，反向而行也无对错，如果你我能够擦肩而过，其实已是一种缘分，这缘分便是我们或是同一时代的人，或是同一时空里的人。

5

如果天气晴朗，秋天的黄昏便是温暖的；如果阴雨连绵，秋天的黄昏便是凄冷的。可在水泥包裹的城市，留在少年记忆中的感觉已不再分明，站在窗前望着秋雨沿着楼檐自由落下，我常常莫名地出神或发呆。独在异乡为异客，或许孤独的缘故吧，我反倒喜欢秋雨连绵不绝的凄冷，能够一个人聆听着雨声安静地出神或发呆，其实也是一种享受。年轻时候，把自己浸泡在凄冷里更像一种自虐，人到中年，在凄冷中慢慢品味雨的氤氲则是一种淡然，是一种无欲无求。所谓不惑，实际上就是在磨难中把自己沉静为一座依山的湖，那座山便是自己的信念，那座湖便是自己的情怀，云雨雷电远去，目光坦荡清澈，一个人从容地躺在朝阳深处，不管什么东西落下来，都不会荡起涟漪；即使偶尔涟漪荡漾，也是散淡的、轻柔的、欢喜的，仿佛夕阳暖暖的低徊。可住办公室的那些日子，我是难以体悟这样的心境的，站在窗前望着故乡的方向，心底甚至是焦虑的、凄然的、落寞的。办公楼虽不高，却极庄严，长长的楼檐低低压过来，站在顶层的办公室里，我无法看到天空，不过，我能真切感受到秋雨的微凉。那凉的雨斜斜从空中掠过，它可以灯光一样把树木上的叶子淋得发亮，眼泪一样把隐约在树影间的墙皮打湿，但它无法像悲苦一样把路边的树木和墙穿透。城市看上去是平整光滑的，其实也是多皱的，城市最多皱的事物莫过于树木和墙，雨水虫子一样附着在树木或墙的皱纹边缘，却无法向更深的地方渗透。就像孑然一身的女子缺少男子的抚摸一样，城市最渴望的其实就是啄木鸟尖锐的吻。站在楼顶远看，城市仿佛水泥和玻璃冰冷的混合物，树木和墙单薄地夹在楼房之间，愈发显得孤寂；站在地面仰望，城市又仿佛被树木或墙遮蔽了，树木或墙好似罩在城市身上的一张网，束缚着城市的手脚。从进城的那天起，我便觉得城市是围起来的，城市的风景也是围起来的，一座城市无论城墙高低或厚薄，城市都是围起来的，而站立道路两旁的树木只不过是墙的陪衬而已。

就像没来由地喜欢秋雨一样，我也没来由地喜欢树木，可面对一堵堵城市的墙，我又总是没来由地心怀抵触。我一直觉得，被墙围起来的城市胎记一样先天凸显着被围困的痕迹，宛如一个人与生俱来的气质，不管他的额头上是否贴着标签，不管他出现在何时何地，不管他习惯站着或坐着，他身上都会散发出一种异于他人的气息。这种气息是独一无二的，它也存在城市身上，仿佛城市的标识，因了这无处不在的标识，当一个外来者贸然闯入时，城市无须任何理由便可以把外来者变成孤独者，也无须任何理由就可以把外来者变成流浪者。城市天然拥有一种话语权，它可以为外来者建收容所，可以为外来者贴标签，还可以为外来者命名，譬如盲流、农民工、打工妹、暂住者、泥腿子，似乎农民是来自另一个国度。这些标签好像失效的狗皮膏药，死死地贴在农民身上，任由伤处溃烂，虽然城市人偶尔也会自嘲说，他祖上的祖上也是种地的。农民看重的是土地，城市人看重的是饭碗，城市与乡村说到底都离不开土地，只不过城市是在更大的土地上，盖更多更高的房子，住更多的人。其实，这些差异并非城市滋生优越感的根源，城市的股掌间攥着控制力和影响力，城市覆盖和辐射了更广袤的土地，它与生俱来的不是平面的收敛和低调，而是比圆锥体的投影更强大的占有欲和支配欲。不扩张，不城市，城市人只有衰老的时候才会想起乡村，而乡村天生就是没有围墙的洼地，谁想走就走，谁想来就来，一枚又一枚落叶回归根部，反复验证过乡村的包容和素朴。或许大对小天生就存在压迫感吧，生活在县城的时候，我亲眼看见过一座小城对一座村庄的歧视，生活在省城的时候，我又亲眼看见过一座更大城市对更多乡村的歧视，这种歧视有时也是没来由的，甚至是露骨的。世上的确有很多事都是没来由的，就像我读大学的时候，没来由地对"土老帽"一词感到厌恶。我不知道什么人发明了这个词汇，我觉得这样的词汇不仅恶俗，而且恶毒，我第一次听到它时，便意识到自己是这座城市的闯入者。一切似乎命定，而我也命定地在任何时候、任何地方，都执拗地固守着乡村喂养出来的桀骜和尊严。这也是我的标识，是家族的遗传，记得我第一次看到这座城市时，就像看见一座远方的山，我的表情像大山一样平静，或者说，像大山一样冷漠。其实，我的平静或冷漠也是一种天性，我与城市天然存在隔膜，这种隔膜有时甚至演变成没来的敌意。譬如同学关系吧，读大学时我一直想不明白，大家同住一个宿舍，同处一个屋檐下，为什么来自城市的同学和来自农村的同学会不自觉地站成两个阵营？记得有一次，一位城市学生讥讽一位农村学生为"土老帽"，口气十分不屑，那位农村学生低头佯作没听见，默不作声。我有些看不过，便问那位城市同学：记得你好像太原十中毕业的吧？太原十中是省重点中学，那位同学以此为傲，自然得意地点了点头。我却故作惊讶地说，没看出来呀，真是十中毕业的？听说十中升学率很高，考北大、上清华是家常便饭，你怎么考到山大来了？如果我是十中毕业的，我都没脸见人，说不定早跳楼了呢！我的话太过刻薄，那位城市同学哑口无言，从此再也闭口不提"土老帽"。那天我脱口说出如此不厚道的话，竟还自鸣得意，心态也是极丑陋的，城市同学歧视农村同学固然可憎，我以牙还牙更不可饶恕，尊严有时竟病态如斯，这是多么可怕的事！

我承认，我对尊严二字看得如此之重，与我长大在低处的乡村有关，但乡村并不种植仇恨，追根问底还是我没来由的自负。我病态的自尊更像一件自我保护的外衣，是自卑由潜意识深处生发出的另类呈现，当我从乡村走进城市的时候，我刻意不让自己表现出一丝惊讶，流露出一丝胆怯，这种故作姿态无疑是自卑心理在作怪：我看见城市的楼房，就像看见故乡地头的麦垛；看见城市的公交车，就像看见故乡走下山坡的羊群；看见城市川流不息的人流，就像看见故乡的小河。我像游子回家一样走进这座城市，走进山西大学的校园，那一天，我表面镇定，内心却很忐忑。我不去在意路旁的目光，即使学兄们仅是羡慕我年龄如此之小；我不与陌生人说话，我不会让人轻易听出我浓重的乡音；我只是在心里不断提醒自己，在这里的每一天、每一小时、每一分钟，都要活出尊严。我的处事原则受到祖母很深的影响，祖母的口头禅几乎在我的耳根结起老茧：一个人活一辈子，宁让人恨，不让人可怜！祖母一生刚强，在她的世界里，一个被可怜的人是没有尊严的，而尊严是一个人活在世上的惟一理由。这理由仿佛一座无形的大山，仿佛一座坚固的城池，它不需要多么宽大的体积，不需要多么结实的材质，它只须从内心自由地散发出来，只须从根部坚韧地拔节出来，且与呼吸融为一体，便会长成一棵风吹不倒、雨浇不垮的树，伟岸而蓬勃。我想每个人都是喜欢伟岸的，喜欢伟岸就应活出尊严；每个人也都是喜欢尊严的，喜欢尊严就应懂得尊重。可事实上，很多时候我们只是一味呵护自己的尊严，却忘记了对他人的尊重，没有尊重，只有尊严，便是根深蒂固的自卑。尊严本该是一棵自然生长的树，我却把它当作一道伤口，我小心翼翼地呵护自己的尊严，却忘记了自信才是尊严赖以生长的根，包容才是尊严赖以立命的脉，一个人要想有尊严地活着，就必须自信地挺起腰杆，不卑不亢地平视每一个站在你面前的人。

晋阳的历史是有尊严的，也是桀骜不驯的，因了这份骨子里的桀骜，它才横遭灭顶之灾。如果撇开晋阳桀骜的因子，我们完全可以把它当作一座南国的城市，城内有水，有树，城外有水，有树，身后还有一座园林般的晋祠和一座掩映在山林间的天龙山北魏佛雕群。晋阳是一座有灵性的城市，是一座艺术的城市，是一座奢华的城市，还是一座有性格的城市，可正是它"君降民不降"的血性，才招致长眠地下的劫难。我站在办公室的窗前眺望晋阳的时候，目光会不自觉地投向更遥远的地方，会越过我的故乡，越过太行山，想象山那边的世界。北宋的汴梁也是奢华的，在那座百万人的大都市里，有水，有桥，有营业到三更的酒肆，还有精致的宋瓷和注子、注碗烫出的儒雅时光。晋阳与汴梁一武一文，本是可以做兄弟的，可勇武的晋阳却因为骨子里的王者之气被灭了；汴梁本可以放心地把晋阳当作兄弟的，可文弱的汴梁担心卧榻之旁有人打呼噜，便把晋阳灭了。一国竟也容不下二城，多么匪夷所思，可没有晋阳的剽悍，何来汴梁的安逸？没有晋阳的阳刚，何来汴梁的阴柔？"白如玉、明如镜、薄如纸、声如磬"的宋瓷挡不住女真人的铁蹄，活字印刷术、火药和指南针也挡不住女真人的刀枪，更何况，开封的宫墙外，闲适的大宋子民已把火药做了绚丽的烟花，开封的宫墙内，逍遥的宋徽宗正埋头苦练骨骼清奇的瘦金体，白白胖胖的大宋朝一直在《清明上河图》中扶柳而行，它怎能不被狂风吹倒呢？

赵匡胤不杀文人的誓碑虽然保住了大宋文人的头颅，却改变不了大宋文人被流放的命运，大宋文人风光的皮囊包裹的那颗心，也是很疲惫、很受伤的。内心的疲惫和受伤似乎是历代文人的通病，那些年，每当彷徨的时候，我便会沿着新建路一路向南，或沿着桃园路一路向北，在这两条街道上，我总会找到一个与我同醉的人。误打误撞进诗歌圈子以后，我一直觉得好酒的诗人是我失散在这座城市里的兄弟，与他们相处，我绷直的神经总能松弛下来。诗人相聚虽难免有龃龉，有争辩，有面红耳赤，但诗人之间毕竟少有俗世的利益冲突。这群活在诗酒中的痴子仿佛一群孩子，与他们在一起，感觉总是温暖的。我第一次遭遇诗歌便感受到了这种温暖，它仿佛初恋记忆，三十年过去了还挥之不去。我不知道自己到底被他们身上哪样东西吸引住了，总之，我遇到他们的时候就是这种感觉。毫无疑问，他们多是性情中人，性情中人多是天生的诗人，诗人又天生多是好酒的。在这个圈子里，酒故事不胜枚举，但我今天不说酒的故事，只说一枚铜钱。这枚宋代古钱币是我从南宫古玩市场淘来的，是我随身佩戴的惟一饰物：圆圆的边缘打磨出一丝光泽，圆边与方孔间被一层绿色铜锈覆盖，仿佛积淀下来的时光。看到这枚古钱币，我便会想到大宋，想到晋阳，抚摸这枚古钱币，我便觉得自己正在触摸晋阳的沧桑。我不是个怀旧的人，但我的确很怀念晋阳，这个时候，我便会偷闲去朋友的古玩店坐坐。是的，我只是到朋友的店里坐坐，我既不买卖古董，也不关心古董价格，更叫不出古董架上那些器物的名字，但我会走到它们中间，去触摸那些古老的物件，体味它们身上散发出的气息。我不是收藏家，我只是走到它们中间，端详它们，触摸它们，呼吸它们，我不知道那些或圆或方的器物出土在哪个朝代，但我喜欢走近它们，欣赏它们的形状，那些古朴的线条像泥土一样散发着古旧的气息，在这些出土的器物中，我能感受到时光弯曲的弧线，置身在这弧线中间，我能回到我怀念的晋阳，回到我想象中的晋阳历史里。我知道，千百年来历史都是被人误读的，真相只存在发生的那一瞬间，那一瞬间过去之后，真相便残缺，宛如一道闪电，有谁能完整地还原它的轨迹？晋阳城下静止的泥土如是，太原城边沉默的城墙如是，汾河上的桥或流水亦如是，静或动，柔软或坚硬，发声或不发声，都无法改变这一事实残酷的本质。出土的物件无法完整呈现逝去的时光，当下的文字不可能精确记录已经过去或正在发生的瞬间，即便多维的影像也仅能捕捉其视线所及的场景，它无法透视事物背后隐秘的关联，更无法窥探事件中各色人物的心理波动。后人对史实的探求仅是在努力接近真相而已，努力接近且永不能抵达，此即历史全部的真相。从这个意义上讲，历史都是过去时，已藏在过去；真相都是进行时，只停留在发生的那一刻；

时光便是真相发生时刻的不间断连缀，逝者如斯夫，过去之后便是一地皱纹，谁能把一张羊皮书舒展开来，让它清晰如初？

很奇怪，我打字的时候，经常会把诗歌敲成时光，把时光敲成诗歌。或许，二者之间的确存在一种隐秘的关联，正是这种关联，我才既喜欢诗歌，也欣赏那些古老的器物。

6

怀旧是生命衰老的征兆。老了便慢了，便会停下来一点一滴地去回忆远去的时光。老了便包容了，远去的时光便是温暖的，不管它曾经瘠薄，或多灾多难。从年龄上讲，我还不该知天命，就心理而言，我却喜欢回到旧时光里，与那些破败的景象站在一起，这时候，我不会嫌弃旧时光的简陋或悲苦，因为有一天，我必将老成一个满脸皱纹的人，我衰老的躯体比皲裂的树、比多皱的城市或河流更适合诠释悲悯。这两年，我便是在怀旧中度过的，我对过往时光的怀念沉淀在一部叫《虫洞》的散文中，在这部时光书里，南沙河还是一条无可救药的臭水沟，它从东山出发穿过我行走的河岸流向汾河，在我仔细观察它的这几年几乎没有什么改变。可《虫洞》如今还躺在出版社，南沙河已不是昨天的模样，站在并州路的南沙河桥上望一眼凌乱的工地，我终于意识到，文字的真实有时竟如此易碎。看来我所能记录的，只能是瞬间的（时间？），局部的（空间？），我的（我是谁？），这多么令人沮丧。

是的，就在我写下今天这些文字的时候，太原城有史以来规模最宏大的改造工程正在进行中，且触角不断向晋阳城方向延伸，发起这场两城对接战役的人叫耿彦波。在这场"双城会"大戏中，我是个局外人，是个旁观者，我不知道今天的历史在后人眼中会是什么样子，耿彦波在历史上又会是什么样子，但我知道，我文中写过的一些地方很快又会面目全非或消失。这一切于我并不重要，不过，能够有幸目睹太原城与晋阳城跨汾河相会，合古今为一，我倒是乐见其成的。汾河之水以后还能否载得动舟楫我也不知道，地下晋阳城上正试图再现一座现代人理解的晋阳，似乎已是不可阻挡的事实。如果算上我在坞城路读大学的四年，我来到这座城市已经整整三十三年，在这三十三年里，我在晋阳城东北角上生活了三年，在太原城，不，在宋太原城西南角上生活了二十六年，在明太原城东南方向晋王朱㭎的坟茔边上生活了四年，我不知道在我有生之年能否看到汾水复活，但如果有机会，我倒是愿意在退休之后回到晋阳湖边安度晚年的。在晋阳城边上的那些年我不知道晋阳，现在我知道了晋阳，迷上了晋阳，或许某一天，我真的会从汾河东岸返回汾河西岸，虽然那儿或许不该是我落叶归根的地方。有些事是没来由的，缘分比什么都重要。1981 年，我在最后一刻改报了大学志愿，新填上去的山西大学竟成我的母校，我觉得那是一次天注定；1985 年，我走出大学校门，断线的风筝一样落到太原化工技校，我觉得那还是一次天注定；1988 年，我告别晋阳故地来到迎泽桥东谋生，无疑也是一次天注定；如果晚年我能回到晋阳湖边，去曾经熟悉的地方寻找逝去的繁华，或许还是一次天注定；此刻我正将目光持续投向晋阳古城，肯定就是一次天注定。仅从生存的角度看，我目前在这座城市只留下三个落脚点，即山西大学、太原化工技校和报社，我在这三个地方学习工作生活，如果把这三个点连在一起，便是一个近乎完美的等腰三角形。技校教书那三年，我常在周末骑自行车回山大借书，绕道迎泽大桥的时候，我不知道桥东将是我的下一站，但冥冥之中，我已在那时划出一生的轨迹线。站在单位楼顶向南眺望，山大和技校正好落到视线的东西切线上。我的目光从它们的夹角间穿过，东南方向有我的故乡，有我的太行山，还有我牵挂的汴梁，视野中的一切后来都次第走进我的文字，这更是一次天注定！我不断把目光投向晋阳，投向太行山，投向黄河更南端，其实，在我心底还藏着一层困扰：赵光义火烧晋阳之后，曾把大批晋人驱逐到黄河对岸，1938年黄河花园口决口，我的祖母又从河南越过太行山逃荒来到山西，如果沿着这条历史经纬线追根溯源，我会不会是那批被驱逐者的后裔？如果是，我对晋阳如此牵肠挂肚是不是也是一次天注定？

所谓人生，其实就是一种气场，一座城、一条河、一个人的气场有越强大，从这气场发散出去的视野便有多宽广；反之亦然。我怀念晋阳，即使它已经消失；我牵挂汾河，即使它行将死亡；我在这座正日新月异的城市里行走，但在我的心中它已经是一座很老的城市，或者说，这座城市的心脏已经老了，肺已经老了，故事就更老了。从地理学上讲，太原东西北三面环山，中间低，自然是盆地，可与四面皆山的盆地相比，似乎又缺了一边。不过，如果回溯到上古，倘若大禹没有开山凿通汾水南流的河道，太原盆地其实也是四面环山的。太原者，"大而加甚谓之太"，"高而平坦谓之原"，其名始于大原，大原之名始于台骀，在很久很久以前，太原与大原是相通的，仅为地理上的泛称，几乎囊括了汾河中下游整个流域，祖先在此定居很久很久以后，太原才升格为专属地名。战国末年，秦国在汾河中游设置太原郡。大唐时期，太原为附属于晋阳的一座小城，一直落单在汾水东岸，晋阳踞汾连堞，向东扩展，太原才被收入东城囊中。赵光义火焚水灌晋阳三年之后，一座古城湮灭了，一个城市的名字作古了，太原才从晋阳的阴影里蹒跚而出，颤颤巍巍地立在晋阳东北方向。假如没有赵官家断绝龙脉的丧心病狂，太原充其量只是晋阳的一座别院，今人恐怕只知晋阳，不知太原。在《左传》中，汾河一带最早曾拥有过六个名字，即大夏、大原、大卤、夏墟、晋阳、鄂等，太原那时还没有资格夵列其中。《尔雅·九·释地》曰："下湿曰隰，大野曰平，广平曰原，高平曰陆，大陆曰阜，大阜曰陵，大陵曰阿。"古人对地貌的区分显然比今人细致，有时甚至细致到繁琐的地步，令人昏昏然。但不管怎么说，古人对太原或大原的命名还是很古朴的，也是很大气的，古人关于天地的认识有时事无巨细，有时又像一支箭矢，古人只指明飞行的方向，却不预设坠落的地方，但在坠落的一刹那，结果便会自动显现，颇有几分禅意。箭矢飞翔在无边的空间里，方向是明确的，过程是多变的，结果只能是"这一个"。而"这一个"一旦在此刻呈现，我说你是什么，你便是什么，我说你是对的，你便是对的，一切约定俗成，谁都无力反驳。古人的智慧天马行空，富有张力和弹性，似乎有轨迹可循，可如果我们沿着这轨迹溯流而上，还能走回过去吗？

人常说历史不能重演，其实并非历史不能重演，而是即使我们能够完整还原发生过的轨迹，我们都无法沿着这个轨迹回到曾经的过去。从晋阳到太原，历史就这样跌跌撞撞走来，而当代的地理书则是这样形容太原的：势如簸箕，又如蝙蝠。这两个比喻很形象，但在我看来，太原更像一只缺了一边的陶罐，只是经年累月下来，这只缓慢渗漏的陶罐中的水越来越少，甚至接近干涸的边缘。太原本是坐拥了一条大河的，可与台骀或大禹时期那条大河相比，今天的汾河几乎就是一条废河；即使与唐宋元明清时期那条大河相比，今天的汾河至少也是被切掉一半肺的。有时我都不敢想象，一块盆地如果没有河流，会是什么后果？

自晋阳建城至今，并州的历史约 2500 年，五分之三归晋阳，五分之二归太原，其分界让我想到这人世间最神奇的比例——黄金分割。黄金分割存在于自然运行之中，呈现于动物和植物的外观，既是事物美好生成的内因，也是事物美好呈现的外因，科学已对此作过精辟分析，我不再在此赘述。但在艺术史上，无论是古希腊帕特农神庙，还是我国古代的兵马俑，其垂直线与水平线之间的比例都是与黄金分割比例相符的，古今诸多传世的绘画、雕塑、摄影作品的主题也大多落在其构图的 0.618 处。黄金分割是美学界公认的法则，无须置喙，而我更喜欢把科学与哲学嫁接在一起，以科学之眼观哲学之思，我觉得中庸之道便是黄金分割的另一种解读，人的行为波动在至高道德和至低道德的黄金分割线之内便是中庸，否则，行事便是极端或越轨，便有可能遭人诟病。当然，我如此界定中庸是有风险的，你或许就是反对者之一，更何况，黄金分割是精确的，精确度量任何事物都有可能出错。譬如此刻，我把目光投向汾河：如果我告诉你汾河是山西的母亲河，你不会提出异议；如果我企图精确标示汾河的经纬度、水流量以及每个地段的曲折走向，则不犯错误几乎是不可能的；河道在移动，河水在流动，运动无处不在、无时不在，我怎么能精确呈现出这样的事物呢？就像晋阳与太原的时代划分，不仅是时间问题，还是耻辱问题，坦率地讲，我倒希望太原人说起太原历史仅说最近这 1000 年，至于北宋前的近 1500 年，还是还给晋阳，还给地下那片废墟吧。当然，这只是我的一厢情愿，晋阳虽然死了，太原还继续活着，太原城与晋阳城的今生与前世是无法割断的。不过，历史是历史，现实是现实，历史的晋阳与现实的太原虽仅隔一河相望，河面上的重重迷雾却是穿不透的。譬如北宋吧，赵光义有胆毁掉一座城市，却无胆冒犯一座祠堂，赵光义再无情也是心存忌惮的。可笑的是，灭掉北汉之后，赵光义不仅大兴土木、重修晋祠，还东施效颦，仿李世民《晋祠之铭并序》，刻了一通《新修晋祠铭并序》碑，炫耀自己让太原"凤凰涅槃"的功绩。奈何太原人只认唐碑，不认宋碑，过往路人竟将刀石、砖瓦、鼻涕、唾液等物一股脑儿泼在宋碑上，天长日久，赵光义的"功德碑"光腚一般一字不存，后来竟连尸首也不见了踪影，而李世民的唐碑却成晋祠镇殿之物。北宋与晋阳的恩怨是死结，谁也解不开，赵光义虽对晋祠香火格外尊崇，宋仁宗赵祯还于天圣年间新建了圣母殿，也是于事无补的。自从走进这座城市，我已记不清造访过多少次晋祠，每次徘徊在圣母殿，我都会有不一样的感觉。对晋阳心生牵挂之后，我更是晋祠的常客，打量着圣母殿中央威严肃穆的圣母像，我就在想，环立圣母四周的四十二尊侍女是不是暗示着晋阳古城的四十二里城墙？北宋塑造这四十二侍尊女究竟是赎罪，还是企图以阴柔取代阳刚，让彪悍的晋阳变得顺从？北宋的心思我无从得知，但或梳妆，或洒扫，或奏乐、或歌舞的侍女柔弱如衣纹上泥塑的曲线，大宋的北大门靠她们是守不住的。

7

北方少水，但在并州的城市记忆里，河流其实并不算少。晋阳自不必说，汾水、晋水绕东西城而走，晋渠穿中城而过，城内柏槐苍翠，杨柳万株，即使南国水乡也不过如此。至于北宋重建的太原城，曾有"千年并州，半城碧水"之誉，这"半城碧水"实际上就是汾河岸渠、支流和城西护城河及周边湖泊组成的水网，其遗迹便是当今的城西水系。可奇怪的是，太原城虽经历过千年风吹雨打，但记载下来的桥梁并不多，保存下来的桥梁更是屈指可数，刚解放那年，偌大城区仅存桥梁五座。这五座桥梁分布在汾河和南北沙河流域，那时的汾河河道还很宽，汾河上仅有一座大桥，即日本侵华时建的石灰桥，南北沙河由东而西横穿城市而过，水流量不大，河上的桥窄而简陋，只有实用功能，谈不上桥梁艺术。解放后十多年，政府在汾河及各支流上陆续建起桥梁37座，但多是小桥。到上世纪末，政府又在汾河及各支流上陆续修建上兰村漫水桥、胜利桥、漪汾桥、南内环桥等较大桥梁23座，不过，令人尴尬的是，城内桥梁虽在不断增加，河中流水却在一天天减少。太原城历史上留下的桥少，或许与城内河流较小有关，建桥是没有必要的。又或许，汾河当年水大，水上行走的是大船，城内溪流或湖泊多，以舟代桥也是可能的。当然，这只是我的猜测，并未看到有关记载，这座城市里我最熟悉的河流，便是汾河和南沙河。

宋代所建太原城西临汾河，东至今桥头街一带，继续往东行走，便多是山坡丘陵。明晋王朱棡扩建太原城时，将东山脚下的坡地括入城中，其时曾有街名桂子山、杏花岭、金鸡岭、松花坡、谷地坡等，由此不难看出，明太原东城的确是建在山坡地带的。历经数百年变迁，城东山坡虽被平为街巷，但太原城东高西低的格局并无大的改变，每逢暴雨冲刷，汾水暴涨，西城外便是汪洋一片，清光绪十二年夏末，洪水还破城而入，把半座太原城变成一座泽国。据史料记载，在民国年间，太原城中仍存湖泊数处，如文瀛湖、南海子、西海子、鱼池、饮马河、西泽河、黑龙潭、新南海（今迎泽湖）等，这些湖泊彼此贯通，可以行船，城内与水或桥有关的地名也不少，如桥头街、南海街、后小河街、海子边、水西关等。二十多年来，我一直生活在水西关街南侧，但最喜欢的地名却是柳溪。宋天圣三年（1025 年），陈尧佐出任并州知州，曾在太原开渠筑堤，大兴水利。陈尧佐出身水利世家，一生"善古隶八分，为方丈字，笔力端劲，老犹不衰。尤工诗"。怡情诗书画之外，陈尧佐的其他兴趣多与水利有关，最为人称道的事例有三件：第一件是滑州任上创"木龙杀水"法堵黄河决口，筑"陈公堤"，堤成名留；第二件是担任两浙转运副使时，以"下薪石土"法，即以木桩、树枝、泥土混合且以垒石相护夯实筑堤的方法，治理钱塘江，闻名天下；第三件便是主政太原时构筑汾河五里长堤。其时汾河动辄泛滥，百姓不胜其扰，陈尧佐为治理水患，下马伊始便"来勘堤防，询问士民"，征求当地"耆旧"建议，以"添土增防，植树固堤"法，在汾河东岸筑建护城长堤，并引汾水于汾堤与西城墙之间，潴周五里湖泊，在湖畔周边种植杨柳数万株，名为柳溪。环柳溪四周，陈尧佐还在杨柳间建起秋华堂一座，秋华堂后种植荷花，名芙蓉洲，湖堤上则修建彤霞阁、柳溪亭，湖中则修建四照亭、水心亭等。据《宋史》卷二百八十四载："尧佐为筑堤，植柳数万本，作柳溪，民赖其利。"柳溪所在地西起今胜利桥，东至今旱西关、柳溪街，柳溪与东西两山的苍槐翠柏遥相呼应，阴柔与阳刚相接，间有亭台楼阁，垂柳绿荷，别有一番风情。陈尧佐以柳护堤，我想与大唐晋阳遍植柳树有关，也与北宋汴梁喜植柳树有关，据孟元老《东京梦华录》记载，北宋汴京的皇家园林金明池"临水近墙皆垂杨"，琼林苑则是"柳锁虹桥"在张择端的《清明上河图》中，汴河两岸、东角子门内外及汴堤上也多是柳树。在古人眼中，柳树既有离别的寓意，还是生殖的象征，陈尧佐汾堤植柳，或许还蕴含着告别晋阳、再造太原的期待吧，陈尧佐之功前可追大唐并州长史李绩，后为今人修建汾河公园做了楷模。元代僧人小仓月曾赋诗《太原城》赞曰："堤边翠带千株柳，溪上青螺数十峰。海晏河清无个事，画楼朝夕几声钟。"可悲哀的是，小仓月赞声刚落，柳溪便在元末明初的战火中沦为残垣断壁，残花败柳。柳溪胜景三百年弹指间化为漫天飞絮，在长篇历史小说《花月痕》中，清人魏子安这样追记这段消逝的历史："彤云阁上下两层，（建于）溪北最高之处，四面明窗。俯瞰柳荫中，渔庄稻舍，酒肆茶寮，宛如天然画图。溪南一带桂树，遮列如屏，便是秋华堂；东边一带垂柳，汾水环绕；西边池水一泓，纵横数亩，源通外河便是芙蓉洲"。书中主人公从柳溪上船，登芙蓉洲，抬眼望去，但见"白鹭横飞，垂柳倒挂，香风习习，花气蒙蒙，真是香国楼台，佛天世界。"这幅或远或近，或断或续、烟波无际的画面自然有虚构的成分，但也足见柳溪余韵在时人心头一直是缭绕不去的。遗憾的是，柳溪遗迹今竟片瓦不存，1982 年，市府将旱西三巷更名为柳溪街，柳溪在太原人的记忆中便仅剩一个名字。前些年,友人宋石头在柳溪街与金刚堰路交叉口开一人文茶馆,取名"天街小雨",馆外虽不复柳溪胜景,馆内倒是洋溢着垂柳依依的温暖情怀,省内外文朋诗友不时在此小聚,酒酣处,"天街小雨润如酥,草色遥看近却无"常脱口而出,而"最是一年春好处,绝胜烟柳满皇都"却渺无踪影。关于柳溪,陈尧佐曾赋诗《踏莎行》以记,今人却知之甚少。诗中"乱入红楼,低飞绿岸"的景致,已随"画梁时拂歌尘散"远去,闻听一声"为谁归去为谁来"的嗟叹,断肠处,柳溪街上"主人恩重珠帘卷"的,惟有友人宋石头了。

柳溪之外,太原还有一处繁华地界,名柳巷。柳巷之柳便是柳溪之柳,奈何柳溪不存,柳巷之名便怪怪的,仿佛一条花街似的。自"天街小雨"始南行过金刚堰,便是桃园路,数十年来我常在这条路上南游北逛,访友论诗饮酒,却不曾遭遇过桃花,而据老太原人讲,在我单位的西北方向确曾出现过一座桃园的。民国初年,阳曲人党阳辉购置水西关外、汾河岸边百余亩荒滩,雇用林工花匠,辟建了一座私人园林,这便是桃园。每年早春四月,桃园里桃红杏白,临水绽放,其景虽不及柳溪,但太原人踏青终于有了一个去处。遗憾桃园夭折的早,我不曾赶上"桃之夭夭,灼灼其华"的胜景,不过,桃园路与我却是有很深渊源的,《太原日报》最早的办公地便在桃园三巷。弃理从文之后,我的第一首诗、第一篇散文都是发在《太原日报》双塔副刊的,双塔副刊在上世纪八九十年代的重要文学活动,我即便不是参与者,也是旁观者,与双塔副刊扛鼎之人陈建祖、唐晋等相交甚笃。调到报社之后,单位与《太原日报》相距仅两站路程,我有空便到桃园三巷找陈建祖、唐晋讨酒喝。如今《太原日报》已搬迁到新建北路,桃园三巷也渐渐淡出我的视野,如若不是"天街小雨"适时出现,我与这条路的缘分恐怕早已尽了。与柳溪三百年历史相比,桃园是短命的,太原战役期间阎锡山将桃园征为空投弹药和给养的基地,好端端的一座园子便不见桃红，只见血泪。建国初期，园林部门曾扩建过桃园，可惜好景不长，"文革"时期造反派砍树种粮，两千多株桃树又遭桃花劫，此后城市向汾河边扩展，剩余的几千株树木也未能幸免。桃园来去匆匆，恍如一梦，我穿行在高楼和街道间寻酒的时候，已是空闻桃园之名，难觅人面桃花相映红之景。最近这些年，我倒是在新建北路的绿化带、迎泽大街两边以及迎泽公园里偶尔看到过间种的碧桃，终因不成规模，常常被路人忽视，若不是暮春时节看到几枝毛桃，我甚至无法把它与紫叶李分别开来。在这座城市里，这些毛桃其实是微不足道的。在昨日，它们曾是几朵花儿；在明日，它们或能成熟为几枚果子；而在此刻，它们的命运却是不可知的。我不由想起毛桃一样的童年，在记忆里，孩子们根本不会等到山坡上的毛桃成熟，便扼杀了它们长大的机会。其实，那些毛桃在春夏的努力，仅是想把一身的绒毛褪去，干净地做一回鲜艳的桃子罢了，它们的愿望如此卑微，可在童年，我们从未让它们把这一愿望达成。

　　柳溪与桃园的命运其实就是这座城市的一个缩影。回想赵简子初建晋阳之始，汾水环城而过，水势之盛一如"黄河之水天上来"。公元前647年，晋惠公向秦国借粮，秦穆公运粮船队自渭河出发，辗转抵达汾河北上，首尾八百里，舟楫不绝，史书赞为"泛舟之役"。公元前113年，汉武帝刘彻泛舟汾河，赴汾阴县（今万荣）祭祀后土，途中传来南征将士捷报，便慨然写下千古绝调《秋风辞》："泛楼船兮济汾河，横中流兮扬素波，箫鼓鸣兮发棹歌。欢乐极兮哀情多，少壮几时兮奈老何！"汾河从前水量浩大，自隋以降，唐、宋、辽、金时的山西粮食和管涔山奇松古木皆经汾河入黄河、渭河，漕运到长安等地，史称"万木下汾河"。宛如晋人当今输煤卖血一样，秦、汉、唐之长安，北魏之洛阳，宋之汴京，明之北京，建都所用木材多取自山西。据考证，两千多年前晋地森林覆盖率高达63%，相当于现在的十倍，然而，几朝更迭下来，或历战火，或遭自然灾害，汾河两岸生态急剧恶化，唐代汾河曾以"素汾"见称，明初太原东西两山还被誉为"锦绣岭"，今日之汾河却几近干涸，东西两山则成荒山秃岭。汾河方圆百里的昭余祁、并州薮、汾陂、文湖、洞过泽等著名古代湖沼也在明清之际相继消失。明代诗人张颐曾作诗《汾河晚渡》曰："山衔落日千林紫，渡口归来簇如蚁。中流轧轧橹声清，沙际纷纷雁行起。遥忆横流游幸秋，当时意气谁能俦。楼船箫鼓今何在？红蓼年年下白鸥。"在清代，汾河晚渡仍为太原八景之一，而如今，早已是黄鹤一梦。即使在上世纪四五十年代，汾河仍可放排运木的，与今日这条人工截流的汾水相比，自然不可同日而语。历史就这样延宕下来，我们把一个接一个的灾难统统归结于一个词：污染。在我们的眼中，污染不过是生产、采挖、甚至战争或自然灾害产生的副产品，是一次资源的消耗和浪费。其实，污染在物理学上的定义，却是世界上转化成无效能量的全部有效能量的总和，这一过程是不可逆的。污染趋势一旦形成，便意味着生态系统整体功能遭到严重损伤，修复是徒劳的，只能再造，而再造意味着又一次脱胎换骨，代价是惨重的。当我们为了蝇头小利轻描淡写地谈论污染的时候，其实，我们已经把我们的子孙陷入万劫不复的境地。

我在紧挨水西关街的地方生活了二十多年，水西关街上的商铺、饭店、烟酒店、水果店、理发店都是熟悉的，却很少听人说起桃园。水西关街西邻汾河，东接新建路，除了雨季新建路积水无法排出外，我也从无水的概念。千禧年之后，城西水系工程再次被政府提上日程，似有重现"半城碧水"之志，奈何，今日的汾河已非昨日的汾河，今日的城西水系也非昨日的城西水系。按照规划，城西水系自北而南，从汾河干渠引水入太钢凉水池，经管道流入黑龙潭、饮马河公园，之后，再次序经过府西街、西海子公园、西羊市街、水西关街、南海子公园，最后汇入迎泽湖，全长 12.6 公里。其中，饮马河公园为明渠，府西街为暗涵，西羊市街为顶管，水西关街为埋管。由此不难看出，城西水系由一组园林公园连缀而成，小桥、回廊、绿树、草坪、山石、栏杆等现代元素自然不会少，但真正的桥梁却看不到。不过，城西水系虽多潜流地下，南北沙河还蛇行地上，南北沙河改造之后，这座城市或许会出现小桥流水、酒肆茶楼的影子吧？到那时，城西水系、汾河从我单位的东西两边自北向南流过，南沙河、北沙河从我单位的南北两边自东向西流过，它们恰好构成一个"井"字，将我的单位框在了"井"的中央。如果回到柳溪时代，单位新建的办公大楼该是现代版的彤霞阁、水心亭，还是复古版的秋华堂、芙蓉洲？我又会是水中的一绿荷、一垂柳，还是井中的一尾鱼、一条舟？事实上，我即使是一尾鱼、一条舟，也是无法游回柳溪的，不过，无论它将来变成什么样子，我都不希望是一张风景图片。是的，我不喜欢图片，不喜欢曝过光的东西，当一张图片呈现在我眼前的时候，我总觉得它缺少些什么。是的，我一直关心的是，风景中的声音在哪里？风景中的气息在哪里？风景中细微的颤动或挣扎在哪里？如果找不到这些东西，我无疑就是困在井中的一尾鱼，或泊在岸边的一条舟了……

8

一座城池也罢，一个村庄也罢，一条河流也罢，我们行走其间，有时却更像一个盲者，我们听到拐杖敲击地面的笃笃声，却无法更直接地贴近它，融入它，刺穿它，我们更多时候只是在时间里活着，只与时间恋爱，不与时间做爱。活在时间里，这是生命必然的选择，如果想让时间水一样流淌，我们要做的不是游动，而是更深地刺入并长久地沉下去，沉与浮便是距离的两端。在乡村，我觉得距离是一个人与一棵树、一座房子、一座大山之间的间隔，是可以用手指、手臂或脚步丈量的。这种印象始于童年。那个时候，我经常看见大人用最原始的方式测量树木，丈量土地或房基。或许这个原因，我对距离的概念一直很模糊，我觉得一搾、两臂、三步的量化比一公分、两米、三公里的数字更直观。乡村是具体的，是可以触摸的，我最初的距离判断自然是空间的，是感官真切感受到的，这种感受是我与一座大山长久对望之后产生的。在童年的时光里，我喜欢坐在门外的台阶上望着村庄对面的大山发呆，乡人笑我是个小老头，在他们眼里我似乎总是心事重重的样子。其实，我没有任何心事，我只是不想说话，只是喜欢坐在台阶上与一座大山对视，我觉得只要我一直盯着那座大山，那座大山便会向我走来。可那座大山从未走到我身边来，我是多么自作多情，当我想走近它的时候，却发现它原来离我很远。产生这种错觉与事实距离无关，虽然我眺望山时目光是直线的，走近山时道路是曲线的，直线的确比曲线更近一些。多年之后，我终于明白，自己之所以表现得像个盲者，皆源自心理：看见很远的东西其实不一定远，看见很近的东西其实不一定近。我们多数时候喜欢活在错觉里，用空间诠释距离。其实，远近真正的尺子藏在心底，物理距离固然接近事实，心理距离更耐人寻味。

在技校教书的时候，我宿舍的窗外也有一座山，那座山长得无法再普通，可同事说它是传说中的龙尾的龙尾。在那些平淡的日子里，我也隐约听人说到龙城诡谲的历史，但历史于我几乎就是一座寸木不生的山，我了无兴趣，更不会想到对面那座荒凉的山也会生长帝王的故事。在那座山的东边，便是太原化肥厂赤裸裸地刺向天空的烟囱，烟囱里冒出的黄烟粗而弯曲，看上去倒更像一条尾巴。在化肥厂东北方向，还直立着更多烟囱，那些烟囱断断续续吐出浓烟，个个尾大不掉。那些年，我就生活在或白、或黄、或黑的尾巴下面，我的目光时常被它们撞伤，我面北的窗户便很少打开。有一天，我从窗户后面走过，竟然发现窗户一侧站着一棵小树，树上的尘土看上去比叶片还厚，像穿着过冬的棉衣。我辨不出那是一棵什么树，也不知道它站在窗户旁边已经多少年，但树上覆盖的尘土半灰半黑，触目惊心，我终于明白现实也如历史，也是可以尘封的。墙上附着的尘土呈泡沫状，好像被水浸泡过，窗台和玻璃上的尘土厚而发粘，风吹不动，伸手一划便留下扎眼的痕迹。我知道那些尘土都是化学的，或者是被酸碱侵蚀过的，想到自己竟生活在比实验室还沉重的化学气味中，心中的悲苦无以名状。那时候，我虽懂得化学常识，对环境的认知却是肤浅的，我所感知的污染便是空中悬浮的颗粒、沉降的气味和直上九天的烟尘，对地下的事物更是迟钝。1994年，晋祠难老泉断流，"永赐难老"的泉水追随鱼沼、善利二泉相继干涸，晋水三大源头次第熄灭，晋祠三绝圣母殿、古柏、难老泉自此少了一绝。本报曾在头版头条报道过这一事件，我直到这时才知道，化工区地下水超采竟是断绝晋水源头的罪魁之一。1998年，汾河中游上兰村段基本断流。2009年，汾河下游运城段断流；这年秋天至次年春天，位于宁武的汾河源头也断流八个月，汾源泉水演奏的"雷鸣绝响"骤然人间蒸发！黄河第二大支流竟沦为季节性河流，悬瓮山丰富的岩溶水沉落无踪，难老泉今日的"泉"水引自汾河边的深井，正宗的晋水终于成为晋阳城的陪葬。"三晋之胜，以晋阳为最，而晋阳之胜，全在晋祠"。可如今，难老泉绝经而去，汾源绝响而去，古人一"绝"成谶，这是赞美，还是诅咒？

那时候，我对埋于地下的晋阳城反应迟钝，对日益深陷的地下水反应迟钝，更不知道每挖一吨煤需耗费2.48吨水，这一吨煤难道是要把这2.48吨水烧沸吗？化学和物理的研究方向是物质生成和能量转化，可我不知道这样的物质该如何生成，这样的转化该如何保持守恒。那时候，我每天沉迷于书本中浑浑噩噩，只知道学校正南方有一座晋阳湖，只觉得生活在一座湖边是诗意的，却忽略了自己每天为什么看不到日出和日落。直到那一天，我偶然发现窗户后面那棵小树，才知道自己每天都这样卑微地活着，我从那棵小树看到自己的未来，我的窗帘从此便一直半遮半掩。

我再也不会像童年那样与一座山对望，我心底最强烈的愿望就是逃离，可在逃离之前，我只能坐在半遮半掩的窗户下怀念乡村——如果我的乡亲知道我生活在这样一个地方，他们该做何感想？在乡村，我觉得那些树、房子或大山都像一个人，人与人之间的距离就是人与树、房子或大山的距离，看似很远，其实亲密无间。而在城市，距离似乎变得微妙起来，物理张力和心理弹性常常共振，奔波在城市里，窥不破这层关系是痛苦的，窥破这层关系更是痛苦的。我被悬置在距离当中晃来晃去，我觉得距离好似一张拉开的弓，弓臂与弓弦、弓弦与目标之间的空间看似一目了然，可事实上，箭镞的飞行路线充满不确定性，这些不确定性风一样或大或小，飘忽不定，不经意之间，便会动摇箭镞划出的弧线。即使没有风，空间距离也可能弯曲，恰似城乡间的距离，城与乡沟通好像两个不相爱的人交媾，即使有高潮也是虚张声势。几十年来，我往返于城乡之间，从柏油路到等级公路，从等级公路到高速公路，从高速公路到高速铁路，从高速铁路到空中飞翔，我乘坐的工具越来越快，物理距离在不断缩短，而心理距离呢？距离是个具象概念，还是个抽象概念，它仿佛一条橡皮筋，因了弹性便变得不可捉摸。经典的美学原理曾断言距离产生美，我不反对经典，但我对结论不感兴趣。我的偏执大概和我的选择性记忆有关：遇到不喜欢的事物，用过目即忘描述毫不为过；遇到喜欢的事物，用过目不忘形容也不算夸张。或许这个缘故，我常常忽略结论，我觉得把结论刻在脑子里是危险的。结论无疑是经典或接近经典的，可我从不引经据典。不过，我对过程的记忆却很清晰，这可能与童年经验有关，也可能与实验训练有关——乡村的每件事都须一步一个脚印、踏踏实实地去完成，而实验则是一门关于步骤的学问。我的偏执还可能与我的思维有关，在中学课堂上，我已熟练掌握"因为——所以——则——故"的数理逻辑，在大学期间，严谨到刻板的化学课程又固化了这一模式。说到化学课程，我便想到实验，我记忆中最有意味的实验却与美学有关：在一张整洁的白纸上画一个圆点，随着圆点位置变化，视觉效果便不同。如果圆点恰好与中心点重叠，我们盯着圆点凝视，圆点此刻便保持静止；如果圆点稍微偏离中心点，我们长时间凝视，圆点将向中心点运动；如果圆点偏离中心点较远，我们继续凝视，圆点仍将运动，而方向既可能指向中心点，也可能指向纸的边缘。其实，在实验过程中圆点一直是静止的，所谓运动只不过长时间凝视产生的错觉，是构图失衡产生的张力。由此我们不难看出：完全平衡的东西是死的，略微打破平衡的东西是活的，彻底打破平衡的东西则可能是乱的，美学距离更加变化多端。

2011 年初，我搬离机关大院，住到一个叫东坡斜巷的地方，这儿紧挨南沙河，与《山西日报》仅一街之隔，我的家居于单位与山西大学中间，当年我从技校骑车去山大时，曾在这三个点上划出一条弧线。回到单位与母校中间，这或许这也是一种天注定，每天途径南沙河、迎泽公园和迎泽大街，在单位与家之间折返，在人流和车流中间穿行，观察和思考便荡到更远的地方，从前的晋阳便重新走进我的文字。毫无疑问，晋阳与太原的距离是时间的，时间距离似乎是恒定的，而在空间里，无论埋在地下的晋阳，还是不断扩张的太原，它们之间的距离一直在变化，或许某一天，它们还会将那段撕裂的历史弥合。其实，距离仅是一道直观的裂痕，远近并不重要，重要的是沉淀在距离间的气息，这气息才是距离独有的品质。就像城市，历史长短固然重要，但于城市而言，其真正的魅力却是文化，而文化便是城市积淀下来的气质和性格。城市也是生命，城与城的关系仿佛人与人的关系，可以亲近，可以叠加，却很难合二为一。晋阳与太原虽是并州的前生与今世，但事实上，它们已是两座不一样的城市，它们更像一对夫妻。当然，我们也可以把新晋阳看作一个第三者，可即使它年轻貌美，它也无法取代过去。所谓再造，只不过今人的愿景，死者已逝，活着的继续活着，生死两茫茫，距离便是沟壑。城与城的差异也是距离，这样的距离可以产生美，也可以产生裂痕，这样的距离中有风景，也有沙尘，有包容和欣赏，也有矛盾、冲突、对抗、隔阂和纠结。有时候，我们觉得距离被消除了，可仔细端详，拥抱在一起的却是一对取暖的刺猬，它们看似无距离，其实一直被距离伤害。距离是一种客观存在，谁也无法回避，距离是错位，是夹缝，是峡谷或深渊，或因如此，我们才喜欢圆，喜欢在生活中不断地画出涟漪。又或因如此，生命才更像一支搭在弓上的箭：引而不发是距离，剑拔弩张是距离；弓弦张开的弧线是距离，箭镞飞行的直线是距离；阳光静静落在弓臂上是距离，微风吹动弓箭还是距离……

从乡村到城市，从城市到乡村，我们在城乡间徘徊，似乎一直在为城乡间的距离纠结。其实，乡村就是乡村，城市就是城市，无论我们喜欢不喜欢，它们都在那里。其实，我们纠结的不是城乡间的距离，而是自己的付出，我们喜欢在得失间徘徊，希望自己看到的世界不是黑的，便是白的。可很多时候，世界既不是黑的，也不是白的，而是灰的。就像汾河，它早已是一只干瘪的乳房，但我们还必须吊在这只乳房上活下去；就像乡村，即使它依然纯朴，它的青山绿水也不像原来纯粹。城乡只不过空间上的两个点，距离天然存在，却无法割裂，谁也不要标榜自己血统纯正，世界上有真正纯正的东西吗？行走在城乡之间，我喜欢灰，喜欢这黑白的混合物，看到灰时我便会想到乡村炉膛里的灰烬，这燃烧后的暖，我也会想到城市宗祠里的香火，它的余烬也是暖的。

9

我与文字结缘是一次天注定。就像真正的农人喜欢耕种一样，我把文字当作我的土地，我虽然离开了乡村，但我在骨子里还是一个种地的。我也把文字当作羊，我写我的羊皮书，骨子里也是一个放羊的。有一块地便好，有一道山坡便好，我喜欢农人一样倒剪双手，在自家的地头走来走去，喜欢把泥土湿漉漉地翻过来，插秧，间苗，施肥，除草，浇水，灭虫，喜欢把自己的一亩三分地拾掇干净。当然，天气晴朗或和风细雨的时候，我也愿意赶着一群羊，在草地上风或雨一样撒开脚丫子奔跑。庄稼长得好不好不打紧，羊养得肥不肥不打紧，我只看老天的脸色，只为自己做主，我走在自己的土地或山坡上，有自由，便快活。可在城市里，我没有我的土地，也没有我的山坡，我只能去文字里寻找我的土地或山坡，我觉得在城市，只有写作最接近农耕或放牧。是的，我不是逃避者，不是离群索居者，更不是厌世者，我只是喜欢找一个地方，做自己喜欢的事，文字便是这样一个去处。在文字里做完自己想做的事，便去找朋友喝酒，我像朋友们一样热爱生活，也像朋友们一样享受孤独。

在城市里行走，我越来越喜欢简单，简单地走路，简单地吃饭，简单地喝酒或交谈，简单地看日出东方或日落西山。在简单生活之前，我一直清水洗面，我不记得始于什么时候，但自然养成的习惯肯定与刻意无关。我想这仅是一种习惯，是自然而然的养成，我在实验室里浸泡多年，比大多数人更熟谙化工制品的属性，可我几乎忘记香皂是什么样子。我的习惯也与节俭无关，读大学时手头最拮据，不过那时我一直在用香皂。仅是一种习惯而已，一切出自天性。有人告诉我，不用香皂无法把脸洗干净，我不怀疑他的好意和真诚，但我想知道，用香皂就一定能把脸洗干净吗？其实，最重要的不是把脸洗干净，而是让脸保持干净。如果你无缘无故就把各种污渍涂在脸上，香皂管什么用？

我的交往也越来越简单，有时简单到只是几条直线。在从前，我觉得距离是一条直线，是一种拒绝，人活着就应该占有很多的圈子，画更多的圆。而现在，我觉得直线也是一种圆，一种最简单或更复杂的圆。在我们的眼里，越遥远的事物越是直线的，地平线更是直线的，可事实上，地球是椭圆的。我曾经把圆理解为贴近，就像多样的圈子，诸如亲戚、同事、学友、战友、文友、牌友、酒友、股友、驴友，还有粉丝团等等，我曾试图把这些圈子串在一起，让他们环环相扣，后来我才发现，圈子越多越不自由。有时候，那些圆环看上去更像囚牢或一团乱麻，我游走其中，更像一个影子。玩累了便去做减法，减到最后，除了亲情和乡党，只剩酒桌边的文朋和诗友。这或许也是一次天注定，我最早结识这个圈子，最后只保留这个圈子，而这个圈子与我来往最频繁的，还是最早相识的那些人。记得误打误撞进这个圈子是个秋天，而在这年春天，我偶然在同学的床头看到一本很薄的小册子。那是一本关于诗歌技巧的初级读本，是同学从图书馆借来的，我信手翻阅，发现诗歌便是胡思乱想。这是我对诗歌最初的印象，在此之前，我对诗歌一无所知。准确地讲，除了在初高中课堂上朗读或背诵过几首古诗词，我对新诗的认识是一片空白。那一天，我一口气读完这本小册子，便在我憋闷的生活里打开一扇天窗：世上有一种东西叫新诗，她可以不押韵，可以打破逻辑，可以自由想象，可以……多么妙不可言！

我开始一夜一夜失眠。

1984年夏天，我第一次关注奥运会，我是个亢奋的伪体育迷，激情四射地写下几首伪赞美诗。之后不久，恰逢北国诗社招收会员，我把这些洋洋洒洒的文字工工整整誊写出来，心怀忐忑地送到中文系，不曾想，一周之后便接到会员录用通知。北国诗社的第一次活动安排在学校主楼后面的小花园，在花园的亭子里，我第一次见到李杜。那一天，参加诗社活动的理科生只有三人，我是其中之一，或许理科生太少的缘故吧，李杜特意点到我的名字，我便中了符咒一样，疯狂地爱上诗歌。那时我已在读大四，我逃离化学课堂跑到中文系串门，李杜的宿舍便是我的诗歌教堂，我每写一首诗都去找李杜讨教，一来二往，我便把这位长我七岁的同届校友认作师傅。不久，我又在诗社活动中认识了潞潞。李杜是北国诗社的第一任社长，潞潞是《北国》诗刊的第一任主编，《北国》横空出世，在朦胧诗的年代，不用说校园诗刊，即便放在林林总总的全国各大民刊中间，《北国》也堪称翘楚。看到北岛、江河、杨炼、一禾等名字与我同时出现在《北国》创刊号上，我突然觉得自己离诗歌很近，距离令人迷惑，我多么自欺欺人。

我有个毛病：不喜欢时充耳不闻，喜欢时便陷身其中，难以自拔。我现在迷恋晋阳是个例子，当年爱上诗歌也是个例子。晋阳的一砖一瓦、一草一木、一史一典此刻正蚂蚁搬家似的走进我的领地，而在那一年，我开始爱诗人、爱编辑，之后，又爱上散文家、小说家、批评家，我以认识他们为自豪，《山西日报》《太原日报》和省作协大院便是我顶礼的圣地。文字主宰了我的生活，在技校那些年，我曾有机会调到太原化工厂，那时化工厂的效益令人垂涎，我犹豫再三还是拒绝。到报社不久，我也有机会调到省化工厅，化工厅毕竟是仕途正道，可我已从事文字工作，我毫不犹豫便予以回绝。之后，我还有多次机会南下或北上，可一想到要离开熟悉的圈子，还是忍痛放弃。现在回想，我所有的选择都是因为诗歌，都是因为诗人，我不知道我的选择是对还是错，但我从不后悔。如今化工厂正在迁出这座城市，化工厅早被撤销，纸媒也正处在多事之秋。荣或衰、生或死仅是须臾间的事，所谓此一时彼一时，职业改变不了命运，我只能做我命定的事。不过，从事新闻以来，因为诗歌我与单位一直若即若离，前些年，突然被领导"赏识"，我便一腔热血投身到单位的事业中去，可单位的事业只是单位的事业，不是我的事业，我竟然莫名地遭遇到戏剧中才会有的情景：被排挤，被打击，被诽谤，被侮辱，被诬告……人性最卑劣的元素一应俱全，这样的事竟然发生在我这个小人物身上，我感到不可思议。搬离机关大院后，我开始享受赋闲的时光，每天在这座城市走来走去，最终又走回我的文字。安静地走路，安静地思考，安静地读书或写作，生活原来可以如此美好。我感恩挫折和磨难，是它让我找回迷失的自己，我从单位游离出来，陷身进去，再游离出来，仿佛在原地画了一个圆，梦醒时分，我终于发现，只有文字才可以让漂泊的灵魂栖息。

　　性情使然，也是命运使然，在世上走了一圈又回到原点，想起当年由诗歌而散文，由散文而小说，直到最后与文字决绝地告别，自己都觉得可笑。记得有次与师傅李杜喝酒，师傅批评我放弃了不该放弃的。现在想来，有些东西并非你想放弃就能放弃的。可在上世纪末的那个秋天，我坐在空空荡荡的办公桌前，感到诗歌正在离我远去。那个秋天雨水特别多，我坐在潮湿的黄昏里，感觉诗歌在我的头顶飞翔，她纯粹，透明，高洁，不食人间烟火，却不愿在我的肩头栖落。我有些绝望，觉得自己苦行僧一样写作，到头来充其量仅是个三流诗人，还不如回到俗世中，赚钱，喝酒，打麻将，轻松快活。我觉得我是一块路边的石头，被人随手捡起，随手扔到河里，又随手溅出几圈涟漪，便自以为可以玩文字的魔法。我看到我的文学梦像窗外的水花一样，还未开放，便已熄灭。我听到一声叹息，随手拿过一个烟盒，在上面写下几行文字，又随手把它点燃，扔到窗外的雨地里。那是秋天，我点起一支烟，却感觉自己发呆的样子很像故乡暮春的植物。无疑，那是人生最灰暗的时刻，花已凋谢，果实却未结出，我们常常把精力投注到花朵或果实上，还有谁记得花开之后、结果之前的样子？可这个过程一直存在，即使它短促，即使它残酷，即使我无力为它准确命名或对它进行精确描述：半生半死？亦生亦死？生死叠加？方生方死？残忍藏在细节里，而我们总是匆匆而过。

想起往事，我便想到轮回，我的眼前便出现一幅场景：我脚蹬两只轮子在一座城墙上奔跑，轮辐在阳光下闪闪发光，仿佛一组不断滚动的圆环，无始无终，我找不到出口。古城墙方方正正，瞭望台视野开阔，可我始终找不到出口。内外城墙间夹着一条道路，城墙与道路浑然构成一个"回"字，周而复始，永远没有出口……这幅场景不单单是一个象征或隐喻，我的一生其实就悬挂在古城边上，站在城市的边缘我依稀看见四季交替，昼夜更迭，依稀看见草木生灭，瓜熟蒂落，依稀看见水蒸而为汽，聚而为雨……万物变化无有穷尽，或时间或空间，或有根或无根，或温度或压力，它们各自追随各自的轨迹，我们或许能从这循环中寻找到事物运行的蛛丝马迹，但我们能从这规律中跳出来吗？

生命中的某个时空节点一旦选择，便像一块石头掉到湖水里，涟漪便由此次第展开。石头越沉重，涟漪荡出去越远，石头安静下来，涟漪便慢慢收回，湖水复归平静。我们便是被抛出去的石头，我们以为自己一直在路上，其实我们从未离开起点，即使离开起点去远处不断画圆，最后还将回到起点。做新闻二十多年，我几乎走遍山西的每座县城，足迹所到之处无疑也是一圈一圈涟漪，但最终我还必须回到这座城市。这座城市便是我生存的空间，单位便是我生存的原点，我的半生便是以单位为圆心，以单位至山西日报社、省作协、"天街小雨"（之前是太原日报社）的距离为半径，不断地画自己的圆。令人惊奇的是，某一天走在迎泽公园里冥想，我突然发现这三个圆几乎完全重叠，我在这些圆中行走，实的这一半落在汾河东岸，虚的那一半落在汾河西岸，仿佛隔河相望的太原与晋阳。更令人惊奇的是，技校、报社和省作协又恰好构成一条直线，而报社便是这条直线的黄金分割点，如果以这条直线为轴画一幅面向东南的扇面，故乡、太行山、汴梁便是这扇面中迤逦而来的风景……

　　似乎一切命定，我必在各种图案之间行走，而它们也必定为我划出各种分界线。

2014 年 4 月—5 月　　于太原

（本文系《漂泊三部曲》之三）

城市是一个碱性的词

你怎么看待城市是你的事，在我的阅历里，有些故事只能属于城市。对，就像道路两旁林立的广告牌，于常来常往的行人而言它是可有可无的，但这并不妨碍它是精彩的。从广告牌下走过，我常常会想到一些无法创意的故事，这样的故事让我相信，真正的创意是根本无须创意的。

八十年代初，我在山西大学化学系就读期间，省城某高校的实验室丢了一瓶氰化钾。氰化钾是实验室里毒性最强的化学品之一，每每看到它，不管是洁白的晶体，还是透明的液体，我的心底都会涌起无名的恐惧，可有些络合滴定实验还必须用它做滴定剂，没有别的物质可以替代。领取氰化钾的手续繁琐而严格，实验结束后必须将剩余试剂全部交回。做别的实验时，老师常常站在楼道或溜回办公室聊天，有时甚至提前下班，把学生扔在实验室里，可做络合滴定实验时，老师是断断不会离开实验室半步的。老师在实验室走来走去，与其说是指导，不如说是巡查和监视，我们则规规矩矩地穿好实验服，戴了口罩和橡胶手套，俨然防化员的装束。氰化钾被盗无疑是件天大的事，如果放到现在，舆论早该沸反盈天了，可当时大家都浑浑噩噩的，高校内部虽做了通报，知道的人并不多，关心的人也不多。那个年代的人心地是干净的，知情者觉得是个意外，当局却担心偷盗者把氰化钾投到自来水中，造成群体性中毒事件。那时候，人们对群体性事件是没有概念的，耳闻的投毒案多是一对一的个人恩怨，这样的事在生活中是小概率事件，仇视社会的更是极少数。当局外松内紧，老师紧张兮兮，学生事不关己高高挂起，就在这时，案件却意外破获了。故事说来可笑。住在那所高校附近的一个小伙子失恋了，寻思报复女友，听朋友说氰化钾是剧毒品，见血封喉，便越窗进入实验室偷走一瓶氰化钾。朋友说特务藏在领口的毒药就是氰化钾，小伙子只在电影中看到过这样的场景，对氰化钾的毒性却是半信半疑的。为了万无一失，小伙子决定先做一次试验，地点就选在开化市的上海饭店。开化寺是太原市最繁华的商业街，上海饭店是老字号，老太原人都是知道的。小伙子佯装去饭店吃饭，趁人不注意把少许氰化钾放进餐桌上的醋壶里，"下毒"之后，他便站在马路对面透过玻璃观察用餐人的"中毒"反应。不久，一对母女坐到了这张餐桌上，她们要了饺子，蘸了醋，饭后没事人似的离去。小伙子十分气恼，觉得自己被朋友骗了，决定再去一趟实验室，结果被当场抓获。其实，小伙子错怪了朋友，氰化钾的确是剧毒的，只不过氰化钾水溶液呈强碱性，遇到醋酸便立即生成氰化氢气体，苦杏仁味的氰化氢虽也是剧毒物质，可它都挥发到空气中去了，剧毒的氰化物便不再是氰化物。这样的故事只能发生在一座喜欢吃醋的城市，它自惊险开始，到荒诞结束，其间的不可思议只有学化学的人懂得。

另一个氰化钾故事，便不好笑了。也是八十年代，也是大学校园，也是一个与恋爱有关的老套故事，似乎那个年代所有的爱恨情仇，都与爱情或婚姻有关。省城某医学院的一个女生毕业后留校做了实验员，她的男友被分配到京城，一对恋人各奔东西，恋情便死了。不久，这个女子嫁了人，婚后丈夫发现她不是处女，恼羞成怒，辱骂和老拳遂成家常便饭。在那个年代，婚前失身是逾越了道德红线的，学生同居如果被校方发现会被双双开除的，女子敢冒天下之大不韪，算得上色胆包天和前卫了。女子不堪忍受家暴，竟迁怒于前男友，毕竟是他夺走了她的贞操。所谓冤有头债有主，女子便从实验室偷了氰化钾直奔京城而去。那一天，她在前男友的住所吃了午饭，饭后随手把氰化钾投到调味品中，手法专业而熟练。我想女子偷的氰化钾应是粉末状的，作案现场的调味品应是盐、味精或糖之类，学医的人动手能力强，熟谙人体解剖术，熟悉氰化钾的习性，面对死亡有着超乎常人的冷静，她是不会把洁白的粉末投放到醋壶里去的。女子与前男友重叙旧情之后，便连夜乘坐火车返回太原，在车站出口，公安已在晨雾中等候多时了。这起投毒杀人案引起一场贞操大讨论，貌似一场女权运动，省城各大媒体竞相报道，轰动效应从大学校园漫溢到社会各个角落。妇联以娘家人的身份出面站台，大肆挞伐封建贞操观，声嘶力竭地讨伐压迫女性的处女膜情结，女子的个体杀人行为竟在一夜之间演变为女权主义的集体控诉，群情汹涌之下，女子仅被判了死缓。氰化钾与处女膜究竟谁是凶手，现在看来是一目了然的，可在当时，却是一种社会现象了。社会现象便须整个社会站出来担责，纵然是我在你的饭菜中投的氰化钾，也不需要偿命。舆论可杀人，也可救人，时过境迁，贞洁牌位下的是非已很难说得清楚，就像剧毒的氰化钾，它可与元素金组成可溶化合物，常被应用于珠宝的镀金和抛光工艺中，似乎光彩熠熠。旧时金矿淘金采用化学萃取法，氰化钾也是极少数可用的络合剂之一，金矿周边的土地和河流便是被氰化钾污染的，很多淘金人也是死于慢性氰化钾中毒的。

我虽然是学化学的，我的一生与化学有关的故事其实并不多，酒由乙醇勾兑而来，酒故事应属此列。说到酒故事，我有几箩筐，但与酒有关的纯粹的化学故事却只有一个。柴然兄早年诗名了得，嗜酒之名更是了得，不夸张地说，在他的早年诗酒岁月里，酒量不敢说喝遍三晋无对手，诗酒情怀却是罕逢敌手的。当然，在山西喝酒，最好的去处莫过于杏花村了，杏花村汾酒厂的酒不仅地道，花色品种也多，柴然兄吆喝一众朋友去杏花村喝酒，喝得自然酣畅淋漓。酒至半酣，柴然兄离席一个人跌跌撞撞去找厕所，不小心竟一头撞进餐厅外的石灰堆里。柴然兄脚底发虚，脸和眼睛干涩，便摸黑去找水池子洗脸。说来凑巧，石灰堆的不远处便是一个露天池子，柴然兄不管三七二十一，撩起池中液体便洗，顿觉满脸滚烫，像着了火似的。也算柴然兄命大，他洗脸的池子不是水池子，而是稀硫酸池子。石灰露天置放，表层的石灰吸收空气中的水分变成熟石灰，熟石灰的化学成分叫氢氧化钙，呈碱性，熟石灰遇到稀硫酸发生酸碱中和反应，散发的热量并不大，柴然兄的脸盘仅仅是做了一回化学反应池而已。酸碱中和反应发生在皮肤表层，柴然兄脸上虽脱了一层皮，却仿佛做了换肤手术一般，皮肤竟愈发白净细嫩了。假设一下，倘若柴然兄那天夜里闯进的是生石灰堆，找到的是水池子，生石灰遇水立即产生大量热量，温度瞬间可升至300℃，这样的温度不亚于一座沸腾的小钢炉，足以消肉蚀骨，柴然兄的那张脸还能棱角分明吗？后果恐怕不是换一层皮，而是彻底毁容，且比硫酸毁容还严重。这个故事也是步步惊险，好在柴然兄向来生命力旺盛，虽在脸部做了一次化学实验，却寻常如一次蝉蜕，此等"奇遇"除奇人外，吾辈则是可遇不可求、也不敢求的。

　　我一直觉得这样的故事就是属于城市的，城市故事的奇妙之处就在于它常常发生化学反应，不像农村，千百年来，除了植物和动物的缓慢生长，所有的变化几乎都是物理的。其实，城市也罢，乡村也罢，化学反应也罢，物理变化也罢，都是事物发展的客观规律，规律不管是摆在桌面上的，还是隐藏在事物背后的，都是具有威慑力的。具有威慑力的事物很像氰化钾，我是心怀敬畏的，敬畏很像恐惧，是会在心底弥散的。譬如那些具有威慑力的词汇，本是一个表情符号，有时也会像它指代的事物一样具有威慑力的。爱屋及乌，怕屋也及乌，当我独坐在黑夜深处凝望窗外的路灯和车灯的时候，我就会想起那些权威性的词汇。我对权威天生抵触，我的心底时常会莫名升起一种无望的情绪，这时候，我便恨不得把这些词汇揉烂，撕碎，扬向高高在上的天空。是的，我厌恶潜藏的统治力，就像厌恶一张张虚假的脸。试想一下，在黑夜，当跋扈的词汇飞扬起来的时候，你会看到一幅怎样的场景？在天空，当威权下的虚伪像涂料一样漫延时，夜色又该是什么样子？我一直觉得，词汇最像实验室里的化学制剂，无论它多么无色透明，一旦与某种物质搅合在一起，变得黏稠起来，便离腐臭不远了。

　　或许乡下长大的缘故，我喜欢水性或血性的词汇，喜欢水的干净和血的浓烈。而生活在城市里，我常常感到周边的气息是黏稠的，耳旁的声音是黏稠的，这黏稠中偶尔还夹杂着腐臭。仿佛被污染的汾河，它的气息和声音有时竟黏稠得流不动了，人陷身其间，就好似插足在泥淖里，行走和呼吸都是困难的。当然，这种感觉并不常有，否则，我早窒息而亡。即便如此，它仍会噩梦一样纠缠着我，令我苦不堪言。或许如此吧，城市才不断制造一系列的轻喜剧，轻喜剧中的男女纠葛就好似氰化钾和醋、熟石灰和稀硫酸的暧昧关系，在无与伦比的惊险和刺激中完成平淡无奇的中和反应，并最终生成一堆垃圾。电脑的发明为文字垃圾的制造提供了极大便利，词汇的不断重复和粘贴是电脑制造垃圾的拿手好戏。仔细回味一下我们一生说过的话，有多少是可以被电脑复制的？又有多少是可以被电脑粘贴的？假如把这些话语全部打碎，天空该飘荡着多少无用的纸屑？人类的高明之处就是有资格在词汇中自由行走，人类使用词汇的频率就像呼吸空气一样，可人类为何就不愿珍惜词汇、尊重词汇呢？或者说，有多少词汇是被人类反复出卖过的？有多少词汇是被人类反复玷污过的？又有多少词汇被人类赋予本不应该承担的虚假意义？

有时候，我会莫名地厌恶某些词汇，就像厌恶虚伪的喜剧或悲剧，就像厌恶剧本背后站着或躺着的精神妓女——阿谀奉承，溜须拍马，见风使舵，暗箭伤人，趋炎附势，粉饰太平，言不由衷，阳奉阴违，攀龙趋凤，口蜜腹剑，刚愎自用，蝇营狗苟，两面三刀，自以为是，言而无信……词汇被人类插上草标出卖，圣洁被世俗的梅毒感染，电脑日日炮制垃圾，长此以往，世界将被语言病毒涂抹成什么样子呢？想到这些，我恨不得把十根手指都放在删除键上，就像渴望一桶汽油和一场大火！

可这显然是不可能的，于是，我的词典里又跳出一个词语：沉淀。沉淀通常是一个动词，但在化学谱系中，它是一个名词。化学名词的释义通常是枯燥的，没有可读性的，甚至昏昏欲睡的，但化学名词一旦与城市嫁接，它就是生动的，就像女子与化妆品联姻一样。我不喜欢把有生命的词汇变成僵尸，更不喜欢让词汇游离于词的本义之外，基于这个原因，我赋予沉淀一词两层含义：沉淀物的密度比较大，可溶性比较差。按照我的理解，能够沉淀的东西应该是有分量且不合群的，就像一个特立独行的人。有分量且不合群的沉淀物在化学中叫难溶物，也即我们俗称的渣滓，虽然在化学中，渣滓绝不可以与垃圾一词等同。当然，这是化学的洁癖，化学命名与生活命名是有差异的，在哲学或文学里，能够沉淀的东西则是思考的精华了。同样的词汇，我不得不诧异于它们使用上的不同，或者说，词汇有时也像植物："橘生淮南则为橘，生于淮北则为枳，叶徒相似，其实味不同。"晏婴的时代虽发明了青铜冶炼术，却并无化学的概念，他的感慨仅限于植物学或土壤学范畴。其实，事物的差异性很少直观呈现出来，水土的差异固然客观存在，时间差异、情感差异、视角差异也是无法回避的事实，这些差异通常也会制造出风马牛不相及的东西来。譬如谈到科学与哲学、自然与文学，就会让我想起乡村与城市。哲学或文学应是最思辨的学问，可与科学相比，似乎不动声色的科学更富有哲学头脑，科学与哲学究竟谁更深刻？谁更客观？文学应该是最丰富多彩的，可与自然相比，似乎天然去雕饰的自然更富有色彩和内涵，自然与文学究竟谁更朴实？谁更瑰伟？站在大地或海洋之上，我们才能发现，所谓平整其实就是高不显高，宽不显宽，乡村与城市的关系便是平整与凸凹的关系：乡村坦诚得可爱，浅显得可爱，而繁华且高高大大的城市却更喜欢曲折和错落有致。徘徊在城乡之间，我常常感到纠结，或许，在你的眼中，问题并非我想象得那么复杂，或者说，在你的眼中，乡村与城市的关系充其量就是一条河与一座山的关系。我不会否定你的判断，不过，城市或乡村也不过一个标签，我最看重的还是事物的本质，或者说，我一直相信只有自然的，才不是病的，在城市和乡村的骨子里，城乡应该是平等的，城乡在我的骨子里，也应该是平等的。可事实上，事情不会如此简单，因为人的眼睛和良知是很容易被表象和情感所迷惑的。

我无意贬低哲学，但我从来不敢低看科学；我无意贬低文学，但我从来不敢低看自然；我无意贬低城市，但我从来不敢低看乡村。事实上，我一直喜欢哲学和文学，且此生的三分之二时光是在城市度过的。当我踯躅城市回望乡村的时候，面对诸如此类的疑问，我不得不皱起眉头，且以皱眉的方式让自己一天天慢慢衰老。其实，衰老是优雅的，是平等的，是自然的，是无法逃脱的，人人平等的衰老不可抗拒，于底层生活的人而言，此样的平等近乎奢侈，即使它仅属于精神层面。精神上的另一种奢侈便是不卑不亢，一穷二白的我在熙熙攘攘的城市行走的时候，我会不断提醒自己，只有不卑不亢才是我可以信赖的保护色。我觉得，不卑不亢不只是一种恰当的分寸，还是一种智商的优雅、情商的优雅。通俗地讲，不卑不亢就是不妄自菲薄，就是不傲慢自大，它与不骄不躁、不矜不伐、委曲求全、俯首帖耳、卑躬屈膝等词汇相近或相反，这些近义或反义的词汇都是一种姿势，这些姿势一旦不自然起来、庸俗起来，便彻底沦为虚伪。生活中，人们在面对虚伪时都会脱口传达出一种厌恶情绪，可人们又不得不随时做好虚与委蛇的准备。于是，未雨绸缪一类的词汇便应运而生，而在真实面前，虚伪或许就是最好的绸缪。虚伪好比人类的衣装，完全的虚伪让人诟病，完全的真实令人窒息，人生来都是有弱点的，人出生时学会的第一件事便是掩饰自己的弱点。这是一种本能，无可厚非：一个人一辈子说假话，会遭到周围人的唾弃；一个人一辈子说真话，会让周围的人无所适从；一个人说半辈子假话、半辈子真话，是不是就会讨得大家的喜欢呢？对社会行为进行定量分析是件困难的事，可如果没有定量分析，执掌话语权的人便会肆无忌惮地进行武断的定性判决。盖棺定论通常都是冠冕堂皇的，面对权威的外衣，任何申辩都是无奈的、徒劳的。定量困难，定性危险，于是，城市就像碱性制剂不惧酸性腐蚀一样，一边适应酸雨的空气，一边让自己的碱性越来越强大，直到完全板结为一块碱性的版图。

完全赤裸的社会很疯狂，城市便充满机谋，测谎仪便是城市别有用心的阳谋，便是城市真实的谎言陷阱，而这样的仪器在乡村是没有市场的。测谎仪的定量分析基于对被测试者的心律、呼吸、汗腺分泌以及其他与紧张有关的生理特征变化的数据测量，并据此得出结论。我觉得，测谎仪得以自圆其说的心理基础，实际上就是所谓的"不做亏心事，不怕鬼敲门"，而"不做亏心事，不怕鬼敲门"是一种集体潜意识的道德暗示，是一种民间宗教。在乡间，鬼因神秘的恐吓作用而约束着人们的行为，而城市是不信鬼的，于是，操纵测谎仪的人便扮演了敲门的"鬼"，它披着科学华丽的外衣，被测谎者便不幸成为黑房子里任意宰割的羔羊。当一只羔羊被投进黑房子的时候，它的心律、呼吸和汗腺分泌还能像平常一样规律吗？再者，恐高症患者与登山爱好者承受高压的能力是不同的，当承受力完全不同的人面对同一台仪器的时候，他们本身的差别该怎样计量？一个正常男子看见不同的女子，他的生理反应程度也是有差异的，这样的差异又该如何计量？我不禁想起弗洛伊德赖以成名的力比多概念来。力比多的度量究竟该以斤为计量单位？还是以米为计量单位？或者以单位时间内的心跳次数、汗腺排出量为计量单位？模糊科学应用到社会行为分析中且被过度使用，便会变成道貌岸然的杀手，测谎过程便疑似测谎者以科学名义行使的恐吓行径。我只在电影中看到过测谎场面，我感觉电影中所谓的测谎，就是把人投进一个漆黑的房间里，让人面对"神"无所不知的提问进行忏悔。或者说，就是测谎者潜入到被测谎者的潜意识深处，让被测谎者接受弗洛伊德式的心理拷问。这是一个把人抛到孤岛上的心理游戏，是以更大的欺骗敲诈欺骗者，究竟谁是更大的骗子？

通过一种工具把自己变成神，把对手变成羔羊，城市的吊诡之处就在于它披着科学的外衣。城市喜欢制定游戏规则，而规则大多建立在人性的弱点之上。人活得太累太辛苦，便不得不学会向现实妥协，于是，虚伪便有了自己生存的土壤和空间。仅就承受力而言，人类懂得妥协无可厚非，否则，人人都需要配备一个心理医生。事实上，虚伪也并非完全的假话，有时候，虚伪更可能是善意的谎言。谎言只要是善意的，只要是不伤害他人的，谎言就可能是一种生活的艺术；如果谎言是恶意的，是损人利己的，那么，这样的谎言便是罪了；艺术与罪只隔着一层薄薄的窗户纸，这层窗户纸应该是道德最后的底线，是良知最后的防线，如何游弋在这层窗户纸的边缘而不越雷池一步，对人的智慧是一个莫大的考验。这样的考验大多存在城市里，喜剧或悲剧便有了存在的理由。规则的制定有时好比射击，自己刚刚立起一个标靶，还没有来得及射击，自己就或站成了标靶或拔除了标靶。人类常常处在这样的尴尬之中，这样的事情说好听点叫自我否定，说不好听点就是背叛。背叛也是一个碱性的词汇，是可以度量的。我如此定义背叛度：以自己一生背叛他人的次数总和为分子，以他人一生背叛自己的次数总和为分母，计算得出的结论便是背叛度。当背叛度大于 1 的时候，很显然，你一生做了太多对不起人的事；当背叛度等于 1 的时候，你是一个睚眦必报的人；当背叛度小于 1 的时候，更多时候你是受伤害的。

人性的东西是充满变数的，以这样的方式计算背叛度是不靠谱的，因为背叛的伤害度并非每次都完全一样。如此，就需要做出一些限定，或者说，为背叛假设一些必要的条件，就像化学实验需要设定温度和压力范围一样。通常的化学反应都是发生在常温常压下的，通常的背叛似乎也应该维持在人性的常温常压下，即日常的人情冷暖和日常的利益冲突。人性的事说起来简单，可要为日常的人情冷暖和利益冲突设定一个波动范围，显然是件极其困难的事。不过，定量虽然困难，定性并不难，如果我们仔细观察，我们就会发现一个有意思的现象：一个人背叛的频率越高，背叛造成的伤害就越小；反之，一个人背叛的频率越低，背叛造成的伤害就越大。因之，当一只狼咬你的时候，你摊开双手笑笑便是了；当一条狗咬你的时候，你就必须检点一下自己是否被传染上了狂犬病——因为狗是忠诚的，忠诚者的背叛一次就足以致命！

如果你像我一样，也是一个城市的闯入者，你就要学会做一个不卑不亢的人。如果某一天你被狗咬了，你就权当氰化钾遇到了醋、熟石灰遇到了稀硫酸。不必杞人忧天，既然处女膜都可以修补，还有什么疑难杂症找不到化解的方法呢？在生活中，爱或恨是经常发生的事，失去或得到是经常发生的事，所有的一切都不过一次酸碱中和反应而已，无论它发生或不发生，饺子照样要吃，脸照样要洗，太阳照样会升起。

2014 年 4 月　于太原

街边的橱窗

　　我把手臂搭在车厢扶手上，3 路电车把手臂搭在车顶高架线上，肉体和金属的手臂以平行的方式斜向北方。我以这样的叙述回到三十三年前的秋天，你或许会感到诧异。事实上，第一次挤上电车时，我的心情是漠然的，我不清楚我的手臂与电车的手臂存在怎样的几何关系，就像我不知道自己的人生该怎样开启。但站在此刻回首往事，我突然发现，在那一刻，我的手臂与电车的手臂竟然是平行的，虽然在当时的视线里，二者并不处在同一空间。但在此刻，我看见那两只手臂以相近的姿势出现在同一时空里，我甚至觉得在从校门口到五一广场的路上，我应该听到车顶上擦出噼啪的电火花声，就像我在高考前的除夕夜看见蜡烛上爆裂的火苗。祖母说，蜡烛开花预示着好年景呢。

　　凡事都有第一次，包括乘坐火车、电车和闯进一座城市。连串的第一次集中发生在同一周里，这样的事实显然预示着一种改变，而我却浑然不觉。在那一天，我被陌生的人流裹挟，闷在鱼罐头一样的公交车厢里，什么也看不见，什么也听不见。在几天前，我怀揣大学录取通知书出现在火车站出口，从这一刻开始，我将正式告别故土，不过，第一次看到城市时，我想到的依然是乡村庙会，扛着大包小包的人流熙熙攘攘，纷乱无序，奔腾的河流似乎永远不会停顿下来。迎着高楼间的夕阳，坐在学校迎接新生的大卡车上，我一路由北而南摇向山西大学。行走在人来人往的校园，我蓦然觉得，川流不息这个词或与河流有关，或与城市有关，但绝对与乡村无关。城市其实是一座水库，溪流从各个方向涌向这片洼地，越是低处，越不缺少喧哗和泥沙，我此刻便是汇入水库的一滴水或一粒沙子，但我并不觉得这有多么重要。正在发生的，或许并非重要的，至少在当时一切顺理成章。可弹指几十年过去，站在此刻看那刻，假如当时我未能跨过高考的独木桥跻身这座城市，我的命运会是什么样子呢？历史无法假设，个人史亦如此，但于上世纪六十年代出生的人而言，除了感恩高考，便是感慨改革开放。一个年代有一个年代的记忆，不曾经历过时代转折，便难以理解那代人的情感和心结。

入学后的第一个周末，站在校门口等车，我发现门外空地仿佛一片海滩，电车高举着金属手臂刚出现在马路对面，人流便潮水一样涌向站牌，场面俨然排队的食堂——不管男生女生，都竞相占据有利位置，时刻准备把饭盒伸进窗口，饥饿与矜持是绝缘的。寒假回家，邻居问我，大学是什么样子？我说，食堂的饭真好吃。你或许会觉得这样的回答很荒唐，事实上，今天若有人说食堂的饭最好吃，我也会怀疑他的感官是否正常。

拥挤的食堂。拥挤的车站。拥挤的商场。如果说五一百货大楼是一座汇聚人流的水库，那么，海子边便是一条河道。是的，第一次走进海子边，我觉得它很像家乡山沟里湍急的河流，所不同的是，河水只流向低处，人流却如羊群，却如浮云，聚散自由，奔涌自由。海子

166

边的前生其实就是一片洼地，赵光义火烧水淹晋阳之后，命潘美在唐明镇重建太原城，镇东这片洼地才与一座城市有了交集。太原地势东高西低，每逢雨季，东山雨水便汇集于此，东城墙下这片洼地日久成潭，到元代时已长大为两处湖泊。蒙古语称湖泊为海子，湖泊周边自然被称为海子边，也就是说，到了元代这片洼地才有了自己的名字。大明时期，晋王朱棡扩建太原城，在海子边不远处兴建晋王府，海子边被顺势括入城中。朱棡顾虑王府安危，命人围堰治湖，北湖便是圆海子，南湖便是长海子，海子边则改称海子堰。康熙年间，圆海子湖水泛滥，殃及居民，太原知府王觉民捐出俸禄，将北南两海子疏通，并将湖水导出南城墙古水口，水患才被消除。北南两湖状如砚池，湖边文峰双塔倒映水中，宛如巨笔吸墨一般，岸边贡院肃立，自是一雅致去处。有舞文弄墨者称其为文瀛湖，且美其名曰巽水烟波，此景与崛围红叶、烈石寒泉、汾河晚渡、天门积雪、土堂怪柏、双塔凌霄、西山叠翠并肩，人称阳曲八景。海子边的变迁让人想到丑小鸭与白天鹅的故事。光绪年间，冀宁道连甲在文瀛湖周边安设木栅栏，湖内放置游船，并建亭阁影翠亭，湖的北岸还建有三座二层楼房，用来陈列晋地土特手工产品，名为劝工陈列所。辛亥革命后，此地被命名为文瀛公园。北伐战争后，文瀛公园又改称中山公园。到此时，园内已建有讲演亭、六角亭、水阁凉亭和喷泉，沿湖植有杨树、柳树、桃树和丁香，湖东还辟有篮球、网球、国术场及通俗图书馆，俨然一座文化园林。公园幽静之极，园外却见小商小贩云集，修脚的、钉鞋的、耍把式卖艺的，吆喝声此起彼伏，甚是热闹。1937年，抗日战争爆发，海子边的幽静和喧嚣被战火泼灭。解放后，中山公园更名为人民公园，1982年改为儿童公园，2009年年底，又正式恢复文瀛公园之名。

从一片洼地到一座园林公园，从一条僻静小巷到一座繁华市场，海子边宛如一个多变的女子，曾破落丑陋过，曾貌美如花过，也曾花容失色过，福或祸、兴或衰都不过陈列在时代橱窗里的剪影。1981年，我第一次走进海子边时，公园门口还挂着人民公园的牌子，公园门外则是集贸市场，巅峰时期，从山西大饭店北侧到郭家巷，距离不足六百米，竟容纳摊贩五百余户，每个摊位占地仅一扁担大地方，月收费只有十元，现在想来有些不可思议。在市场启蒙阶段，这立锥之地上蹦跶的都是些小鱼小虾，可如今看，他们个个都是弄潮儿。看到海子边的第一眼，我觉得它便是故乡的庙会，或买卖服装鞋帽，或经营日用百货，或配钥匙、修伞、钉鞋，还有开饭店的，海子边饭店算规模较大的，刀削面小有名气，一盘过油肉仅两毛四分钱，比学校食堂还便宜一分。狭窄，曲折，拥挤，海子边鱼虾混杂，他们共有一个名字，叫个体户。其实，他们是一支无业游民、刑满释放人员、返城知青等组成的散军，是无路可走的，是被歧视的，社会地位甚至不如当今的下岗者。所谓绝处逢生，这群社会最底层的人最后竟成为第一批最先富起来的人，大浪淘沙之后，其中的佼佼者还是今日太原各大型商厦、星级酒店和高档楼盘的业主，他们的身份演变好似3路电车变成103路电车，又好似海子边历史的翻版，人与车和一片水洼的遭际有时竟也惊人相似。

那一年我十六岁，虽已开始独立生活，实际上还是个懵懂少年，我从人流中穿过，却未意识到这股商业大潮将彻底改变我们的生活。怀揣父亲东挪西凑的生活费，我第一次穿过海子边，第一次经过柳巷琳琅满目——在当时，这个词是恰当的——的橱窗，却不敢稍做停留，我的目标明确：配眼镜。高考之前体检，我左眼视力为1.2，右眼视力为0.9。入学体检，我左眼视力为0.9，右眼视力为0.3。仅仅一个假期，黑板在眼前已模糊如一片水洼，我有些吃惊。其实，原因很简单，高考之后，我躺在老家的炕头一口气读了《三国演义》《水浒传》和《红楼梦》，用如饥似渴不足以形容，我显然是饥不择食，显然是饥肠辘辘，就像饕餮之后突然感到肠胃不适一样，视力骤然下降。在此之前，我在高中只读过一本课外书《说岳全传》，父亲之所以破例，是因为当时的广播里正在播刘兰芳的评书《岳飞传》，我听得如醉如痴，如果父亲不让我读这本书，我会疯掉的。不过，父亲虽然恩准我看《说岳全传》，但有一个附加条件：不准把书带到学校去。

我去的那家眼镜店叫亨得利，是一家老字号，位于钟楼街。验光，配镜，站在柜台前犹豫再三，我选了一副秀朗眼镜，度数仅150度。一次花掉十多元钱，一个月的生活费只配了一副眼镜，着实有些心疼。更让我心疼的是，这副眼镜仅戴了一个学期，寒假后开学，眼前的黑板又清晰如初。我只是假近视，我的近视只是假期玩命看小说的结果，我很懊悔。当然，所谓视力恢复也并非完全恢复，右眼仍有些近视，左眼却不受影响，那副近视眼镜便被束之高阁。现在眼睛花了，右眼看得越来越清楚，左眼开始有些模糊，老花镜也与我无缘。看来一只眼睛近视、一只眼睛不近视也是有好处的，前半辈子用左眼，后半辈子用右眼，对我的两只眼睛来说，这样的分配很公平。

逛柳巷是太原人的传统，起码在这三十多年里，我看到的太原人对柳巷都很有感情。大学毕业之后，我去柳巷一直延续三站式：书店，商店，饭店。其时，柳南老槐树下有家书屋，名尔雅，是我的学长开的，门店仅一间，却是太原最好的社科书店。多年来，买书一直是我的一项固定支出，对书籍的选择自然也挑剔。尔雅未开之前，我常去解放路新华书店、五一路新华书店和古籍书店，它们皆位于柳巷周边，店面虽大，找到一本喜欢的书却很难。尔雅开业之后，我便很少去那几家书店，即使去也多是空手而归。尔雅起步于柳巷大槐树，枝叶茂盛于双塔西街，作为山西最大的民营书店，太原乃至山西的读书人几乎无人不知，但网购和快餐文化风靡之后，尔雅像所有传统产业一样，也受到很大冲击。我购书挑剔，吃饭却无甚讲究，逛街累了，便到食品街口的两家小店，或要一碗四川担担面，或点半打锅贴、一碗馄饨。当时食品街小吃店林立，生意火爆，我之所以选择这两家小店，一是图个方便，二是味道好，经济实惠。

于寻常百姓而言，物美价廉永远是最高消费准则，就像追求一生平安远比三十年河东、三十年河西的跌宕更现实。我的人生虽不具戏剧性，阅历还是有的，至少对人性还是有切身感受的，不过，寻常是百姓生活的总体基调，我能在平淡中修得左眼三十年光明、右眼三十年光明，已属上天眷顾。我是个不务正业的理科生，除了喝酒、读书、写作，偶尔打打牌，并无多少生活乐趣，逻辑和计算或许算我的长项，但在人云亦云的现实中，严谨的逻辑和精确的计算显然不受欢迎。我初二之前是在"广阔天地"度过的，没学过地理和历史，对方位一向模糊，我印象中的柳巷并非一条街，而是海子边、钟楼街、开化寺、食品街的总括，至于柳巷的历史，尤其传说中的历史，我向来持怀疑态度。柳巷的故事多发生在大明，但若依我的逻辑，我倒觉得柳巷应与柳溪有关。宋天圣三年（公元1025年），并州知州陈尧佐在汾河东岸筑建护城长堤，并引汾水于汾堤与太原西城墙之间，潴周五里湖泊，在湖畔周边种植杨柳数万株，人称柳溪。柳溪俨然宋太原城的"西湖"，阳曲八景与之相比，要逊色许多。柳溪在城西北角，柳巷在城东南角，站在东山瞭望，柳溪为城之首，柳巷为城之尾，首尾呼应，柳色依依，自当同宗。况且，柳溪三百年风光已片瓦不存，以柳巷纪念柳溪，也算对大宋一个交待吧。当然，这只是我的一厢情愿，太原人永远忘不掉火烧晋阳的那把大火，即使大宋也有善举，譬如重修晋祠圣母殿之类，仍无法化解太原人心头的怨恨。晋阳之后，太原人不认宋太原城，只认明太原城，好事自然都要算到大明头上。事实上，所谓传说只不过以民间的名义为前朝贴金而已，即使历史上曾出现过美不胜收的柳溪，大宋仍惨遭忽视也是人之常情。

其实在大明时期，柳巷仅是个地名，柳巷的兴盛始于清光绪年间的一场大水，如果柳溪在，这场大水或可避免。人祸是仇恨，天灾则可能是辉煌的酵母。清光绪十二年秋，汾河决堤而出，水淹半座太原城，城南城西商铺几遭灭顶之灾。洪水退去，商家心有余悸，便大举迁到地势较高的城东，柳巷摇身成为商业中心。辛亥革命后，柳巷更是店铺毗邻，商号林立，京津豫冀的商贾慕名而来，华泰厚、乐仁堂、大隆祥、大兴茂、六味斋、双合成、稻香村、认一力、老鼠窟等老字号相继开张，柳巷一时名噪华北，俨然晋商历史的回光返照。日军占领太原后，柳巷百业凋敝，人去楼空。直到上世纪80年代，柳巷这池水才被改革开放之风消融，此时之繁华，已堪与北京王府井、武汉汉正街相比，每天人流量达数十万，夜色阑珊时依然人声鼎沸。

记忆中，早期的柳巷除了店铺还是店铺，店铺面积不大，楼高仅二层或三层，一到周末或假日便人满为患，不像现在的商厦，感觉卖东西的比买东西的还多。店面小，售货员少，每家店铺都摩肩接踵，售货员站在柜台里，收银台设在店角最高处，一条钢丝从店的这端横贯店的那端。收款时，售货员把钱和票据用夹子一夹，从钢丝这端送到收银台那端。结完账，收银员又把票据和找零凌空送回，夹子夹着钱和票据在顾客头上滑来滑去，仿佛滑翔在电线上的燕子，便捷而有趣。第一次看到这种景象，我很好奇，竟站在原地盯着看了半天。商家那时还无广告概念，看橱窗便知商铺规模。小商铺有窗无橱，大商铺的橱窗也仅是实物展示，没有养眼的帅哥美女，更不存在广告设计和创意。在物资匮乏的年代，物质本身便是诱惑，便是宣传，橱窗里摆放一台电视机、两台收录机，便足以令人驻足不前。物资稀缺，物资便是最好的眼球，于贫困而言，任何形而上的表达和夸张都是画蛇添足。这样讲吧，在上世纪80年代初，商家不用说宣传，进回好东西还藏着掖着，只怕有人知道。那时很多东西都凭票供应，粮油如此，烟酒如此，自行车、缝纫机也如此，粮票、布票之普及就像当今的银行卡。我大学毕业后的第一辆凤凰自行车，便是托同学从榆次买来的，逢年过节所需的汾酒、牡丹烟、凤凰烟也都是托关系买的，就连太原卷烟厂出产的双头凤，最初也凭号供应。我经常看见市民手握供应票排队，心底好生羡慕。1988年秋天，我调到报社工作，这一年国庆节，天龙大厦开业，这是第一座远离柳巷的大型商厦，巨大的墙壁上张贴着各种产品广告，商家的巨幅条幅从楼顶直挂地面，商业广告已然扑面而来，媒体广告却还未形成气候。天龙大厦与我的单位毗邻，开业那天我与同事在店里转悠，偌大一座商厦门可罗雀。我当时想，太原人早已习惯了逛柳巷，把商店开在远离市中心的地方，不是在烧钱吗？孰料转过年，单位周边便热闹起来，天龙大厦也一跃成为城市商业标志，变化之快令人吃惊。在上世纪末，天龙大厦着实红火了一阵子，从那时开始，迎泽大街两旁的楼顶上次第矗立起各种广告牌，每栋临街楼房都仿佛一个巨大的广告橱窗。

上世纪90年代中期，我的一个朋友贸然闯入户外广告市场，那时媒体广告已十分火爆，户外广告似乎还是未开垦的处女地。朋友最早买下柳巷一条街，惨淡经营，举步维艰，可他除了户外广告并无其他业务，只能勉力支撑。那时生意好做，钱好赚，户外广告无疑是鸡肋，很多跟风进入这个市场的很快便退出，整个柳巷的户外广告便陆续归到朋友名下。回想这段历史，朋友调侃自己当时像个收破烂的。新千年之后，伴随互联网崛起，户外广告突然变成香饽饽，资本苍蝇一样先是盯着互联网，继而盯着户外广告，之后便是传统媒体，似乎谁拥有媒体资源，谁便拥有财富。人的认识有时很奇特，越是物质匮乏，资源越不值钱，越是物质丰富，资源越是金贵，似乎在贫穷年代资源不算财富。朋友误入广告圈本是寻找一条出路，却在一夜间变身户外媒体老大，过上跑马圈地、坐地收钱的日子。朋友的经历让我想起煤老板，上世纪90年代末到本世纪初，约有十年时间，煤炭一直全行业亏损，煤炭似乎并非乌金，煤矿无疑是座黑窟窿，当时的煤矿主或千方百计转让煤矿，或使尽浑身解数低价售煤，个个都想跳出这无底的苦海，那些没关系的煤矿主，每天愁眉苦脸地盯着场地上自燃的煤炭，恨不得一烧了之。突然某一天，煤价开始抽风似的上涨，事前没有任何征兆，最倒霉的人精彩上演了一出一夜暴富的悲喜剧，令很多精明的老板大跌眼镜。朋友的发迹与此类似，客观地讲，他的经营之道与眼光和胆识无关，与拥有资源有关。当然，这种拥有也是一种煎熬，与此后资源领域频现的掠夺、侵占、破坏和权力寻租等故事，显然不是一个脚本。商场如战场，兴或衰不过一夜间的事，记得海棠洗衣机、春笋电视、华杰电子表、铁锚自行车、大光香烟曾风光一时，如今也都烟云散去，徒留一声叹息。最令人扼腕的是长治海棠洗衣机厂，这是我家乡的一家企业，其最早在全国家电市场的地位甚至超过海尔。全国人大代表梁吉祥是海棠创始人之一，我采访过他，写过一篇长篇通讯《拿来樱花，植出海棠》，详细解读过海棠的企业文化。梁吉祥很满意，便赠我一张优惠券，优惠价450元，市场价540元，这在当时也算"腐败"吧？遗憾梁吉祥退休之后，海棠经历一场人事风波，便从人间蒸发。天作孽犹可恕，自作孽不可活，人如此，企业也如此。

我从事媒体工作二十多年，第一次真正与广告结缘还是一次客串。新世纪初，单位发生人事变动，新领导鼓励我们下海，我便兼职帮朋友打理过一段网站，之后，又到一家文化公司负责图书市场和音像市场管理，此间，还差点与尔雅等几家书店合作，做山西的图书物流。写诗多年，我对经商一向存有偏见，我在这时弃文经商，完全是一种意外；何况文学界当时很浮躁，文学走出神圣殿堂跌落尘埃，令很多人迷茫。我的从商经历仅是个小插曲，于我却不无裨益，每天面对商户、顾客、工商、公安、消防和清洁、保安以及监管部门的突击检查，也算阅尽人生百态。每天走进商场，你不知道下一刻会发生什么，但你必须做好随时化解风险的准备。我做记者多年，见惯了突发场面，应对这些还算得心应手，但最让我满意的，还是把市场大大小小的墙壁都变成广告墙。我刚接手市场时，市场每三个月刷新一次墙壁，商场本就通风不好，粉刷之后油漆气味久久无法散去，商户意见很大。可批发市场每天大包小包上货，墙壁粉刷不久便又脏了，即使安排专门看管也无济于事，管理人员常与商户发生纠纷，有时甚至大打出手。房东与房客打架显然很荒唐，征求各方意见后，我决定把商场所有墙壁，包括楼梯、过道、门店窗户统一规划，全部分割成广告橱窗，卖给商户。商户显然比我更懂得广告的重要性，仅一个周末，广告栏便被卖了个净光，自此以后，商场再也不用花钱刷墙，市场也美观整洁起来。我离开公司已经十年多，据说这些广告墙至今还在。回想这三十多年，广告其实就是市场的晴雨表，从黑白的橱窗到多彩的户外广告，再到超炫的巨型 LED 屏。往事仿佛一节节火车车厢，从眼前一晃而过。

阅历是加法，也是减法，是丰富，也是沉淀。我在 1981 年秋天来到这座城市，至今已三十多年，如果以每个十年为一个时间窗口，每个窗口的风景都是不一样的。或激情与梦想，或浮躁与迷茫，或喧哗与疯狂，三个十年过后，我才在浮沉当中咂摸出淡泊的味道。个体经历无疑是社会变迁的投射，无论在商业领域，还是在政治和文化领域，皆大体如此。个体是社会的细胞，不可能脱离社会单独存在，社会则是个体细胞的集大成者，也不可能凌驾于个体之上虚幻为空中楼阁。从本质上讲，这三十多年的变化更多体现在物质方面，毕竟经过

174

十年"文革"动乱的洗礼，信仰虽在，物质却几乎一穷二白。肉体饥饿的驱动力是不以人的意志为转移的，从古到今，由贫穷到富有最容易坠入一个怪圈：从饥饿始，到奢靡止。饥饿是动力，也是罪魁，欲望一旦出笼且不受节制，道德、良心和人性便备受熬煎。所幸的是，物质轮回渐在疯狂中谢幕，精神和信仰已重回舞台中央，这是成长的代价，在泥沙俱下的历史里，河流曾被污染并不可怕，只要我们不在拐弯处迷失方向，希望便永远与我们同在。

什么是财富？或者说，该如何对待财富？这个问题困扰了我们三十年。客观而言，财富虽非洪水猛兽，也非解决所有问题的万能钥匙，拜金主义要不得，苦行僧更非芸芸众生都该接受的生活。我不否认，不同的人群对财富的需求和认知是不一样的，面对财富和欲望，人既有动物性的一面，也有植物性的一面，人既可以动物一样贪婪、掠夺、占有和弱肉强食，还可以植物一样吐纳生长所需的阳光、氧气和水分，且与同类一起安静地开花、散叶和结果。是的，如果动物本能占据上风，权利、金钱和性的交易必定泛滥成灾，人的欲望便是无止境的；如果植物本能成为主导，节制、友善和包容便是社会生存的土壤，人的欲望便是适度的。财富兼有物质性和精神性，人与动物的差别仅存在于精神层面。懂得约束或超越动物本能的人，视财富为身外之物，认为物质财富有下限，精神财富无上限。人毕竟要生存，在保障基本需求的前提下，人应当拥有适度支配财富的自由和权利，有物质做基础，生命才可能持久健康。而精神财富却是无上限的，一个人只有脱离物质的束缚，精神才可能是自由的，才可以超越时空局限，在更广袤的宇宙尽情遨游。

我曾在一栋欧式风格的大楼里工作过，看到门窗上镀了金箔的饰物，总感觉怪怪的，看到大楼里的勾心斗角，愈发对金玉其外、败絮其中的生活不适应。在骨子里，我还是更喜欢中国文化，我相信社会不管走多远，最终还是要回归到本土文化的根里。随着年龄增长，这种感觉越来越强烈，就像柳巷越现代，我越是怀念记忆中的老字号和街巷。虽然偶尔也到铜锣湾走走，偶尔也从柳巷宽敞、时尚的夜市穿过，但我与繁华终归还是隔膜的。于夜店、酒吧和 KTV 而言，我显然是上个世纪的人，我喜欢安静胜过喧哗，喜欢简单胜过繁复，喜欢素朴胜过奢靡，更多时候，我愿意一个人穿过熙攘的人流，在公园里踽踽独行。大概是 2010 年夏天吧，我开始上下班步行，这时我才发现，我身边很多朋友也在步行。繁华落尽，走路竟成一件幸福的事，而道路两边的风景仿佛生活的橱窗，在四季更替的风景线上，即使一片树林、一个站台、一个路口，都会让人咀嚼出不同的人生况味。

穿过迎泽公园，抵达喧哗的第一站便是大南门。大南门由迎泽门更名而来。光绪年间太原古城被汾水所淹，便有人戏言：大南者，大难也。这场被历史记住的大水先是造就了柳巷，继而造就了迎泽湖——半城洪水自大南门疏导而出，城外的沼泽地聚而为湖，在上世纪 50 年代，市府决定修建迎泽大街和迎泽公园，这儿便被改造为迎泽湖。迎泽大街所在地曾是古城外的官道，严格地讲它并非古城的一部分，但在现在，它无疑是这座城市的中心。新建路与迎泽大街交叉口原是宋太原城的西南角，从大南门到新建路口虽仅一站路程，但如果你懂得路边草木的荣衰，你便可窥见一条大街或一座城市的演变轨迹，历史有时就是浓缩的，就像一扇橱窗。

迎泽大街两边树木众多，种植最早的是槐树。槐树是太原的市树，遍布城内城外各处，最年长的是天龙山汉槐，已有两千年历史，之后便是晋祠的隋槐、唐槐以及郊外豫让桥的古槐，它们都是晋阳古城湮没的见证。太原建新城以来，槐树依然是常见的树木，柳巷、北肖墙、新民北街、东辑虎营的古槐便是北宋之后种植的。不过，种植槐树最多的地方还是迎泽大街和迎泽公园，这儿的槐树已近六十年树龄。大南门与新建路之间是南海街，街口两边空地种有碧桃，碧桃的记忆与桃园路西的桃园有关，那是民国时期的事了。路边还种有酷似碧桃的紫叶李，更具观赏性的紫叶李应与碧桃有关，桃园当年毕竟也是桃李杏争芳斗艳的。南海街是太原城西水系的一部分，城西水系的形成源自柳溪时代。与南海街公园遥相对应的是工人文化宫，这栋建筑的风格和名字显然与上世纪五六十年代有关，改革开放之后，这儿变成旧书市场、古玩市场和股市，看来历史越短的地方越懂得与时俱进。迎泽大街几经改造，银杏渐有取代槐树之势，今人喜植银杏或因银杏的枝叶干净，而北方最渴望的便是干净，包括水、空气、街道，还有人。

在上班的路上，我经常遇到一个女子，遇到她时我便会想到银杏。如果行走在这座城市的人都如这女子一般干净，这些树或城的历史还会被人津津乐道吗？城市的历史固然是属于城的，但更是属于人的，只有人才是一座城市的灵魂。我每天早晨七点半出门，经过银杏夹道的青年路，穿过迎泽公园，八点一刻左右与她在大南门与新建路之间邂逅。当然，这是我按时出门时的情景，如果我多睡一会懒觉，便与她失之交臂，据此判断，她的作息时间应该很规律。春秋冬的时候，她素颜淡妆，每天步行。夏天的时候，她戴一副宽边太阳镜，皮肤反被棕色镜片衬托得更加白皙。偶尔，她也骑车迎面而来，云一样飘过，她像所有女子一样，也怕晒，怕出汗。我喜欢顶着大太阳行走，汗津津的感觉令人舒坦，到单位水房用清水洗一把脸，感觉更舒坦，可让一个女子像我一样衣衫湿透，显然有违常情；更何况，在这个有钱没钱都买一辆铁壳子拥堵在路上的时代，她一年四季几乎都在步行，这该多么难得。一个人生活方式健康，心态便健康，心态健康的人无论什么时候都是阳光的。上班的路上，她一脸阳光地微笑着，很干净地从我的身旁走过，衣着素雅，行止端庄，擦肩的瞬间，我感觉她应是一个安静、笃定、不事张扬的人。我猜测她在附近某座大楼里上班，但我不知道她的名字，不知道她的年龄，不知道她的住址，与身份证有关的信息我一概不知，可这重要吗？就像可以通过一站路便可了解一条街道或一座城市一样，感知一个人其实也是刹那的事。道路即风景，擦肩便是缘，如果我们在路上遇到的都是这样的陌生人，我们会不会更爱这座城市？城市传承的是一种脉络，人传达的是一种气息，能够在一座脉络清晰的城市遇到一个、几个甚至一群气息清新的人，这或许才是城市的美好吧。

行走在城市的街道上，我不再关心路边巨型的广告牌，但对路边的草木却越来越感兴趣，有时候，我会停下脚步仔细端详枝桠间微小的花朵或叶芽。当然，我也会留意与我擦肩而过的行人，我觉得于一座城市而言，创造商业奇迹固然重要，营造人文情怀更重要。我喜欢具有生命体征的事物，这些年如果说我们曾经丢失掉什么的话，那便是对生命的尊重。让生命健康起来，财富才有意义，而最好的财富便是与生命有关的自然景观。当一座城市被广告牌挤去大量空间的时候，我最喜欢的，其实还是路边的绿色风景和风景里干净行走的人，我觉得只有道路才是展示生命的最好橱窗。

2014 年 7 月　于太原

人，以及附件

比人简单的字是一，比一复杂的字是人。一人者，道也。

——题记

1. 空气的囚徒

你无处不在，可我什么也没看见，什么也没说
我心知肚明，仅此而已。空气，我一直生活在你中间
我能看到什么？我一直呼吸着你，我能说些什么？
我只是懂得一些基本生存技能，譬如棱镜（光的问题？）
譬如酒精灯（火焰的问题？），譬如PH试纸（酸碱的问题？）
譬如元素周期表（不要说到周期就产生生理反应啊！）
譬如光谱、色谱、黑洞、白洞、虫洞、熵和不规则运动
偶尔去拜访一下轮椅上的霍金（残疾抑或伟大？
残疾不可企及伟大吗？伟大忌讳残疾吗？）
……是的，我不该当着水的面提到氢与氧的关系
可这是我的基本生存食粮，我的空气啊！

天空远比想象中的高远，大地远比想象中的辽阔，我们为何还要炫耀自己的想象力？

本来，想象力仅是丰厚生活对单薄个体的奖赏，仅是透进潮湿空间的一缕空气或阳光，仅是润湿干燥时光的一线雨水或霜雪。

想象力仅是一副安慰剂，她无论如何飞扬，都低过生活本身。

或许，你的阅历足够丰富。如果你认为自己走了一段路，过了几座桥，读了几本书，经见了一些事，认识了一些人，你便可以闲云一样俯视或超越生活，你只能被生活同情。

良心泯灭的人一直在洗涤伤口，与人为善的人一直在抚慰被蛇咬的农夫；逼良为娼的人一直在镌刻贞节牌坊，卖身求生的人一直在寻找背叛理由；杀戮生灵的人一直在焚香念佛，沐浴斋戒的人一直在吃荤偷腥……面具公开展览在太阳底下，欲望蠢蠢欲动在肉体内部，即使你愿意彻底打开心脏，我又能看到什么？

这就是生活，它的名字叫复杂。

当我们把一生的阅历和经验进行甄别的时候，我们不难发现，貌似完整的生命旅程竟然存在诸多缺项。时光漫长，生命苦短，缺项不可避免，个体毕竟存在局限。可令人不可思议的是，在个体生命残缺的周边，不可思议的事情有时竟接连不断发生。

或许，正是这些不可思议让我们充满活下去的好奇；又或许，正是这些不可思议让我们活得疲惫。

其实，于个体而言，生活不在别处，在视力所及的地方；意外不在想象之外，在生活的拐弯处；意义不在求索之中，在乐趣不经意流露之间。不要刻意贪图什么，不要试图挣脱什么，生活就在我们身处的每秒每寸时空里，氧气无时不需，空气无处不在。尤其在无色无味无骨的空气面前，除了赤诚面对，我们注定无路可逃。

那么，请允许我坐下来与你谈谈与生存有关的空气吧。我敬重环保主义者，但我并不热衷于环保运动。我只是我，一个生存在空气中的人。我渴望远离所有的运动，可这仅是我单纯的愿望。肉体被巨大的地球吸引，我们有谁能离开运动？有谁能不被运动？运动是世界最正宗的血统，是世界最本质的规律，即使死亡也挣扎在不断运动当中，只不过，寂灭运动产生的能量常常被人看作负数。当然，将死亡认定为负能量的评估仅仅适合人类生长的体系，于死亡而言，死亡运动产生的能量是正面的，因为它正沿着死亡指引的方向不屈不挠前行，它不打幌子，不造假，不虚伪，不欺骗，它的额头上贴着醒目而永恒的标签：死亡。其实，人类眼中的死亡负能量并非真正的负能量，生命真正的负能量潜伏在活着当中，它仿佛隐匿于空气中的细菌，平时引而不发，一旦发作起来、传播开来，危害将远比死亡更可怕。偶然看到一则新闻，读后不寒而栗。一位女士患了重感冒，卧床输液。放假在家的几个孩子百无聊赖，总想鼓捣出一些稀奇的事来，于是，他们趁女士熟睡的时候，把输液瓶中的液体换成洗碗水。好奇心的后果出乎所有人的想象，女士的病情竟急剧恶化为白血病。这里需要说明的是，这几个孩子都是患者的亲属，其中一人还是患者的儿子。这起血液污染事故仅是好奇心在作祟，或者说，这是一起好奇心导演的谋杀案。恶作剧的直接后果就是一条河流被污染，清理河道和清洁河水几乎是不可能的。毫无疑问，这起事故无异于一次谋杀，而谋杀行为出自最纯洁的童心；毫无疑问，这是一起没有任何谋杀动机的谋杀，无邪的童心在无意间做出一桩无辜且邪恶的事来；毫无疑问，这样的意外无比残酷，而残酷的行为方式就是把纯真奸污了让你看。没有最荒唐，只有更荒唐，如此荒唐的故事是否令你惊骇？

　　无知从来都是细菌传播的最好温床，你身边的空气有时就是这样被污染的，大气有时就是这样被污染的。面对无知的过错，人类最常见的表现就是手足无措。空气污染问题说到底是负能量积聚问题，只有深陷污染，人们才真正懂得新鲜空气多么弥足珍贵。空气是我们一生中最重要的食粮，只要有一口气在，空气就须臾不可缺失。对，你可以将一日三餐节俭为一日两餐，但你不可以在一日二十四小时中只呼吸二十三个小时空气。你绝对不能与空气绝交，即使空气不再纯洁，你也做不到，除非你想直接进入死亡——另一种呼吸系统里。空气不可或缺，以至于它被污染了，你还要张嘴呼吸；以至于明知它有毒，你还要心甘情愿地一口一口吞下去。人类一直试图主宰世界，一直试图凌驾于万物之上，可在无处不在的空气面前，人类的狂妄是多么可笑！只有直面无孔不入的空气，人类高傲的头颅才会沮丧地低下去，才会心不甘情不愿却又坦然地视死如归。事实如此讽刺，人类不知天高地厚的行为每时每刻每秒都在排队发生，以至于常常被无视常识的我们忽略。

最重要的就是被我们常常忽略的，因为它是空气。哦，讽刺的悖论！

当然，我此处所说的空气都是物质的，延伸到精神层面，空气就是道德、法则、信仰和意志力散发出来的气息，这样的气息一部分源自周遭环境，一部分生自内在心灵，它比物质空气更重要，更易遭到污染，却又难以度量。

如果你周遭的精神空气被人为隔绝，你便是不折不扣的囚徒。或者说，所谓囚禁就是把你周遭的精神空气全部抽干，仅保留你自己的精神空气。其实，那些囚禁你的人最想把你的精神空气也抽干，只是你的精神空气与你的灵魂同在，他或许有权杀死你的肉体，但无权消灭你的灵魂。囚徒虽然每天面对死亡，但只要精神空气在，就不会死亡。囚禁考验的是个体在精神空气里顽强活下去的能力，这是真正的考验，是对软弱、投机、绝望的烧灼，是对灵与肉的鞭笞和拷问。在这样的考验面前，如果你的精神空气稀薄了，你就抑郁了；如果你的精神空气枯寂了，你就疯掉了；一个抑郁症患者就是一个游走在死亡边缘的人，一个彻底疯掉的人就是一个精神死亡的人。反之，在被囚禁的过程中，如果你的精神空气积聚得越来越纯净，越来越清新，你的气场就会越来越强大，你就有可能抵达伟大之境，或者说，你的体内至少植入了伟大的因子。

囚者，或落入他人口中，或困于四堵墙内。相对于口舌制造的空气牢笼，四壁空空的房间显然不足为惧。空气无处不在，无法隔绝，一个人是某处为囚，还是处处为囚，是偶尔为囚，还是终生为囚，只能由一己之心而定。孤独者就是自己把自己当作囚徒的人，就是主动做空气囚徒的人，就是把自己置于精神空气中，再从精神空气中抽离出来，时刻清新自己的人。当孤独者把精神空气提纯到精神元气的时候，孤独者便是一个纯粹的人，便是战胜自我的人。我向所有孤独的人致敬，他们在自我囚禁中实现了自我救赎，他们是真正化茧成蝶的人。

想起那个梦，在梦中，他分不清谁是自己，谁是蝴蝶。

想起那个垂钓者，在岸边，他不知道谁是钓竿，谁是钓饵，谁是鱼。他更不知道谁是河流，谁是岸，谁是垂钓者。

那个梦蝶的人，那个垂钓的人，都是精神空气纯净的人，都是自己的精神囚徒。

2. 无血无肉亦无骨

必须触摸到疼痛……天色苍茫，一件快生锈的钝器
沉思着说出这句话。细脚伶仃的人
你为什么泪流满面站在我的眼前？我快生锈了
我真的不想关心眼泪了，它浇灌过的地方远比祖国辽阔

细脚伶仃的人，一支圆规还愁找到容身之所吗？

我只想说出疼痛——持续而没有形状的，即使有形状

也是藏在关节里，藏在骨髓里，或者藏在

身体某个隐秘部位的。我忽略针尖以及一切诸如针尖的形体

尖锐的物件容易折断。我只允许疼痛在体内汹涌澎湃

在肌肤上大汗淋漓；我只关心疼痛和汗水的关系

只有触摸到二者暗通的管道，我才能与你贴近

而此刻，我们只能刺猬一样说话，且不相互取暖

是的，与长河相比，时间显然更漫长。生即灭，灭即生，生生灭灭紧密相连，便无所谓生灭，在从不断流的时间长河上，个体生命的旅程仅是一次颠簸，一次恍惚。

桅杆指向太阳的方向，在不知终点的旅行当中，你一直在犹豫，究竟该把影子当作陪伴终生的朋友，还是跟踪一生的敌人？我确认的事实却是：影子就是影子，你对阳光下的事物投入了太多的注意力。远非顾影自怜那么简单，顾影自怜的人爱着影子的主人，而你却把精力过多地投注到影子身上，让一副空着的壳充满悬疑。你一生小心翼翼，这并非你的过错，你的目光过于在意影子以及影子里隐藏的事物，却是你的暗疾。许多年来，你一直把影子当作夜路上孤独的脚步声，一直把影子当作自己留在世上的最后影像，一直割舍不掉或隐或现的影子，而影子在想什么你知道吗？或许，只有在彻底告别世界的刹那，你才会发现，在生命回光返照之前，无声无息的影子已遁形而去。你的确自作多情，而影子生来就是无血无肉更无骨的，你何苦把自己陷在虚构的轮廓里，郁郁寡欢，不能自拔呢？影子一直被你随身携带，你不愿抛弃任何一件相伴一生的事物，可你知道吗？亦步亦趋的影子只是一座幻觉的池塘，池塘下到底是污泥还是藕根，水中到底是游鱼还

是荷叶，你一直没有弄清楚，池塘是否盛开莲花与你有什么关系呢？你一生为影子纠结，影子便蛇一样死死缠住你的手脚；影子攀援你的身体而生，影子不懂放手，且永远不肯主动放手。

试着转身看看头顶的天空吧，太阳千百年来一直是这个样子，千百年以后还是这个样子。其实，不管晴天或阴天，不管早晨或黄昏，不管隐没或浮现，太阳一直就是这个样子。不要相信"太阳每天都是新的"，太阳周而复始，自古到今，一直都是这个样子。既然无法等到全新的日出，你就应该对每日如一的太阳微笑，这时你就会发现，你身后的影子正悄然走出你的视线——不管你是心情舒畅的、心花怒放的，还是皱着眉头的、满腹惆怅的，只要抬头看着天空，影子便会从你的视线消失。

你在意影子，影子便存在；你不在意影子，影子便不存在；水性杨花的影子仅为水性杨花的心肠摇曳。

或许，我的话过于轻松，而你是一个柔弱善良的人，一个心事重重的人，一个瞻前顾后的人，一个心中装满同情和怜悯的人，你把影子当作生命的一部分，你不能不在乎影子随形的、贴身的存在。我敬重你对生命抱持的平等态度，可许多年来，你盯着影子太久太久了，你投注到影子上的精力太多太多了，你走路都在担心踩伤影子，却放任自己的存在弱不禁风。毋庸置疑，爱每个生命是无罪的，但对所有事物都心存毫无节制的善良，无疑是一种自虐，一种自戕，你谨小慎微的行事风格在天马行空者的眼中不名一文，甚至可耻而懦弱。事实上，春风得意的人只在意自己的心境，只喜欢信马由缰或马踏连营，他们根本不会俯下身来，关心脚下的事物为何仆倒或碎裂，更不会回眸一瞥身后长长的影子！我知道你无法像他们那样潇洒，知道你不羡慕他们，甚至鄙视他们，可你不能因此就把自己的一生藏在影子里啊！

找回真实的自己吧！

改变或许是困难的，改变或许是简单的，变与不变其实仅在自己的心境。此刻，我想告诉你的是，你当即可以做到的且唯一需要做到的改变并非忽略你自己，而是忘掉你自己。对，只有彻底忘掉自己，你才能忘掉影子，对着千百年如一日的太阳笑一笑，身边的一切便轻松起来。

可你已经忘记自己的微笑是什么样子了，在镜子前，你对面站着的那个人一直紧锁眉头。我理解你根深蒂固的焦虑，它的芽儿是随着黑发的脱落而缓慢生长起来的，是贴着头皮从白发的根部日积月累起来的。在你生活的城市，高楼越来越高了，马路越来越宽了，车辆越来越多了，你踽踽独行在金属和水泥中间，显得越来越伶仃了。高科技是生产力，还是破坏力，高科技附带的意外和故障都是灾难性的，无论站在电梯里，还是行走在马路上，或者坐在车轿里，你悬着的心都是惴惴的，你每时每刻每地都在担心突然断电或刹车失灵。这的确是道难题，人类一边绞尽脑汁把这个世界打扮得花枝招展，又一边无所顾忌地在这个超载的世界上制造灾难和垃圾。可这就是现实，这就是人类的欲望，这就是历史前行的轨迹，你既然被生活绑架在时光的车辇上，就必须学会对时光的辚辚之声充耳不闻。无力改变的便是毋庸改变的，你不必为飞来横祸焦虑不安，因为面对未知和诸多不确定性，就连上帝也不去做应急预案。当你坐在飞机上，你不会觉得自己离上帝更近，而上帝看见你无助的样子或许更难过。我知道，从登机的那一刻起，你的心就是悬着的，你只敢在机舱里假寐，或者把目光投向舷窗外的云层，在那一刻，你只能把窗外的白云当作此刻的大地。统计数字安慰众生说，飞机失事的概率是所有交通工具中最低的，可这又能如何？你的身心已脱离大地，大地上的概率还与你有关系吗？漂浮在白云之上，你只能把自己交给上帝，而上帝的高明之处，就是他任何时候都不去谈论概率。上帝只喜欢掷骰子，却不关心骰子的正面或反面；上帝只偶尔关心一下偶然，于是上帝永远高高在上；人类一直惧怕偶然，所以人类不得不敬畏上帝。

在蓝天白云之间，你可曾看到自己的影子？事实上，偶然就是从天空上划过的无形而巨大的影子，它隐形的翅翼横空而过，它的阴影就投在你的心底。在这一刻，你虽看不到自己的影子，你的心中却横着更大的影子，你的焦虑不仅没有在云端飘散，反而乌云一样聚集起来，似乎一场暴风雨随时就要到来。在这一刻，你的焦虑是无助的，是卡在嗓子眼里的，你多么渴望马上返回人间啊！可当你重回大地的时候，你又陷身在影子的困惑里，被影子反反复复纠缠，这时候，你忘记了所谓必然便是不可更改的。影子便是大地上不可更改的必然之一：你存在，光存在，它便存在；你消失，它便消失；光消失，它也消失。你不可能因为不让影子存在，就让自己消失。也不可能因为影子的存在，就让光消失——黑暗可以暂时安放你疲惫的灵魂，但你不可能永远生活在黑暗里。

影子不过是一团无血无肉无骨的影像，不要把它当作另一个自己。影子只会制造焦虑，影子只能制造焦虑，而焦虑又是多么无奈和虚无啊！还是忘掉这虚无的一切，去关心那些有血有肉有骨头的事物，在那些血肉和骨头中找到自己真实的疼痛，并亲近她、抚摸她、占有她，拥着她流汗、流泪、流血，把每个日日夜夜都当作最后一次狂欢吧！

只有血肉和骨头是真实的，血肉和骨头存于你的体内。只有血肉和骨头中的疼痛是真实的，血肉和骨头中的疼痛存于你的心里。这才是你应该关心的全部，再不要徒劳地为影子伤神。回到自己的内心深处，活得真实一些，活得有血有肉有骨头一些，人生所谓的意义和价值，不过如此。

3. 被忽略的偶然或必然

话语权是一门错位的艺术。如果夜半惊魂不曾发生
你就制造夜半惊魂；如果夜半惊魂正在发生
你就保持沉默。在凌晨，据说一家便利店烧了
据说一座钟点房酒店烧了，据说一辆私奔的车烧了
消防车的呼啸不是每次都夺命。火灾或因漏电而起
这是科技病，相当于古人的血管莫名其妙地爆裂
火光映照天空那刻，月不一定黑，风不一定高
灯不一定红，酒不一定绿。可这又能说明什么呢？
欲望就是标签，偷窃、诈骗、诱奸、诽谤、恐吓
……放暗器也是教养，你是读书人，从不杀人越货
夜深沉，我不会打听谁是作案人。磊落的好汉
啸聚在光明的梁山，故事里的人手不软，腿不哆嗦
大碗喝酒，大块吃肉，偶尔鸡鸣狗盗，偶尔劫法场
偶尔投毒，偶尔拐带皇帝老儿的小情人逍遥湖泊
未入体制之前，他们向来行不更名，坐不改姓
杀人不蒙面……唉，过往的风光被一纸招安书颠覆
江湖传言：武大郎新开的性用品专卖店生意红火

　　比喻都是蹩脚的，不过，我的孩提时代的确像一只挂在树杈上的
鸟窝。在童年迎风飘摇的时光里，我最安静、最喜欢做的事，就是坐
在炕头听大人讲故事。那是乡村不多的娱乐活动之一，在煤油灯下，
乡村故事通常以两种方式转述和传播：一是乡亲口口相传的鬼怪故
事，一是江湖说书艺人演义的历史传奇。乡村故事宛如百无聊赖的乡
亲在沉闷夜晚点燃的篝火，宛如匍匐泥土的乡亲探出水面的呼吸，宛

如草根精神或想象力的集体远足和透亮。在我的记忆中，我的乡村总是茅屋般貌不惊人，在茅屋沉滞的目光里，乡村真实的历史便是散落在泥土上、石缝里的植物、鸟兽、牛羊、素面朝天的乡民和日出而作、日入而息的劳作。乡村的历史画面一畦一畦地铺展在春夏秋冬的风景里，一层一层地缄默在脚底的老茧里，流水的时光或岩页般按部就班地沉积，或烟熏火燎成一堵堵熏黑的墙，显得厚重且一丝不苟。坐在墙下的乡民偶尔也渴望像鸟一样振翅或俯冲，偶尔也渴望脱离大地忘情地演示一次自由飞行。偶尔的振翅、俯冲或忘情飞行便是乡村传说的全部，它是虚构的，是说出来让人解闷的，它只与性情有关，只与愿望有关，却与乡村的生活状态无关。乡村的真实一直客观地、本分地匍匐在大地之上，它是大地不可分割的一部分。乡村的历史真实到几乎赤裸，它是平铺直叙的，是直观呈现的，它一直野草一样铺排在大地之上，与歌唱或书写无关，于朴实的乡民而言，唱与不唱、写与不写从来都不重要。

历史是古怪的：越是平铺直叙的，越是直观呈现的，越是被忽略的。真正的历史只是曾经的过往，只是曾经的存在，它常常被排斥在戏剧之外。历史只是一个过程，而非结局，更非程式化的戏剧。过程是用来经历的，发生之后便成无法完整连缀的碎片；结局是用来陈述的，陈述的权利留给那些拥有话语权的人；而戏剧则是陈述的一种补充，它从结局中倒推人物关系或事件，它关注的、宣扬的、褒贬的，或唏嘘不止的，往往都是偶然发生的。偶然或意外事件本是历史中少见的部分，甚至与历史本身并无多少直接关联，但它却可以让想象中的历史跌宕起伏起来，意外便因之而显得重大和不容小觑。

意外是不确定的，是神奇的，至少表面上看来大体如此。可一旦细究起来，人们不禁疑问重重：这些意外事件果真是偶然发生的吗？在这样的事件面前，人们除了轻描淡写地说一句"假如"，难道就只能徒唤奈何吗？或者说，面对所谓的偶然，人们仅凭一个"假如"就可以不痛不痒地搪塞过去吗？

历史从来没有"假如"，当然也不应该有偶然。发生在历史关口的偶然，其实都是一种必然，都是各种力量交织、较量、转换、平衡之后的一种必然。在重大历史事件面前，史学家通常关注的是角力双方的力量转化和最终走势，殊不知，任何一场角力中的利益阶层都是多重的，都是不断演变的，相持力量来自方方面面，是多种或明或暗因素纠缠、交集、抵消的结果。在历史舞台中央，我们通常看到的是决策者、决策者利益集团及其对手之间的恩怨纠葛。其实，在决策者之外还有执行者，在执行者之外还有执行者身边不为人知的各种鼻息一样微小的力量，在鼻息一样微小的力量之外还有沉默的旁观者。决策者的利益，决策者周边关联者的利益，关联者周边边缘人的利益，以及沉默的旁观者的利益……这个链条波纹一样层层叠叠扩散开来，广大而去，再睿智的决策者都不可能把各种力量完全地掌控在自己的掌心之中。更何况，交错在这个链条之内的，不仅有阳谋，还有阴谋，不仅有各阶层势力的辐射、延伸和较量，还有各种物质利益的追逐、绞杀和交换，不仅有各类人物的精神感染、气息波动，还有各样性格的情绪紧张或舒缓……如此众多的势力和能量纠结在一起，任何一个环节出现任意一点纰漏，平衡之势便有可能被骤然打破，原有走势便有可能被彻底颠倒。所谓牵一发而动全身，各种事物之间的关系错综复杂，那些所谓偶然发生的事件其实就是那根不被人留意的头发，它仅仅是不被留意而已，却在该牵动的时候牵动了，这怎么能是偶然的呢？

历史没有偶然，只有被忽略的偶然因素。历史没有偶然，只有不曾发现的微小力量。这样的力量好似灰尘发出的微小光芒，或许它真的无法照亮任何东西，或许肉眼完全可以轻视它的存在，但事件本身却不会忽略它的存在，现实却不会忽略它的存在。事实上，打开谜一样的历史我们不难发现，恰恰是肉眼轻视而事件本身不曾忽略、现实无法忽略的微芒，导致了所谓偶然事件的必然发生。历史纵横交错，泥沙俱下，生活包罗万象，精彩纷呈。面对逝去的历史就像面对正在行进的生活，在无所不包、无所不知的生活面前，无论发生什么样的意外你都不要感到惊讶，更不要为自己的惊讶寻找借口。借口与你无关，与真相无关，借口如若不是权贵拿来愚弄人的把戏，便是愚笨者无能或不负责任的托词。

　　其实所谓的历史，就是本该这样发生的事件。只是事件中存在诸多隐晦不明的因素，当我们无法辨识那些因素、无法揭开那些谜底的时候，我们通常便会找来偶然做挡箭牌，而正是偶然这副挡箭牌，给了话语权拥有者一次冠冕堂皇地重新演绎真相的机会。话语虽出自两片薄薄的嘴唇，掌控话语的却是人类最复杂的思维，却是人体上最尊贵、最显赫、最高高在上的大脑。话语隐秘地接受着大脑的远程操纵，而隐秘的、远程的事物是最容易失去控制的，嘴唇作为人体上特殊的、开合自如的声音管制器官，自然容易成为发生错位的簧片。何况，与声音管制器官隐秘关联的，除了大脑之外，还有潜伏在心底的、秘而不宣的、外人永远看不透的心思。话语仅是依附在人体上的指令和符号，话语正确与否、可靠与否，完全取决于指挥大脑的那个人，取决于那个人深藏不露的心思。很多时候，我们听到的话语或儒雅，或疯狂，或有理有据，或一派胡言……可这都是一些表象，甚至是一次表演，话语虽发自两片嘴唇，话语表达的意图却只与掌控嘴唇的那个人有关。或因如此，话语只有依附了权势才会变得咄咄逼人，话语只有与权势媾合才能变成一件杀人不见血的利器。于是，话语与权势的联姻便超越了琴瑟和鸣，一跃成为人类历史上最经典的双簧，成为人类最喜欢、最擅长的行为艺术，成为人类或许最干净、或许最肮脏的错位工具。

　　权利本是管制的工具，其本身并无对错，对错只与操控权利的大脑有关，只与操控大脑的心思有关，话语权只不过是那张嘴与大脑与心思发生的一次共振而已。那张嘴被大脑和心思推上前台，它是传令者，它是表演者，假如它振振有词地对某件不明事物进行草率而武断的判决，也只不过是执行幕后的暗示而已。现在的问题是，伴随信息时代的到来，话语权的争夺和表演越来越卖力了，那张嘴也越来越跋扈了，在真相被遮蔽之前，话语权拥有者便当然地享有了阐释真相的特权，话语权便自然而然地成为唯一的真相。这是权力的魅力，也是芸芸众生争权夺利的根源。可问题并非如此简单，现实中最常见的，也最可怕的是：有些话语权拥有者不但把看不见的事物依据自己的意愿做了符合自己目的的诠释，还把清清楚楚、明明白白的事物重新涂抹上自认的色彩，指鹿为马，颠倒黑白，混淆是非！更可怕的是，还有诸多张嘴似开似合地附和着，于是，大合唱开始了，且越来越整齐划一，而事物最后的真相便是一片红口白牙。嘴里的真相是最可怕的，甚至比没有真相还可怕，看看你周边翕动的嘴唇，看看你周边四处飞溅的吐沫星子，你便会明白，细菌和疾病是怎样在空气中传播的。

　　或许，你已见怪不怪。或许，你真的不想再去责怪那张嘴或那些嘴了。可显见的事实是，指鹿为马的其实不是话语，颠倒黑白的其实不是话语，混淆是非的其实也不是话语，而站在那张嘴或那些嘴背后的则是权利——你看它吐出的舌头多么鲜红，多么柔软，多么耀武扬威和性感啊！

4. 透过门缝来看你

暗心思又瞳孔一样放大，谁去点燃那支会流泪的蜡烛？

还不到癌症晚期，门缝里的人窥见鹿非鹿，马非马
白马非马，黑马也非马。不要与我谈论《道德经》
庄子的蝴蝶已经死了。不要站在门后拐弯抹角
那个放火的人到底像谁？那个点灯的人到底像谁？
那个烧香的人到底像谁？守门人，你不必六神无主
门开了闭，闭了开。人出了进，进了出。还不到癌症晚期
用门缝透视，白天不一定有阴影，夜晚不一定没有阴影
何况，你眼神毒辣，心思缜密，还喜欢在台上唱歌
我仅是偶尔失聪，不会一辈子失明。人都有盲点
门缝时常忽略狭窄。你喜欢做只蜜蜂嘤嘤嗡嗡地营巢
那是你的自由，我不做菩萨，不做掘墓人
不弄脏仁慈和手。我也不去抬头，看天上的神明

掩饰和辩解显得多余，手和脸上的红斑暴露了你的秘密，你对光
线是过敏的。

在阳光直射下眯缝眼睛的并非你一个，借口躲在门后的也并非你
一人。祖先传下的那扇门咿呀，它原本是朱红的？漆黑的？还是本色
的？脱落之物究竟呈片状还是粉末状已不重要，此刻，你往常一样坐
在门后的阴凉里，听任雨水不断吹打。很多时候，门扇上筋脉一样的
纹路是干燥的，地上坑洼不平的方砖是潮湿的。你端坐在门后，表情
不阴不晴，俨然老房子的继承人。你在这栋老房子里长大，熟悉空气
中的味道，熟谙墙角的潮湿，你从不担心自己患上关节炎，因为关节
于你而言仅是可有可无的物件。你不担心患上关节炎，但你喜欢闲暇
时偶尔抚摸一下关节，喜欢独自欣赏关节发出柴草般折断的声音——
这些声音窸窸窣窣，近似夜半老鼠啃咬楼板的响动。屋子里的光线昏
暗而慵懒，八仙桌上又红又大的蜡烛微微摇动，烛光照亮的背影模糊，

不过，我还是隐约看出了你的轮廓。你的背影仿佛被风掀动的影像，虽然单薄，却是门里最清晰的事物之一，你供奉在墙上的影像不是别人，正是你自己，可站在影像面前，我从来都是个不磕头的人。选择供奉或磕头并非你我间的主要分歧，供奉谁或向谁磕头也非你我间的争论焦点，你我最根本的差别是：你在门里，我在门外。被人不断踩踏的门槛是光滑的，它让人想起膝盖骨，想起鹅卵石，想起所有被反复打磨的事物。摩挲这些事物的可以是时光，可以是风，可以是雨，可这一切与你我无关，你我无权干涉。这是万物自然的养成，就像你喜设祭台、我不爱跨门槛是种习惯，你的习惯与我的习惯本不相干，或者说，你我的习惯根本就风马牛不相及。其实，这一切你我一直心知肚明。我知道你喜欢坐在祭台下，喜欢坐在光影里，你知道我不会推开那扇门，知道我喜欢日晒风吹雨淋。是的，我习惯了日晒风吹雨淋，习惯了让我的身体保留一种味道。我仿佛躺在大地上的一截木头，懂得这种味道的人说这截木头很朴素、很本色，至今依然保留着泥土的气息，不懂这种味道的人说这截木头快要枯槁了，这截木头离死亡仅有半步。

枯槁或死亡的关系谁能说得清楚？你怎么能肯定枯槁就不是一次再生？

我不仅是一截枯槁的木头，还是一抔接近灰尘的泥土，我一直暴露在自然里，有时比石头还固执。木头也罢，泥土也罢，这是一种秉性，还是一种悟性，随你怎么坐，随你怎么踩，随你怎么看，随你怎么说，甚至随你怎么泼脏水或诅咒，我都不会做出任何改变。是的，我不会做出任何改变，也不愿做出任何辩解，我就是我，一株站在院子里的树叶落尽的枣树，或一块蹲在门外的光滑洁净的青石。很小的时候，我就喜欢坐在这株枣树下看鸟儿鸣叫，我就喜欢坐在这块石头上看南山沉默，那时的枣树很瘦很硬，那时的南山很青很绿，那时的枣树像我一样嶙峋，那时的南山像石头一样寡言少语。我在那时就学会缄默了，我在那时就开始变老了，我在那时就常常分不出我是枣树，还是枣树是我，我是石头，还是石头是我。

　　我一直坐在门外，我听得见门里的窸窣。我现在仍旧坐在门外，仍旧听得见门里暧昧的窸窣。这场景让我想起露天电影院，小时候，你坐在幕布的前面，我坐在幕布的后面。还让我想起村口那座废弃的戏台，小时候，你坐在戏台前，我坐在院墙外。正或反，近或远，仅此而已。每当窸窣声响起，我就对自己说，偷情一类的事不是从你开始的，也不会在你那儿结束。每当光线透进门缝，我便不再猜测你究竟喜欢坐在光线的左边，还是坐在光线的右边，或者一会儿左边，一会儿右边。你去做什么，你保持什么样的姿势，都是你的事，我从不关心，也不提出任何建议。我一直坐在门外，我只知道在手掌结茧之前，我的耳朵已经结茧；在耳朵结茧之前，我已经不再回头看身后的事物；在不再回头看身后的事物之前，我对影子已经麻木。这些年，我一直坐在门外的太阳地里，对光线木然，对昏暗了无兴趣，至于黑暗，它不过是光线的另一种翻版，我会像爱明亮一样爱一团漆黑。你活动在门缝的光线里，身影介于明暗之间，你一直移动在昏暗里，我知道这是你最适合的场所，就像一个演员一生迷恋舞台。昏暗就是你的舞台，你就是站在舞台中央演说的那个人。你想说什么，剧场就回应什么，你想唱什么，剧场就回荡什么。你是个演说家，仅此而已。我是听众之一，仅此而已。你喜欢灯光迷离的舞台，我习惯座位一个挨一个的剧场，仅此而已。不到灯光打开的那一刻，剧场里的人只能饺子一样煮在黑暗里；等到灯光打开的那一刻，剧场里的人就拍拍屁股，起身离去；戏演了散，散了演，剧场里的人根本不在乎舞台上的人过去叫什么名字，现在叫什么名字，他们只是时间有些富余，他们只是需要一次欣赏演出的机会。如果你在舞台上煽情，他们就当作自己在生活中煽情；如果你在舞台上偷情，他们就当作自己在生活中偷情；如果你在舞台上滥情，他们就当作自己在生活中滥情。生活需要调味品，需要各种味道和刺激，在舞台上，这种味道可以自己先天有毒，可以被某人下毒，这一切都不伤风败俗，也不违反良心、道德和法律。他们仅是观众，他们仅想满足或麻痹一次自己，仅此而已。而你是主角，你一直与众不同，你想说就说，想唱就唱，这是你的权利。不过，在舞台某一端安放着扩音器，你尽可以悠着点，不必赤膊上阵，不必声嘶力竭，更不必公鸡打鸣一样卖力。

我一直坐在门外，已经不习惯敲门。我一直坐在门外，我担心自己走到门里就会发霉。发霉是会传染的，昏暗和潮湿是细菌最好的营养和床。如果我的皮肤发了霉，我的关节就会发霉；如果我的关节发了霉，我的骨髓就会发霉；如果我的骨髓发了霉，我的血液就会发霉。刮骨疗毒或换血的事古人已经试过，我既然无法玩出更好的花样，就不必冒风险、动脑筋。我很不活泼，是惰性气体之一。我只想在阳光里走走，无所谓喜欢不喜欢，我只想继续保持惰性，只想避免发霉的事情在我身上发生。我知道你在想什么，我现在就坐在门外的石头上，你现在就坐在门后的阴影里，我把背影留给你，仅是方便你指戳我的脊梁。这时候，你尽管使出吃奶力气，我拒绝同情和怜悯，更何况，我的脊梁光滑，很早就喜欢且一直很享受盲人的按摩。

无需托词，你在门里，我在门外，仅此而已。

无需开场白，你在台上，我在台下，仅此而已。

无需理由，你对光线过敏，我对光线麻木，仅此而已。

5. 说谎者落荒而逃是早晚的事

嗨，伙计！你怎么也学会东躲西藏？异乡的路也是路

你天天拿生活捉迷藏，生活早晚把你捉了迷藏
我比生活笨拙，至今囚禁在迷藏柔软的壳里
迷藏是蚕茧，是财富，磨难藏在出生地的老坛子底部
我告诉过你吗？我是外省人，祖籍被黄河决口到太行山上
我离涛声很远，离大山很近，从小就喜欢腌制和窖藏
我讲不好普通话，乡音仅半存，偶尔无意识抬抬头
麻雀在屋檐下飞。我信任乡村，你怀疑石头能否长成树根
我信任季节，你怀疑颠倒昼夜的人是否也被昼夜颠倒
在异乡，我不关心谁东躲西藏，不关心昼夜与谁捉迷藏
血糖血压开始高了，岁月开始老了，大夫说该改改习惯了
我对方向失去判断了……除了喝酒、抽烟、熬夜和写诗
我的兴趣越来越少了。嗨，伙计！沉默到石头内部
或随便藏身在某个坑洼处，都比坛子隐蔽。树，墙，山
还有云朵都站在身后，那是故园风景，站在它们中间
我喜欢腌制和窖藏，但我拒绝做一枚熟果子，掉进酱缸

　　风有风的路，雨有雨的径，风来雨去便是来龙去脉，我没有必要
与你争论谁为因、谁为果。对牛弹琴不是牛的错，是弹琴人的错，强
扭在一起的瓜苦涩，秋天见证了藤蔓的落寞。花朵或果实该落败时自
然落败，凋零是不可更改的劫数，打死的绳结最好任其自然腐烂去。
因果纠葛也是劫数，你或许不相信它的存在，可有时它的确存在，因
果间的通道幽暗，但并非简单的直线或曲线。世上事本无绝对，有时
因是果之果，有时果是因之因，因果仿佛一只手的正面和反面，翻手
覆手的人眼睛盯着云和雨，却从不关心那朵云或那片雨打湿了哪座屋
檐或村落。云去了，雨来了；云来了，雨去了；云来了，雨也来了；
云去了，雨也去了……哦，天空下东游西荡的人，大地上东躲西藏的

人，天地间四处逃亡的人，此刻，你究竟奔跑在一条直线上？还是一条曲线上？抑或徘徊在一条折返线上？

不断重复同一动作是不断逼近真相的方式之一，这样的重复是剥茧式的，是递进式的，看似简单，却需要超常的韧性和毅力。说谎者也是有韧性的，也是有毅力的，但这并非说谎者最重要的品质。说谎者最不可或缺的东西是一张厚不可破的脸皮，说谎者任何时候都必须具备颠倒黑白的心理素质。当然了，说谎者也是不断重复的语言家，说谎者喜欢的不断重复是简单的、平面的，谎言只能通过简单重复拔高音调，谎言反复在断点处修修补补，夸张的局部和重复的要点是谎言两大致命伤，中伤人的暗器通常都是从这个地方射出的。谎言是高调的复制家，是霸道的复印术，高调和霸道是谎言自慰的常见手法，戛然崩断或撕裂是难免的。我在乡村的小溪边长大，早已习惯了娓娓道来，流水和清风懂得阴柔之美，它前行的力量是不刻意的，是顺势而为的。流水和清风的声音即天籁，它是自然的，它是不可复制的，它一去不复返，拒绝拔高和重复。

制造和散布谎言的人，骑在谎言背上横冲直撞的人，得到你落荒而逃的消息我一点也不感到意外。落荒而逃是说谎者命定的劫数：在空间上，这样的结局或许是确定无疑的；在时间上，这样的结局或许是存疑的；在时空之外，那只神秘的手可是公道的？确定无疑也罢，存疑也罢，公道也罢，我们能辨识的、能看到的，只是事物在某个时间节点的短暂休止或简单定格，这样的休止或定格或有意外，最终的结局却是不存在意外的。当然，如果你心思缜密，你便会精心布局，可事物演变不管有多少种走向，于说谎者而言，落荒而逃是注定的，落荒时间则可能是不确定的。于每个生命而言，时间既是有限的，还是无边的，更是紧迫的，人类对未知事物的绝望源自对时间绝对长度的恐慌，只有时间谙熟高深莫测。是的，在人类的认知里，时间最是无常的，又最是具体的，时间的每一天都不紧不慢，我们甚至可以制造表针从容丈量。人类学会了用时钟丈量每一天，可丈量一生的钟表该是什么样子的？谁又是精确丈量一生的人？这一切，我找不到答案，也不去找答案，就像某一天，得到你落荒而逃的消息，我既不流露丝毫惊讶，也不庆祝。聚众是有风险的，高调的事容易失足，酒是毒药，也是良药，生活永远不紧不慢，在老样子的生活里，命运说该发生的事迟早发生，生活的节奏和奥妙只有时间懂得。生活一直是老样子，每个人固守着每个人的活法，我喜欢步行，厌恶堵车，一步一个脚印的人既是钟表上的一枚指针，又是生活中的一枚指针，这样的指针擅长节奏均匀，懂得大汗淋漓，熟悉轻松、愉快、方向和曲折。当然，喝酒也是大汗淋漓的方式之一，或狂欢，或抑郁，可非自然的释放或排泄总不如走路来得酣畅，来得痛快，来得踏实。

听说你奔走在逃亡的路上我并不惊讶，这样的结局与因果无关，与头顶三尺之上的神明无关，每个发热体都是一盏灯，自己照耀自己的路，自己指引自己的方向。我知道，在逃亡之前，你想把自己当成一团火，烧掉周边的一切，只留一片空地供自己与生活捉迷藏。生活喜欢沉默不语，我不对习性妄下结论，不过，沉默有时更像帮凶，更像教唆犯，更像包庇者。可生活最大的城府就是沉默不语，生活才是最会玩阳谋的人，我也时常沉默，可我没有生活深刻，我说放弃就放弃，而生活从不轻言放弃，也不会放弃。是的，生活可以承受一切，包括偷盗、偷情、强奸、抢劫、诈骗、欺凌、诽谤、诬蔑、交易、交媾……面对或公开或隐蔽的俗世符号，生活从来不做黑脸包公，不做是非判决。生活的确藏污纳垢，生活一直无语承受，生活的伟大之处就是有足够的耐心，生活最大的资本就是与时间等长。在无边的时间面前，生活相信自己等得起，所以沉默不语。瞧，那张小小的牌桌旁边坐着几个沉默不语的人，对弈就是博弈，游戏并非游戏。观棋不语真君子，那是旁观者；下棋不语更君子，他身在其中；身在其中，又不在其中，那是弈者引而不发的至高境界。

与你说说普罗米修斯？我看还是算了吧，普罗米修斯是盗火者，盗火者从来不玩火。你把一团火从左手抛到右手，从右手抛到左手，你玩得不亦乐乎，你喜欢那团火照亮自己，也照亮周围的一切。毫无疑问，在那一刻你就是众目睽睽的中心，可又能如何？钻火圈的小狗也能赢得掌声，如果没有掌声，套在狗脖子上的铃铛就是掌声。你是站在舞台中央的人，你不缺的是精彩，最喜欢的是喝彩，我既不驯狗，也不在耍杂技的人身旁停留。我是一个徒步行走的人，我还是一个外省人，保持沉默是生活对异乡人最好的告诫。我不会告诉你我从哪儿来，你猜不到我到哪儿去，你只管捉你的迷藏，我只管流我的汗，我不指望井水不犯河水，也不担心河水泛滥，我头顶一个大太阳，更不奢望三尺之上的神明。盗火的人上了十字架，射日的人进了庙堂，神话不关我的事，我只是个徒步者，我继续行走在日复一日的路上……

玩火的人必被火烧伤，颠倒黑白的人必被黑白颠倒，与生活捉迷藏的人必被生活捉了迷藏……这都是老生常谈了，所谓老生常谈，就是这样的故事总在身边一次又一次发生。

生活最伟大的魔力之一，就是不断地简单重复。人类最伟大的悲剧之一，就是不断上演同样的剧目。

我既非导演，也非演员，我不懂得歌颂，也不去诅咒；

我既非阴谋，也非阳谋，我既不挖坑，也不掘墓；

我行囊空空，两手空空，我既发不出追杀令，也发不出特赦令。

我只是个步行者，只是在生活中简单往复。我一直折返在晨昏的路上，我从不东游西荡，从不东躲西藏，或许哪日我也会流浪，但我绝不会逃亡。

6. 不要告诉我谁是行乞人

在繁华之地，你是城市夹角处的难题，我穿过绿灯
看见一盏红灯跪在那里。一只鸵鸟怎能看清你的脸？
你把双手伸在地面上，你把脑袋拱在地砖上
半灰半黑的外套遮挡四季。我不去推测你的年龄
不去辨识你的性别。车流自西而东，人流亦西亦东
假山那边，公园的叶子绿了，公园的叶子黄了
空空的铁盒子空在假山转角处，一道灰色题
我整整解了一年，依然不知道该把手悄然伸出去
还是继续藏在衣兜里。我一生的缺陷就是视而不见
听而不闻，下班路上每天都遭遇同一乞丐
他或她匍匐的背影，一直死死压着那道灰色题

穿过公园西北角那座小山，跳过山脚下的人工溪，迎泽大街仿佛两列相向而行的敞篷火车扑面而来，街道宛若峡谷，眼前骤然喧哗和拥挤。

人流。车流。

龟壳或匆匆的蚂蚁。

千篇一律的风景，始终如一的水流。人行道上左转的瞬间，我看见一团灰黑的人形跪卧在石壁前的瀑布下面，匍匐在行人的脚踪之间，看似不显眼，却仿佛墨绿车厢上醒目且生锈的刮痕。

只是再次看见你而已，只是每天都看见你而已。仿佛路灯下破败的花池，仿佛马路边沉默的石几，你一直阻拦在我上下班的途中，既非我的邻居，也非我的乡亲。除了转身时刻的仓皇一瞥，你与我并无任何交集，可你为什么要一次又一次地灼痛我的目光呢？

每天每时每刻以及每地，像你一样跪下去的人很多，不曾被我看

见却比你跪得还低的人更多。面对伏地的乞求，我该默默走开，还是慷慨施予？如果走开，我会不会受到良心谴责？如果施予，我是不是亵渎了你的尊严？我可以确定，在你双膝跪下的那刻，你已将尊严放下，可我怎能因你的卑微，便视你的尊严为无物！何况，你只是以真实姿态向生活妥协的人，只是以弱者身份坦然展览自己的人，比起看似站立、实则卑躬屈膝的行尸走肉，你更有资格赢得尊重。想想吧，四周望去，有多少躯壳或道貌岸然，或正襟危坐，或空壳一样晃来晃去？膝盖之上，长衣遮蔽的脊椎貌似直立；膝盖之侧，变形的关节被阴影包裹；膝盖之下，缺钙的骨头蒲团一样匍匐。剖开赤裸而丑陋的人性，真实或虚伪，人或影子，究竟谁跪下？谁站立？谁是遮羞布？谁是揭开疮疤者？这一刻，我眼前突然浮现儿时看到的乡村场景：衣衫褴褛的人一手持木棍、一手端豁口的碗，低首站在大门外，主人虽张皇却满脸春风地迎上来，她送到碗中的食物绝对不会是吃剩的。那是物资短缺的年代，却并不短缺温暖，好似乡规民约，无论谁都不会把剩饭施舍给乞讨者，乞讨者伸手的那一刻，人格依然是平等的。可此刻，在城市，在繁华之地的乞讨姿势面前，我竟然是恍惚的。一路走来，从乡村到城市，从贫穷到富有，有多少人在怀疑沿街乞讨者的身份？有多少人在质疑身边精神乞讨的人？又有多少人一生以乞讨为职业？是的，沿街乞讨的人不一定是乞讨者，不沿街乞讨的人不一定不是乞讨者，繁华盛世仿佛变暖的全球气候，极寒天气时常对我们进行偷袭，变冷或变暖、贫穷或富有仿佛事物乖戾的两张面孔，越来越令人难以捉摸。

我每天都从你的身旁走过，阳光还是从前的阳光，雨水还是从前的雨水，风声还是从前的风声，道路还是从前的道路，步态还是从前的步态，我却越来越听不懂道路上的鸣笛声和公园那边的歌声了。

看到你双手摊地的情状，我不愿揣度你尘埃一样任人践踏的过往。

我知道，你跪地的姿势曾是人类双腿弯曲跪拜祖宗的姿势，曾是人类以额叩地祭拜神灵的姿势，曾是人类乞求上苍护佑众生的姿势，曾是人类内心惴惴于未知恐惧的无尽折磨。我知道，任何一种无望的膜拜或祈祷，都是一道赤裸的伤疤——当伤疤以个体的方式单薄呈现时，它是微不足道、甚至遭人唾弃的；当伤疤以万人攒动的方式集体呈现时，它是感天动地的。但遗憾的是，不知从何时起，行乞成为职业，丑陋和贫穷成为表演科目。又不知从何时起，物质行乞仅是个体表演项目，精神行乞却是芸芸众生的集体狂欢节。如果说，真实的乞丐是坦诚向生活认输的人，是坦诚向世人承认生为弱者的人，那么在我看来，真实的乞丐并非真正的弱者，而真正的弱者正是那群出卖灵魂的人——或绕人膝下作孙子状，或载歌载舞作献媚状，或摇头摆尾作乞怜状，或附耳低语作告密状，或低眉顺眼作丫鬟状，或躬身弯腰作太监状，或仗势狂吠作走狗状，或得志便猖狂作中山狼状……如此种种，不一而足。我对苟活者千疮百孔的心灵一直心存好奇，他们低头的那刻、弯腰的那刻、屈膝的那刻、乞求的那刻，佝偻的心跳是否也会加速？是的，一个人一旦放弃尊严，便一穷二白，一个人一旦开口乞怜，便沦为精神和肉体的双重乞丐。可现实是残酷的，有时候，维护尊严需要付出比维护权益更高额的成本，恪守底线常常让良知流血。

我常想，我们可不可以乞丐一样放下身段，作解脱状？可不可以不计得失，作洒脱状？可不可以无欲无求地简单活着，作超脱状？可事实上，所谓生活便是越来越陌生地活着，人生在世，即使我们可以隐居在喧嚣的尘世之外，也很难对生活做出单向选择。

与你擦肩的那一刻，你衣衫褴褛，我衣冠楚楚，可除了外表差异之外，我们还有什么区别？你剥下伪装，无须遮遮掩掩，活得坦坦荡荡，我们装在套子里，每天藏着掖着，偶尔还必须把弄脏的衣领和袖口熨得干干净净、服服帖帖。我不想知道我们谁更像乞讨者，但我知道，施舍是耻辱的，被施舍是受辱的，只有不在乎廉耻的人才活得心安理得。这样的人就活在人流中间，就活在车流中间，他们扛着趾高气昂的头颅，看上去虽腰板挺直，心却比膝盖还低，而幸福和快乐似乎永远是他们的专属。

谁在乞讨？谁在施舍？谁被生活乞讨？谁被生活施舍？谁跪下也站着？谁站着也匍匐？哦，风吹过来，雾迷了我的眼，究竟是风的错，还是雾的错？雨落下来，尘土迷了我的眼，究竟是雨的错，还是尘土的错？

7. 带一把雨伞出门

不大不小的雨落下来，公园跳舞的人回到门廊下去了
我忘记带雨衣。我忘记带雨伞。我忘记带雨鞋
汗与雨的温度基本接近，却反向而行。何必计较压差
赶路的人背负太多，忘记雨衣、雨伞和雨鞋
还记得吗？第一个立春日，世上的白比往常厚了一尺
冰制造纯洁的假象，雪原穿越者便是冬天的企鹅
北极的苍茫里有海鸟掠过，赶路者的姿势是孤独的
哦，不必诅咒极端季候，极端的不仅仅是世界
还有人；挣扎在死亡边缘的不仅仅是人，还有欲望
赶路的人，在壬辰年，你侥幸遭遇两个立春日
把它当作季节月经失调好了，这是一个裂变的时代
如果发生北极涛动，你恐怕来不及忏悔便被冻成
透明的尸骸。何苦把人造的雪尘或风暴想象成灵魂
最大的寒流，何苦关心末日来临前谁先粉身碎骨
你只是一个赶路者，无须背负那么多的行囊

我很早就不再操心出门是否带雨衣、雨伞或雨鞋

牙膏，牙刷。剃须刀，毛巾。充电器，手机。香烟，打火机，以及书。每次出远门，我都在心底默默检点一遍，看看是否落下必需的生活品。忘性越来越大，做事越来越机械，行李越来越简单，简单到自己都吃惊。或许哪一天，我将络腮胡留起来了，剃须刀便是多余的，我把烟戒掉了，香烟和打火机也是多余的。

人的一生一直在做两件事：前半生拼命做加法，后半生小部分人主动做减法，大部分人被生活逼着做减法。人生是漫长的、曲折的、坎坷的，静心思量，人生简化到最后其实就是一道小学算术题。人人会做的加减法竟是一生最重大的课题，生命的诡异之处便是秘密隐匿的地方人人常去，却又人人视而不见。如此想来，我们一生中是否忽略掉许多习以为常且十分重要的事物？化简为繁与化繁为简是两种人生境界，是两段人生必经的旅程，它横在生命的两端，犹如爬坡与下坡。顶峰不可预测，高度因人而异，在生命的起点，众生贪婪的习性却惊人相似。眼睛睁开那一刻，花花世界便呈现眼前，在这一刻，每个新生命都渴望把万物搂在怀里，据为己有。搭乘时光之船出发吧，开启一段没有返程票的生命之旅，在今后的日子里，身体每天都在长高，欲望每天都在长大，阅历每天都在丰厚，突然某一天，一切都在不知不觉中慢下来，静止下来，欲望和阅历岩石一样层层叠叠地堆积在定型的空间里，人才会感到疲惫。食欲、性欲、物欲和爱恨情仇。权利、贪婪、饕餮和独霸占有。当身高定格甚至开始萎缩时，当腰围变粗甚至肚子凸起时，某天晨起，看着镜子里的皱纹，你或许会顿悟：生命不过一次漫长旅行，我们何必手提、肩扛、怀抱那么繁重的行囊呢？

懂得主动做减法便意味着成熟，这时你会惊奇地发现，你半生苦苦想抓住的东西，竟有一大半是多余的，如果让你重新选择，你仅保

留很少部分。简约其实最是轻松和快乐，可减法的乐趣并非人人都能懂得。不过没关系，不管你喜欢减法，还是加法，生活最终会逼迫所有人都去做减法；即使少数人冥顽不化，生活也会替他包办这道减法题。岁月无情，我们在一天天衰老，精力不济，头发花白，身躯佝偻，这个时候，一生视之如命的诸多东西便不得不放弃。自然规律不可逆转，不管如何难以割舍，我们最终都不得不学会一点一点放弃。不服老仅是一剂精神安慰剂，不服输仅是一剂精神麻醉剂，身体部件终将损毁和磨蚀，胃口张多大都无法满足欲望的饕餮。衰老就是衰老，衰退就是衰退，即使你拒绝选择，自然规律也会替你做出选择。铁打的时光，流水的众生，自然淘汰不以人的意志为转移。肉体并非钢筋铁骨，无法抗拒趋势；即使肉体是钢筋铁骨，我们又怎能保证它永不生锈呢？

长生不老是皇帝的理想，金刚不坏之身是神的理想，我食人间烟火，在泥土里长大，在山水间长大，在鱼虫鸟兽中长大，我的理想状态是这样的：遮体的衣服基本舒适，且足以取暖；果腹的食物基本维持营养平衡，且足以填饱肚子；遮风挡雨的房屋基本满足胳膊和腿的自由伸展，且有空间做俯卧撑或倒立；至于出行，则分两种情况。如果行走在我的城市，有两条腿便可。如果出远门，则须备好往返车票和出行必须用品，譬如本文开头提到的牙膏、牙刷、毛巾、充电器、手机以及书和零用钱等。标准无所谓高低，兴趣因人而异，夜深人静，扪心自问，一生真正离不开的东西其实并不多。或许你会说，我的需求多与皮毛和肚腹有关，难逃物质或动物的嫌疑，人作为最高级动物，需求是不是应该更人性一些？那好，我们就从人的七情六欲出发，试着做一次减法。人本是一具肉身，若想活得轻松，活得不累赘，首先应该减掉多余脂肪，让自己感觉清爽。其次呢，应该减掉眼睛里发散的余光，减掉耳朵里轰鸣的杂音，减掉鼻孔里多余的排泄物，减掉嘴巴上欲滴的口水。此类东西皆是欲望之源，眼耳鼻嘴清净，欲望便清净。再其次呢，应该减掉或换掉身体上磨损的或已坏死的器官。人吃五谷杂粮长大，难免有个头疼脑热，时间久了，零件磨损或坏掉是正常的事，该修补的修补，该替换的替换，不要心疼或留恋坏死之物。最后一个问题则与大脑有关。人之所以成为世界的主宰，是因为人有思想，人有了思想，便会想入非非。这本是正常的，何况思想藏在脑子里，是隐蔽的、无形的，我们根本无法彻底剔除，从人性的角度看，也不该彻底剔除。那好，我们就允许你做一个梦想家，不过，做梦的时候，你最好尽量减掉不切实际的幻想，尽量减少云山雾罩的情色，尽量把情感发酵成一坛老酒，让梦境变成一条小溪，绵软，甘醇，清洌……

这是不是一道很简单却又常常被忽略的算术题？如果这是一道简单的算术题，如果大家都简单地该做加法时做加法，该做减法时做减法，这个世界是不是会少一些烦恼，多一些清静？

活复杂容易，活简单难，能看得透彻且活得明白，难上加难。在世上走一遭，到老我们或许才会发现，世上最打动人心且不易让人伤心的，其实永远都是自然风光。自然风光很精彩，自然风光很无害，如果时间允许，如果健康允许，如果心境允许，就到自然中走走，虽然季节越来越变态，虽然气候越来越乖张，虽然天空越来越不够蓝，虽然大地越来越不够远，可世上最美好的、最可靠的、变化也最缓慢的，除了自然，还有什么呢？收起无来由的担心和无休止的埋怨，收起无止境的欲望和无尽头的加法，抱着开阔的心胸，带着开朗的心境，背着简单的行囊，多出去走走。多雪有多雪的好，多霜有多霜的好，多雨有多雨的好，多风有多风的好，多阳光有多阳光的好，多云彩有多云彩的好，多雷电有多雷电的好……只要抱着一副好心情，即使世界越来越肮脏，即使人心越来越不古，我们还是可以找到一个干净的去处。即使世界越来越荒凉，即使世界越来越无常，我们还是可以找到一片绿草地。一个懂得欣赏风景的人，出门仅需带眼睛，无需带相机；一个懂得聆听天籁的人，出门仅需带耳朵，无需带录音笔；一个懂得与山川、河流和草原对话的人，出门仅需带健硕的身体，无需带帐篷。造物主造人的时候，该考虑的部件和功能都考虑了，我们仅需珍惜造物主的恩赐并感恩，便足以收获想要的欢喜。不要犹豫和计较，抓紧时间出门去，趁着健康到处走走，当汗水从身体上酣畅淋漓地流下来时，你便会懂得减法的奥妙和含义。

你说，我正想出门，我至少应该带一件奢侈品吧？哦，这是你生而为人的权利，没有人可以干涉。不过，我的建议是：忘掉心爱的防晒霜，随身带一把雨伞，它可以遮雨遮风遮阳，还可以做拐杖。这仅是我的建议，对于一生赶路的人而言，除了健康地拥有你自己，真正需要的其实就是一根拐杖。

8. 背着房子去旅行

从前或许喜欢过麻醉剂，现在我拒绝大麻，爱上罂粟
在骨头面前，斑斓的豹纹很廉价，除了御寒之物
我拒绝与花翎或羽毛调情。我的嗜好与鸽子褪不褪毛
没有任何关系，无中生有的想象害人不浅
动机总是被怀疑。我出门在外，不谈山头，不论主义
只把自己关进屋子，流口水，说梦话，打呼噜
习性与囚禁无关，与敲门或被敲门无关。身在旅途
心在江湖，夜半若有客到访，与熟悉或陌生无关
与善意或邪恶无关，与诗、酒、性无关。纵然如此
我还是偶尔趴在猫眼上看看走廊里的世界，仅是习惯

与偷窥无关。心理暗示也是害人的，我厌倦被打扰

迷恋睡到自然醒，如果一只鸽子落在一孔窑洞上

荒凉便是生命。我不关心它的鸣叫最接近麻雀

还是猫头鹰。躲在窑洞里烧毛豆，让烟火呛出眼泪

这是童年温暖的记忆，与旅行的房子或终点无关

　　既然卜辞是写在龟甲上的，由"宀"和"豕"合而为"家"便天经地义。"宀"象形房屋的屋顶及两侧墙壁，房屋建造之初本是用来祭祀祖先或召开家族会议的；"豕"指野猪，或因动物凶猛，豕便成古时罕见的贵重祭品。从甲骨文到现代汉字，"家"的字形虽也经历了由繁到简的过程，但变化几可忽略，不过，古人和今人对"家"的理解却是不尽相同的。古人视"家"为安放灵魂之所，今人把"家"当作安身立命的地方，前者通灵，后者入俗，古今境界自此立见高下。

　　从出生到现在，我至少搬过十次家，我曾把家当作乡愁，却不曾把家当作安放灵魂的地方。从小学、初中、高中、大学，到集体宿舍、办公室、单身宿舍、单元楼房，如果把这些房子集合在一起，差不多算一座乡村旅馆了。在这排房子里，我居住时间最短的有一年，最长的越十年，我与房子的关系，更像游客与旅馆的关系。从一座房间出来进入另一座房间，熙攘之中，我的半生仿佛一部拖沓、繁复、无绪、无解、不知所终的室内剧：作为编剧，我不知下一集的剧情；作为导演，我不知下一集的悬念；作为演员，我不知下一集的结局。自编自导自演的日子或花团锦簇，或一团乱麻，或精彩纷呈，或平淡无奇，或跌宕起伏，或死水一潭……过往有无意义都是我的剧目，或曾坎坷困厄，终是白驹过隙。回首纠结的往事，我曾羡慕过一种人，他任何时候都将自己置于事外，不关心，不操心，不上心，不伤心，自然最是开心。活法系于心性，无所谓明白，无所谓糊涂，只要时光走过，

生活便走过，好比你把世界看成一朵花或一团麻，便陷身其中不能自拔，他做一天和尚撞一天钟，生活便是旅店。选择或有高低，却难分对错，究竟谁更热爱生活，你能辨得清吗？

你或许会说，陷入或逃离都要不得，一个人世上走一遭，总该做一些事，明白一些事理。可事为何？理为何？事理又为何？一路走来，我倒觉得生活就是背着房子去旅行，或者说，一辈子便是一座旅馆。我想这也是"家"的古意之一，灵魂流浪到哪里，家便安在哪里，流浪的家便是旅馆，便是灵魂的居所。但此旅馆又非彼旅馆，在你的旅馆里，店家是你，店小二是你，房客还是你，该修缮时需你修缮，该打扫时需你打扫，该睡觉时你便去睡觉，无须惦记鸠占鹊巢，也不要指望雇人代劳。在你的房子里，你便是空气，便是灯光，便是屋顶和四壁。若想宴请宾朋和四邻，你只管打开大门；若想敞亮说话，你便打开窗户；若想投诉，你便投诉你自己。说到底，你便是旅馆，旅馆便是你，就像珍爱自己的生命一样，你的旅馆便是你的藏私之地。众生所渴望的，其实就是拥有一座独立于世的旅馆，它以爱情为地基，以亲情为梁柱，以友情为墙壁，以事业为屋顶，爱情、亲情、友情和事业的混合体，便是你的隐私。

若问旅馆有多大？长度与生命相等，高度与事业相若，宽度与心胸相仿。

若问为何想要一个家？因为人人都想有隐私，都会有隐私，都须保护隐私。

狭义上理解，隐私一词或许是暧昧的；广义上考察，隐私恰是个体生命之价值——人生在世，除了隐私，还有什么是独一无二的？

不管你是否承认，隐私都是你最想带进坟墓的随葬品。隐私之美，在于隐；隐私之大，在于私；隐私者，生命之大美也。人作为社会财富，价值在于奉献。人作为个体财富，价值便是隐私。隐私是惟一的、排他的，隐私既是个体生命差异之所在，也是个体生命意义之所系。隐私或许是阳光的、美好的，或许是阴暗的、见不得人的，或许是阳光和阴暗交错的，但于隐私而言，这些标签都并非要害。隐者，独居也；私者，独享也；独居且独享的事物，自然最值得个人收藏，它陪你走过人世最光明的旅程，还伴你度过地下最黑暗的时光。隐私之要义，便是它仅属于你自己，仿佛一生守候的秘密，生想带来，死愿带去。仿佛生命中的病毒，终身携带，至死相随。秋天的黄昏，当你独坐夕阳下回首往事的时候，当你橄榄一样咀嚼秘密的时候，幸福、惬意、慰藉、愧疚、负罪、忏悔都将随落叶西下，这一刻，你的嘴角会露出不易察觉的微笑，这微笑便是你一生隐而私之的收藏。

隐私仿佛一壶老酒，是用来独斟独饮的。古人自是隐的宗师，或林海，或桃源，或东篱，或南山，或江畔，或市朝……固守一片净土也罢，张扬一种傲骨也罢，隐之实质其实是距离，隐之本性其实是远离。古人本自然之子，距离自是其天然的一部分，当今地球一村，伴随凸透镜、凹透镜、望远镜、夜视仪、透视仪等观察仪相继问世，距离渐渐虚拟，人人几乎透明。望天空，卫星环绕；看四周，监控密布；顾左右，窥探盛行……及至数字时代，与便捷相伴生的，便是你的语音可被监控，你的短信可被监控，你的QQ可被监控，你的博客、微博、纸条、私信、邮箱、微信可被监控，甚至你房间角落的蛛网都可能是数字的杰作，盘踞网中的蜘蛛说不定就是微型摄像头。在机场，在火车站，在酒店，你出示身份证的刹那，你已无秘密可言；在家里，在上班路上，在办公室，你删除垃圾短信的刹那，你已处于泄密状态；在银行，在商场，在饭店，你为账户加密的刹那，你已无秘密可保……即使在虚拟世界，你也不可肆无忌惮，不可信口开河，不可摘掉面具，所谓信息化便是隐私痕迹化，你在虚拟世界说过的每个字、每个词、甚至每个表情都一一记录在案，只要法律愿意，它们便是呈堂证供。

距离被虚拟消解，人便越来越透明。科技自是一把双刃剑，不过，它只能砍断回归自然的路，却砍不断回归自然的心。是的，不管信息爆炸的蘑菇云如何灿烂盛开，家都是灵魂安静的归宿。世界越精彩，生活便越纷乱，人类便越疯狂，大势所趋，我们挡不住，也无须挡住。做螳螂是愚蠢的，穿皇帝的新衣是愚蠢的，只要舍弃喧哗，心便是淡泊和欢喜的。既然市朝有隐士，市井便有旅馆，只要用心去收藏，家便是安放心灵的地方，心灵在，我们便在。瞧，距离虽近，自然仍远，背着家去旅行，做一回古人，以天为房，以地为床，这才是我们该向往的旅途。哦，这儿也有窥探者，她照在屋顶上，名字叫阳光；这儿也有窃听者，她野猪一样呼号，名字叫风……

9．秋天就这样空下去

嗨，伙计，不要说到秋天就伤感啊！我决定放弃疼痛
放弃所有让人窒息的事物。秋天深了，秋天凉了
秋天空了，树们很快就会返回黑魆魆的过去
树们活得坦然，只因身子不曾绿过，不必担心凋零
只因身子一直黑着，在秋天的皴裂里
叶子黄了，落了，悼亡的消息凌乱且繁多
谁会在意冬天扑面的苍茫究竟遮蔽掉多少尸体？
嗨，伙计，你瞧，秋雨流浪在贫穷的屋脊
贫穷流浪在辛劳的屋脊，乡村低矮的景一直吹在风里
嗨，伙计，动辄伤感容易生病，老生常谈的话不要提了
譬如秋老虎，譬如秋后的蚂蚱，譬如秋后的账簿
我喜欢行囊空空，听汗水沿回乡的路啪嗒而下

落叶沿着曲径自由飘落下来，秋天空了许多。落叶落尽，秋天退场，天空空了许多。空空的蓝天不曾留驻落叶的痕迹，纷纷扬扬的落叶都去了哪里？

落叶去了，秋天走了，焚烧过后，天空和大地空了许多。落叶说，是它把秋天掩埋的，你还相信一叶可以知秋吗？

万物与人类是存在感应的。倘若你心中有落叶，落叶心中便有秋天；倘若你心中无落叶，落叶便不关心秋天。知与不知，存乎灵犀。一叶知什么或不知什么只有一叶知道，秋天可以不去关心；秋来或秋去与一枚叶子不必有关联，一叶也无须悲秋。

不过，不管秋天情愿不情愿，叶子肯定会从秋天的腹地从容走过。

我或许也是一枚叶子，一枚离开故土、四处流浪的叶子。每当秋天来临，我便格外怀念故乡，怀念土地上收割谷子、玉米和高粱的乡亲，怀念养育父老乡亲的土地。镰刀的锋芒和汗水在泥土上晶莹闪过，它们无华的光泽多像落叶，原野很快就会空旷起来，仿佛一个大腹便便的人吐干净肠胃。那时节，土地已卸下春夏的期冀，卸下春夏反复的播种、锄草、浇灌和乡亲匍匐于地的俯视。乡亲的俯视是四季常青的，是亲切温婉的，是不受责难的，秋天在俯视中被收割，粮食被躬身的欢愉送上高高的阁楼。这一刻，卸干净果实的泥土反而愈加博大，愈加厚重，博大而厚重的泥土不焦虑被俯视，不奢望被仰望。习惯俯视的乡亲，不被仰望的泥土，便是我记忆中常见的乡村构图，乡亲与泥土仿佛一对欢喜男女，在浑然的场景里，谁会在乎平等或不平等呢？平等不是姿态，而是对望和融化，人与土地，男人与女人，这是世间风景不可或缺的美学符号，是美学永恒的元素和主题。土地上的风景是古老的，是经久弥新的，时光年复一年地在她的身体里轮回，土地日复一日地在时光的轮辐下瘠薄，我可以列举无数种土地薄下去的方式，却很少观察土地薄下去的过程，她是那样缓慢和迟滞，我更不会留意土地薄的结局。我知道，生命长度虽可以丈量，但可以丈量的生命注定无法看到土地的结局。土地如此博大，如此厚重，即使她每时每刻薄下去的速度可以计量，我们也算不出最后的结局，即使我们把可以丈量的生命全部连接一起，还是无法看到最终的结局。土地是真正阔大无边的空间，即使滴水穿石的时光也无法穿透，土地薄下去的过程是不可逆的，腐烂之物回填土地的过程是不间断的。这是土地的宿命，一边薄下去，一边厚起来，过程没有休止，结局依然故我。土地薄下去的过程缓慢到几可忽略，我们无法等到最后时刻来临，谁也动摇不了土地薄下去的努力，就像土地不会拒绝腐烂之物对自己的反哺。瞧，石头风化之后回归了泥土，木头腐烂之后回归了泥土，秸秆碎裂之后回归了泥土，落叶飘零之后回归了泥土，粮食转化之后回归了泥土，动物死亡之后回归了泥土，就连沉积的时光也凋落在泥土之上……所有的回归都是土地饕餮的证据，谁也改变不了土地容纳和消化一切的意志。土地是匍匐的西西弗斯，她不停地续写薄下去的神话，没有谁能阻拦。土地的坚韧和固执不动声色，在土地朴素的生命哲学面前，人类的执着该多么微不足道啊！

　　土地孕育了万物，生长了万物，承载了万物，接纳了万物，土地把万物馈赠给欣欣向荣的季节，却给自己留下一堆腐烂之物。是的，土地奉献了全部，除了腐烂之物，却什么都没给自己留下。腐烂之物最后又变成泥土的一部分，土地又是多么包容、多么豁达、多么富有生命力。把鲜活之物送出去，把腐烂之物收回来，生死无限循环，惟土地懂得实和空的真谛和含义。土地实在太富有了，富有到什么都不占有，什么都可舍弃；土地实在太朴质了，朴质到对所有生命都不离不弃，对所有死亡都一视同仁。土地仿佛一座仓廪，为我们储存生命所需，又仿佛一只垃圾桶，替我们"藏污纳垢"。我们在土地里攫取营养，在土地上炫耀节操，在不言不语的土地面前，我们该多么可笑！

人类是欲望的集大成者，是创造力的集大成者，人类试图通过各种手段拥有可能拥有的一切，而上帝在造人的同时，又把天地划为两极，人类可以在极限间自由行走，可以随意采摘极限间的果实，可以随意吸收或吐纳极限间流动的阳光、空气和水，却不可能真正占有任何一样东西。人类是贪婪的，渴望扩张和超越，却忽略了脚下。人类目光远大，向往遥不可及的事物，却忽略了自身。其实，我们扛着的这副皮囊就是上帝赐给我们的最好财产，一生一世能守护好这份财产，能让这份财产不腐烂、不变质，能让财产清单中的所有器官健健康康循环下去，就足够了！这是有限生命中我们唯一可以做好的一件事，如果哪天健康循环被终止，如果哪天我们变成一堆废弃的零件，如果哪天这副皮囊訇然倒地，那么，这一天便是我们回归泥土之日。倒下以后，我们会变成腐烂的一部分，会变成泥土的一部分，这个结局很残酷，这个过程很清晰，可人类喜欢集体装糊涂，喜欢集体视而不见，喜欢驴一样背负沉重的行囊，吭吭哧哧行走在大地上……

　　生长在大地上的万物，无论植物、动物或人类，无一能逃出腐烂的宿命，宿命又仿佛一块巨石，一直矗立在大地之上。无须忽视，无须恐惧，于有限的生命而言，使命不外乎让精神和肉体鲜活地活着，而让生命鲜活的方法，植物已在季节更替中反反复复做过演示：剔除多余的叶片，剩余的叶片便饱满和富有光泽。

　　是的，既然所有东西最终都要腐败，那么，就请远离即将腐败或已经腐败的事物吧。每天面对各种各样飘零的落叶，面对各种各样的腐败和各种各样的悲伤，我们终将不堪重负，因之，除了保持生命健康循环所必需的物件，就让其余的东西都统统离开人体，去自生自灭吧。把行囊空下来，让精神轻松起来，欢快地迎接每一天，这是多么美好的事啊！

　　落叶沿着曲径自由飘落下来，秋天空了许多。落叶落尽，秋天退场，天空空了许多。空空的蓝天不曾留驻落叶的痕迹，纷纷扬扬的落叶都在大地深处找到归宿。

10. 人格分裂是死亡的彩排方式

我唯一值得炫耀的资本，便是陪伴你走向你母亲的坟头
这让我比任何人都懂得墓地的含义。荒草被铲除干净
寒风卷起一地落叶，在新翻的泥土里，我恍惚看到白发
看到白骨，看到冬天的夜空竟飘荡起磷火
杜撰的气息无所不在，我能如何？点燃火把烧掉这一切？
不去做徒劳的事，我看着一个背影在哭声里加高一座坟墓
不去问钟声为谁响起，不去问谁在祭坛寻找归宿
死亡理想的结局，便是遭遇一场彻天彻地的白
冬天最想做的事，便是把世界冻一个透明
不去问谁是雪，谁是大地，谁是大地上最深的疤痕

陈年旧事像一块灰黑的补丁，悬荡在记忆的天花板上，谁是编织蛛网的人？

那年我没有院墙高，透过院墙的豁口，我目睹了死亡的决绝和安详。大人们垂首从昏暗的木门进进出出，孩子们爬在低矮的院墙下探头探脑，这样的状况持续了半个多月，鸡犬不宁的村庄一直被一件绝食新闻笼罩。拒绝活下去是决绝的，等待死去是安详的，住在村口的老妇人以决绝和安详的方式撒手人寰。在绝食的日子里，她粒米不进，只以水续命。她用水保持身体的光泽，用水延续和放大空气中的绝望，村庄在她缓慢放大的瞳孔中无措地看着她两手空空地走了。此后多年，乡亲们早已忘记她的模样，却还在议论她的决绝和安详，她

绝食的二十一天仿佛一地玻璃碎片，乡亲们在一面裂为两半的镜子中惊讶地看到，死亡原来是可以彩排的。

老妇人营造的死亡乌鸦一样掠过村庄上空，她的绝望显然比她的倔强更具感染力。

那个夜晚很冷，看着她咽下最后一口气，整座村庄终于松了一口气。我坐在台阶上长久地发呆，我不想返回屋子，不想看到煤油灯下昏暗的炕头。老妇人是躺在炕角盯着楼板离去的，看到灯光下的炕头，我便嗅到死亡的气息。

在乡村，死亡就是一种恐惧，一种气息，它自送殡仪式上弥散开来，扩散而去，冷风一样钻进怀里。或许习惯了被死亡气息困扰，或许习惯了撕心裂肺、哭天喊地的送行，老妇人平静的离去反而把我震撼了。那时候，我不相信死亡可以如此坦然和决绝，就像我现在依然不相信人性可以病毒一样裂变和繁殖。离开故乡已经三十多年了，有时我觉得自己还站在那座院子里，还站在那个凄冷的夜晚。我独自坐在那儿发呆，我不曾看见流星划过夜空，也不相信流星对死亡的预言。我不曾看见磷火飘过南山，也不相信磷火与魂灵的传说。流星与磷火或许都是死亡的投胎方式，就像一个人性格的两面，我相信性格可以决定命运，相信分裂的性格也是死亡的预演，可在这个世界上，从来就没有什么事情是绝对的。性格不管分裂与否，都是一把双刃剑，有闪光的一面，有黯淡的一面，于生命而言，究竟是闪光的一面左右了命运？还是黯淡的一面左右了命运？其实，性格更像一面棱镜，我们喜欢欣赏它折射出来的光芒，却很少关心棱镜的构成。一把双刃剑不会以刃的正反两面独立存在，剑是一个整体，是剑刃正反两面的整合，还是剑刃与剑柄的整合，任何条分缕析的拆解都是徒劳的。性格显然比剑刃复杂，性格有时甚至比藏而不露的人性还复杂，尤其对性格分裂症者而言，有谁能准确呈现患者的症状？有谁能定量分析患者的行为？荒诞也是分裂的，既非一分为二那样简单，也非二者叠加那样复杂，我们不可因简单便草率地采用除法，也不可因复杂便盲目地应用平方，就像我们可以直接面对死亡的彩排，却不可以武断地评论死亡方式的优劣。

但分裂显然是复杂的，更适合平方。

你可曾有过这样的生活经验：你搀扶朋友走向他母亲的墓地，他却把你孤零零地遗弃在那座荒园里。这种叙述不是象征主义，在人性的丛林里你会遭遇各种境况，远比背叛还难以理喻。譬如，在一条悲伤的路上，你从朋友无助的眼神中读出了柔软，读出了欲碎不碎的伤痛和感激，这一刻，你觉得两肋插刀就是义不容辞的幸福。可不久，那个伤心欲绝的人，那个把你当拐杖的人，却莫名地把你隔离在一座空园里。在这座寂静的空园里，你会想到那片墓地，想到那个一身素衣的人，想到那段被泪水纯净过的路程和友谊。可转眼间，这都是昨日的事了，你现在是一个被囚禁的人，虽然你一直弄不明白事情的原委和真相。事实上，有些事情并无原委和真相，你只是恰巧遭遇一次性格分裂，恰巧遭遇一次歇斯底里，在性格分裂者的两张面孔前，人性中最善良和最邪恶的两个部分骤然发生裂变，你无法分出哪是昨天，哪是今天，哪是脆弱，哪是坚强，哪是友善，哪是邪恶，哪是虚伪，哪是卑劣。他在昨天把自己柔软的一面呈现在你面前，他在今天又把自己坚硬的一面呈现在你面前，仿佛刀刃与刀背，它是如此截然不同，以至于你来不及触摸便被伤害。其实也不难理解，这样的人只有自己遭受伤害才会展现柔软的一面，当他从伤害中抽身而出的时候，他展现给世界的便是一副坚硬的壳。他的柔软是用来疗伤自己的，他的坚硬是用来抵御他人的，他用一副硬壳把自己分割成阴阳两界，让自己住在温暖里，留给世界的却是尖锐的刺。令人啼笑皆非的是，这样的人还一再以柔弱的形象示人，他认定这个世界辜负了一只洁白的绵羊，他祥林嫂一样到处诉说自己的羊丢了，竟忘记自己就是牧羊人。是的，他才是牧羊人，是你儿时的伙伴，你俩单独相处的时候，他与你一起回忆美好的旧时光，他返回到人群的时候，却一边挥舞铲子，一边抽打鞭子……

哦，伙计，如果此刻你身边正站着这样一个人，请你告诉我，你觉得他像一只龟？还是像一只刺猬？或者，在你的眼里，他是一个半龟半刺猬的人？哦，伙计，请你告诉我，这个人的命运是由硬壳里温暖而柔软的肉决定的？还是由硬壳外冰冷而尖锐的刺决定的？或者说，柔软和尖锐一直纠缠在他的命运里，早已打成一个死结？其实，事实很简单，所谓此一时彼一时，性格分裂者最是自恋的。遇到这样的人，你不必感慨命运多舛，命运多舛只是善良者的自我安慰，世事无常或许才是生活运行的轨迹。其实，多舛也罢，无常也罢，都是生活不规则运动的可能性之一，就像刽子手每天都在烧香，屠夫一生都在吃素，皮影戏即使失传了，皮影戏的传人还活在人间。瞧！那个人每天舞动一把铲子，姿势酷似堂吉诃德，但你没有必要问他的风车在哪里；那个人每天挥动一条鞭子，姿势酷似春天的柳梢，但你没有必要问他的春风在哪里……

我不相信命运，但我相信人性，相信那把铲子就是掘墓者最好的象征或隐喻。性格分裂者每天都在空气中挥汗如雨，姿势多么像一个反反复复说谎的人。谎言重复多了，便越来越貌似真相，而真相可能是谎言变成了真相，也可能是撒谎者出卖了真相。性格分裂者戴着两张面具，任何时候，他都觉得真相和真理就抓在自己手里。在一条道上跑到黑的人，很容易遭遇黑天；在一根筋上跳舞的人，很容易踩断钢丝；黄河不是让人死心的，棺材不是让人掉泪的，掘墓的人很早就掘好了自己的墓穴。可这些显见的事实并不影响分裂者继续分裂，如果说性格能够决定什么的话，这才是性格唯一能够决定的劫数。墓地有墓地的风景，旷野有旷野的逍遥，掘墓的人不一定不是鬼，住在墓地的人也不一定是鬼。鬼是乌有的，磷火是真实的，你只管在旷野里悠然点燃一支烟，欣赏那个人在冬天的黄昏里，在冬天的冰层上，孜孜不倦地写他的传记，立他的石碑。

性格分裂症者，想好你的碑文了吗？

不久前，朋友的父亲过世，我去晋南参加逝者的葬礼。河东之地是有文化的，是有传承的，葬礼上的繁文缛节便是传承之一。上香，祭拜，唱戏。上香，祭拜，唱戏。千篇一律的程式从上午十时许重复到下午四时，所有参加葬礼的人都知道这些祭奠仪式是无意义的，但所有参加葬礼的人都在一丝不苟地履行这些仪式。被遮蔽了阳光的灵堂让我想起故乡的那座老院子，想起村头绝食的老妇人，寒风瑟瑟中，眼前的纸幡顿时变成白茫茫的大雪。我不敢对逝者心存任何不敬，但我却觉得这仪式像极了游戏，所不同的是，村口只绝食不绝水的老妇人明白死亡是游戏，她懂得彩排，我们这些活着的人其实也在彩排，可我们已经忘记这是游戏。我们在传承和习惯中慢慢分裂，视死如生便是生者恪守的程式，生死两界裂开的瞬间，又被游戏般的仪式啪地合在一起。

11. 会飞的耳朵

我莫名地爱上梵高，爱他割掉耳朵，让耳朵长成向日葵
我莫名地爱上梵高的向日葵，爱他会飞翔的耳朵
哦，阿尔的太阳，只有你可以比谎言更金黄
我被你照耀，陷落寂静的麦田，麦芒上站着唱歌的蜜蜂
我是一个带刺的人，被无数难以描摹的耳朵包围
我是一朵弯曲的火焰，梵高的静物习惯了低垂

我是人世间公开的隐私，谁在用错乱的神经探听？

　　我活在他们中间，只能做他们那样的正常人

　　我的耳朵不再拒绝留下伤疤："苦难永不会终结"

　　如果我是画家，我不会画向日葵，但我会画一只烂透的苹果。

　　"只有烂透了，苹果才会落地。"画家低语着，把画笔停在苹果的果柄处。他有些迟疑，在他的内心深处，他其实很想把树或树干呈现为男性身体，把果实呈现为女性身体。他摇摇头，脸微微红了一下，像树上的苹果，在这一刹那，我听见叹息麦芒一样从风中掠过，仿佛一滴颜料掉落地上。我看见画家的耳轮轻轻颤了一下，很显然，他也听到了。

　　我在想，耳轮与眼眶、鼻梁、嘴唇的功用可有区别？我不掌握标准答案，我对准确描述一件事物的成功几率心存疑虑，在我看来，耳轮充其量是一道虚设的屏风，但这样的描述显然是不准确的。众所周知，耳朵对声波敏感的部位是耳膜，不是耳轮，不过，这并不妨碍耳轮是耳朵的一部分。如果说耳轮是设于耳朵大门口的屏风，那么耳膜便是耳朵收存或遮蔽秘密的帷帐，穿过耳膜登堂入室到中耳，这儿才算得上耳朵的内室。富弹性，呈灰白色、半透明薄膜状，耳膜的天性虽有些暧昧，可它的作用还是显著的——所有的声音都将灰尘一样被耳膜吸附，除非声音缥缈到耳膜无法捕捉，或剧烈到足以将耳膜震破。耳膜仅是捕捉者，并非传导者，真正传导声波的是中耳内部由三块听骨组成的活动关节链条，是内耳内部由耳蜗、前庭和三半规管构成的曲折管道，链条和管道组成一张四通八达的网，它们可以直通视觉、嗅觉、味觉和思维，可以牵动脸部、鼻腔、喉咙和大脑神经。

　　无疑，这张里外互联的网才是耳朵的大本营，它与感觉神经串通，与面部神经勾连，与大脑神经签订秘密转换协定，这张网的各个环节各司其职，分工明确，复杂程度不亚于一台半导体，但功能恰与半导体相反，它是用来收听的。是的，耳朵不去关心听到的内容是什么，也不去关心探听到这些内容之后，感觉神经如何跳动，面部神经如何抽搐，大脑神经如何将声音转化成信号频率，就像我不去关心耳朵是怎样捕捉声音的。耳朵时刻处于辨识声波状态，耳廓呈张开状，耳膜呈吸附状，中耳呈隐蔽状，耳蜗呈潜伏状，这是它的天性；耳朵或聚拢，或收集，或传导，或扩音，信息转换之间，各部位不管是主外还是主内，不管是附件还是主件，不管收集到的内容是公开还是秘密，耳朵都不感兴趣，耳朵只管把各种波长的声音收进耳洞里，这是它的天职。从天性出发到尽行天职，这是天经地义的事，我对耳朵时刻竖起来的姿势习以为常，某一天，我也会像耳朵一样，坐在秋后空旷的果园里，把自己变成果园的一截木头。叶子落尽，风声减弱，木头准备冬眠，看园人用不着耳朵一样保持警惕。少一份干扰，多一份清静，坐在一株苹果树下饮酒或读书，看着一只烂掉的苹果吧嗒落地。某一天，我也会像吧嗒落地的苹果一样，从高处来到低处，减少对外界的好奇，对新生事物心生迟钝，偶尔翻阅一张老报纸，与泛黄的旧闻一起在闲适的时光里诗意栖居。时光是一件打磨器，会打磨掉许多事物的光泽，我喜欢穿水洗的牛仔裤，还有老粗布衬衣。听惯了风雨，便对千奇百怪的风雨麻木，譬如猫要逮耗子，狼要吃羊，狗要吃屎，千百年来遗传的都是这样的基因，我们能奈之何呢？又譬如，某一日，狗突然开始逮耗子，耗子突然开始吃羊，羊突然开始吃狼，狼突然开始吃屎，谁又能管得着呢？

我们无力改变规则，更无力控制变异，面对纷乱的世相，我们充其量仅是感到惊讶而已。惊讶的事经见多了，便见怪不怪了，自从转基因被人类发明以来，变异便是常有的。不要说本该发生的事很难发生，不该发生的事总次第上演，新生活是大众情人，创新力一直是大家热衷的。不去问常识为什么失效，日新月异本就是生活常态之一，常识只不过是把常态的认知习以为常，固化的便是合理的，没有正常也是正常，只有意外便不再意外。譬如苹果落地的问题，苹果烂了，苹果落地了，这很正常，不必大惊小怪。即使有时候，苹果还没有烂就落地了，或者苹果烂透了还不落地，这也根本算不得问题，苹果落地与苹果烂掉本来就没有必然关联。当然，喜欢常识的人会说：苹果落地是地心引力引起的。伟大的牛顿就是这样解释的，但在我看来，这样的说法也存在漏洞，或者说是片面的：在苹果烂掉之前，难道地心引力就不存在吗？苹果那时为何不落地呢？

问题似乎有些复杂，我们可以把它简化为两个层面：其一，地心引力是客观存在的，且是一直存在的；其二，其他因素也在影响苹果的落地。抛开地心引力，苹果落地显然分两种情况：一是果柄从树枝上脱落，二是果实从果柄上分离。反向观察，即苹果之所以挂在树上，是因为树枝与苹果之间存在衔接的果柄。具体而言，即在果柄与枝干之间是存在结节的，在果柄与苹果之间也是存在结节的，这两个结节是靠着某种类似汁液的东西粘结在一起的。苹果长成之前需要抽枝、成叶、开花、结果，为此，果农会进行必要的疏花、蔬果和修剪，这是果实长大的普遍规律，不是我们今天讨论的课题。苹果是否坠落，关键在于苹果与果柄与枝干之间的衔接程度，在果实长大的过程中，枝干是通过果柄向果实输送营养的，在营养充沛的时候，枝干与果柄之间的暗结通常是看不出来的。果柄与果实虽看上去构成一个整体，其实果柄并未与果肉真正地合二为一，柄是柄，肉是肉，果柄插入果肉就像木头插入淤泥，淤泥一旦干涸，木头就会松动。苹果成熟意味着枝干营养断绝，果柄开始枯干，果柄与枝干间的暗结渐渐断裂。同时，伴随苹果的成熟和腐烂，果柄与果肉也逐渐分离。观察这个过程我们不难发现，苹果腐烂的过程，也即果柄与枝干与果实之间的紧密程度缓慢减弱的过程，正是这种减弱，导致苹果在某一时刻自然落地。在这个过程中，地心引力几乎不发生变化，变化的仅是果柄与枝干与果肉间的关系。如此说来，苹果并非是烂掉才落地的，而是果实与果柄与枝干之间的骨肉关系发生裂痕才坠落的。当然，风也可以让苹果落地，但风仅是外力。风越大，外力越大，苹果加速坠落的可能性便越大，风改变的仅是果实从果柄从枝干上脱落的方向和速度，它动摇不了果实、果柄、枝干间根深蒂固的关系。

扯得远了，还是说耳朵吧。

耳朵也被称作听采宫，似乎天生就喜欢打听什么，采集什么。我觉得这种命名对耳朵不公，耳朵真的喜欢把乱七八糟的东西都灌进耳洞吗？声波虽貌似无形，貌似没有重量，但无形之轻杂沓而来，绵绵不绝，足以让小小的耳朵不堪重负。或因这个原因，耳朵最终长成了飞翔的模样，好像随时准备挣脱人体，凌空而去。依我看来，翼翼然的耳朵便是人体上最招摇的叶子，便是人体上最适合飞翔的叶子。耳朵一直以凌空的姿势翘然于大脑两侧，它听到许多想听或不想听的东西，知道许多或真或假的心事，探知许多或干净或肮脏的秘密，它立于风声之中，早已不胜其扰，早想脱离身不由主的躯壳自由飞翔了。我猜想，耳朵不断生长耳屎的原因，就是不想听到杂七杂八的声音，耳朵竟想亲手把耳洞堵死。唉，一副耳朵也有一副耳朵的烦恼，不要管它长得是大还是小，是厚还是薄，是深还是浅，也不要管它的轮廓是招风还是不招风，耳垂是下垂还是不下垂，贴在脑袋上的角度是倾斜还是不倾斜，总之，这对翼翼然于大脑两侧的耳朵早就想飞翔了。

当然，不管耳朵长成什么形状，也不管耳朵有什么理由或借口，事实上，耳朵是不会飞翔的。耳朵与神经紧密相连，与头部骨肉相连，耳朵与神经和头部早已长成一体，即使它真的想飞，也是飞不走的。

耳朵飞不走，但耳轮是可以飞走的。耳轮仅是耳朵虚设的屏风，它即使飞走了，也无法减少耳朵的痛苦：耳朵知道一切与真相和谎言有关的事物，却无权辨别真伪和是非，大脑懂得辨别，却什么也不对耳朵说。如此说来，耳朵不管聋与不聋，都是被大脑利用的，于大脑而言，耳朵其实就是摆设。

耳朵长着翅膀的模样，但它不会飞。耳朵的筋脉树根似的延伸到头颅的各个方向，耳朵只是大脑的附属，大脑不发话，它什么也做不了。就像那只烂透的苹果，耳朵只是听到风说它腐烂了，听到风说它该落地了，可那只苹果到底会不会落地，什么时候落地，耳朵不知道，也管不了。耳朵只是一个听风者，左耳进，右耳出，究竟什么信息被截留，什么信息被放走，只能问大脑。好比枝干与果实之间的果柄，果实熟与不熟，落与不落，其实不干果柄的事，果柄仅是输送营养的管道，如果没有地心引力，苹果便不会落地，如果没有地心引力，苹果便轻过天空的羽毛。

在画家的画布上，苹果是一声叹息。我不是画家，我是诗人，我歌唱烂掉的苹果，也歌唱梵高的耳朵和向日葵。

12. 鼻子遮盖了半座平原

它是扣在脸上的钟，想出声就出声，想呼吸就呼吸
它的气息遮盖了半座平原。它是搭在脸上的帐篷
与遮遮掩掩无关，与排泄无关，与性感无关
如果它突然鼓胀起来，也与谎言无关
肚脐在双腿之上，乳房在肚脐之上，嘴唇在乳房之上
它在肚脐之上，在乳房之上，在嘴唇之上
在脸的正中央。它以光明正大自居，比乳房更高更坚挺
它与双乳不经意间构成隐性的三角关系

如果不是感冒打喷嚏，我几乎相信了你所有的说辞

喜欢住在温泉的日子，喜欢沿着温泉旁边的碎石路爬向山顶。黄昏的时候，小山那边突然飘来一股草木香的味道，仿佛笼在庄稼地上的傍晚时光，让我恍惚回到故乡的秋天。三十多年前，我的乡村到处可以嗅到这样的味道，或许太过寻常的缘故，我并未感到它的特别。在记忆中，这种原生态味道就像鸟鸣一样，是随处可遇的，它沉浮在乡村低低的黄昏里，似乎与牛羊圈里的味道并无二致。那时候，我没有把这种味道与端午的艾香联系在一起，没有把这种味道与秋天烧玉米、烧毛豆的清香联系在一起，却把它与牛羊圈闷臊的、热气腾腾的气味莫名地归为一类，现在想来都觉奇怪。

在乡村，气味最浓最重最常见的要数圈养牛羊的窑洞了。或许通风不畅的缘故，那气味潮气一般附着在窑壁之上，尘土一样触手可及，却显然比尘土更沉重。

嗅觉是有记忆的。草木香味道与我的童年在一座山腰不期而遇，仿佛两只分别很久的手突然握在一起，格外亲切，又格外遥远。又像一对多年不见的老同学，突然的邂逅让感觉变得既熟悉，又陌生，神情诧异的刹那，脑海里勾起的竟都是往事的美好。过去的境况与现在的感受其实是错位的，我想不是记忆欺骗了我，便是嗅觉被城市生活熏染之后变得怀旧，而怀旧是感伤的，审美是患有强迫症的。

久远的东西总是静谧的，时光距离远比空间距离更具魅力。时光距离是柔软的，是不断被淘洗的，虽没有空间距离那样直观，却水洗布般绵软和朴质。

莫名地，突然闻到草木香久违的味道，我竟在心底涌起一种想落泪的感觉。瞬间涌现的感觉是真实的，是温馨的，就像亲人的手突然握在你的手心，就像情人的手突然放在你的怀里，就像朋友的手突然

搭在你的肩上。这种感觉是一种气息，是一个眼神，是一个姿态，肢体是最好的情感载体，语言显得多余。野菊花在山坡上静静开放，黄色的花朵仿佛微型的向日葵，透出深情和祥和。这样的时光多么难得，想起远方那座臃肿的城市，我突然想走进庄稼地，想坐在地头聆听庄稼时有时无的低语。只有乡村是四季分明的，只有乡村是节奏缓慢的，只有乡村的仓廪是值得我们信赖的，而奔波在城市街巷的人们多像打洞在土地里的鼹鼠，它们东一榔头西一棒槌地辛苦积攒过冬的粮食，可某一天，洞穴突然塌陷或被发现，它们忙碌半年，到头来却是一场竹篮打水。穿过城市的时候，我常常觉得头顶的天空就是一个巨大的竹篮，城市以坚硬的姿态向更高的高度挺进，人类却一天天矮下去。置身于金属和水泥围困的冰冷中，温暖的事物变得越来越稀薄，越来越奢侈，有时甚至需要人工制造，于是，吸氧机成为日常生活用品。城市已被一堆化学名词碎片化，雾霾，尾气，二氧化碳，甲醛，转基因，三聚氰胺，地沟油，精油，润滑剂，染色剂，防腐剂，灭火剂……原汁原味需要验明正身，格物致理需要重新定义，就连描述事物的文字都仿佛生锈的螺丝，只有一环一环紧下去，才不会脱扣。本来世上万物的关系，就是一件阳性器官填充到阴性器官内部，只要懂得节奏和韵律，精彩的生命总会高潮迭起。可现在，冷感的肌体越来越多，滋润的液体越来越少，词本是为准确表达而生的，却需要精确计量的科技来完善细节。譬如，高压线一词已经僵硬甚至变成僵尸，它需要电来激活，不带电的高压线只是一道唬人的鬼符。当然，电也是分正负极的，它具备指代阴阳器官的特性，比如麻木或电击，比如吸附或磁场，形隐而神备，此乃科技的迷惑之一，也是科技的魅力之一，可当人类完全依赖科技才能生存的时候，人的魅力在哪里呢？

　　我看到，各种化学制品正反复中和生活的每寸光阴，各种酸碱试剂正反复侵蚀生活的每个细节，各种生活关节正在反复浸泡中标本一样凸显出来，福尔马林的气味到处弥漫，我们的嗅觉怎能不迟钝、不变异呢？很显然，这样的变异是有毒的，乍看去，我们的肌肤和头发变得越来越光鲜，越来越亮丽，我们却忽略了光鲜和亮丽下越来越深的皱纹。很显然，我们已经习惯了被化学品侵蚀，又习惯被化学品遮蔽，我们的皱纹比人体上的毛孔还细密。毛孔被堵塞，自然、通透和酣畅的汗水离我们越来越远，我们被人造香水长期围困，当一股草木香突然飘来时，我竟感到茉莉花般清新。

你还记得屋檐下的厨房吗？还记得火光里烧红的铁勺吗？还记得铁勺里翻滚的油花和飘浮在油花上的摘茉花沁人肺腑的清香吗？

坐在小山的黄昏里，我觉得这座小山就是一只挺拔在城郊外的鼻子，就是一只挺拔在旷野里的鼻子。小山虽然不高，可它的四周有草，有树，有野花，还有难得的草木味道和温泉湿漉的气息。可遗憾的是，来这儿的人是度假的，是解乏的，是透口气的，他们只喜欢把身体上的污渍泡干净，却不关心自然里那些微小的植物和味道。这只鼻子就坐落在温泉中间，它突兀而出，傲然挺拔，仿佛平地隆起的乳房，如果说温泉是流泪的眼睛，是口腔里散发出来的湿气，鼻梁似乎仅是为遮蔽鼻孔而生的，是鼻孔上精致的厅阁。男子或女子把手放在鼻梁上，暧昧地说：瞧，它长得多么性感！是的，如今的鼻梁更像一个招牌，它不是用来为嗅觉遮风挡雨的，而是为风情招蜂引蝶的，嗅觉被遮蔽在鼻孔里，似乎是鼻子的附属品，是鼻涕一样的排泄物。而在很早很早的时候，这只鼻子对自然是多么敏感啊：遇到寒流的时候，它会结霜；患了感冒的时候，它会打喷嚏；情绪波动的时候，它会潮红。或许，于化学品精致过的人体而言，这些变化微不足道，甚至多余，它们宁肯要溶剂浸泡出来的雪白和浮肿，也不愿找回太阳曝晒下的鳌黑。一切都成累赘的装饰，一切都成欲望的符号，一切都可以通过化妆品和手术刀变得越来越亮眼，越婀娜，越凸凹。天然被雕饰，附加的东西枝叶繁茂，这只会长大的鼻子像隆过的胸，人们宁肯让它与谎言暗中勾搭，宁肯让它与寓言眉来眼去，宁肯让一只嗅觉器官变成象征之物，也不愿让它在草木香的空气中自由呼吸……哦，悲哀的鼻子，高高耸立在脸部中央的鼻子，日日守护在呼吸道进口的鼻子，时时净化着空气并调节着空气温度和湿度的鼻子，当你寓言一样占据制高点的时候，当你性器官一样卖弄风情的时候，你还记得你的原始功能吗？这是一个罂粟花盛开的时代，只要有麻醉剂，任何景致都可以在幻觉中成像，任何感受都可以在沉迷中攫取。是的，鼻子的呼吸已不再重要，重要的是这只高高的鼻子可以让人产生幻觉，可以让人发挥想象力，甚至可以与任何一个部位发生暧昧关系……

我的鼻子突然酸了一下。我喜欢这种酸酸的感觉，喜欢这种虽然迟钝，但还会发酸的感觉。

很久以来，我对纷纭的世相失去了好奇，对舌尖上的语言失去了信任，不过，对嗅觉还是很有信心的。我曾经以为，虽然嗅觉也会失去记忆，虽然嗅觉也会偶尔失灵或被诱导，可总体说来，它比表达语言的器官更可靠一些。可现在，在草木香久违的味道里，我对我的自信心生疑虑。我离开故乡太久了，离开泥土太久了，我突然觉得，在当今，"感时花溅泪"只能是人造的奇迹……

13. 一张嘴只适合说单口相声

老段子里的那只靴子落地了。我不记得它到底臭，还是破
或者说，说单口相声的人只说那是一只靴子
压根没提它臭或破。那是流浪者的袜子，流浪者的脚
对岸的行吟诗人其实想说，那是一双汗脚
单口相声里的事实却是：那只靴子终于落地了

靴子在黎明撕开一道裂缝，那一刻，你会发觉轻松多么难得
黎明是黑夜的一部分，要学会独自安静地穿过峡谷
那一刻，你会发现，所谓绝路其实就是以另一种方式活着
一回头，成群成群的乌龟坐在悬崖下
乌龟，一只皮质的靴子；说单口相声的人嘴上长着坚硬的壳

    大体而言，嘴是由骨头和肉组成的。以骨头为主的代表自然是鸟们，或者说，鸟们的嘴是所有会发声的嘴中最尖锐的。请注意，我说的是会发声的嘴，那些金属一样沉默的嘴不在此列。以肉为主的典型自然非人莫属，人嘴的外形是肉感的，咀嚼当然要靠骨头——两排坚硬的牙齿。那么，牙齿是不是动物的专属？或者说，鸟们是不是也长了牙齿？答案可以是肯定的，也可以是否定的，事实上，鸟们长期处于飞行状态，咀嚼食物是困难的。于是，鸟们便把咀嚼器官转移到嗉囊，嗉囊也可以说是鸟们肉质的牙齿。当然，肉质牙齿的坚硬度无法与骨头相比，鸟们便会吃一些石子或沙子，让其代替牙齿磨碎食物。

    鸟们的生存能力不亚于人类，这从鸟嘴的构造就可看出端倪。鸟嘴不但特别，而且足够坚硬，或者说，鸟嘴也是由骨头和肉组成的，只是骨头过于突出，而嗉囊又藏得太深，我们便忽略了嗉囊的存在。其实，不管是哪种鸟儿，不管是一群鸟儿在一棵树上唱歌，还是一只鸟儿在屋脊上唱歌，鸟们的嘴都是尖锐的。但也仅仅是尖锐而已，一群或一只，合唱或独唱，高音或低音，与鸟嘴的形状并无直接关系。尖锐的鸟喙只是一个发声器，鸟们的歌唱只是一种天性，鸟们的歌声或高昂，或低沉，或欢快，或抑郁，都是从来不伤害人的。当然，我这样不厌其烦地讲述鸟儿，并非暗指人喜欢出口伤人。不过，出口伤人的确是所有动物的本性，或许如此，动物才把锋利的牙齿藏起来，只让我们看见它肉感的嘴唇。

嘴是吞咽食物的器官，是发声的装置，嘴的机巧是出类拔萃的。鸟嘴与人嘴构造不同，性质便不同，鸟们把骨头凸显出来，把嗉囊藏起来，人们把肉显露出来，把牙齿藏起来，这一露一藏一软一硬便是玄机。譬如看到一只鸟儿独自歌唱，我便会想到单口相声，同样是个体表演，意图却截然不同。鸟儿的歌唱仅是一种本能，仅是一种蹦蹦跳跳的自由表达，它不断振动翅膀，除了吸引异性，并无别的欲望。人却把个体表演上升到艺术舞台，再由艺术舞台推向生活。一只鸟歌唱便是歌唱，一个人说相声却不见得只是说相声。鸟不需要观众，人需要观众，单口相声不仅存在舞台上，还存在生活中。我不知道哪位祖宗发明了单口相声，但我相信这门技艺是人性的暗喻，是人类秘而不宣的遗产。表演也是基因，舞台和灯光，人和影，红口和白牙……道具和背景的明暗极具象征意义，诙谐的台词含而不露。是的，这是一种简单的艺术形态，他让你笑，你便得笑，他让你哭，你便得哭。仿佛敲响惊堂木，仿佛施展催眠术，为了站上舞台，为了自说自话，爱好表演的人罐头中的鱼儿一样挤在后台，他们的脑袋削得比鸟嘴还尖！我惊叹单口相声的简单，它恰恰暗示了人性的复杂，或台上，或台下，或娱乐生活化，或生活娱乐化，祖宗的智慧无疑是吾辈望尘莫及的。

我曾像喜欢鸟鸣一样喜欢单口相声，我觉得这是一门接近生活本真的艺术，而老派相声艺人的表演更把本真简洁到登峰造极。我所理解的相声，便是拟生活之声，故事要极简单，语言要极平易，表情要极平实，有味道，耐咀嚼，具穿透力。这是一门流水的艺术，观众坐在水边，笑声淌在河上，时光从桥下慢悠悠流过。慢的艺术宛如马路边的薄荷草，不怕踩踏，气定神闲。可如今，生活与舞台颠倒，喧嚣的生活变成单口相声，单口相声走向生活，生活的舞台上到处是表演相声的。表演欲或潮涨或潮落，涨落之间隔着一层道德的处女膜，当这层薄薄的膜被刺穿以后，说单口相声的和听单口相声的便上了瘾，便联了姻，便成一对欢喜佛。曾经的单口相声本是一个少女，如今却享受八抬大轿鼓乐齐鸣的礼遇，女大当嫁，相声也是一台戏。婚姻并不荒诞，单口相声进入婚姻便是荒诞，进入婚姻的单口相声还会怀念自己的豆蔻年华吗？

　　在城市，我失去的最大乐趣，便是在早晨或黄昏倾听鸟的鸣叫。有人归罪于空气污染，我却觉得集体精神传染才是最危险的疾病，远比霍乱、鼠疫、血吸虫、口蹄疫、狂犬病、艾滋病历史悠久，也更具毁灭性。希特勒把这只猛兽放出来，于是有了第二次世界大战；南京大屠杀是兽性发作，灭绝的人性疑似被集体传染；弗洛伊德发现了传染的秘密，可他开不出治愈的药方。集体精神传染始于疯狂者的疯狂表演，被感染的和被吃药的却是芸芸众生。这是大众的剧场，一个人的舞台，在飞蛾扑向辉煌的刹那，秩序是为被秩序的人预设的，标准是为被标准的人制定的，表演者只要登上高枝鸟儿一样歌唱，脚下的世界便是他的。这仅是一台没有对手的戏，与独角戏有着天壤之别，比单口相声有过之而无不及。没有对手的戏只是一个疯子的表演，站立两厢的人仿佛道具，仿佛影子，在某个瞬间突然集体噤声或麻醉。众人坐在或假寐在台上台下，只允许一个人吐沫星子飞溅，只允许一个人以众生名义行一人之实，且灯光明亮，掌声四起。这是没有对手的戏的妙处，独角戏与之相比便黯淡了许多，寂寞了许多。独角戏开宗明义就是一个人的戏，他不绑架，不强奸，不立牌坊，不号令众生，他只是一个人的内心独白，就像一只鸟儿落在屋脊上鸣叫。唱独角戏的人更接近孤独者，虽然他不一定是孤独者，独角戏的独白是真实的，就像鸟儿本能的歌唱。可如今，真实成为越来越稀有的品质，自然越来越远离当今的生活，如果人间每天上演一场没有对手的戏剧，你会不会感到恐惧？

疯狂其实并不可怕，可怕的是旁观者不去点醒梦中人，可怕的是旁观者成了帮闲。

我终于理解了孤独者，那些只喜欢活在鸟鸣里的人。

人性本是两面的，本是善恶参半的，就像嘴上的骨头和肉。有的人一生携善同行，有的人一生与恶为伴，有的人一生善恶交替上演。向善或向恶仅是角色不同而已，向善的表演者心底不一定纯净至透明，向恶的表演者心底不一定全是乌烟瘴气。向善或向恶与天性有关，与后天生存环境有关，与所处地位和所演角色有关，人生而为人，一生只不过是不断彰显善、剔除恶的过程。当然，也有人喜欢彰显恶、剔除善，但他一定会打着行善的旗帜。这样的人是少数，孤独者也是少数，孤独者是有洁癖的人，他无法忍受周遭的空气——浑浊的、血腥的、易传染的、无法过滤干净的、令人窒息的。置身这样的空气里，精神洁癖者无处可逃，无路可选择，孤独便是唯一出路。孤独者只想听到纯粹的流水和鸟鸣，只想口腔清爽、耳根清静，只想从被污染的空气中隔离出来，抽身出来，闭上眼睛，做水底的一尾鱼，或做玻璃房子里的一枚茧。

其实，没有人愿意孤独地住在一座森林里，每天只与流水说话，只与清风说话，只与鸟鸣说话。也没有人愿意把自己关在一座玻璃房子里，独自冬眠。可是，假如你居住的房子里到处是细菌，到处是飞蝇，到处是嘤嘤嗡嗡的歌唱，你除了逃离，还能做什么呢？或许，你没有明确答案，但为了不让视觉、嗅觉、味觉、听觉和触觉发生霉变，你必须把这些器官隐藏或让其失灵。无疑，这是消失或自残，需要勇气，还需要鼓起勇气的绝望，只有绝望能让你勇敢地跳出这空气。无疑，孤独者必须回到自然里，找到自我保护的壳，就像鸟们长出尖锐的嘴。孤独者知道肉质的嘴不怕生锈，但会生疮和腐烂，孤独者不需要柔软的伪装。

一张嘴疯狂之时，便是一张嘴腐烂之日。腐烂是疯狂的另一种呈现方式，是成熟的伤口，是伤口里长出的牙齿，是伤口里溃散出来的气味。它已经熟透了，宛如美艳的少女，迷失在少妇舌尖上的，不仅有正常人，还有太监。事实上，在尘土飞扬的历史舞台上，太监的嘴是最适合说单口相声的，太监的每句话都接近圣谕，跪在太监脚下的，都是叩拜圣谕的臣子。看到这样的场景，我不禁疑惑起来：太监和臣子，到底谁是被阉割者？

我不想寻找答案。

我弯腰捡起一块石头朝树上叽叽喳喳的鸟们掷去，树上的喧嚣顿时安静下来，而屋脊上的那只鸟儿正在屋瓦与瓦楞草间觅食。

14. 一只手搭在另一只手上

呈直角站立，以平行姿势穿越，时空交媾的十字架
爱情信誓旦旦的惯常姿势，人与物信仰的全部
打开各色各样的事物，只有弯曲才是真相
操持一把斧子，砍掉裸露或不裸露的树根如何？
操持一把扫帚，清扫一地的皱纹如何？
请不要说出，在此之前某人已用斧子砍掉手臂
这个动作容易让人产生误读，隐喻、象征和暧昧
都是带电的误会之一。一只手搭在另一只手上
仅是一把斧子搭在一把扫帚上，拒绝真的那么难吗？
权利勾引性的方式直白，性勾引权利的方式赤裸
月亮底下的事也不新鲜，拒绝真的那么难吗？
其实，最直白、最赤裸、最有光泽的是那枚钢镚儿
它陀螺一样旋转在阳光下……请不要告诉我

只有某人、某人和某人，既做婊子，又立牌坊

　　伸出手，看看正面，看看背面，看看长短，看看粗细，看看深浅，看看曲直，你会从根状的纹路中发现什么？

　　睁开眼，我们便能看到手心、手背、手指和手纹。仿佛一面不离身的镜子，镜里镜外似乎并无二致；仿佛一张烂熟的地图，图里图外似乎并无秘密可言；仿佛一支惯熟的拐杖，不经意间，你竟然发现它也藏着惊天秘密。时刻不离身的，烂熟于心的，便是常常被忽视的，在我们的眼里，它不过是一双手，一双最灵活、最辛劳、最不遮遮掩掩的手，一双反反复复被一切事物摩挲又反反复复触摸一切事物的手，一双离幸福最近、离苦难不远，离善良最近、离罪恶不远的手。

　　摊开它，你却发现两手空空。

　　种族不同，性别不同，年龄不同，性情不同，手型便不同，若细致到手相，每个人的指纹都是独一无二的，指纹因之成为人体密码。指纹密码与手的胖瘦或大小无关，与手的粗细或长短无关，与手的肮脏、干净或不干不净无关。手是传递信息的哑语，除了约定俗成的含义之外，手变化多端的小动作令人眼花缭乱，手的每个姿势都意味深长：一只手轻轻搭在另一只手上，一只手紧紧握住另一只手，两只手紧紧握住另两只手，以及手指放在唇边、手指勾住手指、手指挠向手心、左手缠绕右手……肢体语言有时比口头语言更可靠，你从手中读懂自己了吗？读懂对方了吗？

　　手语可能是承诺，也可能是暗示。

　　手其实不说话，说话的是心。

　　十指连心，哪个都疼。心向善或向恶，与手指无关。手其实是工具，或被自己的心利用，或被他人的心利用。手是无辜的，无关乎好坏，好与坏都经由十指停留或穿过，你不必把手藏在口袋里，辩称这

是一个关联的时代。宇宙本是一个生命链条，万物本是生命链条中的一环，每一环的生命又自成一体，万物循环无始无终，无关联的事物几乎不存在。手拉手的故事在童年就发生了，胳臂挽扶胳臂曾是人类信任的交往方式之一，身体拥抱身体出自本能，可这种本能还能达到灵与肉的沟通与和解吗？毋庸置疑，关联是结构世界的不二法则，是重组世界的不二途径，有时候，一只手搭在另一只手上可能是友谊，可能是妥协，还可能是暧昧。肢体错位是司空见惯的，以手拉手的名义达到手拉脚、脚拉脑袋、脑袋拉屁股的移形换位，也是可能的。肢体语言是外在的、直观的、直接的，其可能是有效的，也可能是失效的。沟通之所以重要，是因为信息常常被遗漏或误读：倘若信息交流方式不古，人心便可能不古；倘若人心不古，大脑便可能不古；倘若大脑不古，手便可能不古；倘若手不古，手握之物便可能不古……链条疑似环环相扣，可曲径通幽处，影像多飘忽，判断一件事物洁与不洁并非手可以说了算的。譬如手中的权杖，若出自公心，便是光明正大的；若出自私心，苟且之事也可堂而皇之，勾连之人也可堂堂正正，放火的不只是坐在大堂上的州官，还可能是鬼祟后院的丫鬟和小妾。一物尚且有两面，何况手脚并用，当今流行混搭，错乱也是时尚。有时候，手只愿与脚对话，脚只愿与脑袋对话，脑袋只愿与屁股对话，屁股一边指挥大脑，一边指手划脚……杂乱无章的建筑也是建筑，没有拆除之前，它就是风景。所谓关联，便是万物皆有可能发生关系，手勾引了手是其一，脚勾引了脚是其一，脑袋勾引了脑袋是其一，屁股勾引了屁股是其一，手勾引脚、脚勾引脑袋、脑袋勾引屁股也是其一……肢体有时如泡沫，它们在空中飞，见著不见微、见微不知著不见得是一种常态，但如果你仅仅把手当作手你便错了，如果你仅仅把脚当作脚你便错了，如果你仅仅把脑袋当作脑袋你便错了，如果你仅仅把屁股当作屁股你还是错了……

人的脸最乖张，张大眼睛或竖起耳朵，你仍然难以说清楚自己到底该信任肢体，还是语言。也难怪，只有经见过大风大浪，才知道什么叫世面；只有见惯了翻手为云、覆手为雨，才知道什么叫话语权；只有领教了话语的多义和利害，才懂得命名权和解释权的厉害。在一个随时可能被命名的时代，词义如手势一样多变，仅仅心领神会潜台词是不够的，剥开暗示赤裸裸的核才是生存所需的技能。古训只不过优雅的袖珍手铐，被丢弃在笼子里；经典只不过半老徐娘，被抛弃在闺房里；君子之道被温柔地颠覆，淑女之礼被温柔地强暴，隐喻明火执仗，影射大行其道。古老的事物遥远而黯淡，新生的事物衣着越来越少、越来越短、越来越薄，荷尔蒙替代汗水，凸起或凹下的曲线不仅是诱惑，是鱼饵，还是威吓。不说逼良为娼好吗？不说神位与牌位好吗？不说婊子与牌坊好吗？所谓重新命名，便是打磨掉原来的字，在石碑上重新刻字，便是覆盖掉从前的字，在尘土里重新写字。当然，如果手段高明，还可以在木头上涂油漆，在金属上雕纹饰。你或许想用蒙尘解读命名，如果仅仅蒙上一层尘埃，伸出双手便可擦掉。你或许想用生锈解释命名，可生锈是个漫长过程，只要打磨掉表面的锈迹，真相还可还原。事实上，合金材料已经取代传统彩绘，庙堂的神祇虽还是旧时模样，合金的涂饰却几乎是不发生氧化的，艺术与高科技联姻，神还会生锈吗？

我喜欢事物的本色，就像喜欢手上的老茧，老茧是手的本色，可它是多余的。手是一种感觉，知疼痛，知麻木，知冰凉，知寒冷，知滚烫和烧灼。但很多时候，手仅是一件嫁衣，它或许擅长自慰或前戏，高潮却与它没有关系。手心手背都是肉，如果把手心掰开来，挖出手纹的秘密，事物便失去吸引力。如果把手背也彻底遮蔽，事物便藏到黑洞里去，真相有去无回。手的感知其实是肤浅的，世界于手，仿佛一条灰色地带；手于世界，仿佛一种命运，一种磨难；手是世界的托词，世界是手的避难所，手里手外，日子简单地黑白交替，季候古板地四季轮转，时光有时很从容，有时很无情，手指终将在时光中消失。

哦，请把你的手伸向我，但不要做多余的动作。

15. 别碰腿，它是一道伤疤

嗨，伙计，别碰我的腿！飞来的庞然大物推到麦垛
惯性之上，鸟儿跌倒在折翅的飞翔里
我被钝器敲打过三次：第一次是左腿，第二次是右腿
第三次是左手。赶路的人，一个人
一生应该遭遇多少次车祸？我的一阳指纯熟
习惯了左手抽烟，右手打字，记录是再现，也是复活
除草机剪平了青草的味道，走在湿滑的路上
晨凉又轻又薄。秋风又起了
嗨，伙计！别碰我的腿，它是一道伤疤

天凉了，秋深了。天短了，夜长了。我举着雨伞跳过一洼又一洼积水，人行道对面的候车亭像一辆到站的公交车，亭下举伞或不举伞的人像飘在水面的蘑菇，收紧的身子一个紧挨一个。我有些犹豫，不知该雷打不动地步行，还是做一回鱼，游上公交车。脚下浅浅的水洼仿佛碎裂一地的镜片，我抬起的腿刚想收回，一辆摩托车突然从左边冲过来，我被挂倒在地。伞掉在地上，我坐在泥水中，自行车不紧不慢从我旁边绕过。只是一次不小心的挂碰，只有泥水，没有血迹，比起我曾经遭遇过的三次车祸，这样的意外就好似夫妻拌嘴，我不会放在心上的。骑车人却瞪了我一眼，似乎在责问我走路怎么不长眼睛。我苦笑一下，心想长着一双腿就是走路的，久在路上走的人，哪有不

崴脚的？我从地上站起来，看看那个莽撞的骑车人，看看裤管上的泥水，打消了坐车的念头，决定继续步行。秋雨淅淅沥沥地下着，天色暗了下来，伞面上滚动的水珠被路灯一照，仿佛泪花似的。我无法理解秋雨凄苦的表情，四季更替，亘古如斯，她为什么就不能温暖一些呢？

我懊悔自己不够果决。如果不担心走回去鞋子会湿透，我是不会考虑乘公交车的。如果不考虑乘公交车，我是不会被摩托车撞倒的。但这并非问题的关键，事实上，穿过十字路口的时候，我一直在走路和乘车间犹豫，如果我早下决心，摩托车冲过来的那刻，我是不会站在路中央的。我想我应该回到原来的生活轨迹里，回到雨中，空气难得清新一次，我不能辜负了上天的好意。是啊，有雨多好，一个人走在雨中多好，如果把这场雨换成一场雪，我还会心疼一双鞋子吗？人都有刹那的懦弱，我摇摇头，不声不响地离开人群，拐进弯曲的青石小径，走进公园。骑摩托车的人匆忙上路，他终于甩掉一个包袱，我看他远去的背影更像抛在雨中的一个包袱。

我独自走进公园。公园里的游人被雨水驱散了，只有槐树、杨树、松树、柏树、龙爪槐、木槿、金银木一排排安静地站在雨中，它们同类众多，却营造出与我一样的孤独。我喜欢这孤独的场景，干净，宁静，沉静，秋雨时断时续，柔软的柳丝垂在水边，灯光是青黄色的。我走进这场景里，在这一刻，公园仿佛是我一个人的，而为我清场的，便是这场制造意外的秋雨。我感到膝盖隐隐作痛，但我不想回味发生在公园外的事情。天要下雨，车要撞人，权当挂在树上的叶子遭虫咬过。其实，把这件事放下或扛着仅是一闪念，仅是一种心境，有什么样的心境，便有什么样的行为方式。发生过的不会改变，受伤的便是疗伤的，公园算得上疗伤的好去处，不过，我走进公园与疗伤无关。多年来，公园一直横在我上下班的路上，我在公园里行走只是行走，如果偶尔遭遇雨景或雪景，只能算作大自然对徒步人的额外恩赐。

不管刮风下雨，都要坚持走下去，我曾把此奉为检验毅力的标杆，现在我真的爱上了走路，这根标杆已经失去风向标的意义。可在这个傍晚，我还是差点被一场雨诱拐，或许天意吧，我应该感谢这场意外，如果不是它替我做出决定，我正鹅一样逃到站台上，伸着长脖子等待误点的公交车呢。我不喜欢公交车，不喜欢人群中挤来挤去，何况倒地之后，我就是一个沾满泥水的人，不管别人是否在意，我都是不可以去挤公交车的。公交车像碾道里的驴，每天折返在城市里，驴上驮着的都是辛苦的人，辛苦的人或许没有时间流眼泪，可每天都会流下大把大把的汗水，就像没完没了的梅雨季。他们在工厂流汗，在工地流汗，我在路上流汗，我实际上是他们中间的一分子，但我不能满身泥水站到他们中间去。我回到我的公园，感觉每个毛孔都通透起来，毛孔通透是排毒的最好方式，很久以来，我很少感冒，也不上火。我独自走在公园里，不用在意我的一身泥水，不必顾虑有谁在意我的一身泥水，我的脚步轻松，我干脆把伞收起，任突然大起来的雨水毫无遮拦地落下来，把我冲洗干净。我低头看脚下，小溪爬在青石路上的痕迹像两条蚯蚓。我抬头看空中，路灯中的雨丝竟是明亮的，仿佛不曾被空气污染过。

可空气的确被污染了，这是不争的事实。可我不能一身泥水地走到人群中间，这也是不争的事实。可每个人都愿意干净地活着，这还是不争的事实。其实，生活就是一串不争的事实连缀在一起的褡裢，这条褡裢比想象的要沉重，比一身泥泞还不堪，我们为什么舍不得放下它呢？更何况，另一个不争的事实是，我们都是赶路的人，都是辛苦流汗的人，为什么不轻轻松松、干干净净做一回自己呢？

一个人走在公园里，就像一只鸟跳跃在森林里，公园的空气比大街上清新许多，也安静许多。一个人走在公园里，就像一个菜农倒背双手巡视在菜园里，菜园没有受伤的小鸟，只有自在的农人。一个人走在公园里，就像秋天走在收获里，秋天总会结束，冬天即将来临，卸下疲惫，去干净地拥抱一个更宁静的冬季，去平静地等待一场大雪覆盖所有的落叶和泥泞。一个人静静走在青石路上，脚下的积水泛着温暖的亮光，我觉得那是上天碎裂在地面上的镜片，它是为辛苦的双腿指路的。我轻轻跳过一洼积水，忘掉湿透的身体，忘掉膝下的伤痛，一个人走在阑珊的公园里，我是多么孤独，我孤独得多么富有，我就是这座园子的主人……哦，忘掉所有的意外吧，忘记所有的泥泞、泥水、跌倒和湿透的鞋子吧，泥水只是溅到我的衣服和裤子上，又不是溅到我的身体和脸上；即使溅到了我的身体和脸上，它也无法溅到我的心里，我何必挂怀呢？

更何况，即使泥水溅到了我的心里，我也会用身体烘干的！

一个人走在公园里。

路上的石子是湿漉漉的，路的两边排列着或高或矮或修长或蓬松的树，树们交互参差着幽深的绿，绿挂在树的上面，青草藏在树的下面，青草举着的水珠晶莹剔透，楚楚动人，水珠和青草散发出的味道低低浮在地面，愈发亲近和清纯。恍惚之间，我感觉路灯有些迷蒙，灯光里的蛾子不知何时消失不见了，灯光穿过雨丝柔柔地照下来，雨中的一木一草一石竟都是安详的样子。我抬腿从树木、青草和石头间走过，我看着双腿在雨中移动，突然觉得它才是我一生最值得信赖的朋友，才是我一生最沉默寡言的朋友，才是我一生最辛劳的朋友。是的，多少年来，不管幸福还是磨难，不管平坦还是坎坷，不管受伤还是健康，它都默默地驮着我这副皮囊一步一个脚印走过来，在我半生的伤痛里，这双腿最是懂得任劳任怨、吃苦耐劳，这双腿才是一道被生活不断磕碰的伤疤。

嘘，别碰腿，它要与青草说话……

16. 舌尖上的火焰

舌尖终成一件性器官，突然蹿红电视、网络和揉皱的报纸
她是用来说话的。她是用来唱歌。她是用来模仿蛇信子的
集体失语的那一刻，舌尖突然舞蹈起来
在高于乳房的位置蹿红电视、网络和揉皱的报纸
我懂得燃烧，懂得比白磷更低的燃点，你错用了姿势
亢奋的人们，把你们要说的话都写在卫生纸上吧
舌尖上的火焰会烧掉一切，包括性，呻吟。身体仅剩的话语

如果我告诉你，世上最耐磨损的物质首先是肌肉，其次是骨头，你信不？

细胞仿佛搭房建屋的积木，形形色色的细胞构建的器官仿佛功能独特的院落，各种器官交叉串联起来便是人体的宫殿。人体宫殿具有超稳定结构，除了疾病、意外损伤和时光刻下的蛛丝马迹，它定型之后几乎不再改变。在人体的神秘宫殿里存在六大功能系统，包括肌肉、消化、韧带、呼吸、泌尿、脉管等。这六大系统如何分工是医学专家研究的方向，是手术刀关心的课题，我对繁琐的门类和名词不感兴趣，我的器官分类方法仅限于我的个人观感，与医学和建筑学都无任何瓜葛。如果你觉得我的分类漏洞百出，你尽可调动你的器官攻击我的器官，表达愤怒本是器官应尽的义务之一，我肯定不会还击，因为我并无把我的分类成果列入教科书的野心。

我不关心功能，只关心形状和硬度，在我的眼中，人体的第一类器官是坚硬的，是不变形的，譬如头颅、牙齿和各种大大小小的骨头

等等，它们是人体宫殿的砖瓦和梁柱。人体的第二类器官则是柔软的，是附着在第一类器官周边的，它们的形状静止时几乎一成不变，运动起来却灵活多样，譬如手、臂、脚、腿、肩、颈、腰、耳、眼、鼻、嘴，以及咽喉、肠胃等等，它们是人体伸展自如的触角。人体的第三类器官介于软硬之间，它们伴随血压、体温和情绪的变化而变化，譬如血管、乳房、男女生殖器等等。这类器官是人体暗藏的通道，是人体隐秘欲望的神奇开关。舌头是最强韧有力的肌肉，它静如处子，动如脱兔，它的张力和弹性与性器官极其相似，理应归到第三种类别。最后一类与肌肉和骨头无关，但它毕竟附着在皮肉之上，所谓皮之不存，毛将焉附。严格讲，毛发应该不算人体器官，但它肯定是人体的附件。毛发或分布于头、眼、手、腿等显眼的地方，或隐匿于鼻孔、胸部、腋下、阴部等看不见的地方，毛发因部位不同，光照、通风环境不同，粗细和柔软度也略有不同。毛发难以计数，无足轻重，毛发是人体所有附件中最卑微的，又是人体所有附件中繁殖力最强的。毛发无疑是长在人体上的小草，柔软，飘逸，看似可有可无，却又不可或缺。毛发无疑是附件中的附件，却天生拥有小草一样的特质——"野火烧不尽，春风吹又生"。如果说，任何一件人体器官都对应着大地上某个事物，那么，小草无疑就是毛发最好的对应物。我曾试图找到比毛发更卑微的事物，最终我失望了；我曾企图透过密密匝匝的毛孔窥探毛发卑微的力量和源头，我还是失望了。

其实，人体进化成现在这个样子，是几万年、几亿年修行的结果，人体器官各就其位，各守其宫，是很难分出轻重、高低、显赫和卑微的。从解剖学的角度观察，构成人体的每个部件几乎都是圆形或椭圆形的，但在我们的日常生活经验中，这些部件显然又是长短不一、软硬不同、凸凹有致的。长有长的优势，短有短的妙处；软有软的用途，硬有硬的功能；凸有凸的原委，凹有凹的理由。这一切总归都是自然最精致的作品，骨与肉，血与汗，筋脉与泪腺，直线与曲线，部件无一处多余，形状无一处缺憾。血肉之躯完形如斯，我们自当感谢造化之功。血肉之躯容纳了智慧、情感、欲望等无形之物，我们则应感慨造化之奇。血肉之躯形神兼备，在这座独立的星体里，灵与肉共舞，柔与刚合卺，阴与阳交媾，俨然一座性灵磁场，情感和智慧只不过是磁场辐射出的光泽。精神与肉体相克相生，所谓修身养性，便是让二者相得益彰、共处和谐。修炼之初，一切事物皆随性而走，或张狂，或谦卑，或桀骜，或平和，或急躁，或内敛；修炼之终，戾气剔除，贪欲根绝，万象归心，淡泊明净。事实上，人的行事方式多与心念有关，心境不同，行为方式不同，结局便迥异，所谓智者，只不过相对通透而已。譬如张狂与谦卑，如果说张狂是野生在大脑里的热带风暴，谦卑则是蛰伏在心灵深处的沉潜溪流。张狂者声称要征服世界，谦卑者则用微笑迎接狂风和暴雨。或许，张狂者的确可在某一刻喝令河流改道，但也仅仅是某一刻而已，等到风平浪静的时候，河流还是原来的河流。谦卑者则是流水，她不断向低处流动，不断向更低的低处流动，而最后，低过所有峰峦的海洋包围了整个世界。张狂者声言可以打倒一切，最后打倒的是他自己；张狂者声言可以征服一切，最后他被一切征服；谦卑者仰望了所有该仰望的，最终他是被仰望者；谦卑者尊重了所有值得尊重的，最终他是被尊重者。

逻辑如此荒诞，世界有些不可思议，而人体更像一件欲望容器，有时是善与恶的同谋者、真与假的纵容者、光明与黑暗的驱使者；有时又是善与恶的裁决者、真与假的辨识者、光明与黑暗的惩戒者。其实，这一切并不奇怪，我们只是在人的精神性上投注的注意力太多了，反而忽略了人的物质性，而构成人体的主要元素则是碳。碳是一种非金属元素，至柔时为石墨，是世上最柔软之物，层状的结构一搓便断裂。至刚时为金刚石，是世上最坚硬之物，硬度超过所有金属。更重要的是，以碳为主要成分的有机化合物是生命赖以生存的食粮，没有碳就没有人类。碳的结构奇特，性质极端，不仅形式多样，作用更是诡谲。譬如铁中碳含量低时，铁被称之熟铁；铁中碳含量适中时，铁被称之钢；铁中碳含量高时，铁则被称为生铁。熟铁至柔，却柔软不过石墨；钢至刚，却坚硬不过金刚石；生铁则生性脆弱，易生锈，易折断。

人体本是由碳及其化合物打造而成的肉身，自然具有碳的物理属性，若论人体至韧至柔之处，应是伸缩自如的舌头。苏秦凭借三寸不烂之舌，可纵横天下，挂印六国。孔明凭借三寸不烂之舌，可火烧赤壁，三分天下。至于佛祖天花乱坠、地涌金莲的讲经故事，更为众生津津乐道。古人可在舌底生风，可在舌尖生火，在古人眼里，舌头无疑是会发声的簧片，舌尖有水则活，舌尖干涸则亡。而在今人眼中，舌头则是最接近人性的器物，舌头隐藏在口腔内，貌似无骨，却坚挺如乳头，有时候，它俨然就是人体上最性感的器官，食色性与舌头离得最近，名目繁多的娱乐也是舌尖上炫目的风景之一。在一个伟大的娱乐时代，不管是形而上的，还是形而下的，不管登得大雅之堂的，还是登不得大雅之堂的，万事万物都可以与舌头勾连，舌尖上的味蕾更是人类最伟大的发现之一。舌尖可以唱歌，舌尖可以跳舞，舌尖可以品茶，舌尖可以饮酒，舌尖可以口吐莲花，舌尖还可以接吻和交媾。娱乐的人们让舌尖红辣椒一样跳动起来，蹿红大江南北，在这团火焰的深处，欲望炉火一样熊熊燃烧，干柴一样噼啪作响，腰肢一样婀娜多姿。一夜之间，似乎以舌尖的名义发出的声音，都是名正言顺的，都是字正腔圆的，都是鸟语花香的⋯⋯

从舌尖上发出歌声的是百灵，从舌尖上跳出舞蹈的是孔雀，从舌尖上画出投影的是老鹰，从舌尖上盖起房子的是燕雀，从舌尖上盗取粮食的是鹞子，从舌尖上探出吸管的是蚊子、苍蝇和蜜蜂，在舌尖上织网的则是蜘蛛。乌龟的舌头最短，它守口如瓶。变色龙的舌头最长，它仿佛从身体里吐出的另一个自己。鱼在身体内长刺，在舌头上长骨头。哦，如果让蛇亮出火焰般的信子去照耀天空，让啄木鸟用尖锐的舌头去金属一样思考，上帝还会发笑吗？

2012 年 9 月　　初稿于太原
2012 年 10 月　　二稿于太原
2014 年 1 月　　三稿于太原

山楂树笔记

1. 在山顶

阴历八月二十七日夜。晴。天上看不到一颗星星。

只有那座四合院还笼着薄雾似的灯光，仿佛黄昏里安静的荷塘，而荷塘里的花朵都敛起白色的翅膀藏到荷叶里去了。我站在山顶就像一只单飞的鸟落在屋脊上，夜风似有似无地拂过，微醉的感觉一如晚宴上的山楂红酒，清澈，透亮，无一丝杂质。夜空浑然一色，微微透出麻一样的灰白来，抬头凝望，苍穹仿佛一块将要黑透却又没有黑透的轻纱，凭空多出几分静谧和安详。山林隐没在夜色里，远近皴染在麻白里。漫步在山顶空地，我仿佛一条潜入黑色中的鱼，夜色便是无际无涯的水。没有一丝声音，山林里的虫子睡去了，四合院里的朋友们入梦了，只有我摇晃着身躯走出大门，独自来到山顶上。山顶的空地是停车场，却罕见地没有灯光，如若不是四合院透出一片光亮，我此刻便彻底陷落在一片黑里。这黑是宁静的、柔软的、安闲的，这丝绸一样的黑下面竟无一丝的恐惧。山林里的山鸡哪儿去了？山林里的野兔哪儿去了？四周寂然，似乎只有我在呼吸，似乎只有黑在流动，高远的静谧凌空铺展开来，我不觉融入自然的肺腑当中，一呼一吸随着自然的节奏而翕动。这一刻，我是夜色里的一滴水，如果我枕着双臂躺在空地上眺望夜空，我还是一株草，我被自然拥入怀中，我多么希望自己像婴儿一样酣然睡去。

终于理解了没有灯光的好处，只有在这纯净的黑里，你才不会分神，你才能全身心地去倾听和感悟。高高低低的天空是朦朦胧胧的，远远近近的事物是若有若无的，在天地一色的时空里，万物的心灵都是打开的。我置身万物之中，浑身的每个毛孔都舒展地张开，仿佛期待着与自然进行一次敞亮的对话。夜色浑厚而熨帖，夜风细微到几乎不存在，我宛若一个裸体的婴儿潜入缓缓的流水中，只要竖起耳朵，身边所有的声音都如手指轻柔的触摸。

这次泽州采摘山楂之行，是应李杜先生的邀约而来的。离开太原的时候，正是莫言和他的红高粱再次烧红整个中国甚至世界的时候，一路上的话题也多与莫言有关，与红高粱的传奇有关。红高粱像山楂一样，是北方并不起眼的植物之一，可当它突然红遍全球的时候，我反而觉得无趣了。或许年龄的缘故，我对安静的事物越来越有兴致，能够在周末跳出城市的樊笼，远离城市的喧嚣，我当然求之不得。我毫不犹豫地收拾好简单的行李，跟着李杜先生踏上了行程。到达彤康庄园时，太阳已经下山了。坐在车上迷迷糊糊进入山中，虽然来不及端详山的模样，可此刻能够独自坐在山顶自由地呼吸，也算一件惬意的事了。

2. 山楂林，山楂林

闻鸡鸣而起，这是多么久远的事了？

昨夜有些贪杯，觉睡得很沉，睁眼看时，阳光已从窗帘的对接处倾泻进来，细细的雨瀑一般。彤康庄园的建筑设计借用了上党地区传统的四合院格局，客房像上个世纪的民居一样高大宽敞，窗户却比那时的民居阔大许多、敞亮许多。家具都是实木的，家电都是现代的，房间里浮动着沉稳的木质气息，房间设施虽宾馆一样时尚，却没有宾馆彻夜沉积下来的浊气。我拉开窗帘，推开窗户，看到阳光水珠般滚动在地上，听到鸡鸣在院墙外此起彼伏，突然明白了通透是一种什么样的感觉。

简单用过早餐，一行人走出院门，满山坡的山楂树便高低错落在眼皮底下，看上去虽不甚壮观，枝头深紫色的果实却着实招人喜爱，怪不得当地人称这种玛瑙似的果子为红果。

这座山距晋城约二十公里，山下的村庄叫大兴村，山的名字叫财圪垯，山脚的河流叫文殊河。村庄、山与河流都有一个好听的名字，这组地理符号在地图上却是很难找到的，除了村庄会出现在泽州县地图上，我甚至怀疑河与山的名字是否有过官方记载。这样的地貌在太行山地区普通得无法再普通，不过，再普通的山也会有自己的传说。据当地人讲，财圪垯与财神赵公元帅有关，文殊河与文殊菩萨有关，赵公元帅偶经此地，看上了财圪垯的风水，便在此地立地成佛。文殊菩萨晚到一步，只得伤心地留下一条河，远赴五台山另寻了道场。财圪垯被财神赵公元帅占去了，却一直很穷；文殊河前些年干涸了，文殊一去再没有回来；大兴村一直盼着兴旺一回，几百年来似乎一直不曾兴旺起来。

在上党方言里，"圪"是一个语气词，譬如圪蹴、圪脑、圪廊、圪台儿等等。圪蹴者，半蹲也；圪脑者，脑袋也；圪廊者，房廊也；圪台儿者，台阶也。"圪"站在名词或动词前面，就像四合院里的照壁，仅是遮蔽视线的助词，并无实际意义。以此方式类推，财圪垛应是财垛的意思，寄语财富山一样高高地垛起来。可遗憾的是，财圪垛既不算大，也不算高，财富更没有山一样堆积而起。别说山一样的财富了，倒退回彤康庄园收购这座山之前，这儿就是典型的荒山野岭，除了恓惶的荒草、荆丛和偶尔窜出的野兔、飞起的野鸡，山上几乎什么也长不大，什么也养不活。当然，你还不能把这样的山叫作童山，在太行山南麓，你是很难见到寸草不生的山岭的。太行山的土壤说厚不厚，说薄不薄，却盛产古老的传说。在上古时代，上党一带的神话可谓独领风骚，神话渊源之深厚、密度之集中、内容之详实，令人叹为观止。可以毫不夸张地说，发生在上古的每个神话故事、每个神话人物，都可以在上党的山川河流中一一寻找到对应的遗迹，譬如"神农尝草""女娲补天""羿射九日""大禹治水""愚公移山"等等。有学者称华夏文明的曙光初现在太行山，我对这个论断毫不怀疑，支持这个论断的依据更是俯拾皆是。我的故乡就坐落在发鸠山的西北脚下，那儿是"精卫填海"的地方，那儿的河水向西进入安泽县境汇入沁河，再南经沁水、阳城、泽州流入河南境内，在武陟县西营附近注入黄河。那儿一直很穷，不过那儿也生长着很多的山楂树，那儿的山楂果皮粗、肉薄、籽多，还特别酸。去年春天，我突然想起老家院子里的那株山楂树来，便信手写了一首小诗——《院子里的山楂树那么高，那么小》。

　　那些果实藏于枝叶中间，与叶子一起青、一起红
　　那些果实宛如风雨剥蚀的石子，毫不显眼地
　　悬挂在枝叶中间，有隐隐的棱角，有隐隐的筋骨
　　慢慢咀嚼，舌尖便生出淡淡的甜来

在深秋，在桃杏消失之后；在寒冬，在梨果腐烂之后
山楂才被摆上待客的八仙桌。仿佛民间匠人的手艺
或母亲手指上光亮的顶针，等到农闲时节才能
派上用场。山楂与新纳的鞋底一起摆放在针线簸箩里
它是存放在年节下的果子，是消遣时光
和消化积食的药丸。我不曾把节俭当成一味
治疗贫穷的药材，如果算作药材也甘草般甘苦自知？

其实，我最回味的不只是他酸涩中略带的一丝甜
它的酸涩是绵长的、低调的，就像白色的花
就像伟岸的身躯，看似十分高大，却安静得十分渺小
安静得与世无争。树冠可以罩住整座院落
却不欢迎喜鹊或乌鸦在树顶上筑窝、生育、聒噪
麻雀常在树阴下觅食，麻雀的灰很像它经年的树皮

我与山楂是有感情的。

记得小时候，每到隆冬，村子里能吃到的果子就是山楂和杜梨了。山楂不怕磕碰，便于储藏，不像苹果和梨娇贵，山楂的营养和药用价值却极高，可配制五十多味中药。据《中药大辞典》记载："山楂味酸甘，性微温，归脾肝经。"《本草纲目》则曰："山楂化饮食，消肉积、症瘕、痰饮、痞满吞酸、滞血痛胀。"《医学衷中参西录》又曰："山楂，若以甘药佐之，化瘀血而不伤新血，开郁气而不伤正气，其性尤和平也。"在村民眼中，山楂既是水果，也是食材、药材，过年的时候，家家的簸箩里都会摆放一些，用来待客。农民似乎天生就是干活的族群，一旦冬季闲暇下来，便时常闹肚胀、积食，而山楂

就是消食的天然药丸。杜梨则属于野果，刚摘下来时又酸又涩，乡亲们便把它放在砂锅里，藏在炕洞里，待到腐烂的时候再拿出来。这时的杜梨透出一股腐烂的异香，味道非常特别，其奇特的口感与臭豆腐的臭中奇香应是一样的道理。不过，那时候冬天常见的还是山楂，口袋里能装几包山楂片的就是有钱人了。

我们沿着山梁去往沟底，山路两边都是一人多高的山楂树，据说有3000亩之多。山楂树适应性强，耐阴，可在山谷或山麓的半阴坡处生长，即使在海拔 1800 多米的山巅上或石隙里，它也照样能够开花结果。站在山梁上眺望，财圪垛虽不险峻，却是典型的山岭纵横、沟壑交错的土山石地貌，这样的山地通风、透光，是最适合种植山楂树的。山上的山楂树树龄最小的也有三年，全部开始挂果，我们来的时节虽稍晚一些，但还是能看到一树一树的山楂果一嘟噜一嘟噜地悬挂在秋风里。山楂树下忙碌着穿着工装的农人，这些人都是本地村民，是庄园加农户这条产业链条上的另一环。看到一筐一筐的山楂摆在路边，无人看管，李杜先生便打趣说，知道什么叫路不拾遗了吧？我们晋东南人就是这么纯朴。李杜先生祖籍晋城高平，与我是乡党，他固执地认为晋东南人最大的特点就是实在。我会意地一笑，旋即从筐中挑了一颗个头大的，在手中掂了掂，感觉足有 30 克重。擦掉表层浅浅的灰尘，发现果皮上的斑点较少，光泽很匀称，轻轻一咬，果肉竟是粉红的，味道酸中带甜。这里的山楂与我老家的山楂相比，个头大，棱角少，果肉厚，味道也甜了许多。我当即从筐中挑出几个来分发给大家，俨然主人似的。

上党地区多为盆谷相间地貌，有种植山楂的传统，尤以泽州一带的山楂最好。泽州山楂人称"泽州红"，以果实饱满、味道独特远近闻名，今日得见，果然名不虚传。泽州是晋城的古称，现为晋城市下辖的一个县，位于东经113°，北纬35°，平均海拔1100米，属温

252

带大陆性季风气候。北纬35°被地理学家、史学家称为"神奇的黄金纬度"，在这个纬度上屹立着世界上最高的珠穆朗玛峰，藏着世界上最深的马里亚纳海沟，中国、印度、埃及、巴比伦四大文明古国皆分布在这一地带上，长江、尼罗河、密西西比河、幼发拉底河也都在这个纬度入海。北纬35°的神奇是无与伦比的，埃及金字塔、北非火神壁画、古巴比伦空中花园、玛雅文明遗址，以及我国的半坡文化遗址和大汶口文化遗址都璀璨的珠子一般，齐刷刷地镶嵌在这条金色腰带上。这些历史文化遗产本已足够绚丽夺目，世界上著名的酒庄又几乎都棋布于斯，让这条黄金缎带显得更加生香活色了！文明的神奇或许源自自然的神奇，科学研究发现，因受地球自转、地球磁力线偏角、地心引力等诸多因素的影响，位于北纬35度的地区四季分明、风调雨顺，是最适合人类居住的。

老子曰：天法道，道法自然。古人之告诫可谓现代科学的最好灯塔。

所谓上党，意即"与天为党"之地，古有天下之脊之称，似乎天生就是上天最合意的地方，物华天宝，气候宜人。在我的印象中，上党的四季是分明的，就像它早晚错落的温差；上党的空气是湿漉的，漳河就是天然的氧吧；上党的春秋是潮湿的，庄稼地里和屋子里都泛着露水的气息；上党的冬天是安谧的，一如白雪覆盖下的松柏。泽州位于上党南部，背靠太行山，南临黄河，境内有沁河、丹河自北向南蜿蜒而过，四季更是分明：春季少雨，日照充足；夏季温差较大，雨量集中；秋季多雨，天高气爽；冬季寒冷，少风少雪。这得天独厚的自然条件就是山楂的天然故乡，或因这个缘故，"泽州红"才应时应地落户于此吧。

深秋时节，风从山梁上轻轻吹过，感觉满山都是山楂的味道。其实，山楂的味道是不会这么清冽的，它就像路边的野菊花，就那么寻常地开着，就那么任人随意地踩着，它的低调、它的不张扬是长在骨子里的。山坳里不时传来几声鸡鸣，那儿是一座放养的鸡场，远远地望去，能隐约看见鸡们在院子里散步。鸡的步态从来都是悠闲的，想象它们在树林间、在草丛中觅食的样子，我的心底竟生出几分羡慕来。鸡们虽然喜欢高声歌唱，可它们的步态从来都是低调的，仿佛餐桌上个头小、蛋壳暗紫、蛋清稠、蛋黄大的土鸡蛋，外形朴实，内涵却丰富而密实。或许这座山不够高大的缘故，站在山梁上一眼望去，所有的植物和风景都是低调的，如果说到张扬，恐怕只有地边的碱草了，它们在风中飘摇的样子竟似一片片芦苇似的。下山的途中，就有朋友误把碱草当作了芦苇，可那一片片白茫茫的景色不是芦苇的杰作，而是蒿草一样寻常的碱草招摇出来的，而在村民的眼中，它只配做烧火的引柴。碱草柔软的身段有点像悬挂在青石上的细流，可惜山底的文殊河已经干涸了，在沟底，我们只看见两座人工修建的砚台状的荷塘，荷塘里的睡莲虽绿出几分生机，可花儿已经败了。我们在荷塘边小憩片刻，便沿着一条小路返回。小路隐伏在草丛中间，蜿蜒在林地之间，朋友们兴趣盎然地跑到地里采摘山楂，我却还在惦记山坳里那一万多只放养的鸡，惦记它们在树林里自由自在的样子。在林地里，在山楂树下，大家一边采摘一边品尝，脸上的笑容就像一嘟噜一嘟噜山楂果似的。田园的幸福其实就这么简单，这样的日子最是城里人向往的，可遗憾的是，我们只是这座山的过客，这样的日子像睡莲的花期一样，眨眼就被翻过。

3. 酒窖里听到《大悲咒》

大兴村东西各有一座小山，我们的住地位于西山，是彤康庄园的山楂种植基地，也是彤康庄园的"别院"，而真正的彤康庄园则坐落

254

在东山。庄园大门由太行山石堆砌而成，形似两棵隔河相望的千年古槐，奇石上栽种了松竹梅，这类植物在北方并不多见。庄园大院不像厂区，倒像生产队队部，院前有树、有花、有荷塘，塘边立着一块手掌状的巨石，石上镌刻一文，名曰《莲说》："人之爱莲，不惟其身姿优雅、香气幽静；更因其至美至善之品性。莲之精神，一曰'净'，出淤泥而不染；二曰'舍'，花、果、茎、叶皆供人饮食、入药；三曰'和'，不拘荒野、皇家，依水而生，大俗大雅。"这块碑石显然是有很深寓意的，与其说它在说莲，倒勿如说它在说山楂，"净""舍""和"之品性与彤康庄园"净天、养地、裕民、利己"之愿景一脉相承，莲之心与山楂之身昭示的或许就是庄园的立世精神。碑石前的荷塘不大，倒也雅致，想起山脚笔砚一样的莲花池，我似乎明白了主人我以我笔写我心、我以我心写人生的志向。

　　院子里整齐堆放着一筐一筐的山楂，员工们正忙着分拣，这场景让我恍惚回到了 70 年代秋收时节的打谷场，回到了生产队的库房。那是农人辛劳而温馨的记忆，可物是"事"非，复兴的庄园文化与新兴的现代农业携手跨越了农耕时代，那座队部模样的建筑便是一座现代化的酿酒车间。步入车间内，安静的流水线赫然眼前，清洗脱核、预煮软化、生物酶解、离心取汁、控温发酵、澄清过滤等工序俨然高科技的产物。说到酿酒，泽州是有传统的，而以山楂为原料酿酒的历史就更悠久了。考古者在河南舞阳贾湖出土的古人类遗址发现，早在9000 年前人类就开始酿造山楂酒，而泽州的山楂酿酒史则兴盛于宋代，据资料记载，那时的泽州酿酒业已成规模生产态势。改革开放之初，穷极了的晋城人都把目光投向了丰富的地下矿藏，作坊式的山楂酿酒业渐渐没落，工艺也几近失传。2007 年秋，彤康山庄独辟蹊径，开始购置荒山野岭种植山楂树，并自主研发"泽州红"山楂酒系列产品，经过五年的努力，其开发的山楂红酒为全国独创，山楂白兰地则是世界独有。地域的历史一如个人的历史，总是断断续续前行的，走进检验室时，看到化验台上的瓶瓶罐罐，我仿佛重回大学的实验室。我是学化学专业的，毕业论文做的就是色谱分析，再次看到滴管、蒸馏瓶和各种分析仪器，我不由多了几分亲切感。可遗憾的是，毕业不久我就弃理从文，青春期时曾经形影不离的瓶瓶罐罐也变得生疏起来。

检验室宛如一个时尚酒吧，一行人坐在展台前，按照讲解员的演示逆时针方向轻轻摇动高脚杯中的宝石红液体，便见杯壁上呈现出杯裙，漩涡中绽放出酒珠。我将鼻子凑近杯口，一股浓郁的果香飘溢出来，沁人心脾。我小口品尝着澄清透明的液体，感觉入口顺滑，果香与橡木香浑然一体，酒体协调醇厚，味觉层次丰富，仔细分辨，尤以山楂果酸中略涩的自然味道最为纯正。山楂酒中独特的果酸味道源自"泽州红"富含的天然有机酸，恬淡的涩味则正好迎合了国际顶级干红的流行趋势。清冽的酒液在口腔里流转，在舌尖上流转，津液似若有若无的火苗，舌尖上的酒性隐约收敛一起，令人愉悦。平日里喝惯了烈性白酒，此刻任这红色的液体在口中缓慢流转，顿觉舒适清爽，余味绵长。山楂果本来就以富含多种有机酸著名，以"泽州红"为原料酿制的红酒不仅柠檬酸、苹果酸、山楂酸等有机酸和多酚类化合物含量丰富，总黄酮含量更是远远高于所有果酒类饮品。有机酸和多酚类、黄酮类化合物是人体不可或缺的健康元素，其不仅有健脾开胃、活血化瘀、软化血管、降低血脂等保健作用，还有抗菌消炎、抗癌防癌、美容养颜、延缓衰老等功效。或许这个缘故，当地百姓一直视半果半药的山楂果为大自然的馈赠，而山楂酒只不过是采用现代工艺进一步提纯和转化了这种馈赠而已。自然是平淡的，又是神奇的，对于自然的恩赐，人类不仅要学会坦然接受，更应懂得善待。

走出车间，回头望着这栋外观极其普通的建筑，我心底竟有些不舍。那些现代化流水线让我兴奋，那些化学仪器让我怀旧，那些宝石红一样的液体让我回味，但真正让我留恋的，却是那座依山而建的酒窖。"都说冰糖葫芦儿酸，酸里面它裹着甜……"，走向酒窖的时候，我在心底哼着这首儿时熟悉的歌曲，那一刻，我还沉浸在山楂红酒的回味当中，我的心底是温馨的，是平和的，是淡定的，可当酒窖的大门缓缓打开的时候，我却被震撼了！空气湿润，酒香浓郁，灯光柔和……此情此景固然令人迷醉，但让我惊讶的并非恒温恒湿的藏酒环境，并非整齐一律的法国橡木桶，并非古朴典雅的景德镇酒缸，而是酒窖里低低回荡着的梵乐《大悲咒》。

> 橡木桶并排睡了，空气活着，空气中的微生物活着
> 酒的魂活着。石头砌的城堡没有苔藓
> 它醉卧在《大悲咒》里，山楂果出世的味道浓郁
> 在秋天，在北纬 35 度，在太行山南麓的一座酒窖里
> 采摘或坠落是一次投胎，蒸馏或提纯是一次投胎
> 桶装或窖藏是一次投胎。橡木桶人一样睡去了
> 那些被当地人叫作"泽州红"的山楂还活着
> 《大悲咒》一直滋养着微小的生物。这是味道的纪年
> 它活在太行山的青石里，转生没有休止
> 于一座山或一座酒窖而言，酒的味道就是生命的味道

笙、管、笛、云罗、木鱼、铙钹……品味着沉潜在音乐中的慈爱、悲悯、清净和祥和，呼吸着漂浮在酒窖里的酸中带甜的空气，我不禁有些痴了。我低声对李杜说，酒窖里听到《大悲咒》，这是一首多好的诗。梵乐缭绕一如黑暗中的明光，这酒窖里储藏的不只是酒，还有大悟、大净、大化和大空。李杜点头感慨道，一花一世界，一叶一如来。一沙一世界，一树一菩提。世界虽大，无处不遇佛，无处不可禅，

这就是大境界，大智慧。

　　虽早知山楂乃"食之有道，补而不伤"之物，可总觉这是一种形而下的品行，仅与民生有关，似乎是入不了道的。而此刻，我居然在一座酒窖里听到了《大悲咒》，仿佛醍醐灌顶一般，我突然觉得自己对事物的认识太过拘泥了。事实上，只要用心，世上之物皆可抵达空灵之境的。在俗世里，物之形态呈现的究竟是物质的，还是精神的，或者物质和精神兼而有之的，这些并不重要，重要的是隐藏在物之后的人心和欲望。一个产业经营者竟然会在酒窖里播放《大悲咒》，这是我平生闻所未闻的事，不由人不吃惊，而讲解员的诠释更让我生出几分感慨来。我是学化学的，我知道微生物也是生命，可让酒和空气中的微生物聆听梵乐，以梵乐之慈悲心度化酒性，让酒的味道更绵长，让酒性更通人性，我觉得这不仅是一种大智慧，更是一种大悲悯，惟通透了万物之人方有如此之出世境界。这些年来，随着物质的极大丰富，人的劣根性越来越遭人诟病，人性的话题仿佛空气一样缠绕在我们周边，深入到我们的内心深处，让找不到方向的我们备感痛苦和纠结。而与此同时，我们又因欲望的无处不在，而常常忽略掉身边的真实生命，有时甚至把物质与精神对立起来，这是何等的悲哀。作为企业管理者，追求利润并在逐利的过程中实现企业与社会的双赢本是无可厚非的，甚至是值得尊敬的，可仅仅是把赚取的利润施舍般回馈给社会，这也太简单化，或者说物质化了。利润是有原罪的，我们追问过利润获取过程中可曾破坏过什么吗？如果曾经破坏过，仅仅奉献出一部分甚至少部分利润就可以与社会达成和解吗？很多时候，我们早已把企业与社会割裂开来，把社会虚拟化，把社会利益狭隘化。其实，真正的社会利益就是自然利益，惟有自然是社会的根本存在，是社会发展的基石。一个社会若想达到真正的和谐，所有的人际关系都应该是双赢的，人与自然的关系更应该是双赢的。在与自然打交道的过程中，人类必须学会敬畏自然，学会顺从自然，学会呵护自然，惟有如此，人类才有可能与自然达成真正的和平共处。可长期以来，人类与自然的关系多数时候是对立的，尤其伴随着科技的进步，人与自然的对立甚至有愈演愈烈之势。科技是生产力，是创造力，同时也是破坏力，科技仅是人类认识世界的方法之一，科技之功过与科技本身是否先进无关，与应用科技的人类动机是否亲善自然和生命有关。人类一直试图从自然中攫取更多的东西，一直试图发现和利用各种自然资源获取回报，却常常忽略自然的承受力，或者对自然的承受力心存侥幸。人类一直不去考虑自然的感受，一直在与自然讨价还价，却忽略了自然是最大的生命体，它是不会讨价还价的，也是不能讨价还价的。任何对自然的掠夺性行为，不管其过度或不过度，最终都是要偿还的，这是一个必然的结果，如果说有疑问的话，也仅是何时偿还而已。人与自然对时间长度的定义是不同的，人的生命是以年计量的，自然的生命是以世纪计量的，如果你认为你可以戕害自然，亏待自然，如果你觉得你有办法侥幸躲过自然的惩戒和报复，那么，就请你做好足够的心理准备吧：将来还债的人必将是你的后人，且代价更大！不要以为自然是温驯的，是可以任人欺凌的，自然其实最是睚眦必报的，自然只是不愿轻易发怒而已，自然一旦震怒，一切都悔之晚矣！

徘徊在这座酒窖里，我突然明白了什么叫生命，什么叫自然，什么叫人与自然的和谐相处。我们一直在讲敬畏自然，其实，敬畏自然不只是一种襟怀，不只是一种养成，不只是一种智慧，更是一种人生必须抱持的态度，人类对待自然就应该像对待自己的生命一样。

4. 古树下

午饭之后，我们稍事歇息，便乘车去二仙掌村寻访百年山楂古树。

严格地讲，二仙掌村南边的那座山根本算不上山，仅是一块较大的坡地而已。沿着村口的小路蜿蜒而上，便见一片茂密的山楂林，这儿便是泽州最有名的山楂古树基地。这儿的山楂树葱郁高大，每棵足有五米高，与财圪垛的山楂树相比，显然都是爷爷辈儿的。看见这片山楂林，我的眼前立即浮现出《山楂树之恋》中那棵蓬勃的树来，毫不夸张地说，这儿的山楂树多数可与电影中那棵山楂树媲美，如果说此地的风景与电影中的风景有什么不同的话，便是这儿不是孤零零的一棵，而是上千棵！

　　泽州是全国山楂道地产地，与河北兴隆、山东益都、河南林县和辉县齐名，而"泽州红"是这几大产区中的山楂之王。据资料记载，泽州至今存活的最老的山楂树在陈沟乡，已五百多岁，而泽州种植面积最大的地方则是巴公镇的二仙掌村了。早在上世纪六七十年代，二仙掌村周围的三座山上都是山楂树，二仙掌村的房前屋后、地头埂坎也都是山楂树，当时仅二仙掌村就种有山楂树5000多棵，年产量达到100万斤。上世纪80年代，山楂树与土地一起分到了家户，村民们精心养护，一斤山楂果能卖到2元钱，一年下来，几乎家家都是万元户。在那个年代，万元户就是小康的标杆，二仙掌村自然就成了仙人居住的地方，村民们不愁吃不愁穿，过着神仙般悠闲的日子，外村的姑娘也抢着往二仙掌村里嫁。坐拥满山满村的摇钱树，便不去想别的赚钱法子，可到了1993年，市场行情急转直下，山楂价格一落千丈，最低谷的时候，一斤山楂几毛钱也无人问津，一到秋收时节，满地满坡零落的都是山楂果，村民们只能眼睁睁地看着那些果子任由牛马践踏，慢慢腐烂成泥。风水轮流转，落水的凤凰不如鸡，二仙掌村的光景大不如前，指望山楂树发家致富的村民反受到山楂牵连，渐渐陷入贫穷的泥淖。村民再也无心打理那些曾经红火的树木，许多山楂树或自然死掉，或被砍掉，到最后仅剩下3000多棵，徒为可惜。村民们习惯了靠天吃饭的日子，山楂树指靠不上，便纷纷出门打工去了，那些山楂树只得听天由命。2007年秋，彤康庄园决定开发山楂酒后，便把此地确定为山楂古树保护基地，那些存活下来的山楂树被庄园全部领养，并委托给当地村民管理。有了固定收益，村民们自然乐得重操旧业，这片曾被遗忘的山楂林便焕发了第二春。自然界的故事总是令人唏嘘，不过，让人欣慰的是，在这些存活下来的树中，树龄百年以上的竟有2000多棵，也算一道独特的风景了。

坐在一棵古树下，仿佛回到了故乡，回到老院子里的那株山楂树下。我在这样的土地上长大，我对沁河流域的土地是熟稔的。在我的记忆中，沁河两岸的风很大，很干净，不管春夏，还是秋冬，这片土地上的风都是浩荡的。尤其夏季，正午曝晒的阳光从晴空直泻而下，沁河两岸仿佛一个火炉，火炉里浮现的脸庞便红彤彤的，很有些山楂果的味道；可一到傍晚，风便从田间和树木之上吹拂而来，掠过乡村的上空，白天还骄阳似火，此刻的温度却骤然降了下来，顿感凉爽了许多。或许眷恋这块故土的缘故，我一直觉得沁河的风是从泥土里生长出来的，带着树木、庄稼、泥土和水的湿漉与清新，风吹过的夜色仿佛干净的瀑布，徘徊在屋脊上和马路上的热浪刹那间跌落到山那边去了，即使在最炎热的夏天，这里的夜色也是惬意的，安详的，不带丝毫闷热的。沁河两岸的秋季就格外舒适了，山坡上、庄稼地里、村头、院子里到处都是挂满果实的树木和藤蔓，即使三年困难时期，这儿的秋季也是饱满的，是令人向往和感念的。可这都是遥远的记忆了，阳光从树枝间落下来，风从林间静静穿过，《山楂树之恋》中纯净的爱情便如隐约在枝头的几枚山楂果，纯朴，健康，深紫色的脸蛋红扑扑的，一点也不招摇。那是一个年代的爱情记忆，其实那个年代的乡情也像爱情一样温馨、甘美。穿越在古树林中，仿佛溯着沁河走回我的故乡，我甚至觉得这儿就是我的故乡，就是我魂牵梦绕的家园，可惜我是一个精神漂泊者，我再也回不到这个地方了。

5. 山楂树下想到一个人

阴历八月二十八夜。晴。天上依然看不到一颗星星。

懂得了山楂红酒的好处，晚饭时便多喝了几杯。这时候的心境与其说在品尝，倒不如说在欣赏。是的，在欣赏中品尝，在品尝中欣赏，心情自然十分愉悦。遗憾的是，席间依然没有见到庄园的当家人，据说是到内蒙古考察旗下公司去了。这位当家人神龙见首不见尾，就像一位寺院住持一般，隔些日子就会去云游天下，归期是不定的。也好，看到他写在墙上的《心经》，也算睹字如睹人了。

饭后，我照例独自来到山顶。白天熟悉了周边的环境，胆子便大了起来，虽然依然不见月光和灯光，我却走进了停车场旁边的山楂林。空气水洗过一样，林间愈发静谧，我在一棵树下坐下，半靠树干，眼睛微眯，我想听听树的声音，或者自然的声音。没有风，我什么也听不到，可我又似乎听到了。我的眼前出现一个链条，宛若花环一般，宛如芳香烃一般。在有机化学课上，我就被芳香烃神奇的闭合结构吸引了，想起山楂树的故事，我觉得这里面也藏着一条神秘的生命链条。植树——开花——结果——采摘——生产——窖藏——瓶装——品尝——收益或再投资植树。这是一个循环，在这个循环的背后站着的是土地、庄园和村民，植树，采摘，酿酒，一切瓜熟蒂落一般，即使四季不断轮回，即使岁岁自然更替，在这个循环过程中，损耗的只有时间，而被保护的却是土壤和植被，给人带来的却是富裕和健康，如果说到循环经济，这才是真正的、无穷尽的循环，自然不曾受到丝毫伤害，而人类却获益多多。在这个看似原始的大循环中，最受呵护的其实是生命，大到自然，中到人类，小到微生物，哪一样不是最终的受益者？所谓的经济学，其本质上还应是人学，经济学只有尊重人，尊重自然，尊重生命，才是尊重了事物最要命的发展规律，否则，人类对自然欠下的账早晚要还的。在这个循环中，其实最奇妙的还是那些树，树只要活着，就每年都结出果实来。这些果实被采摘也罢，被弃之荒野也罢，树都不关心，树只管每年结出果实来。人类最早就是依赖这些自然的果实生存下来的，现在还要依赖这些果实生存下去，以后也将依赖这些果实生存下去。在这个过程中，自然无私地奉献着果实，人类无偿地享用着果实，这是多么和谐的相处啊。如果说人类是有智慧的，那么，人类的智慧就应该真正地用在保护那些植物上，用在让那些果实变成更好的产品上。这样的智慧不破坏什么，却又创造着什么，这才是人与自然最伟大的和解，是生命永恒存续的生物链条。遗憾的是，人类的智慧有时常常显现出贪婪而残忍的一面，更多的时候，人类都将目光投了那些不可再生的资源上面，滥挖滥采，企图一夜暴富，长此以往，自然一定会对这种短视行为实施报复的！

庄园的大门上挂着一幅匾额："道法自然"。其实，所谓自然之道，也是人之道，世间所有的学术归根结底都是人学，而人类就是自然之子。

突然想起庄园的当家人来。我觉得他就是一个当代的隐士，一个真正的隐士。"隐而不出世，逸而忧苍生"，这样的情怀不仅仅一个悲悯就能概括得了的。一个通透的人，其实也就是一个"也无风雨也无晴"的人了。有这片土地为伴，有这片山林为伴，有这样一条周而复始的产业链条为伴，人生夫复何求？

有风轻轻吹过，我似乎感觉一个人正在穿越这片山楂林。无需月光，无需虫鸣，一个人独自穿越在一片山楂林中，那是多么惬意的人生啊！

2012 年 11 月　于太原

弯曲的时光

1. 皱纹

时光弯曲。一株古树裸露着筋骨，它流畅的线条宛如女子飘拂的衣褶，在古树遍体的皱纹里，忧伤一层层剥落而下，每时每刻都在预演落叶飘零的姿势。

我握不住她，她是那样粗壮，修长的躯干竟长成了虬曲的根；我握不住她，她是那样光滑，像鲶鱼不挂一叶鳞片的身体。她举在空气中，游在河水中，我一直凝望着她优哉游哉的模样，却无法把她搂在怀里，捧在手心。她站立在泥土之上，藏身在石头之中，她悠然如一片散淡的云，从不慌乱，从不大声叫喊，她无所不在却不曾留下任何声响或痕迹。

她是结实的，只剩骨头；她是光滑的，只剩线条；她像女子峰起的乳房，像女子丝帛的肌肤，她被反反复复打磨的光泽性感而神秘。正是这揪心的光泽让伤感水一样四下散开，我站在岸边看到了水上的事物，你站在水中感受到了水下的事物，她却依然叮叮咚咚，不做任何的停留。

想象一下她与光并肩站立的光景吧！她的道路弯曲在地球之上，一轮又一轮，她从来没有想过要超越光速，独自行走。她的道路穿越地心，长长的隧道之上布满弯曲的皱纹，她从不把这些皱纹当作智慧炫耀，更不把这些皱纹当作伤疤展示。这些皱纹细密如水波，荡漾开来，无声无息地消失。这些皱纹细密如光的缝隙，透过这缝隙，你可以观察到光或波或粒子的二重属性。时光是古老的，时光是年轻的，时光的皱纹从来不会被抹杀，时光的皱纹一直藏在流水的身体里，种子一样慢慢长成水草，长成树木。时光的皱纹在此处消失，在别处重生，这不是轮回，不是转生，是生命的另一种呈现方式，就像光波和光粒，就像镜子的另一面。

事物呈现一面，隐藏一面，我看到的永远只是事物的一半，事物的另一半一直在冬眠。在空间的摇篮里，时光是那样小，就像回到子宫的婴儿。影子似乎一直陪伴着她，可这是一种假象，是另一半的虚拟，影子永远不可能代替另一半活着。

在这一半与另一半的褶皱处，我看见弯曲的时光，她像忧伤若隐若现的触须，附着在根一样的树身之上。

2. 灯影

风叩打着窗棂，只是让恐惧扩散的速度能够保持涟漪一样的方式和节奏。我坐在炉台上，挂在对面墙上的油灯映照着我，火苗摇曳，无论如何你都不会把它想象成一次诱惑，或一个妩媚的眼神。影子投在身后的墙上，我不回头，也不敢回头，我知道这个影子的名字叫恐惧，它是风真实的皮影。这一刻，我正被风与影子夹击，我事实上无路可逃，也不想出逃。我只能坐在风与影子之间，独对一盏昏暗的油灯。风声一如既往的大，风是从冬天的山坡上一路奔跑下来的，冬天的山坡是最少阻拦的，残喘的风呼出野兽的气息。风的蹄子趴在窗棂上，我看到了它的鬼祟，但我找不到还击它的方式。我只能守着火炉独坐，这是我胸前的温暖，如果它在今夜熄灭，我便可能在明晨老去。我听到了炉火窸窣的声音，在越来越猛烈的风中，我还隐约听到了时间的声音。在夜里，时间的声音是从遥远的脚步下发出的，显得有些急促。我努力把时间的声音与炉火窸窣的声音联系起来，我努力让冰冷的时间像我的双腿或下体一样温暖，只有守住这最后的温暖，我才不会立即看到时间深处藏着的兽性。其实，这都是我的幻听，我知道时间的声音是被人类制造出来的，从滴漏到钟表，时间滴答滴答的方式最接近开膛破肚的酷刑。好吧，请亮出你的刀，把我的五脏六腑打开，这里已经被炉火烤热，虽然它盛满恐惧的血液或水。如果你愿意，你也可以把我胸腔中的恐惧都挖去，你是一个剔骨的高手，我知道你不会留下一丝痕迹，当胸腔中的恐惧被挖干净之后，我会更加迷恋恐惧。我知道，恐惧甚至是比血液藏得还深的东西，它曾经是流转在我身体里的气息，它还将是流转在我身体里的气息，事实上，当你把恐惧从我的胸腔中剔除干净的时候，我就是最好的恐惧了。只要我还在呼吸，我就不会被你拿去，恐惧也不会被你拿去。我知道，恐惧是一种比时间还时间的物质，它终生与我相伴，构筑了我做人的底线和屏障，孵化了我做人的本分和钱粮，虽然我一直无法触摸它，抓住它。我为什么要抓住它呢？它是我生命的一部分，我走到哪里它就会跟到哪里，我与恐惧的距离比我与影子的距离还要近。哦，恐惧，我绵绵不绝的时光，既然你已经决定一生都陪伴着我，那我就把你娶回家，做我一生的新娘吧！这一生，我躺在你的怀抱里，你枕在我的臂弯里，你既然已经习惯了影子一样纠缠我，我就把你当作幸福或快乐。

影子在墙上，风在窗外；一个静极，一个疯极。我已经被恐惧的双臂紧紧搂在怀里，我陷落在静止与疯狂交叠的温柔之乡，无路可逃，无路可退。

时光也像恐惧一样，不管你爱还是不爱，她总是静极，总是疯极。假如时光是一个长着修长臂膀的女子，你会爱上她吗？你会让她的双臂紧紧箍住你的身体，任由自己躺在她的怀里做梦吗？这仅仅是一个假设而已，不管你爱还是不爱，时光一直空气一样存在着，由不得你做任何选择。就像凌空而降的爱情，她是恩赐，是生命不可或缺的粮食——如果你想认认真真地活一生，你就必须心甘情愿地被爱情俘虏一生；如果你想游戏一生，你早晚会被这条时而静极、时而疯极的绳子紧紧勒住脖颈。

我不去想这些，我一直坐在这时而静极、时而疯极的时光里。我是时光一生的俘虏，时光是我一生的女人。

3. 枝桠

把树拦腰斩断或剖腹之后，我可以清晰地看到年轮，可十年树木，百年树人，斧子不可能天天自由挥舞，我通常看到的都是树上的枝桠，斧子砍掉的也多是树上的枝桠。从树开始抽出身形之后，我就经常看到枝桠，看到它变粗，分叉，或折断。有雪的日子，我可以听见洁白的折断声；有风的日子，我可以听见清脆的折断声；有雷电的日子，我可以听见明亮的折断声；在暴雨之中，我依然可以听见湿润的折断声。树就是在折断声中长大的，折断声是不分季节的。可这又能如何？折断不过是制造伤口的方式之一，反复痊愈伤口不过是让皮肤变得更光滑的方式之一。撕开再缝合，这不过是日常场景中最常见的修炼过程，这样的过程不见得都是痛苦；即使都是痛苦也无所谓，既然生活允许这样的方式反复重现，它就有重现的理由，我们遵循生活的意志去做，反而是减少痛苦的最好方式；更何况，在这个过程中或许存在着某种隐秘的快感，就像一次自虐或交媾。枝桠的伤口里也是有年轮的，只是它更浅显，更淡薄，就像落叶上憔悴的筋脉，我们早已习惯视而不见。把这条枝桠移栽到另一片土地上，它或许会长出更厚实的年轮来，但我不认为这样的年轮是另一种时光。时光存在每一寸皮肤之中，打开或不打开，她都存在着，活着不仅仅是为了写生，我为什么非要找到准确刻画她的技法？存在有存在的理由，抽象有抽象的借口，所谓美学并不都囊括在审美之中，有时候丑陋的骨头妙不可言，有时候模糊的轮廓妙不可言，有时候什么也不是的线条妙不可言，眼神无声的交流比身体有形的肉搏更令人缱绻。

相信我，只要你用心抚摸，时光就会流出来，这是一种天然的汁液，她润滑着任何坚硬或不坚硬的事物。只要你耐心抚摸，不论动作轻或重，时光都会流下来，你最好选择一种静卧的姿势，任由流淌的时光把你痛痛快快沐浴一次。有些经历可遇而不可求，不要责难身心的放纵，更不要错失生命中不可多得的、仅仅属于你自己的快乐。

在时光还能流动的时候，或者，在你还有能力感受时光流动的时候，你就尽情去享受这淋漓尽致的快感吧；否则，一旦枝桠枯干，你就会落叶一样离时光而去。

不要责怪时光太无情，是你衰老得太快。

不要责怪你衰老得太快，是自然的规律太古板。

不要责怪自然的规律太古板，枝桠每年长一次皱纹，每年年轻一次。

4. 落叶

我喜欢观察落叶凋零的姿势。在所有的落叶中，唯有柳树的叶子最像鸟的脚踪，尤其柳叶落在雪地上的那一瞬。不过，雪地上的脚踪很快就会消失，而落在湖水冰面上的柳叶却长久暴露出叶子藏在心底的愿望。看到落叶在冰面上构成的岩画一样斑驳的图案，我越发相信，叶子们其实一直想做一回鸟的——即使最后不得不告别的那一刻，它也没有放弃；即使最后被赤裸裸地凝结在冰面上，它都试图保持飞翔的动感。

居于高处太久太久了，它们一直在风雨中低声吟唱，却一直不曾沿着阳光的弧线飞翔，这些从来不懂得恐高的叶子多么渴望自由自在地眩晕一次啊！

时光就是附着在叶片之上茸茸的薄膜，就是笼罩在树冠之上透明的空气，天空如此高远和广阔，谁不想穿越时光灿烂地飞翔一次呢？即使一生挣脱不掉泥土的人类，即使一边制造生命一边涂炭生命的人类，即使一心悲天悯人却又一生罪孽深重的人类……哦，一代又一代，人类一直都在前仆后继地制造着五花八门的飞行器，都在失败成功、再失败再成功中不断尝试挣脱地心引力，羽毛一样向着寒冷的月球飞去——虽然人类知道，飞船造得再大也不会在月球之上搭建起一座广寒宫，风筝飞得再高也不会挂在月桂之上变成一只月兔，何况月球根本就不需要广寒宫，月亮之上也根本没有桂树，更没有吴刚。那桂树不过是人类幻想飞翔的一个借口，那吴刚不过是人类渴望圆梦的一个隐喻。其实，不断砍伐桂树的一直是人类本身，人类因为没有翅膀，便对又高又远的美好事物充满向往和怨恨。可这一切不是时光造成的，是空间造成的，人类绞尽脑汁破解空间的多维，只不过是想找到肢解空间的途径。人类渴望挥舞着斧头不停地砍向空间，可巴比塔是不存在的，天梯是不存在的，空间即使坍塌，过程也是漫长的，且将继续漫长下去，而时光会一直陪伴着人类在空间里旅行。人类不会孤独，因为有时光；人类其实很孤独，因为有时光；人类一思考，上帝就发笑，其实，发笑的不是上帝，是时光。时光是无处不在的上帝，她一直空气一样陪伴在人类的周围，她一直不远不近地注视着挣扎的人类，既不言，也不语，更不会发笑。是啊，时光如此柔软，她甚至比空间更包容，她为什么要对着人类发笑呢？那笑声只能发自人类惴惴不安的心灵，只能发自人类深不可测的动机，人类一直希望自己变成一个黑洞，企图把所有的时光都吸进去，又期冀自己变成一个白洞，幻想可以随心所欲地把所有的时光都吐出来。人类渴望能够随意吐纳时光，人类只有做到这一切，才可以活在想象的时光之中攫取更大的自由，才可以穿越空间且把空间变成手中任意变形的玩具。可时光既不言，也不语，更不会发笑，她是一副沁凉的药剂，随时抚慰着人类四处碰壁、遍体鳞伤的心灵，随时打扫着人类尸骨横陈、剑戟狼藉的战场，让世界看上去更有生机、更光鲜华丽。时光有时就是一场雪，她悄悄遮蔽掉一些丑陋的事物，给绝望的世界透出一丝亮光来。时光是悲悯的，如果不是时光悲悯的光辉月光一样稀释着黑暗，人类早已扎营在白骨堆中，神经紊乱，精神崩溃，世界早已被发疯的人类折腾得七零八落、百孔千疮……

哦，时光其实就是月亮上的桂树，月光就是时间撒下的花瓣，时光知道人类又脆弱，又贪婪，又疯狂，月光花瓣飘洒的速度才那样节制，那样轻柔，彷如女子弹奏月光曲的手指。月光的调情是一种隐秘而伟大的艺术，欲火焚身的人类因此才不会陷于万劫不复。

哦，那些落叶，那些落叶上经脉分明的忧伤，那些落叶上一层一层沉积下来的色彩和欲望，那些出卖了全部身心的飞翔，当它们一起凋落在时光清冷的怀抱时，它们的愿望显得多么卑微，多么浑浊！

5. 石头

时光是被一个叫西西弗的家伙弄弯曲的。你看到了吗？时光弯曲的瞬间，碎屑正光斑一样眩晕着凋落。

西西弗住在奥林匹斯山上。据说这是一座神山，众神们经常在这座山上饮酒、唱歌和集会，可这与西西弗有什么关系呢？众神们每天忙着打理光明、黑暗、音乐、舞蹈和诗歌，可这与西西弗有什么关系呢？西西弗早已厌倦了创造，他每天做着反复的、徒劳的搬运工作，他什么也不去想，他活得很快乐，他没有任何欲望，他活得非常快乐。你瞧，西西弗推石上山的表情多么像奥林匹斯山波澜不惊的山坡啊！如果你喜欢草，你就可以在西西弗的表情里看到草；如果你喜欢溪流，你就可以在西西弗的表情里看见溪流；如果你喜欢小鸟，你就可以在西西弗的表情里看见小鸟滑出优美的弧线。西西弗是快乐的，因为他早已忘却劳作的每个细节，因为他知道石头滚下山的声音就是黄昏一样绚烂的谢幕。

西西弗不会像愚公那样把一座山移走，西西弗不想去改变。他担心这座山被移走了，他明天就无事可做。他担心如果不把这块石头每天都推上山去，这座山便会变得更寂寞。这个固执的家伙就这样把一块石头推上山坡，滚下山坡，他反反复复无用的劳作终于让时光一天一天弯曲下去。

在弯曲的时光里，你可以触摸到石头冰冷的坚硬，可以触摸到石头被折磨成沙砾的疼痛，可以触摸到沙砾被挤压为齑粉的颤栗，可以触摸到齑粉隐身于泥土中的无声。这些都是在不知不觉中默默发生的，如果你足够敏感和睿智，你还可以透过这个过程触摸到泥土长成石头时熔岩般的灼热和剥裂。时光弯曲，我们只看到时光的另一面。其实，时光像阳光一样，在她弯曲的背后，还有无边的黑暗，在光明与黑暗之中，到处充斥着沙砾一样的颗粒。这些沙砾是微小的，它不会磕疼人类的关节，它像流水一样把人类的身体抚摸，像沙滩一样把人类的欲望温暖，人类只会责怪风把皮肤变得粗糙，却不知道时光的沙砾一直埋在肌肤之下。一张又一张皮肤就这样皴裂，一张又一张皮肤就这样老去，这些错和罪都被阳光和风背了去，可又有谁能知觉、又有谁还记得时光藏在肌肤之下的皱纹？时光的手是看不见的，甚至不会留下光的痕迹、风的痕迹，可时光有时像极了刀的光泽，冷冷地，人类便被剥蚀，被风化，被阳光慢慢照耀着老去。

我看不见时光的手，却看见了西西弗的手，这只手像一块永不磨损的石头。那些山峰都是西西弗的手指，那些沟壑都是西西弗的手纹，那些植物都是西西弗的毛发，那些流水都是西西弗的汗滴。这双手就这样横亘在时光之中，横亘在空间之中——只要时空存在一天，这双手就存在一天；只要这双手存在一天，石头就被推动一天；只要石头被推动一天，这座山上就永远找不到一个休憩的平台。

其实，西西弗推动的不是一块石头，他推动的是时光。时光就是一块石头，滚落在奥林匹斯山沉默的山坡。

6. 峡谷

时光是弯曲的，它的曲线好似地球的轮廓。在我的视线里，地球是凹凸不平的；在飞船的视线里，地球是一条弧线；在月球的视线里，地球是一个半圆。

时光是有皱纹的，她的皱纹好似一道峡谷。在我的村庄之上，它是大山的峡谷；在我的城市之上，它是山峰的乳沟；在地球之上，它是一道皱纹。

峡谷其实不仅仅是一道皱纹，峡谷之中藏着更多更深更密的皱纹，这些皱纹上生长着草、花朵、树木，还有泥土和石头。我曾在这样的皱纹中酣然睡去。那是正午，树枝间有蝉鸣，草丛间有蛇，脚下还有流水，再往高处是飞鸟，再往深处是野兽。可这又能如何呢？我不会因为花香就不醒来，也不会因为虫兽就不入眠。在这样的皱纹里，至少风徐缓了许多，阳光柔和了许多。在夏日的正午，雨还没有来，躺在这样温暖的皱纹里，我至少留下一个值得回忆的童年。时光的手是一只如来的手，或者说如来就是时光的隐喻，孙猴子不会因为跳不出如来的手心，就不去西天取经，我不会因为跳不出如来的手心，就放弃我的生活。世界如此之大，故乡如此之小；时光如此之长，生命如此之短；磨难如此之深，微笑如此之浅。既然一切命定，皱纹一样的峡谷就是人生最好的风景！

峡谷是大地上的风景，皱纹是我的风景。当我老了，我会把我的故事都藏到皱纹里，那些感悟和沧桑就是一泓每天净心的流水。当我老了，当我走不动了，我就住到故乡的那道峡谷中去。在那里，会有一条河流允许我安静地坐在一旁，会有一条河流愿意听我絮叨，住在那里，我就住在峡谷一样静谧的幸福里去了。这样的幸福是宁静的、恬淡的，这样的峡谷就是时光神秘的乳沟，在这样的地方老去，生命该是何等的美丽啊！

弧线是美的。

天空中飞翔的翅翼是弧线，悬崖上悬挂的流水是弧线，额头上弯曲的皱纹是弧线，心底里埋藏的秘密是弧线……一生拥有如此众多的弧线，这样的人生该是多么富有啊！

7. 流水

看到我的姿势了吗？它低过了流水，低过了河床，低过了一切可以看得见的事物。

　　流水是从天上来的，是从山巅上来的；河床是被永不回头的时光不停冲刷出来的，是被一路向下的河水反复揉搓出来的。而我生在它们之下，长在它们之下，终将老在它们之下。但我不是根，如果硬要与根扯上关系的话，充其量是根上延伸出来的触须。植物的根藏在泥土之中，我的姿势藏在时光之中，你的双手无法直接插入植物的根部，你的目光更无法捕获我的姿势。请不要打量我，我不需要垂直而下的怜悯；请不要倾听我，我不需要匍匐而下的压迫；请不要触摸我，我不需要一吹而过的颤栗。我的姿势是丑陋的，没有任何雕琢和装饰。我的姿势偶尔也美丽，巧夺天工仅是可能性之一，但这样的姿势如昙花，开放即熄灭。

　　其实，我根本就没有什么姿势，我只是一团空气，一捧沙，或一掬水。天地就是我的容器，你喜欢让我变成什么样子呢？雾飘下来，它是水的一种姿势；雨飘下来，它是水的一种姿势；雪飘下来，它是水的一种姿势；汗珠或眼泪落下来，它还是水的一种姿势。

　　而河道就是所有流水中最宽最长最大的姿势，桥梁只是点缀这姿势的一道弧线。

　　我比这所有的姿势都低，比这所有的姿势都窄，比这所有的姿势都小，我的姿势是唯有时光才能够读懂的秘密。我潜在岩缝之中，是岩缝黑暗之心里的一缕光线；我藏在花朵之内，是花朵细弱管径中的一滴血脉；我伏在流水之下，是河床之下深不见底的一线细流。

　　想起浸入或渗透。这样的过程通常都是无声的，这样的过程通常也是留不下痕迹的。其实，痕迹是有的，它只是那样轻，那样浅，常常被忽略。我喜欢这被忽略的过程，只有这样的过程才可以抵达更低。泥土是有缝隙的，石头是有缝隙的，就像肉体是有缝隙的，骨头是有缝隙的，让我深入这缝隙之中，在这里我可以看到时光，看到时光纤细的手指指向更低更暗的地方。

在这个地方，我抚摸着一大片草根，仰望着一大片草地。草一岁一枯荣，它会用它的方式呈现时间的秘密，那连绵的、根与根相连的、野火烧不尽春风吹又生的葳蕤。

哦，我又一次看见了水，看见了藏在事物根部的乳汁，看见了藏在事物根部的、与大地一起抖动的快乐！

8. 盐粒

盐是时光的结晶体。

在我的化学专业里，盐是一个河床一样宽广的概念。而我们日常所说的盐只是钠盐的一种，也即调剂胃口的咸盐，或叫食盐。看到这些白中隐着微黑颗粒的晶体，我总是想到磷，想到磷光，想到夏天的夜晚萤火虫一般飘荡在旷野的鬼火。很奇怪，这一刻我没有想到火柴，而火柴上饱满的红磷显然比飘荡在野地的白磷更为常见。众所周知，磷也是一种化学物质，在化学元素周期表中位列 15，分白磷、红磷和黑磷三种状态。白磷发出磷光或红磷瞬间擦燃皆不过是两种常见的磷被氧化之后的过程呈现，黑磷有着金属一样迷人的光泽，却几乎没有什么用途。不管它最终呈现什么样的状态，那是它的事，我并无太大的兴趣。我时常对结果无动于衷，因为在时光里，我只能是过程。我最想知道的，是这些晶体是怎样凝结出来的。这里先不说骨头，磷经常从骨头里分离出来，可磷并不仅仅靠骨头活着。这里也不说汗水，盐是汗水的结晶体，当然，仅仅有汗水也是不够的。磷存在于人体所有的细胞中，像盐存在于人体所有的汗腺里；磷维持和支撑着骨骼和牙齿，盐让这些骨骼和牙齿更有力；磷参与着人体生理几乎所有的化学反应，它让心脏有规律地跳动，让肾脏正常地运转，让神经敏锐地传达刺激，而盐则是百味之将、五味之首，它滋润着味蕾并渗透到全身。盐之本意为"在器皿中煮卤"，《说文》记曰："天生者称卤，煮成者叫盐。"早在黄帝时期，古人便煮海水为盐，色分青、黄、白、黑、紫五类，盐很早就成为多彩的滋味。毫不夸张地讲，自从有了人类就有了盐，至少盐是与人类文明同步的，而磷的发现则有些匪夷所思。大约在17世纪，德国汉堡一个名叫波兰特的商人迷恋上了炼金术，他听说可从尿中提炼黄金，便一心一意扑在这异味之中做起实验来。1669年的某一天，波兰特将砂、木炭、石灰等与尿混合在一起进行加热蒸馏，黄色的金子虽依然杳无踪迹，一种色白而质软的物质却意外地呈现在眼前。这种物质在黑暗处闪烁出奇异的亮光，波兰特称其为"冷光"，这幽灵一样的物质便是炎热季节中从尸骨中逃逸出来且自燃的白磷。

我最早认识的磷就是从尸骨里游荡出来的，乡亲们叫它鬼火。或许正是因为磷的鬼祟，鬼在人类意识中的存在才显得客观真实。

游荡的磷火当然是身后之事了，而活着的人体是离不开盐的。不过，盐并非天生存在于人体之中的，海水可以算作盐的第二故乡，海水中盐类众多，其中90%左右是食盐。据测算：如果把海水中的盐全部提取出来平铺在陆地上，陆地可以凭空增高153米；如果把世界上的海水都蒸发掉，海底便会堆积起60米厚的盐层。这是多么令人难以置信的事实啊，如果让这两种景观同时呈现，世界会变得更美丽？还是更丑陋？ 或者说，这是盐对这个世界的最后一次消毒，世界会不会因之变成一座白骨累累的停尸场？

海水中的盐类其实并非天然存在于海水之中，而是来自陆地的岩石和泥土。大约在46亿年前，地球刚刚诞生，那时的海水是淡的，盐还藏在岩石和土壤之中。后来发生了地壳运动，再后来喷发了火山，再再后来天空中弥漫着浓烟一般的水蒸气……于是，世界开始隔三差五地下雨；于是，盐从岩石和泥土中渗漏出来辗转抵达河里，汇入大海；于是，那一望无际的海水便变得有滋有味起来……

河水不是咸的。相对大海而言，河水一直在运动，河水中的盐含量几乎可以忽略。河水携带着微量的盐流入大海，海水在阳光的照射下不断蒸发，海水里的盐便越积越多，越积越浓，那些隐身在水中的白花花的晶体啊！

不要仅仅看到磷在死者身后的燃烧，还要懂得盐在生者活着时的结晶。磷的剥离和盐的结晶是漫长的，只有穿越旷野之上的燃烧，只有窥透大海深处的结晶，我们才能真正品尝出时光的滋味。

9．光影

自叶子间的空隙穿越时，你暴露了自己的另一面。那团耀斑就像一团跳动的火，你想在高处自焚吗？

我不会打扰你的。任何一种生命都有可能等到自己的极致时刻，这一刻总是姗姗来迟，就像爱情的邂逅。无论最后的结局是什么，都不要再羞羞答答，都不要再有任何的保留。在这样的瞬间，生或死其实早已无足轻重，最重要的是，绝不让干净的燃烧留下一丝灰烬，即使这灰烬美如花瓣也不要。彻彻底底地做一回自己，即使这一刻会在时光的弯曲处留下断痕，也不要在树身上洒下眼泪。有一片斑竹就足够了，在那一瞬间，你全部打开了自己，你让赤橙黄绿青蓝紫花一样骤然间开放，即使这一程就是毁灭，也要做最灿烂的。

可我还是在不经意间看到了你的影子。你停留在叶片上的，你悬挂在枝桠间的，你坠落在地面上的影子。那影子是清凉的，像风一样轻，在这个瞬间，我宁肯让我的目光弯曲下来，一路追随你的影子摇曳或匍匐。我仰望你的灿烂已经很久了，我很快就要长成一株向日葵了，可我最终还是低下了头，弯腰的刹那，我未能避开你零落一地的幻影。我不想目睹这些碎片，可我最后看到的只能是这些碎片，这些碎片已经轻得不能再轻，可在我忧郁的目光中，它们比一片片刀刃还锐利。我不愿意让悲剧的美划伤我自己，我不愿意为悲剧的美流泪，我觉得我面对悲剧的那一刻，心中装满的皱纹一样的忧伤就是一种罪。该凋零的就让它凋零吧，该留下的就让它留下吧，我习惯了坐在时光的屋檐下听雨水滴滴答答的声音，只有这潮湿的声音可以熄灭我心中的那团火。总有一天，我也会像一枚叶子追随你而去，但我不会让自己燃烧成一团耀斑，我只愿自己凝结为一点黑。我不需要墨汁，我不需要记录什么，我只是喜欢黑的安静，喜欢比夜更深更暗的黑水晶一般的宁静。

你在那端燃烧，我在这端熄灭；你回归天空，我潜入大地；你与我都不会留下一丝的痕迹，就像我无法找到分割光与影的那道裂痕。

那条裂痕或许根本不存在光与影之间，它早已时光一样悄然潜入叶子的筋脉，隐者一样抹去了自己的姓名。

10. 声波

当我不得不说出黑暗这个词的时候，天就亮了。

心理时间一直与某种隐秘的东西相关联。她可以在瞬息之间让乾坤倒转，她的妙不可言之处恰如手指轻轻触动琴弦时发出的声音。并非所有的声音都是悦耳的音乐，但音乐一定存在声音之中。把音符从音乐中分离出来，犹如把时光从生命中分离出来。

我时常会盯着手机屏幕发呆，但我不是在等电话。手机就是我此刻计时的钟表，我只是盯着屏幕上的数字，看时间跳动。如果时间有声音多好，如果时间可以像手机铃声一样响起来多好，如果时间可以坐在手机的那端与我对话多好，即使我根本看不清时光干净的脸。我不贪婪，我只要听一听时光的声音，那种柔软的、甜美的、流水一样的声音。我不喜欢甜言蜜语，我只喜欢清纯，时光就是一样世上最不含杂质的东西，我只想时光的清纯像空气一样，一口气吹进我空空的耳朵。哦，时光，我长着一双硕大的耳朵，我长着一双莲花般姿态优美的耳朵，我长着一双隧道般幽深的耳朵，如果你愿意，请你靠近我身体里最幽深的管道，我会用一支荷叶渡你到彼岸，那儿的清风像莲藕一样洁白。

可时间没有声音，她一直用猫爪一样的手指挠着我的心。好吧，如果你喜欢血，我就让你看到汩汩的血；如果你喜欢泪，我就让你看到汪汪的泪；如果你喜欢汗，我就让你看到哗哗的汗；如果你什么也不喜欢，我就用这血、这泪、这汗洗干净我自己。总之，不管你喜欢不喜欢，我都不会让你嗅到一丝血腥，不会让你听到一丝怨恨，不会让你窥见一丝疲惫。既然你已经气息一样笼罩住我了，我就把你当作一泓雾水，永远住在你柔软的身体里吧。

哦，你听到我心跳的声音了？那是我与你的对话，我的心也会听到你的声音。我真实的声音一直藏在你的时光虫洞之中，你真实的声音一直藏在我的心脏跳动之中……嘘，请不要说话，这是我与你一生守候的最大秘密。

我知道，时光就是宇宙的生命，就是缠绕在宇宙间的连绵不断的生命，就是一条所有生命捻起来的、无色透明的、连续的线。时光弯曲，世界便弯曲；时光生长皱纹，世界便生长皱纹；时光终止，世界便终止。

时光像一团气息一样围困着我，我无法挣脱。此刻，我安静地守候一部手机就像守候一座星座。我在等待时间的彩铃想起，这炫丽的声波就是这座星座神秘的光泽，我带着这个秘密来，带着这个秘密走，当我离开这个世界的时候，我不会招手。

2011 年 11 月　于太原

文学四题（代后记）

文学中的疼痛

文学中的疼痛应该有三种样本：人类的、民族的和个人的。文学的触角无论是伸向人类史，还是民族史，抑或个人史，其担承的主要义务（我个人甚至愿意把它理解为惟一职责），就是寻找和挖掘埋藏在各种"史"中的永久疼痛，并以自己独特的方式表达出来。人类、民族和个人的疼痛在观照视野上虽存在明显的差异，但在终极意义上则是完全一致的。说到底，文学关心的就是人类的命运问题、民族的命运问题和个人的命运问题，而命运这样的话题只能放逐在时空无边的宇宙中接受灵魂的拷问。

疼痛不是疼痛感。文学中的疼痛应该是浸入骨髓的，牵扯神经的，它像气息一样游走全身，你每时每刻都能感受到它，却无法把它彻底剔除。这种疼痛就像癌细胞一样在文字中无限地扩散，它的繁殖力惊人，却又不会让你看到畸形的肿块。暴露肿块和展示伤疤的人患有同样的心理疾病，即暴露癖。把脓疮直接打开或把下体赤裸成一道伤疤的行为与真正的审美无关，虽然极致的审丑也是审美，可这样的打开和暴露仅是一种低级的展览，不是一种健康的审视和呈现，这样的行为与美学的审丑趣味有着天地之别，是风马牛不相及的。在美学范畴里，审美与审丑都是健康的行为，是美学的两种视角，是事物的阴阳两极，美与丑构建的枝叶景象虽然貌似对立，但它们深藏在泥土中的根须却是相通的。遗憾的是，有的写作者把生活的丑陋直接等同于美学的丑陋，喜欢以"照相"的方式丑陋地展示生活的丑陋，且乐此不疲。原生态本是文学中的一个大美境界，却因一些人展示方式的粗暴和生吞活剥而蒙尘。

文学中的疼痛是一种最高级的"场"，这种"场"一样的疼痛是持续不断的。它像元气一样绵延和强大，你受到了震荡和击打，却无法直观地看到它的存在；它像蚂蚁钻入骨缝里，你感到浑身疼痒难熬，却又无从下手灭除；它像温水煮青蛙一样，不知不觉之间，你便疼到了麻木，疼到忘记了疼痛。

被针扎一下也会流血，也会疼痛，不过这样的疼痛太过短暂、太过轻浅，血珠还未消失疼痛便已转瞬逝去，它充其量仅是一种疼痛感而已。疼痛感属于个人的情绪记录，不属于文学。我不否认这种疼痛感的真实性，但这样的真实性是浅尝辄止的，它无法叩响文学厚重的门环。

疼痛既然是一种"场"，它就有大小强弱，但这种大小强弱不是依据人类、民族和个人这样的区域概念来分类的，而是依据疼痛的穿透力、扩散力和持续力来度量的。优秀的作品很难清晰地分辨出其中的疼痛究竟是属于人类的，还是属于民族或个人的。如果能够从个人的疼痛中透视出民族的疼痛、人类的疼痛，这样的作品自然是伟大的；同理，能够在人类的疼痛中显微出民族的疼痛和个人的疼痛，或者在民族的疼痛中挖掘出人类的疼痛和个人的疼痛，这样的作品同样也是伟大的；如果能够在这样的疼痛上再打上文学"这一个"的标签或者作者的"惟一性"烙印，这样的作品自然是伟大中更伟大的。

文学中的疼痛持续和保持的时间越久，文学作品就流传得越久，这是文学作品之所以称为伟大的诀窍，也是文学作品能够成为人类共有文化的秘密。

文学只关心那些无法准确定义的东西

但凡存在世间的东西都是文学关心的对象，即使世间不存在的东西，文学也可通过想象去抵达。从观照的物像来说，文学似乎无所不包；从表达的意义来说，文学的关心显然又是挑剔的、偏心的，至少文学的视角是独特而唯心的；物像的客观呈现只是一个阳谋，作者与读者对背后事物的心有灵犀是心照不宣的。通常情况下，文学对能够准确定义的事物没有多大兴趣，或者说，文学对定义本身没有多大兴趣。准确对物质进行定义是物理学的事，精确对物质进行计量是数学的事，探求物质之间的转化方式是化学的事，对物质进行精确分类是生物学的事，对信息进行数字编码是计算机学的事……总之，准确只与科学有关，虽然现代科学越来越迷恋上统计学，所谓的精确也仅仅是一个概率。文学手术刀般的犀利和准确只是一种"障眼法"，其实，文学的准确仅是描述的准确，仅是庖丁解牛式的精妙，文学"只可意会不可言传"的准确与科学定义拒绝任何误差的准确是有着本质区别的。很多时候，我们可以在文学作品中读到作者对准确描述的偏好，作者对事物把握的精准甚至让你感到他就是某个领域的专家，但这仅仅是一个美丽的幌子而已，文学最关心的永远是事物背后无法说清楚的东西。比如爱，比如恨，比如善，比如恶，比如真，比如伪，比如思念、梦想、良知、道德、节奏、韵律、感受等等。这些东西是千面千手的，正因为它们的不可捉摸、瞬息变化，每个写作者都可以找到每个写作者的表达方式，每个写作者都可以塑造每个写作者心目中的形象，如果你能够找到仅属于你的创造性的表达方式且塑造出你的"这一个"，你便是成功的。

世间万物都是写作者可供利用的筹码，写作者真正想表达且必须表达的永远是那些说不清的东西。

因为世间存在太多模糊的东西，文学才精彩纷呈。当一切都变得清晰起来的时候，文学就该让位于哲学或科学了。

文学中的哲学

文学不是哲学，但文学中不能没有哲学。

文学中的哲学最懂得隐身术，它一直是潜伏着的。如果说文学是一条河流，哲学则是河床。在文学中，我们虽然只看到了河流，但河床一直存在着，因了河床的存在，这条河流才变得宽阔、厚重、浩荡，才可以自由恣肆地流向很远很远的地方。

科学研究发展到现在已不似从前那样直观和精确，比如量子力学，比如天体物理学，比如结构化学等等。牛顿定理建构的经典物理世界虽在宏观世界中屡试不爽，但在微观物质世界中却屡屡受到质疑和挑战。某些时候，牛顿揭示的物质运行规律甚至与物质微观世界的运行规律是完全背离的。牛顿没有错，但牛顿定理仅仅适用于精确的世界，而科学现今研究的对象却越来越"模糊"：微观物质的运行轨迹无法精确测量，微观物质的存在方式只是在某种预设条件下可能出现的某种概率；宇宙博大无边，黑洞、白洞、虫洞和时空隧道深不可测，熵的混乱又幽灵一样无所不在；一目了然的判断在微观世界中已经彻底失效，在浩渺的宇宙世界中也不再灵验，哲学的目光已经完全被无边之大和无内之小所牵引，介于无边之大和无内之小间的肉眼世界反而显得孤单起来。哲学与物理学这对并蒂莲花长久以来一直是并肩前行的，它不可能一直停留在非此即彼的二元判断之中，像一条清晰而古老的河床一样直观地呈现在我们面前。科学越来越"模糊"，哲学也越来越"模糊"，多维已经是思考者思考问题的常态，而文学作为哲学的情人必将因为哲学的复杂而变得更复杂起来。

河床变了，河流必须随之改变。如果文学还沉醉在清浅的溪流之中，牧童一样哼唱着田园牧歌，是永远不可能超越前人的。世上能够看得清楚的事物，前人早已看了个一清二楚，今天的文学必须借助科学这双眼睛、伴随着哲学的改变而改变，今天的文学也只有在这样的改变中才有可能发现前人不曾发现的新大陆。否则，即使你是百年一遇的天才，也只能沦为前人巨大背影下的小矮人。

文学只是血肉，哲学则是看不见的骨头。没有骨头，血肉就会瘫痪；只见骨头不见血肉，文学便是蹩脚的；骨头坚挺，血肉丰满，文学才丽如美人。

文学可以是童话，但文学背后的哲学不应该是童话。握住哲学这条神秘而粗壮的根，让这条根上生长出来的文学尽量简单起来，这或许就是通向大道至简的途径。

长出第三只眼、甚至第四只眼来看这个世界吧，只有这样，你才可能看到许多不一样的风景。

我思故我在，我视故你在，我诗故场在

一件作品的完成须做三个层面的功课：思考、观照和呈现。

笛卡尔说，我思故我在。笛卡尔的名言如雷贯耳，可做到明白自觉地进行"思",进而实现由"思"而"我在"的世界架构的人到底有多少呢?建立个人的思想宇宙并非一朝一夕的事,对每个写作者都是一个严峻考验。仅就文学而言,窃以为笛卡尔之"思"就是一块试金石,能够很好地检验一个写作者究竟是徘徊在文学殿堂之外,还是已经成功地登堂入室。文学是个体的产物,写作者的"我"如何思考这个世界,如何建立自己认知世界的价值体系,如何完成自己文学生涯的奠基工程,关乎到写作者建设文学大厦的成败,决定了写作者长途跋涉的远近。"思"并非凭空而来的,要想做好"思"就必须学会观照世界,写作者观照世界的方式自然就显得非常重要。写作者思考的世界自然是他眼中看到的世界,写作者观照世界的视角和姿态决定了写作的视角和姿态。毋庸置疑,世界是客观存在的,但在每个人的眼中,世界又是个性的、有差异的,这种因主观个性而产生的差异,就是写作者眼中的"客观"世界,也是作品中的"客观"世界。正所谓"我视故你在",唯物的"客观世界"和唯心的"客观世界"产生的错位就是文学之美。解决好"思"如何建立世界和"视"如何观照世界的问题,另一个问题也就浮出了水面,即如何呈现这个世界。呈现是文学的要义,是文学独特的魅力,当写作者呈现世界的时候,"诗"便在千呼万唤中始出来。每个"诗"者都握有自己擅长的十八般武艺,写作者如何诗意地呈现世界,如何在这个诗意的世界里营造自己的"场",这已变成一个审美问题,甚至是一个技术问题。"我诗故场在",诗写现场便是天赋、学养、生活感悟能力、语言调动能力和想象力粉墨登场、各显神通的地方。

在文学的游戏中,"我"是主角,"思""视"和"诗"是主角练就的内功、外功和秘不外传的独门绝技,当"我"将"思""视"和"诗"修炼到炉火纯青的地步,且浑然天成、合三为一的时候,伟大的作品就该呱呱坠地了。想听到她的哭声,就沉下去,好好做

"思""视"和"诗"的功课吧。磨刀不误砍柴工，"思"是刀柄，"视"是刀刃，"诗"是刀芒，"我"则是那块铁、那块钢，"我"被提纯、成形、淬火之后，这把锋利的刀就可以现身江湖，闪射出灼灼之华了。

宝刀虽然可遇不可求，但也需要耐心地炼，耐心地磨。没有传说，只有功课，或者说，传说只是功课的一个后缀。

2011 年 1 月　于太原

图书在版编目（CIP）数据

远远的漂泊里 / 赵树义著. -- 太原：北岳文艺出版社，
2015.11
　（晋军新方阵·第2辑）
　ISBN 978-7-5378-4591-5

Ⅰ．①远… Ⅱ．①赵… Ⅲ．①散文集－中国－当代
Ⅳ．① I267

中国版本图书馆 CIP 数据核字（2015）第 263995 号

书　　　名：远远的漂泊里
著　　　者：赵树义
责任编辑：王宜青
装帧设计：张永文
————

出版发行：山西出版传媒集团·北岳文艺出版社
地　　址：山西省太原市并州南路 57 号
邮　　编：030012
电　　话：0351-5628696（发行部）
　　　　　0351-5628698（编辑室）
传　　真：0351-5628680
网　　址：http://www.bywy.com
E-mail：bywycbs@163.com
经 销 商：新华书店
印刷装订：山西人民印刷有限责任公司

开　　本：890mm×1240mm　1/32
印　　张：9.5
字　　数：240 千字
版　　次：2015 年 11 月第 1 版
印　　次：2016 年 1 月山西第 1 次印刷
书　　号：ISBN 978-7-5378-4591-5
定　　价：29.80 元